SAFE HOUSE

Andrew Vachss

SAFE HOUSE

Aus dem Amerikanischen von
Jürgen Bürger

Eichborn.

Die Deutsche Bibliothek – CIP-Einheitsaufnahme

Vachss, Andrew:
Safe house : Roman / Andrew Vachss. [Aus dem Amerikan. von Jürgen Bürger]. – Frankfurt am Main : Eichborn, 1999
Einheitssacht.: Safe house <dt.>
ISBN 3-8218-0527-7

Umschlaggestaltung: Nach der amerikanischen Originalausgabe von Chip Kidd
Lektorat: Doris Engelke
Satz: Fuldaer Verlagsanstalt GmbH, Fulda
Druck und Bindung: Werner Söderström OY, Finnland
ISBN 3-8218-0527-7

Verlagsverzeichnis schickt gern:
Eichborn Verlag, Kaiserstraße 66, D-60329 Frankfurt am Main
www.eichborn.de

Für den Schmerz, den wir geerntet
aus dem Bösen, das du gesät,
werden Schakale dich auf immer Feigling nennen
und Geier deine Knochen verschmähen

– Familienfluch

Vyra verrenkte sich schnurrend, um das fahle Nachmittagslicht einzufangen, das durch die weißen Gardinen des Hotelzimmerfensters in downtown Manhattan fiel. Sie war nackt bis auf hauchdünne Nylonstrümpfe und sonnengelbe Stöckelschuhe mit schwarzen Knöchelriemchen. Einen Fuß auf dem Stuhl, den sie vom Schreibtisch herübergezogen hatte, posierte sie und fixierte mich über eine Schulter. Das weizenblonde Haar fiel glatt über ihren Rücken. Als sie sich langsam mir zuwandte, wurden ihre enormen Brüste sichtbar, die im Kontrast zu ihrem ansonsten schlanken, fast knabenhaften Körper noch riesiger wirkten. Sie hob die Hände hoch über den Kopf und schaute nach unten.

»Sind die nicht einfach perfekt?« fragte sie.

»Absolut«, versicherte ich.

»Sie sind so schön, ich würde sie nicht gern ausziehen.«

»Sie sind bestimmt nicht im Weg«, sagte ich.

Für Vyra ist eine Modenschau das Vorspiel. Aber sie macht das wieder wett – zwei Zigaretten ist alles an Nachspiel, wozu sie je Zeit hat.

Ich bin genauso.

Ich kenne Vyra seit Jahren – ich bin nicht der einzige Schlüssel, der je in ihr Schloß gepaßt hätte. Aber mein Timing war gut. Ihr Mann hatte einen Job, der *beaucoup* Kohle einbrachte. Oder seine Familie hatte ihm ordentlich was hinterlassen, ich konnte es mir nie merken. Vyra wechselte ihre Geschichten ungefähr so oft wie ihre Schuhe, aber sie liebte beides. Über ihren Mann wußte ich im Grunde nur, daß er diese mordsmäßigen, überhaupt nicht zu ihrem Körper passenden Brüste anbetete. Nur deshalb behielt sie sie, sagte Vyra, allein ihm zuliebe. Sie taten ihrer zierlichen Figur nicht gut, verursachten ihr Rückenschmerzen. Der schwere bügelverstärkte BH, den sie tragen mußte, hinterließ tiefe Spuren in ihrer hellen Haut. Ihr Körper sah aus wie eine Karikatur, gemalt von einem Fetischisten.

Vyra hat ein großes, einsames Herz. Und die tiefe innere Leere eines Borderliners. Wenn sie sich langweilt, geht sie einkaufen. Und engagiert sich ehrenamtlich bei allen möglichen Organisationen. Krisentelefone für Selbstmordgefährdete, Tierheime, solche Dinge.

Vyra weiß nicht, was ich mache, aber sie weiß, daß ich kein Steuerberater bin. Von Zeit zu Zeit wird sie neugierig – einfach, um nicht aus der Übung zu kommen, denke ich. Aber sie drängt mich nicht, und es kommt nie etwas dabei heraus.

Vyra weiß, wo sie mich finden kann. Beziehungsweise, wo sie eine Nachricht für mich hinterlassen muß. Sie ruft nur an, wenn sie bereits ein Hotelzimmer hat. Und wenn ich in der Gegend bin, treffen wir uns und tun, was wir tun.

Aber nur, wenn ich in der Nähe bin. Ich denke nie darüber nach, was sie macht, wenn ich nicht da bin.

Ich richtete mich ein Stück auf, griff nach unten und wikkelte ihr Haar um meine Hand. Zog behutsam. Sie hielt meinen Schwanz mit den Lippen fest und schüttelte den Kopf. Ich zog fester, warnte sie. Sie blieb, wo sie war, und gab kleine Grunzlaute von sich, bis es vorbei war.

Nach ein oder zwei Minuten glitt sie meinen Körper herauf, ihre Brüste streiften über meinen Bauch und landeten schließlich auf meinem Brustkorb. Sie sah mich an.

»Ist es anders, wenn's eine Frau macht?«

»Was?«

»Dir einen bläst. Wenn du die Augen zumachst ... ist es dann anders?«

»Keine Ahnung«, sagte ich.

»Aber du warst ... im Gefängnis, oder?«

Dieses Thema spricht sie ziemlich oft an. Ich weiß nicht, warum – aus einem Grund, den sie nie erwähnt, ist es ihr wichtig. Und ich habe nie nachgefragt.

»Ja. Und?«

»Hast du lange gesessen?«

»Was ist schon lange, Kleines?« fragte ich sanft und fuhr mit meinem Daumen über ihren klebrigen Mund.

»Länger als ... ich weiß nicht, ein Jahr?«

»Ja.«

»Und was hast du in puncto ... Sex gemacht?«

»Hatte eine feste Beziehung mit meiner Faust.«

»Aber ich habe gehört ... ich meine, wenn man im Gefängnis Sex hat, macht einen das nicht schwul.«

»Und?«

»Ist das wahr?«

»Das Gefängnis ist wie der Rest der Welt. Dort gibt's alles mögliche.«

»Hast du's deshalb nie gemacht? Im Knast? Weil du sie haßt?«

»Wen?«

»Schwule.«

Ich legte meine rechte Hand auf ihren Nacken. Sie lächelte zu mir herab. Unvermittelt drehte ich meine Hand und stieß ihr Gesicht runter auf die Matratze. Ich schob mich zur Seite, hielt sie mit der rechten Hand fest, drückte den linken Daumen in ihren Arsch, hart. Ich beugte mich zu ihr herab und hielt meine Lippen dicht an ihr Ohr.

»Gefällt dir das?« fragte ich leise.

»*Nein!* Laß mich –«

»Vergewaltigung ist Vergewaltigung«, flüsterte ich. »So was ist weder schwul noch hetero. Mir ist scheißegal, *wie* die Menschen ficken, solange sie es beide *wollen*, kapiert?«

»Ja.«

Ich ließ los. Sie stützte sich auf einen Ellbogen. »Ich hab's nicht blöd gemeint, Schätzchen«, sagte sie gespielt reumütig. »War nur neugierig.«

»Du hast eine süße kleine Nase«, sagte ich. »Paß auf, wohin du sie steckst, okay?«

»Paß *du* auf«, kicherte sie.

Eine Stunde später ließ ich das Hotel hinter mir. Der Winter hing blutend in den Seilen, war aber noch nicht bereit, sich auszählen zu lassen. An diesem grauen Märztag war der Frühling wie das Versprechen einer Nutte – verführerisch raunende Nylons, aber kein echter Saft.

Ich verfluchte die Kälte, während der Plymouth um eine weitere Ecke schlitterte, die Wischblätter kapitulierten fast vor dem bleiernen Schneeregen, der aus einem düsteren Himmel fiel wie Hohn. Die anämische Sonne war mit Vyra verschwunden.

Der Plymouth war ein anonymer grauer Hai in einem Meer schneller, farbenfroher kleiner Fische – alle flitzten herum, fühlten sich sicher mit ihrem Vorderradantrieb, ABS und den grellen Nebelscheinwerfern – im Krieg mit mißlaunigen Fußgängern ignorierten sie in stillschweigender Übereinkunft Ampeln. Ich tippte aufs Gaspedal, wußte, daß die PS-starke Maschine die breiten Hinterräder in einem Herzschlag losreißen konnte, und wünschte mir, daß der Kerl, der das perfekte New Yorker Taxi konstruieren wollte, lange genug gelebt hätte, um den Job anständig zu vollenden.

Das Treffen sollte unter der Brooklyn Bridge gleich an der Frankfort Street stattfinden. Im Winter war das innerstädtsche U-Bahnnetz der reinste Brutkasten für alle möglichen Krankheiten, und bei diesem Wetter zu Fuß zu gehen kam nicht in Frage. Ich hatte den Termin nicht vereinbart und konnte ihn nicht ändern. Als ich anrief, hatte Mama mir die Fakten mitgeteilt.

»Mann anruf. Sag Name. Herk Ku Lies. Sag Freund. Aus Norden von Staat.«

Hercules. Ein großer, starker, gutaussehender Kerl. Ich hatte vor Jahren mit ihm gesessen. Massiv wie ein Eisenbahnbolzen. Und ungefähr genauso schlau. Auf ihn konnte man absolut bauen. Total zuverlässig. Im Knast heißt das eine Menge. Aber draußen konnten wir ihn nicht mitmachen lassen. Der Prof hatte sein Veto eingelegt. »Der Junge ist kein Profi«, sagte der kleine Mann. »Herz ersetzt keinen Verstand.« Ich hatte gehört, daß Hercules im Auftrag schwere Sachen stemmte. Er war kein Mobster, gehörte zu keiner Gang. Ein frei verfügbarer Samurai, und was immer er mir sagen wollte, war bestimmt nichts Gutes.

»Was hat er gesagt, Mama?«

»Sag treffen. Zweite Schicht. Butcher Block. Okay?«

Das hieß: Wußte ich, was er meinte? … denn Mama wußte es offensichtlich nicht.

»Klar. In Ordnung. Ich kümmere mich drum.«

»Du brauch Max?«

»Nein, Mama. Er ist ein Freund.«

»Ich kenn?«

»Nein.«

»Klar«, sagte Mama, legte auf. Ich fragte mich, was ich diesmal getan hatte.

Die zweite Schicht ist Knastjargon für drei Uhr nachmittags bis elf Uhr abends. Wenn man ein wichtiges Treffen ausmacht, wie Hercules es getan hatte, läßt man dem anderen immer genug Zeit, um aufzutauchen. Der Butcher Block ist ein verlassener Ladekai unter der Brooklyn Bridge. Er heißt so, weil sich früher dort die Diebe trafen, um ihre Beute von den Lastwagen des nahegelegenen Fulton Fish Market aufzuteilen. Hercules wußte nicht, wo ich wohnte. Wenn ein Typ wie er so was weiß, kommt er eines Tages vorbei, um Hallo zu sagen. Vielleicht bringt er ein Sechserpack mit. Oder die Cops.

Genau gegenüber des Freiluft-Obdachlosenasyls am Broadway, das die Politiker City Hall Park nennen, brachte ich den Plymouth zum Stehen. Sekunden später wurde die Beifahrertür aufgerissen, und der Prof stieg ein.

»Isses Herks Kiste, streich's von der Liste. Kann gar nix anderes sein als 'n mieses Nümmerlein«, begrüßte mich der kleine Mann mit angewiderter Stimme.

»Willst du passen?« fragte ich.

»Du weißt, daß das nicht geht, Schuljunge. Der Mann war einer von uns, stimmt's? Einer für alle, alle für einen.«

Das sagte alles. Wir würden unseren Teil des Deals einhalten. Verpflichtung und Ehre, ein und dasselbe. Aber das war nicht die Einbahnstraße des guten Bürgers. Was uns trieb, war das sichere Wissen, daß Hercules, wenn wir ihn von einer Telefonzelle aus der Hölle anriefen, sofort kommen würde.

So eine Loyalität kann man nicht kaufen. Aber man muß bezahlen, was sie kostet. In Raten.

»Wo steckt Clarence?« fragte ich.

»Clarence? Der Junge hat nichts damit zu tun. Er steht nicht in der Kreide, also bleibt er auf der Weide.«

»Stimmt«, sagte ich, und meinte es genauso.

Kurz vor der Vesey Street bog ich links ab, fuhr auf der Park Row zurück Richtung Norden, ignorierte die Auffahrt zur Brücke und hielt mich scharf rechts, als wollte ich zum FDR. Als ich die Gasse entdeckt hatte, bugsierte ich den Plymouth hinein, starrte durch die Windschutzscheibe.

»Guck mal«, sagte der Prof. »Da drüben.«

Ein Mann näherte sich dem Wagen. Ein kräftiger Mann mit langen, dunklen Haaren, wirkte in dem knöchellangen gelben Regenmantel, wie ihn Verkehrspolizisten tragen, noch massiger. Der Prof sprang raus und schlüpfte auf den Rücksitz, ließ die Beifahrertür offen – eine eindeutige Einladung. Der stämmige Mann stieg ein, schüttelte sich wie ein verdammter Bernhardiner, eine eiskalte Dusche regnete auf mich nieder.

»Burke!« sagte er, hielt mir die Hand hin.

»Herk«, erwiderte ich den Gruß leise, meine Stimme war eine Botschaft, die er ignorierte, als er sah, wer im Fond saß.

»Prof! He, ist ja super!«

»Cool bleiben, Mann«, erwiderte der Prof. Das ist keine Wiedersehensfeier. Hier geht's um Geschäfte, oder?«

Der schwere Mann schüttelte wieder den Kopf. Energisch, als versuche er, sich an etwas zu erinnern. An etwas Wichtiges. »Ich hab ein Problem«, sagte er schließlich.

»Spuck's aus«, forderte ich ihn auf.

»Da war dieses Mädchen –«

»Scheiß der Hund drauf, Schuljunge. Was hab ich gesagt? Der Kerl ist ein Stier, und es geht um Fotzen hier.«

»Ganz ruhig, Prof. Was immer es ist …« Ich ließ den Satz unvollendet, drehte mich zu Herk, spreizte die Hände zu einer »Erzähl mir alles«-Geste.

»Da war dieses Mädchen«, wiederholte er, als hätte er das Band zurückgespult auf Anfang. »Sie wurde … na ja, belästigt. Du verstehst, was ich meine?«

»Nein«, sagte ich mit so viel Schärfe in der Stimme, daß er endlich zur Sache kam.

»Okay. Ihr Freund hat sie verprügelt. Immer wieder. Wegen nix. Danach hat er immer gesagt, daß es ihm leid tut, und sie hat wieder mit ihm angefangen. Schließlich landet sie wegen ihm im Krankenhaus. Nicht bloß in der Ambulanz, wie vorher – die mußten sie operieren. Am Gesicht. Wahrscheinlich war sie zu benebelt von den Medikamenten, die sie ihr gegeben haben, um ihn zu decken, ich weiß nicht. Jedenfalls, die Bullen haben ihn einkassiert. Er hat sich nicht gewehrt«, sagte Herk, voller Verachtung des Berufskriminellen für jeden, der sich nicht automatisch seiner Festnahme widersetzt. »Jedenfalls, sie sagt, sie will ihn nicht anzeigen, und weißt du, was der Bulle darauf antwortet? Das wirst du nicht glauben, Burke. Die *brauchen* sie gar nicht – die können ihn auch so aus dem Verkehr ziehen, egal, ob sie das will. Ich meine, die können sie *zwingen*, vor Gericht zu erscheinen. Jesus.«

Ich nahm ein Päckchen Zigaretten vom Armaturenbrett, bot Herk eine an. Er schüttelte den Kopf. Genauso wie im Knast. Als ernsthafter Bodybuilder war Dianabol die einzige Droge, mit der Herk je herumspielte, und mit Steroiden hatte er Schluß gemacht, als wir ihn ins kalte Licht am Ende des Tunnels geschleift hatten. Aber der Prof riß mir die Kippe aus der Hand, bevor ich sie anstecken konnte. Ich hörte, wie hinter mir ein Streichholz angerissen wurde. »Danke, Bruder«, sagte er knapp. Ich steckte mir eine andere an. »Wie geht deine Geschichte weiter?« fragte ich den massigen Mann.

»Er kommt mit 'ner lächerlichen Strafe davon. Sechs Monate auf dem Papier, wieder draußen nach vier. Das Gericht sagt, er darf sie nicht sehen, du weißt, was ich meine, oder?«

»Ja.«

»Aber das nützt nix. Er ruft sie an. Aus dem Knast. Per R-Gespräch, okay? Nach einer Weile geht sie nicht mehr dran. Läßt sogar ihre Nummer ändern. Da schreibt er ihr Briefe. Total abgedrehte Scheiße … daß er sie liebt und geträumt hat, wie er ihr Gesicht in Streifen schneidet.«

»Er ist noch im Knast, als er das macht?« fragte der Prof.

»Ja.«

»Hat sie die Briefe den Cops gezeigt?« wollte ich wissen.

»Klar. Aber stell dir vor: Die können nichts tun. Ich meine, diesmal *will* sie das Arschloch anzeigen, und die Bullen unternehmen einen Scheißdreck. Sagen, die Briefe, das wären keine echten Drohungen, nur Gerede über seine Träume und so. Dumme Arschlö-«

»– und dann kommt er wieder raus und …«, unterbrach ich seinen Redeschwall.

»Hm-hmh. Und er legt sofort wieder los. Ruft sie auf der Arbeit an, steckt ihr Zettel in den Briefkasten, lauter so Zeug. Inzwischen hat sie eine Scheißangst –«

»Und du Schwachkopf schiebst ihr deinen jämmerlichen Dödel rein, stimmt's?« mischte sich der Prof ein.

»Nein, Prof. Ich schwör's«, erwiderte Herk gekränkt. »Ich meine, wir sind uns ja nie begegnet, okay? So war das nicht.«

»Wie war's denn dann?« fragte ich.

»Kennst du Porkpie?«

»Ja«, bestätigte ich, inzwischen nervös. Porkpie war ein kleiner Fisch, der am Rand mitmischte. Einer dieser vielleicht jüdischen, vielleicht italienischen Brooklyn-Jungs. Er hatte weder Muskeln noch Mumm oder Verstand, also spielte er den Mittelsmann. Ein halbgarer Tipgeber und mieser Informant – er würde nie selbst was anpacken, kannte aber immer jemanden, der damit keine Probleme hatte. Zumindest behauptete er das. Er arbeitete allein, hatte keine Gang.

Sein Arbeitsplatz waren Telefonzellen und der Kofferraum seines Wagens. Nur ein guter Bürger oder ein absoluter Anfänger würde mit ihm Geschäfte machen.

Herk war weder das eine noch das andere, aber dumm genug, daher spielte es keine Rolle.

»Okay, also Porkpie erzählt mir von der Sache«, fuhr er fort. »Von dem Job, meine ich. Er sagt, sie suchen jemand, der sich diesen Burschen vorknöpft, ihm Bescheid stößt, sagt, daß er sich verpissen und die Braut in Ruhe lassen soll, verstehst du?«

»Klar.«

»Einen Riesen für ein paar Minuten Arbeit, hat er gesagt.«

»Für einen lausigen Riesen wolltest du dir diesen Burschen vorknöpfen, ihn in die Mangel nehmen, ihm Feuer unterm Arsch machen?« knurrte der Prof. »Was ist los mit dir, Junge? Du hast doch schon zweimal gesessen. Was für'n Gesabbel, so was bringt nur Trouble! Haust du ihm den Schädel ein, kommst du in die Kiste rein. Ist das für dich gutes Geld für paar Minuten Arbeit?«

»So war's nicht, Prof. Ehrlich nicht. Porkpie sagt, der Kerl wär 'ne totale Memme, okay? Ich soll nur mal meine Muskeln spielen lassen, ihm vielleicht eine scheuern. Porkpie sagt, der würde doch sofort den Schwanz einziehen, ein Typ, der Frauen schlägt ...«

»Alle möglichen Scheißer schlagen Frauen«, antwortete der Prof. »Das heißt gar nichts. Du hast doch genug hinter dir, das müßtest du eigentlich wissen, Herk.«

»Spielt jetzt keine Rolle mehr«, sagte der Bär von einem Mann traurig.

»Was ist passiert?« fragte ich. »Red mal Klartext. Komm schon.«

»Porkpie gibt mir ein Foto, okay? Wie der Typ aussieht

und alles. Und er fährt mich zu der Stelle, wo der Typ von der Arbeit kommt.«

»Du hast ihn am hellichten Tag in die Mangel genommen?« Mir wird kalt vor so viel Blödheit.

»Nö, Burke. Der arbeitet bei einem Wachdienst oder so. Hat nach Mitternacht Feierabend. In so 'nem großen Gebäude an der Wall Street. Er muß durch 'ne kleine Gasse zu der Stelle, wo die ihre Autos parken. Porkpie hat gesagt, da kann ich ihn schnappen.«

»Und ...?«

»Ich krall mir den Kerl, okay? Ich knall ihn gegen die Wand und sag, ich wär der Cousin von dem Mädchen. Porkpie hat gesagt, das soll ich sagen, damit der kapiert, daß es mir ernst ist und so. Der versucht, mit mir zu reden, aber ich laß mich auf nix ein. Ich sag ihm, wenn du Boogie willst, den kannst du haben. Sofort. Auf der Stelle. Er nimmt die Hände runter, guckt nach unten. Ich denk, das war's. ... Und dann zieht der Kerl 'ne Kanone. Ich hab nicht ... groß nachgedacht, Mann. Ich hab ihm einfach eine verpaßt.«

»Du hast das Arschloch abgestochen?« fragte der Prof ganz ruhig, beugte sich über die Rückenlehne des Vordersitzes.

»In den Bauch«, sagte Herk. »Ich wollte das gar nicht, aber ... als ich ihm das Ding reingeschoben hab, wußte ich sofort, der ist Geschichte. Ich hab's in seinem Gesicht gesehen ... als hätte einer das Licht ausgeknipst, verstehst du? Der war ausgezählt.«

»Hat dich jemand gesehen?« fragte ich. Jetzt war es rein geschäftlich.

»Ich glaube nicht. Ich weiß nicht. Porkpie sagt, er hätte keinen gesehen.«

»Wann war das?«

»Vor zwei Nächten. Ich meine, es sind zwei Nächte, wenn's dunkel wird.«

»Was brauchst du, Herk?« fragte ich.

»Ich brauche ein Versteck, Burke. Ich muß weg. Raus aus der Stadt.«

Herk konnte es nicht erklären, aber er spürte es. Er war wie ein Kanarienvogel in einem Bergwerk, der giftige Dämpfe wittert und im Käfig herumflattert. Ich sah den Prof an. Er nickte.

»Ich bring dich weg«, sagte ich. »Dahin, wo du sicher bist. Und ich hör mich um, was los ist, okay?«

»Klar, Burke«, sagte er lächelnd. Ein großer, lieber, dummer Junge.

»Es geht hier nicht um Bürgerrechte nach dem vierzehnten Amendment, oder?« sagte die Stimme am Telefon.

»Der Typ ist genau so ein Scheißbürger wie ich«, erwiderte ich, meine Stimme war ein Gefängnisflüstern – leise und drohend.

»Nichts für ungut, Mann«, sagte die Stimme schnell. »Aber Sie wissen ja, wie ich vorgehen muß. Ich meine …«

»Nichts für ungut. Ein Hunderter pro Tag, stimmt's?«

»Stimmt. Und zehn Tage Minimum.«

»Er wird's bei sich haben.«

Ich checkte die Presse. Für die Polizei war es ein mißglückter Raubüberfall. Herk war wenigstens clever genug gewesen, dem Toten Armbanduhr und Brieftasche abzunehmen. Und sie in den nächstbesten Müllcontainer zu schmeißen, wo ein herumstöbernder Penner sie garantiert finden würde. Die Pistole des Toten hatte er nicht angerührt, sie gelassen, wo sie war. Die Cops hatten keine Tatverdächtigen.

Aber ich. Herk war drei Tage in seinem Versteck, bevor

wir Porkpie fanden. Er kam aus einer Spelunke in Red Hook, trug einen schnieken, dunklen Mantel und sein Markenzeichen, einen kleinen Hut mit üppiger weißer Feder am Hutband. An seiner Hand glitzerte ein Zirkon, blutrot von einer verblaßten roten Neonreklame im Fenster der Bar.

»He, Porkpie!« brüllte ich ihm zu, verringerte den Abstand zwischen uns, hielt meine leeren Hände locker rechts und links.

Er blieb wie angewurzelt stehen, versuchte sich zu entscheiden. Max hatte ihn, bevor er damit fertig war.

Ein Gutes hat Red Hook: Man muß nie weit gehen, um einen ungestörten Ort zu finden. Ich fuhr die dunkelgrüne Volvo-Limousine zu einem der Piers und setzte vorsichtig zurück, würde mögliche Besucher sofort entdecken. Ich rechnete nicht mit den Cops – die Bullen, die in diesem Viertel abkassieren, wissen, daß sich selbst bei schönem Wetter, wenn es auf den Piers von Hafenarbeitern wimmelt, nur die Geldleute tagsüber blicken lassen. Porkpie saß auf dem Beifahrersitz, Max direkt hinter ihm, eine Hand im Genick des Wiesels. Max' Hände sind klar gezeichnete Lebensbilder: große, lederfarbene Landkarten furchigen Narbengewebes mit Schwielen an den Handkanten – Vorschlaghämmer aus Fleisch und Blut mit Bolzen als Finger. Porkpie konnte die Hand zwar nicht sehen, dafür aber um so mehr spüren: die Finger auf seiner Halsschlagader, den Daumen unter seinem Adamsapfel. Sehen konnte er dagegen die Pistole in meiner behandschuhten Linken, auf Taillenhöhe, genau zwischen seine Beine gerichtet.

»Mach das Handschuhfach auf«, befahl ich leise.

»Burke, ich …«

»Mach's auf, Porkpie.«

Er drückte auf den Knopf, und die Klappe fiel. Im Licht der winzigen Glühbirne sah er den aufgewickelten Klavierdraht. Und das Rasiermesser mit dem perlmuttbesetzten Griff.

»Mit dem Draht fesseln wir dir Hände und Füße«, sagte ich. »Im Kofferraum liegen ein paar Autobatterien als Gewichte. Dann nehme ich das Rasiermesser und schneide dich auf, damit du nicht im Wasser treibst, kapiert?«

»Jesus! Mach doch nicht ...«

»Eine Scheißart zu sterben«, sagte ich. »Aber wenn du auf der Stelle dein Maul aufmachst, tu ich dir einen Gefallen, okay? Ich jage dir vorher eine Kugel in den Kopf, damit du nichts spürst.«

Er begann zu stinken.

»Du hast eine einzige Chance«, fuhr ich fort, atmete durch den Mund.

»Egal, was«, blubberte er. »Sag's mir. Ich werde –«

»Du hast Hercules überredet, einen Job für dich zu erledigen. Die Kleine, die von diesem Kerl bedroht wurde, gehört die zu dir?«

»Nein. Nein, Mann. Ich kenne sie nicht. Ich hab sie nie *gesehen.*«

»Dann hat dich jemand bezahlt?«

»Genau. Es war nur –«

»Schnauze, Wichser. Beantworte nur meine Fragen. Wer hat dich bezahlt? Und um was genau ging's bei dem Job?«

»Ich weiß nicht, wie sie heißt. Ehrlich nicht, Burke! Sie hat mich im Rollo's angesprochen. Sagt, dieses Mädchen wär ihre Schwester. Also, die, die dieser Kerl –«

»Zwing mich nicht, mich zu wiederholen«, sagte ich. »Deine Geschichten interessieren mich nicht. Wieviel ist bei dem Job für dich rausgesprungen?«

Er zögerte. Ich nickte Max zu. Porkpie krampfte auf seinem Sitz, sein Rückenmark verwandelte sich in flüssigen Schmerz. »Mir gefällt dieser Teil gar nicht«, sagte ich. »Lieber würde ich dich sofort kaltmachen, statt dir weh zu tun, verstehst du?«

»Jjjja …«

»Wieviel gab's für den Job?«

»Fünf Riesen.«

»Und du solltest … *was* genau tun?«

»Dem Typen Angst machen. Ihm einen Schrecken einjagen, verstehst du? Damit er sich verpißt.«

»Ihn nicht alle machen?«

»Bist du verrückt? Ich bin doch kein Killer.«

»Stimmt, Wichser. Du nicht.«

»Burke, hör zu. Bitte. Wenn ich gewollt hätte, daß Herk ihn alle macht, wäre ich dann mitgekommen? Ich hatte keine Ahnung, bis er zum Wagen zurückgerannt ist. Ich …«

»Es reicht«, unterbrach ich. Der Geruch von Wahrheit setzte sich gegen den Gestank durch. Porkpie hatte nicht die *cojones*, aus einer Meile Entfernung einen Auftragsmord mitzukriegen, nicht mal als Fahrer. »Beschreib sie mir.«

»Ich hab's dir doch *gesagt* – ich hab sie nie gesehen. Kein einziges Mal.«

»Die Frau, die dich bezahlt hat, Porkpie. Die meine ich.«

»Oh. Sie ist so 'ne Art Schlitzauge.«

»Chinesin?«

»Scheiße, woher soll ich das wissen, Mann. Kann sein. Klein. Sie hatte einen Hut auf, mit so einem Schleierdings dran, schwarz, wie die Weiber sie bei Beerdigungen tragen.«

»Wie hat sie sich genannt?«

»Sie hat mir keinen Namen verraten, Mann. Hat nur gefragt, ob ich das arrangieren kann. Ich hab ihr den Preis genannt. Sie hat bezahlt. Das ist alles. Ich hab sie nie wieder gesehen.«

»Aber sie hat dir eine Telefonnummer gegeben.«

»Nein, ich schwör's! Nichts. Ich mußte nicht berichten – sie hat alles im voraus bezahlt.«

»Und wieso hast du sie dann nicht beschissen? Einfach die Kohle eingesackt und fertig?«

»Sie hat gesagt, sie kann mich jederzeit finden. Ich ... hab ihr geglaubt, irgendwie.«

»Glaubst du, daß *ich* dich wiederfinde, Porkpie?«

»Ja. Ich kenne deinen Ruf.«

»Weißt du auch, wer dein Genick festhält? Das ist Max der Stille. Kennst du *seinen* Ruf?« fragte ich freundlich.

Er zitterte zur Antwort.

»Ich werde dir vertrauen«, log ich. »Wir lassen's dir noch mal durchgehen. Du nimmst den Wagen. Fahr ihn weg, irgendwohin, und laß ihn stehen. Aber Pfoten weg von der Karre – sie ist heiß. Kapiert?«

»Klar. Ich meine –«

»Pssst«, ich hielt den rechten Zeigefinger an meine Lippen. »Wenn du hopsgenommen wirst, während du die Karre wegschaffst, ist das dein Problem. Ich finde dich auch im Knast, Porkpie. Das weißt du. Und in der Kiste bist du leichte Beute. Das ist deine letzte Chance. Sobald sich diese Frau bei dir meldet, rufst du mich an. Und wenn du mir irgendwas verheimlichst, landest du auf der Müllkippe, verstanden?«

»Tu ich nicht! Ich –«

Ich nickte Max zu. Er löste seinen Klammergriff und glitt lautlos wie Ebola von der Rückbank. Ich öffnete die Tür und stieg aus, hielt die Pistole immer noch auf Porkpie gerichtet.

Max und ich verschwanden im Schatten des Piers. Eine Minute später hörten wir, wie der Volvo angelassen wurde. Wir sahen zu, wie Porkpie losdonnerte; die Hinterräder schlitterten über den schlüpfrigen Asphalt.

Clarence kam mit dem Plymouth, und wir überquerten wieder die Grenze.

Ich benutzte die Telefonkette, ließ Hercules ausrichten: Bleib, wo du bist.

Und hoffte, daß sich der Prof in ihm irrte.

Tage vergingen. Ich studierte die Tageszeitungen von vorn bis hinten, hörte Radio, sah sogar ein wenig fern. Nichts über den Mord. Es gab keinen Aufschrei der Empörung, keinen Druck der Öffentlichkeit. Wahrscheinlich würde er sang- und klanglos in dem schwarzen Loch verschwinden, das die Cops *Ungelöste Fälle* nennen. Wäre nicht das erste Mal – nicht alle, die im Wasser landen, enden im Wasser.

Es gab einen Cop, den ich fragen könnte, einen Cop, der mir noch was schuldete, doch dann hätte ich ihm genausogut erzählen können, daß ich auf irgendeine Weise verwickelt bin. Selbst wenn man einem Mann vertraut, daß er bestimmte Karten nicht ausspielt, ist es unklug, sie ihm in die Hand zu drücken.

Die Zeit arbeitete für uns. Die Verjährungsfrist allerdings nicht. Also ging ich zu einem Anwalt. Davidson ist ein ausgebuffter, knallharter Strafverteidiger, der aber in unserer Welt als ehrlich gilt. Möglich, daß er einen beim Honorar ein bißchen abkocht, aber er würde weder Deals mit der Staatsanwaltschaft machen noch für gute Presse einen Mandanten verkaufen, wie manche andere das machen.

Seine Kanzlei liegt in Midtown, nur ein großer Raum mit einem Vorzimmer für die Sekretärin. Früher hatte er einen Laden mit mehreren Partnern, aber vor ein paar Jahren hat er die Firma in ein schlagkräftiges Ein-Mann-Unternehmen verwandelt. Das Mobiliar ist Frühe Heilsarmee – das gesamte Firmenkapital steckt in der technischen Ausrüstung. Und in den dicken Korkwänden. In Davidsons Branche können Geräusche, die Wände durchdringen, tödlich sein.

»Mir scheinen hier klare Rechtfertigungsgründe vorzuliegen«, sagte er und zog anerkennend an einer der *mondo*-teuren Expatriados-Zigarren, die ich ihm mitgebracht hatte. »Woher kriegen Sie die?« erkundigte er sich.

»Ein alter Kumpel von mir macht sie unten in Honduras. Kubanische Samen, kubanische Arbeiter, aber er sagt, die kubanische Erde ist völlig ausgelaugt. Diese hier sind besser.«

»Das sind sie, stimmt«, sagte Davidson und hielt den dunklen Zylinder auf Armeslänge, um die Form zu bewundern. Dann kam er wieder aufs Thema. »Ein Kerl zieht eine Kanone, der andere zieht ein Messer. Der eine kriegt einen Prozeß, der andere eine Autopsie. Notwehr. Wenn so was in einer Bar passiert, gibt's keine Probleme. Aber mit Ihrem Burschen … die Geschichte steht auf wackligen Füßen. Er ist zufällig durch diese Gasse geschlendert, ganz mit seinen eigenen Sachen beschäftigt, mitten in der Nacht …? Das glaube ich nicht.«

»Und wir wissen nicht, ob die Pistole des anderen noch da lag, als der Notarzt eintrudelte«, sagte ich.

»Ja«, er nickte. »Das kriegen wir raus, aber wenn sie nicht da war …«

»Jeder hätte die Kanone aufheben und damit verschwinden können«, sagte ich. Dachte an die Brieftasche und die Uhr des Toten.

»Spurensicherung?« fragte Davidson. Sollte heißen: Fingerabdrücke, Blutspritzer … alles, was die Aasgeier aus dem Labor einer Leiche entnehmen können.

Mir schoß durch den Kopf, was der Prof zu genau dieser Frage gesagt hatte: »Blut beweist heute nichts mehr, Schuljunge. Da müssen wir uns keine Sorgen machen. Denk an O. J. … ein guter Rechtsverdreher wird mit der DNA spielend fertig.« Ich kratzte mich an der Schläfe, tat, als denke ich nach. »Nichts«, antwortete ich.

»Bleibt trotzdem riskant«, meinte Davidson.

»Dann raten Sie also … was?« fragte ich.

»Hat Ihr Mann ein Vorstrafenregister?«

»Ein langes.«

»Für ähnliche Straftaten?«

»Oh, ja.«

»Wiederholungstäter?«

»Zweimal.«

»Dann kann er nicht mal auf Mord zweiten Grades plädieren«, sinnierte Davidson. »Er kann sich nicht stellen und auf einen guten Deal hoffen.«

Ich sagte nichts. Mord zweiten Grades ist in New York ein C-Verbrechen. Selbst wenn es Davidson mit viel schönen Worten gelang, das Lebenslänglich zu umgehen, das einem Wiederholungstäter normalerweise sicher ist, mußte Herk mit siebeneinhalb bis fünfzehn Jahren rechnen.

»Sonst noch irgendwas?« fragte Davidson.

»Einen Zeugen«, erwiderte ich. »Kein Gangster, aber auch kein guter Bürger.«

»Würde er aussagen?«

Ob Porkpie zum Informanten würde? Keine Frage. Jede andere Möglichkeit hatte der Prof mit einem verächtlichen Schnauben abgetan: »Der Wichser ist kein echter Dieb. Du kennst doch sein Motto: Kannst du dabei keinen verpfeifen, laß die krummen Dinger weiter reifen.« Er hatte recht: Um ungeschoren davonzukommen, würde Porkpie seine eigene Mutter verkaufen.

Andererseits würde ich das auch.

Aber ich würde niemals meine Familie verkaufen.

»Klar«, erwiderte ich.

»Schön«, sagte Davidson und schaltete auf Juristenchinesisch um, »angesichts der Fakten dieses rein hypothetischen Falls, den Sie mir gerade erläutert haben, würde ich zu absoluter Diskretion raten.«

Sollte heißen: Herk konnte sich nicht stellen.

Es gab nur zwei Möglichkeiten, Porkpies Privattelefon anzuzapfen: Entweder ein großes Risiko eingehen oder jemanden bitten, der einem noch was schuldig ist. Und selbst wenn es in dem Dreckloch, in dem er hauste, ein Telefon gab, würde er es wahrscheinlich nicht geschäftlich nutzen. Er war zwar ein Wiesel, aber dumm war er nicht. »Clarence muß ran«, sagte ich zum Prof.

»Ist nicht drin, Schuljunge. Ich hab's dir schon mal gesagt – mein Junge arbeitet nicht für Herk.«

»Hör zu, Prof. Der einzige Ort, an dem wir an dieses Mädchen rankommen können, von dem Porkpie erzählt hat, ist Rollo's, stimmt's? Wenn Porkpie da auftaucht, erkennt er mich sofort. Dich auch. Max kann nicht verhandeln. Wer bleibt uns da?«

»Ich mag diese Undercover-Scheiße nicht.« Der kleine Mann gab zähneknirschend nach.

»Clarence geht rein, hängt ein bißchen rum, okay?« argumentierte ich für meinen Plan. »Sobald er Porkpie mit dem Mädchen reden sieht … jedem Mädchen, auf das die Beschreibung paßt …, verschwindet er, ruft an. Den Rest übernehmen wir.«

»Diese ganze Scheißgeschichte geht nur uns was an.«

»Wo liegt das Problem?«

»Schlechter Zauber, Jungchen. Verdammt, wir sind keine Detektive«, er johlte das letzte Wort. »Wir klären keine Verbrechen auf – wir begehen sie. Vielleicht sollte Herk seinen blöden Hintern irgendwo anders parken.«

»Was bringt das? Wenn er versucht, sich in einem fremden Revier niederzulassen, landet er wieder im Knast.«

»Bleibt er da, ist das auch wahr, oder?« fragte der kleine Mann herausfordernd.

»Okay«, sagte ich, hob resigniert die Hände. »Scheiß drauf. Dann fällt er eben.«

Der Prof sah mich einen langen, stummen Augenblick an. Dann sagte er: »Ich war dir anscheinend ein besserer Lehrmeister, als ich dachte, Sohn. Zwei Wochen, okay? Haben wir die Sache bis dahin geregelt, gut. Wenn nicht, muß Herk allein sehen, wie er klarkommt.«

Ich nickte.

»Das Rollo's ist eine klassische Ganovenkneipe«, erklärte ich Clarence. Kurz vor Mitternacht saßen wir in meiner Nische in Mamas Restaurant zusammen und skizzierten den Schlachtplan. »Über die Jahre bin ich ein paarmal drin gewesen. Kleine runde Tische in der Mitte, Sitzecken an den Wänden. Mieses Essen, gestreckte Drinks. Die Tische sind zum Angeben und Labern, in den Nischen werden Geschäfte gemacht. Wenn du was kaufen oder verkaufen willst, setzt du dich in eine Nische. Die Kellnerin kommt, du bestellst was zu essen, sie sagt, die Nische ist reserviert. Du stellst dich blöd, sagst, du willst trotzdem da essen, sie holt einen Typ, T. B. Ich glaube nicht, daß das seine Initialen sind – der Kerl ist übel genug, um nach einer Krankheit zu heißen, leg dich nicht mit ihm an. Groß, schlank. Gutaussender Junge mit einer langen Messernarbe unter dem linken Auge, quer übers Gesicht. Ist ein Kenpo-Mann: Der bricht dich in zwei Teile wie einen Zweig, ohne mit der Wimper zu zucken. Also mach in dem Laden nicht den Macker, kapiert?«

»Ja, Maan. Ist klar.«

»Aber wenn du die Kellnerin fragst: ›Wo steckt Mimi heute abend?‹, geht sie wieder, kein Problem. Dann kommt Mimi. Eine sehr hübsche Latina. Achte auf ihre Hände: lange, schwarz lackierte Nägel, goldener Ehering. Du sagst ihr, was du willst. Red ein bißchen drum herum, du mußt nichts aussprechen. Keine Drogen, alles andere ist in Ordnung. Sie sagt okay, und du gibst ihr einen Hunderter. Das ist die Provision.«

»Ich sag ihr was von Waffen, Maan. Für so Sachen bin ich bekannt. Aus der Zeit, als ich bei Jaques war.«

Damals hatte ich Clarence kennengelernt. Ist schon ziemlich lange her. Er war ein junger Tiger, arbeitete in Brooklyn für einen jamaikanischen Waffenschieber. Er war nicht groß geworden wie wir, aber ein anderes Feuer hatte ihn genauso hart gemacht.

»Das haut hin«, versicherte ich. »Ich hab noch eine Kiste AKs, wollte sie einer dieser saudummen Jugendbanden unterjubeln. Die können wir vorführen, wenn jemand was sehen will. Du mußt da drin eine Show abziehen, Bruder. Zieh die Sache schön in die Länge, bleib, solange es geht, sorg dafür, daß du ein paarmal wiederkommen mußt, klar?«

»Kapiert«, sagte der junge Mann. Er trug eine schwarze Jacke – sah aus wie eine ganz normale Anzugjacke, reichte ihm aber fast bis zu den Knien – zu einem blaßlila Seidenhemd, das bis oben zugeknöpft war. Clarence macht erst einen auf Pfau, wenn es richtig warm wird; dann wird seine Kleidung so bunt wie die Bäume.

»Du weißt, nach wem du Ausschau halten mußt?«

»Porkpie, den hast du schon beschrieben, Maan. Und ein chinesisches Mädchen mit so 'ner Art Hut. Und Schleier.«

»Vielleicht ist sie keine Chinesin, zumindest keine wie Mama. Aber eine Asiatin, falls Porkpie die Wahrheit sagt. Und wir wissen auch nicht, ob die Aufmachung ihr Markenzeichen ist oder ob sie bloß ihr Gesicht verstecken wollte. Porkpie ist der Schlüssel. Der bleibt nie lange vom Rollo's weg. Noch Fragen?«

»Wer paßt auf meine Karre auf, Maan? Ich hab keine Lust, sie auf irgendeinem miesen Parkplatz stehen zu lassen, verstehst du?«

»Das übernehmen wir«, versprach ich. Clarence hütete seinen geliebten grünen 1967er Rover 2000 TC wie seinen Augapfel. Daß wir ihn allein ins Rollo's schickten, war für ihn selbstverständlich, aber sein Auto war eine andere Sache. »Wir können nicht mit rein, aber der Parkplatz ist kein Problem.«

Ich steckte mir eine Zigarette an, rauchte schweigend und durchdachte alles. Das Rollo's war nicht gefährlich. Sie mußten dort alles im Griff behalten, um ihre Geschäfte machen zu können. Aber trotzdem ...

»Soll der Maulwurf mitgehen?« fragte ich Clarence. »Porkpie hat ihn noch nie gesehen, und er könnte –«

»Geh mir nicht auf die Eier, du Schlaumeier«, knurrte der Prof. »Was soll dieser Irre denn tun, wenn irgendwas passiert? Den Laden in die Luft jagen?«

»Maulwurf ist smart«, verteidigte ich ihn.

»Smart? Der Mann ist ein gottverdammtes Genie!« schoß der Prof zurück. »Hab ich das Gegenteil behauptet? Aber er ist nicht smart wie *Menschen*, verstehst du? Ich will nichts von seiner Wissenschaftsscheiße in der Nähe von meinem Jungen, kapiert? Wir sind draußen, liegen auf der Lauer. Ein Signal mit dem Handy, und wir düsen wie Rambo in den Laden, okay? Kein Grund, mit Atombomben aufzukreuzen.«

»Ich wollte doch nur –«

»Kannst du streichen«, fiel mir der Prof ins Wort; schon die leiseste Andeutung, daß der Junge den Job vielleicht nicht allein schaffen könnte, fegte seine Sorge um Clarences Sicherheit hinweg. »Clarence macht den Kundschafter, und wir überwachen den Schuppen. Sind wir gewitzt – ist die Sache geritzt.«

Aber alle Vorbereitungen brachten uns an diesem Abend nichts ein. Nach fünf Stunden waren wir keinen Schritt weiter. »Ich hab keine Chinesin gesehen, Maan«, sagte Clarence anschließend. »Und diesen Porkpie auch nicht.«

»War es so, wie ich gesagt habe? Mit der Nische?«

»Ja, Maan. Genau so. Für die Kanonen haben sich allerdings nur zwei interessiert.«

»Klangen die sauber?« fragte ich ihn, beugte mich vor. In unserer Welt bedeutet »sauber« kriminell, wenn wir mit Waffen handeln. Und »unehrlich« steht für das gottverdammte ATF.

»Glaub schon«, sagte Clarence. »Schwer zu sagen, bei diesen Jungs. Wir haben nur … so rumgelabert. Er will wissen, was ich anzubieten habe. Ich will wissen, was er braucht. Du weißt schon …«

»Ja. Du hast von zwei geredet.«

»Oh, der zweite Typ, Maan, der war nichts. Ein Kid. Einer von diesen europäischen Typen, aus der Bronx. Vielleicht. Er wollte eine Pistole. Nur eine Pistole. Kam mir eher wie was

Persönliches vor, nichts Professionelles. Hab ihn abblitzen lassen.«

Ein europäischer Typ aus der Bronx war Clarence-Sprech für Armenier. Von denen soll's da oben einen ganzen Stamm geben, ausnahmslos Revolverhelden. »Hat er rumgejammert?« fragte ich nach.

»Nee, Maan. Kein bißchen. Ich hab ihm gesagt, bei mir gibt's nur en gros, und er hat nicht weiter genervt. Er hatte seine Jungs dabei, die hielten sich im Hintergrund. Ich denk, vielleicht hat er nur 'ne Schau abgezogen. Ein dummer, kleiner Junge. Schmeißt die Kanone wahrscheinlich weg, wenn's Magazin leer ist.«

Wenn das stimmte, war der Junge bestimmt kein Armenier. »Bist du bereit für die nächste Runde?« fragte ich Clarence.

»Ich zieh's bis zum Ende durch, Maan.«

Am nächsten Abend lief es genauso. »Der Schuppen ist ekelhaft, Bruder«, sagte Clarence später angewidert. »Wenn ich so weitermache, gibt's eine fette Rechnung für die Reinigung.« Er verzog das Gesicht und begutachtete den Ärmel seines pflaumenfarbenen Kammgarnsakkos, als fände er dort die Antwort auf eine wichtige Frage.

»War dein Interessent wieder da?« fragte ich.

»Hab ihn nicht gesehen, Maan. Aber ich hab ihm auch gesagt, nächste Woche. Er wollte mit irgendwelchen Leuten reden, du weißt, wie's läuft.«

»Ja.«

Ich dachte nach, sah den Prof an. »Glaubst du, wir brauchen einen anderen Spieler? Porkpie, der pflanzt sich in eine Nische, und schon läuft der Laden. Er ist ein Mittelsmann. Was immer man braucht, er kann es auftreiben. Vielleicht brauchen wir so einen Burschen. Clarence hat sich als Waffenhändler etabliert. Diese Chinesin sucht vielleicht nur einen Gorilla.«

»Oder vielleicht hat sie schon einen gefunden«, erwiderte der kleine Mann. »Und was für'n Glück, sie kommt nicht zurück.«

Ich war noch nicht bereit, die Sache abzublasen. »Einmal noch«, sagte ich. Clarence nickte.

Von unserem Aussichtspunkt weit hinten auf dem Parkplatz sahen wir die ganze Nacht Autos auftauchen und verschwinden. Konnten nicht erkennen, wer darin saß. Manchmal parkten sie, dann setzten sie nur jemanden ab. Es war viel zu kalt und naß, um irgendwen identifizieren zu können; jeder lief im Mantel rum und war bis zu den Ohren verpackt. Viele trugen auch Hüte. Bei der miesen Beleuchtung und dem schlechten Blickwinkel konnte ich Chinese nicht von Schwede unterscheiden. Porkpie jedoch würde ich sofort erkennen – und der tauchte nicht auf.

Der Prof und ich diskutierten trotzdem über jeden Neuankömmling, einfach, um die Zeit totzuschlagen. Im Wagen war es bitterkalt. Trotzdem wollten wir nicht die Standheizung laufen lassen. Niemand fuhr im Schrittempo über den Parkplatz und schaute in die Autos, aber eine Abgaswolke aus dem Auspuff würde uns schon aus einiger Entfernung verraten.

Das Mobiltelefon in meiner Tasche summte einmal. Zweimal. Ich rührte es nicht an. Etwa zehn Sekunden später das gleiche noch mal.

»Er hat sie«, sagte ich zum Prof. Einmal klingeln bedeutete Porkpie, zwei- die Chinesin, dreimal beide. »Prüf's nach.«

Der Prof nahm sein eigenes Handy heraus, drückte eine

Kurzwahltaste, ließ es einige Male klingeln, unterbrach dann die Verbindung. Ich steckte mir eine Zigarette an, wartete. Profs Telefon summe, war dann wieder tot. Das gleiche noch einmal.

Max war auf Porkpie angesetzt. Seit wir mit dieser Sache angefangen hatten, überwachten wir das kleine Frettchen rund um die Uhr. Max kann nicht hören, aber der Maulwurf hatte ihm einen vibrierenden Pieper verpaßt, der losging, wenn wir eine bestimmte Nummer wählten. Der schnelle Rückruf bedeutete, daß Max Porkpie im Visier hatte. Und das einmalige Klingeln hieß, das Wiesel war weit weg vom Rollo's.

Wie's in S&M-Clubs so schön heißt … Zeit fürs Rollenspiel.

Ich öffnete die Tür und betrat das Rollo's. Wechselte mit Clarence einen Blick. Er glitt gerade aus seiner Nische und verschwand nach hinten Richtung Toilette. Der einzige andere Ausgang führt durch die Küche, und dieser Weg ist Gästen versperrt. Clarence würde ein paar Minuten hinten bleiben und nach Fallen suchen, während ich meine aufbaute.

Ich trug eine alte Lederjacke über einem dicken, schwarzen Sweatshirt, Jeans und Arbeitsschuhe mit Stahlkappen. Der Schuppen war so kräftig beheizt, daß auch eine Nonne oben ohne arbeiten würde. Dampf zischte aus den großen Industrieheizkörpern an den fensterlosen Wänden. Ich zog meine Jacke aus, setzte mich, gewöhnte meine Augen an den niedrig hängenden Rauch. Clarence ging links an mir vorbei zum Ausgang. Ich stand auf und setzte mich in eine leere Nische, die Jacke über einer Schulter.

Die Kneipe sah aus wie eine typische Südstaatenspelunke, nur größer und ohne Jukebox. Altersschwaches, zusammengewürfeltes Mobiliar, ein großes, rot-weißes Coca-Cola-Schild hinter der aus rohen Brettern zusammengezimmerten Theke, vergilbende Plakate an den Wänden – sahen aus wie aus der Praxis eines Kassenzahnarztes geklaut. Unter der niedrigen Decke fing sich das Stimmengewirr, die Hitze wurde dicht am Boden gehalten. Irgendwer hatte ein Schild mit der Aufschrift BITTE NICHT RAUCHEN an die Seitenwand genagelt. Der Fußboden war ein einziger gigantischer Aschenbecher.

Ich ließ meinen Blick durch den großen Raum wandern, begutachtete die über die Runde verteilte kriminelle Nahrungskette. Alles war vertreten, vom Kleinkriminellen bis zum Immobilienhai. Ich hielt Ausschau nach bekannten Gesichtern. Nichts.

An einem der Tische verfolgte ein Teenager mit arabischen Gesichtszügen aufmerksam, wie ein älterer Mann eines ähnlichen Stammes Hütchenspieltricks vorführte, langsam genug, daß der Junge folgen konnte, dabei redete er an einem Streifen leise auf ihn ein. Lehrer und Schüler.

Ihnen gegenüber zog eine magere Blondine vor drei stämmigen Männern mit stoischen Mienen und identischen, zurückgekämmten schwarzen Haaren ihre Nummer ab. Sie sahen sich ähnlich genug, um Brüder zu sein – Griechen, vermutete ich. Sie schauten stumm zu, während die magere Blondine wild gestikulierte, Grimassen schnitt, um irgendwas zu unterstreichen.

Ein alter Mann mit dichtem grauen Haarschopf saß allein an einem Tisch; an jedem Handgelenk eine fette goldene Uhr. Leute blieben an seinem Tisch stehen, beugten sich vor und flüsterten ihm ins Ohr. Keiner setzte sich. Der Pate von Odessa Beach, vielleicht.

In einer Ecke saß ein schwammiger Mann mit runder

Brille. Sein dunkles Haar war bis auf die Kopfhaut rasiert. Er war groß, mindestens zwei Meter, brachte bestimmt mehr als zweihundertfünfzig Pfund auf die Waage. Er wirkte gedankenverloren, seine rechte Hand skizzierte etwas auf einem Zeichenblock. Einer der Griechen bemerkte, was er tat, wollte aufstehen. Der dicke Typ rührte sich nicht, hob den Blick nicht vom Block. Eine Insel der Stille entstand in dem Meer des Lärms. Der alte Russe stand auf, ging zum Tisch des Dicken, legte ihm eine Hand auf die Schulter, studierte die Zeichnung aufmerksam. An seiner Hand funkelte ein riesiger Diamant – ein echter. Der alte Russe nickte billigend, ging zurück an seinen Tisch. Einer der griechischen Brüder raunte ihm etwas zu – ich brauchte keinen Dolmetscher: »Bleib sitzen!« Die Insel verschwand wieder im Ozcan. Vielleicht waren die Griechen eigentlich Russen. Oder einfach Typen, die wußten, um was es ging. Wer immer der Dicke mit dem Zeichenblock sein mochte, er war niemand, mit dem man sich anlegte.

Die Kellnerin schlenderte herüber, eine Frau von Mitte vierzig mit Pokerface. »Was darf's sein?« Im Vergleich zu der Stimme war das Gesicht geradezu einladend.

»Ist Mimi da?« fragte ich.

»Ich seh mal nach«, antwortete sie und verschwand.

Ich riß ein Streichholz an, hatte es noch nicht zu meiner Zigarette gehoben, da stand Mimi schon vor meiner Nische.

»Suchst du mich?« fragte Mimi, ein freundliches Lächeln auf ihrem klassischen Aztekengesicht. Ihre Haut leuchtete in einem hübschen hellen Bronzeton. Strähnchen schimmerten in ihrem langen, pechschwarzen Haar. Aber ihre Augen waren so leer wie das EKG einer Leiche.

»Eigentlich«, sagte ich, »suche ich Arbeit.«

»Was für Arbeit machst du?«

»Körperliche Arbeit«, sagte ich leise.

Die Obsidiane ihrer Augen wanderten prüfend über meinen Oberkörper. »Du arbeitest mit den Händen?« fragte sie, zeigte mir ihre. Ihre Fingernägel waren lange, schwarz lackierte Krallen.

»Ich erledige schwere Sachen«, sagte ich, sah ihr in die Augen.

Ich wußte nicht, wo Mimi aufgewachsen war, aber sie erkannte sofort den starren Knastblick. »Wir verbürgen uns hier für niemanden«, sagte sie. Ihre Stimme war ohne jeden Akzent. Nur eine Warnung.

»Verstehe«, sagte ich. Gab ihr einen Hunderter. Er verschwand – sie hatte flinke Hände.

»Willst du was zu trinken, während du wartest?«

»Rye und Ginger. Aber nicht mischen, okay?«

Die Kellnerin brachte ein Schnapsglas, darin das, was hier als Rye galt, dazu ein größeres Glas und eine kleine Flasche eines billigen Ginger Ale. »Siebenfünfzig«, war alles, was sie sagte. Ich gab ihr einen Zehner. Sie nahm ihn und verschwand. Im Rollo's lief's wie in den städtischen Bussen: Kein Wechselgeld.

Und man war auch genauso schnell. Ich saß eine ganze Weile allein da. Goß Ginger Ale in das hohe Glas und leerte es fast ganz. Dann kippte ich das Schnapsglas hinein, der Inhalt vermischte sich mit den schmelzenden Eiswürfeln, bis das Glas viertelvoll war. Die Kellnerin kam, fragte, ob ich noch mal dasselbe wolle. Ich sagte: »Klar«, deutete mit dem Kinn auf das hohe Glas. Sie nahm es mit, brachte noch mal das gleiche, sackte den nächsten Zehner ein.

Die Chinesin konnte ich nirgends entdecken, aber das Mobiltelefon in meiner Tasche hatte nicht geklingelt, also war sie noch hier. Wenn es die war, die wir suchten, dann hatten wir sie im Sack.

An einem der kleinen runden Tische brach ein Streit aus. Mann und Frau. Er griff in ihr Haar und verpaßte ihr mehrere Ohrfeigen. Links und rechts. Langsam. Demonstrierte ihr, wie die Dinge standen zwischen ihnen. Ich bekam nicht mit, was er sagte, aber er redete pausenlos auf sie ein, während er sie schlug. Der Rausschmeißer – der Typ, den sie T. B. nennen – glitt herüber, hielt die leeren Hände locker an den Seiten. Er breitete die Arme aus, sagte irgendwas Besänftigendes. Der Kerl ließ die Haare der Frau los und sprang auf. T. B. trat einen Schritt zurück. Ermutigt zog der Kerl ein Messer, ließ es mit einer schnellen Bewegung seines Daumens aufschnappen, ging leicht in die Hocke. T. B. grinste satt, die Narbe unter seinem linken Auge verzog sich. Ich bekam seine Fußbewegung nicht mit, aber das Knie des anderen Kerls gab nach. T. B. schlug nur einmal zu, genau unters Herz, während der andere zu Boden ging. Und blieb, wo er war. Inzwischen war auch die Frau aufgesprungen, aber Mimi stand hinter ihr, hielt ihre Handgelenke fest. Die Frau sagte etwas, das ich nicht verstand.

»Quatsch!« lachte Mimi, ließ los, gab ihr eine Chance, überließ es ihr, sie zu ergreifen.

Die Frau behielt die Hände unten. Den Blick ebenfalls.

T. B. legte einen Finger an die Lippen. Die Frau half dem Kerl hoch. Gemeinsam gingen sie hinaus – sie ging, er stützte sich auf sie. T. B. verschwand wieder irgendwo in den Schatten. Mimi zog einen Lappen aus ihrem Rockbund und wischte den Tisch ab.

Dann setzte sich die Chinesin in meine Nische.

Aber sie war keine Chinesin. Ihr Gesicht war zu kantig, vor allem in der Kinnpartie. Ihr Teint war dunkelrosa mit einer goldenen Nuance. Ihre Augen hatten die Farbe heller Mandeln, und ihren Augenwinkeln fehlte die typisch asiatische Falte. Das schulterlange Haar war gelockt und so tiefrot, daß der Farbton im Licht ständig changierte. Ihre Lippen waren breit und voll, die Mundwinkel leicht nach unten gezogen. Die breite, flache Nase war mit hellen Sommersprossen übersät. Auf ihrem rechten Unterkiefer eine dunkle Linie, als habe ein Künstler sie betonen wollen.

»Versuchst du zu raten?« fragte sie. Sie hatte eine rauchige Stimme. Wie eine Sängerin, allerdings keine der Spitzenklasse.

»Ja«, gab ich zu.

»Ich bin halb Inuit, halb Irin.«

»Die Mischung ist perfekt.«

»Vielen Dank«, sagte sie, strahlte mich an. Ihre Zähne waren so weiß, klein und viereckig, daß sie unecht wirkten, wie ein Mund voller Miniatur-Chiclets.

»Sie wollen etwas erledigt haben?« fragte ich.

»Was bist du?« fragte sie plötzlich.

»Ich? Ich bin nur ein Mann, der –«

»Nein. Ich meine, was *bist* du? Was ich bin, habe ich dir gesagt.«

»Oh. Ehrlich gesagt, weiß ich es nicht.«

»Bist du adoptiert worden?«

»Ausgesetzt«, erwiderte ich, beobachtete sie.

Die Mandelaugen verfinsterten sich. »Aber irgendwer muß dich doch großgezogen haben. Haben die nicht …?«

»Der Staat hat mich großgezogen«, sagte ich. Und sagte damit alles – falls sie sich auskannte.

»Wie heißt du?«

»Burke«, antwortete ich. Wenn sie ein Cop war, wußte sie das sowieso. Und wenn nicht, dann hatten mich diese Mandelaugen gut genug fotografiert, um die Hand eines Polizeizeichners zu meinem Foto in der Kartei zu führen.

»Ich heiße Crystal Beth.«

»Ihre Eltern waren Rocker?« Ich lachte.

»Nein«, erwiderte sie lächelnd. »Hippies. Zumindest mein Vater. Er hat meine Mutter oben im Norden kennengelernt, und sie sind zusammen nach Oregon gegangen. Wo ich aufgewachsen bin.«

Das Rollo's war keine Singles-Bar. Und ich wußte nicht mal genau, ob sie die Frau war, die Porkpie engagiert hatte. Ich war geschäftlich dort. Aber ich spürte, wie mich die Strömung mitzog, und ich wehrte mich nicht.

»In einer Kommune?« fragte ich.

»Ja. Es war wunderbar dort, aber heute ist alles weg. Alles. Vergangenheit, untergegangen.« Mit ihrer traurigen Stimme hätte sie ein Prärieindianer sein können, der von einem anderen Jahrhundert erzählt.

»Möchten Sie was trinken?« fragte ich. Wenn jemand in einer Nische Besuch bekam, hielt die Kellnerin Abstand, bis man ihr ein Zeichen gab.

»Du trinkst die Plörre hier?« fragte sie. Ein Lächeln spielte um ihre Lippen, aber die Mundwinkel blieben nach unten gerichtet. Veranlagung also, keine Stimmungsfrage.

»Ich kann was vertragen«, versicherte ich.

»Hmh. Dann möchtest du vielleicht einen Job ...?«

»Vielleicht. An was denken Sie?«

»Meine ...« Sie zögerte nur einen Herzschlag, aber es entging mir nicht, » ... Cousine hat Probleme. Mit ihrem Freund. Ihrem *Ex*-Freund. Er sieht das allerdings anders. Verstehst du ...?«

»Klar. Manche Typen kapieren die Botschaft nicht beim ersten Mal.«

»Und manchmal kommt es auf den Überbringer an.«

»Ja. Brauchen Sie einen Überbringer?«

»Haargenau den brauche ich.«

»Aha. Kennen Sie den Kerl?«

»Ich *kenne* ihn nicht, ich *weiß* von ihm, okay?«

»Was genau hat man Ihnen erzählt?«

»Nein. Ich meine, ich bin ihm schon begegnet. Einmal. Aber ...«

» ... Sie wissen alles über ihn?«

»Ja.«

»Und Sie wollen das Problem beseitigt haben, richtig? Die Details interessieren Sie nicht?«

»Ja. Ich hielt es für das Beste, das ... Profis zu überlassen.«

»Profis kosten Geld«, erinnerte ich sie.

»Ist mir schon klar. Ich bitte keine wildfremden Menschen um Gefälligkeiten. Und du arbeitest wahrscheinlich auch nur zu Festpreisen.«

»Stimmt. Aber ich kann das Problem Ihrer ... Cousine bestimmt regeln.«

»Ja? Und wieviel würde das kosten?«

»Kommt drauf an, wie ... dauerhaft Sie das Problem gelöst haben wollen.«

»Damit meinst du ... was genau?«

»Na ja, manche Leute nehmen so was sehr persönlich, verstehen Sie? Sie setzen sich in den Kopf, daß eine gewisse Person ihnen gehört, und sie lassen nicht locker, bis ... Andere sind einfach nur Schlägertypen.«

»Schläger sind problemloser?« fragte sie und beugte sich über den Tisch.

»Schläger sind ein Klacks«, antwortete ich, fixierte sie. Oder vielleicht fixierte sie auch mich.

»Je gewalttätiger sie sind ...«

» ... desto teurer wird's, die Sache zu regeln«, beendete ich ihren Satz.

Ihr Blick fiel auf das Päckchen Zigaretten, das ich auf den Tisch gelegt hatte, sie hob fragend die Augenbrauen. Ich nahm es, bot ihr eine an. Sie bediente sich. Ich riß ein

Streichholz an. Sie senkte den Kopf nicht zur Flamme, wie ich es erwartet hatte. Saß einfach nur da, betrachtete unter langen, dunklen Wimpern hervor meine Hand. Die Flamme brannte langsam und gleichmäßig in der abgestandenen Kneipenluft. Ich schaute auf ihre Augen, spürte die Hitze an meinen Fingern. Sie beugte sich vor und blies die Flamme aus, ihr Atem war so leicht, daß er kaum dafür reichte.

»Du hast eine ausgesprochen ruhige Hand«, sagte sie.

»Ein Juwelier braucht gute Augen.« Ich zuckte die Achseln. »Wollen Sie keine Zigarette mehr?«

»Manchmal, wenn ich etwas unbedingt haben will, zwinge ich mich zu warten. Um so größer ist der Genuß, wenn ich's schließlich bekomme. Verstehst du?«

»Das mit dem Warten verstehe ich.«

»Kannst du gut warten?«

»Besser als jeder andere«, sagte ich. »Das ist meine Spezialität.«

»Du bist ... anders als die anderen.« Das war eine schlichte Feststellung. Ihr Urteil. Keine Frage.

»Die anderen?«

»Ich habe mit ... mehreren Leuten gesprochen. Wegen meiner Cousine. Du bist anders als die.«

»Haben Sie einen von denen ausprobiert?« erkundigte ich mich.

»Ausprobiert?«

»Bei dem Problem Ihrer Cousine?«

»Nein. Noch nicht. Das ist eine heikle Angelegenheit. Meine Cousine möchte es hinter sich bringen, das stimmt. Aber sie will Zauberei, verstehst du? Will, daß es einfach ... verschwindet. Und das ist schwer.«

»Sehr schwer. Und sehr teuer.«

»Wie teuer?«

»Kommt drauf an.«

Sie schaute auf ihre Uhr: ein großes, schwarzweißes Zifferblatt an einem dicken, schwarzen Plastikarmband. »Unser Gespräch dauert länger als ich dachte«, sagte sie. »Ich habe noch eine Verabredung. Aber ich möchte ... noch mal mit dir reden. Kann man dich irgendwie ...?«

»Klar«, antwortete ich. »Ich könnte Ihnen eine Telefonnummer geben.«

»Das wäre wunderbar.« Sie schenkte mir wieder ein schnelles Lächeln.

Ich gab ihr eine Nummer in Brooklyn. Daran hängt eine permanente Rufumleitung – klingeln würde es nur an einem der Münztelefone in Mamas Restaurant. Die Frau notierte sich die Nummer nicht, wiederholte sie ein paarmal leise. Der dunkle Strich an ihrem Unterkiefer bewegte sich wie ihre Lippen. Sie nickte, als stimme sie sich selbst zu, dann machte sie Anstalten aufzustehen. Ich rührte mich nicht. Sie setzte sich wieder, legte die Hände flach auf den Tisch. »Kann ich was mit dir machen? So ein altes-Hippie-Ding. Mir wäre einfach wohler ... auch wenn du lachst.«

»Was?«

»Kann ich deine Hand lesen?«

Ich legte die Hände auf den Tisch, die Handflächen nach oben. »Ich weiß nicht. Können Sie?«

»Paß auf«, sagte sie leise, nahm meine Rechte in beide Hände, senkte den Kopf, studierte sie aufmerksam.

Ich ließ meine Hand erschlaffen, sie drehte sie hin und her. Mehrere Minuten verstrichen. »Kannst du mit einer Hand ein Streichholz anzünden?« fragte sie, hielt meine rechte Hand fest, die Botschaft war unmißverständlich.

Mit der Linken holte ich ein Streichholz aus der Schachtel und riß es am Unterkiefer an. Es flammte sofort auf. Als Jugendlicher konnte ich mit diesem Trick die Mädchen beeindrucken. Ist schon lange her – beides. »Halt es näher«, sagte sie.

Ich hielt das Streichholz über meine geöffnete rechte Hand, spendete ihr Licht. Danach brauchte die Frau nur noch ein paar Sekunden. Sie blies das Streichholz aus, schloß meine Hand zur Faust, drückte einmal kurz und ließ sie los. »Danke«, sagte sie. »Ich ruf dich an.«

Ich gab ihr gut dreißig Minuten Vorsprung für den Fall, daß sie sich draußen herumdrückte, das gleiche vorhatte wie ich. Als ich schließlich auf die Straße trat, war der Himmel klar und die Luft eisig. Aber der Boden war naß, als hätte es während der vergangenen zwei Stunden leicht geregnet.

Clarences Rover war weg. Der Prof ebenfalls. Ich startete den Plymouth, verließ den pechschwarzen Parkplatz und hielt Kurs auf Mama. Unterwegs benutzte ich den Vibrationspieper, um Max dorthin zu bestellen.

Die Gassen von Chinatown sind niemals wirklich leer, aber in den frühen Morgenstunden wird es ruhig dort. Ich parkte den Plymouth unter dem weißen Quadrat, das Max' Siegel trug, und schlug mit der flachen Hand gegen die massive Stahltür am Hintereingang des Restaurants; einer von Mamas angeblichen Kellnern ließ mich hinein. Nachdem er gründlich mein Gesicht gemustert hatte. Und ließ die Pistole wieder unter seiner weißen Jacke verschwinden.

Es war fast drei Uhr morgens, aber Mama saß vorn an der Kasse, als rechne sie jeden Augenblick mit Gästen. Eine Terrine Sauerscharfsuppe stand bereits neben meinem Ellbogen, noch bevor Mama meine Nische im hinteren Teil des Lokals erreicht hatte. Ich überraschte sie, stand auf und griff nach der Terrine, um ihre Schale zu füllen, doch sie bedeutete mir mit einer Handbewegung, ich solle mich wieder setzen. Sie wirkte ungeduldig. Dann servierte sie mir eine kleine Schale, so wie sie es seit Jahren tat. Für Mama ist Fortschritt ein Riß in der Wand der Zivilisation.

Ich schlürfte die Suppe und machte dabei die entsprechenden anerkennenden Geräusche. Mama nickte zufrieden und rührte in ihrer Suppe, während ich die erste kleine Schale auslöffelte, dann gab sie mir einen Nachschlag. Einmal hatte ich sie gefragt, warum ich jedesmal mindestens drei Schüsseln essen muß. »Schüssel klein«, war ihre knappe Antwort, und ich habe nie mehr gefragt.

»Ist Max da?« fragte ich schließlich.

»In Keller«, sagte sie einsilbig. »Du find Mädchen?«

Max hatte sie also informiert. Keine Überraschung. Selbst die jungen chinesischen Gangster mit ihren unbarmherzigen Augen und schußbereiten Kanonen, die in den verästelten Seitenstraßen der Gegend herumlungern wie Blutgerinnsel im Kreislauf von Chinatown, machen Platz, wenn Max vorbeigeht ... aber Mama gehorcht er wie ein gut erzogener Sohn.

Niemand weiß, warum. Niemand fragt.

»Ich denke schon, Mama«, antwortete ich. »Aber sicher bin ich mir nicht.«

»Mädchen chinesisch?«

»Nein. Aber sie könnte als Chinesin durchgehen, wenn sich jemand nicht auskennt.«

Mama grunzte, ließ es dabei bewenden. Vor Jahren hätte sie eine Frau wie Crystal Beth Barmädchen genannt, ihre Kurzform für Mischling. Doch Immaculata hatte sie davon kuriert. Immaculata ist Max' Frau, halb Vietnamesin, halb amerikanischer Soldat, welcher Abstammung auch immer. Und als ihr Baby, Flower, auf die Welt kam, erklärte Mama das Kind in einem Atemzug zu ihrer Enkelin und zur reinrassigen Mandarin-Chinesin mit hundert Generationen alter Familie.

Niemand widersprach ihr.

Ich hatte einen Teller geschmorte Filetspitzen auf einem Bett aus lockerem braunem Reis mit Lauch und Shiitake-Pilzen halb aufgegessen, als Max heraufkam. Er saß ruhig neben Mama, bis ich fertig war. Zwischen Schlucken Eiswasser erklärte ich dann mit Zeichensprache dem stumm beobachtenden Krieger, was sich mit der Frau ergeben hatte.

Er war an der Reihe: Er spielte mir Porkpies Abend vor – stellte pantomimisch dar, wie Vierteldollarmünzen in Münztelefonschlitze gesteckt wurden, machte mit hohler Hand über dem Mund getuschelte Telefonate deutlich. Fiebrige Geschäftigkeit – ohne daß dabei etwas herauskam. Porkpie war nie auch nur in die Nähe von Rollo's gekommen. Schließlich hielt Max beide Hände an eine Wange, neigte den Kopf und schloß die Augen. Porkpie war in seine Bude zurückgekehrt, schlief vermutlich und träumte von krummen Geschäften.

»Mama«, fragte ich, »verstehst du etwas von Handlesen?« Ich legte einen Finger in meine Handfläche, zog die Linien nach, damit auch Max verstand.

»Zigeuner? Das nur –«

»Nein. Wirklich. Hast du schon mal gehört von –«

»Sicher. Chinesische Erfindung. Sehr gut.«

Natürlich. Für Mama war Galileo ein Chinese. Noah ebenfalls. Nur daß er ein paar falsche Tiere auf die Arche mitgenommen hatte.

»Glaubst du wirklich, daß manche Leute die Zukunft voraussagen können?«

»Nicht Zukunft. Vergangenheit. Welche Handfläche angesehen?«

»Äh, meine rechte Hand.«

»Ja! Arbeitshand, richtig? Hand zeig, was du mach. Du bist, was du mach, versteh?«

»Nein.«

»Manche Männer Bauer, andere Schuhe mach, stimmt? Arbeit mit Hand gibt Spuren. Wie Fährte.«

»Gilt das nur für Männer?« fragte ich und lächelte sie an, um zu zeigen, daß ich nur Spaß machte.

Großer Fehler. »Frau mach alle Arbeit. Arbeit in Fabrik, nach Hause komm, Haus putz, kümmer sich um Baby, mach Garten. Männer immer nur eine Sache mach. Hand von Frau sag nichts.«

»Wohin schaust du bei einer Frau, Mama?«

»In Augen«, erwiderte sie, schaute tief in meine.

»Augen lügen«, der Prof stand hinter meiner Schulter. Ich hatte ihn nicht kommen hören. »Was man macht, die Wahrheit sacht«, beendete er seinen Satz, wiederholte Mamas kurz zuvor geäußerte Lebensweisheit.

Ich rutschte ein Stück, machte Platz für ihn und Clarence.

»Wie ist es gelaufen?« fragte ich.

»Wir haben sie verloren, Bruder. Die ist verschwunden wie Bargeld im Puff.«

Ich hob eine Augenbraue, sagte nichts. Da mußte noch was kommen – den Prof auf den Straßen dieser Stadt abzuhängen dürfte schwieriger sein als einen Londoner Taxifahrer aus der Ruhe zu bringen.

»Sie kommt aus dem Schuppen«, erklärte Clarence. »Zieht sich dieses Parka-Dings über den Kopf, ist ganz in Schwarz. Dann geht sie nach hinten, kommt an uns vorbei. Danach sehen wir sie nicht mehr, aber es gibt keine andere Ausfahrt von diesem Parkplatz, also warten wir. Und, Maan, urplötzlich hören wir dieses Donnern, und dann rast sie an uns vorbei. Auf einem Motorrad, Maan. Einem schwarzen. Kleine Maschine. Ein Japaner, glaub ich, aber sie war zu schnell. Als ich den Rover endlich in Gang habe, ist sie längst weg. Ich höre die Maschine, und ich folge dem Geräusch. Sehe gerade noch, wie sie um eine Ecke verschwindet. Kein Rücklicht, konnte kein Nummernschild erkennen. Und das war's dann. Wir brettern hinterher, versuchen sie an einer Kreuzung einzuholen, aber nichts. Die Frau hat ihre Maschine im Griff, Maan. Schwer, auf diesen rutschigen Straßen jemand einzuholen.«

Blieb nur noch, auf einen Anruf zu warten.

Der kam am folgenden Tag. Das Handy, das ich in dieser Woche hatte, zwitscherte auf dem Tisch, den ich als Schreibtisch benutze, und schreckte Pansy zu so etwas wie Aktivität auf. Der neapolitanische Mastino hob den gewaltigen Kopf und starrte wütend in Richtung des Geräuschs. Mit zunehmendem Alter wird Pansy konservativer – alles Neue wird mißtrauisch und abwehrend beäugt. Alles Alte hat sie schon eingeschüchtert.

»Was?« sagte ich in die Sprechmuschel. Der Maulwurf hatte eine Art austauschbaren Verschlüsselungschip, den er in alle unsere benutzten Mobiltelefone einbaute und auswechselte, sobald wir uns neue Nummern klonten. Jeder Lauscher, der nicht den richtigen Chip besaß, hörte nichts als Kauderwelsch, aber alte Gewohnheiten sind nicht kleinzukriegen, und ich benutzte die verdammten Dinger immer so, als würde alles mitgeschnitten.

»Mädchen anruf. Ich sag ihr, du draußen und zurück in halbe Stunde, okay?«

»Gut. Schon unterwegs.«

»He!«

»Was?« Mama hatte die gleichen Angewohnheiten, würde meinen Namen niemals über Mobilfunk benutzen. Tatsache ist, ich war überrascht, daß sie überhaupt noch weitertelefonieren wollte.

»Mädchen kein Chinesisch.«

»Aha.«

Ich ging über die hintere Treppe zu der Garage, die ich im Erdgeschoß des alten Fabrikgebäudes, in dem ich wohnte, abgeteilt hatte. Der Besitzer hatte das Gebäude vor Jahren zu Lofts umgebaut, aber die dämlichen Typen, die dort wohnten, hatten keinen blassen Schimmer von der zusätzlichen Wohnung im obersten Stock. Für die ist das eine Art Dachboden. Und selbst wenn sie sich mal für etwas anderes interessieren sollten als den Großhandelspreis von hawaiianischem Hanf, würde die dreifach verstärkte Stahltür mehr als ausreichen, um ihrer Neugier ein Ende zu machen.

Und hinter der Tür war Pansy.

Der Besitzer ist nicht mein Freund. Wir haben eine reine Geschäftsbeziehung. Ich zahle keine Miete. Und ich rede auch nicht, also ist sein Ältester sicher im Zeugenschutzprogramm. Der Junge war die Ratte einer Ratte, ein Spitzel aus reinem Vergnügen. As ich rein zufällig auf die neue Identität stieß, mit der ihn die *Federales* belohnt hatten, war mir gleichzeitig der Schlüssel zu meiner Wohnung in die Hände gefallen. Und nach all den Jahren ist sie immer noch gut. Der Maulwurf hat mich in die Stromversorgung von unten eingeklinkt, ich erscheine also auf keinem Zähler der Con-Ed. Mein Essen mache ich mir auf einer Kochplatte und heize die Wohnung durch einige Rohre, die an einen alten gußeisernen Radiator angeschlossen sind. Die Bude ist nicht besonders gut isoliert, und die Fenster sind alles andere als dicht, aber ich habe zwei elektrische Heizlüfter, wenn's draußen gar zu frostig wird.

Ich habe nur zwei Zimmer, aber ein Perser aus der Zeit vor dem Schah, der eine Wand bedeckt, läßt es aussehen, als käme dahinter noch ein dritter Raum. Den hatte ich aufgehängt, als die Wohnung noch mein Büro war. Ist es aber schon seit Jahren nicht mehr. Der Maulwurf hat mir eine Dusche und ein Waschbecken mit Spiegel eingebaut. Rostfreier Stahl, wie ihn mir der Staat bei meiner letzten Runde gestellt hat. Ich besitze auch ein Telefon, das an den Anschluß meiner Nachbarn von unten geklemmt ist, aber ich benutze es nur für Notfälle. Tatsache ist, daß ich es nicht mehr benutzt habe, seit wir Mobilfunknummern aus dem Äther fischen und entschlüsseln können. Wir wechseln die geklonten Nummern etwa wöchentlich, aber eines bleibt – wenn ich telefoniere, bekommt ein anderer die Rechnung.

Ich brachte den Plymouth auf Touren, überprüfte mit dem Periskop die verlassene Straße und schob mich vorsichtig hinaus. Als das Münztelefon bei Mama für mich klingelte, saß ich bereits seit zehn Minuten in meiner Nische.

»Gardens«, meldete sich Mama mit starkem Mandarin-Akzent. Sie beherrschte viele Akzente. Mama legte den Kopf schief, gab mir zu verstehen, daß sie zuhörte, sagte dann: »Oh, sicher. Er hier. Gerade reinkomm. Ich ihn hol, okay?« und reichte mir den Hörer.

»Ja?«

»Burke? Bist du's?«

»Klar.«

»Hier ist Crystal Beth. Aus dem –«

»Ich erinnere mich«, unterbrach ich neutral.

»Können wir uns irgendwo treffen?«

»Klar.«

»Du bist ziemlich einsilbig am Telefon«, sagte sie, einen neckenden Unterton in ihrer rauchigen Stimme.

»Das sollten Sie auch sein«, erwiderte ich.

»Warum? Ich bin nicht ... Ach, schon gut. Kennst du einen guten Treffpunkt?«

Ich überlegte schnell. Sie wollte mir ihre Karten nicht zeigen. Was ich verstehen konnte. Mich mit ihr bei Mama zu treffen wäre sicher, allerdings würde sie sehen, wo ich arbeite. Aber zu viele Menschen um mich herum waren im Laufe der Jahre gestorben, und mit ihnen manche meiner Geheimnisse. Die Cops wußten von Mama's, die Feds ebenfalls. Ein mickriges Nichts wie Porkpie würde es nicht kennen, aber selbst er könnte es herausfinden, wenn er auf der Straße ein bißchen Geld investierte. »Ja, ich weiß einen Ort«, sagte ich. »Wie wär's, wenn ich Sie zum Essen einlade? Heute abend?«

»Gern.«

»Abgemacht«, sagte ich. Und gab ihr Mamas Adresse.

»Bist du sicher, daß du ihn umgebracht hast?« fragte ich Herk. Ich machte mir nicht die Mühe, seine Augen zu beobachten – der große Dummkopf konnte genauso schlecht lügen wie stehlen.

»Ich bin durch seine Rippen, Burke. Das Licht ist ausgegangen. Als ich zugestochen hab. Man konnte es sehen.«

Wir saßen vorn in meinem Plymouth auf dem Gelände eines Schrottplatzes in South Ozone Park. Ich kenne den Besitzer. Wir konnten stundenlang dort sitzen, kein Problem. Wenn nicht die Kälte gewesen wäre. Ich versuchte, die Teile zusammenzufügen. So wie ich es sah, hatte das nie eine Warnung sein sollen, es war vielmehr ein gut vorbereiteter Auftragsmord. Jemand wußte, wie das Opfer reagieren würde, wenn es in die Enge getrieben wurde, noch dazu von einem Burschen von Herks Kaliber. Dieser Jemand wußte, daß das Opfer nach seiner Kanone greifen würde.

Herk hatte das nicht gewußt. Die Frau vielleicht genausowenig. Aber Porkpie …

»Und dann bist du zum Auto gerannt?« fragte ich.

»Genau. Porkpie hatte den Motor an, und wir sind einfach –«

»Und es war sonst niemand in der Nähe, Herk? Bist du ganz sicher?«

»O Mann, ja! Ich hab die Gasse zu Fuß gecheckt, bevor der Wichser überhaupt gekommen ist. Burke, wann kann ich wieder raus? Hier kann man den ganzen Tag nichts anderes machen als den kleinen Fernseher in meinem Zimmer anglotzen. Ist fast wie im Loch. Keine Typen zum Rumhängen, kein Kraftraum, kein gar nichts.«

»Willst du was lesen?«

»Ja! Kannst du mir 'n paar Comics besorgen?«

»Was denn? *Batman* und so?«

»Nein, Mann. Batman ist ein Penner. Das Zeug macht keinen Spaß. Besorg mir so was hier«, sagte er und zog einen zusammengerollten Comic aus der Jacke.

»Hardboiled?« Ich schaute auf ein Cover, so kunstvoll-kompliziert wie ein alter Gobelin.

»Ja! Der Typ hat's echt drauf! Seine Sachen sind Klasse.«

»Welcher Typ?«

»Der Künstler, Mann. Guck mal!«

Ich sah den Namen in winzigen Buchstaben. Geof Darrow. »Ist er das?«

»Sieh dir die Bilder an, Burke. Er hat das Zauberhändchen, Bruder.«

Ich steckte mir eine Kippe an und blätterte das Heft durch. Fand, daß Herk recht hatte. Solche Zeichnungen hatte ich noch nie gesehen. Sie pulsierten wie perlende Poesie – je länger man hinschaute, desto mehr war zu sehen.

»Hast recht, Bruder«, sagte ich. »Okay. Sonst noch was?«

»Ja. Irgendwas von Alan Grant, okay?«

»Alan Grant? Auch ein Zeichner?«

»Nein, Mann«, antwortete Herk spöttisch. »Hast du denn überhaupt keine Ahnung? Ist ein Schriftsteller. Ein großer Schriftsteller. Lies mal *Lobo*. Und *Anderson: Psi-Judge* – ist ein Engländer, aber jeder anständige Buchladen führt ihn.«

»In Ordnung«, versprach ich. »Bleib du schön hier, okay? Wir arbeiten an der Sache.«

»Ich wünschte, ich würde arbeiten«, sagte der große, schwere Mann.

»Du wirst früh genug zu tun kriegen«, antwortete ich.

»Nicht so'ne Art Arbeit«, sagte er, tat damit mein ganzes Leben ab. »Ich meine richtige Arbeit. So was wie 'nen Job.«

»Einen Spießer-Job?«

»Ja. Genau«, sagte der Bär von einem Mann, ließ die Schultern kreisen wie vor einem Kampf. »Ein ehrlicher Job. Mit Lohntüte und allem.«

»Willst du im Hafen arbeiten? Jede Gehaltserhöhung deinem Vorarbeiter abliefern? Taxi fahren und den ganzen Tag Scheiße fressen? Willst du das?«

»Die Leier kenn ich«, sagte Herk. »Die hör ich schon mein ganzes Leben, okay? Was fragst du? Ob ich wem in den Arsch kriechen will? Da muß es noch 'ne andere Möglichkeit geben.«

»Kann sein. Aber wenn du nicht weißt, was du willst ...«

»Das weiß ich genau, verdammt«, erwiderte er ruhig. »Erinnerst du dich an Dante? Aus dem Knast?«

»Dieser alte Italiener? Der, der –«

»Ja, der Kerl mit dem großen Garten. Weiß du noch? Er hatte lauter so Pflanzen – Tomaten und Gurken und Radieschen und Möhren und alles. Er hat mir ... was beigebracht. Das hat echt Spaß gemacht, Burke. Das war ... ich weiß nicht ... Ich kann's nicht erklären.«

»Das willst du also werden? Ein Gärtner?«

»Genau«, sagte er, das Kinn gereckt, leicht aggressiv. »Dante hat gesagt, solche Jobs gibt's massig. Gartenarbeit. Landschaftsbau. Das ist richtige Arbeit. Da biste kein Kuli und auch kein Tagelöhner, arbeitest selbständig. Sogar drinnen, wenn du willst. In Gewächshäusern und so. Da gibt's echt Kohle, hat er gesagt. Wenn man seine Sache gut macht. Wenn's einem wirklich wichtig ist.«

»Und warum kannst du nicht –?«

»Klar«, er knurrte fast. »Wo soll ich denn einen finden, der mir eine Chance gibt? Bei meinen Vorstrafen und so? Ich weiß, daß ich kein Genie bin. Aber der alte Dante war auch kein Genie. Und er hat das Zeug zum Wachsen gebracht wie kein anderer, stimmt's?«

»Stimmt.«

»Eine zweite Chance«, sagte Herk leise, jede Aggressivität war aus seiner Stimme verschwunden. »Das ist es, was ich will, 'ne zweite Chance.«

»Die Nummer eins der Hitparade im Knast«, sagte ich. »Das Liedchen hat jeder gesungen.«

»Ja, ich weiß«, meinte er traurig. »Der Wichser war tot, Burke. Sofort, als ich mein Messer drin hatte. Ich muß bald was tun. Ich sag's dir, hier ist es schlimmer als im Scheißknast.«

»Nein, ist es nicht«, erwiderte ich leise, erinnerte ihn.

Herk nickte, war fertig mit Diskutieren.

»Ich muß mal einen Blick in einen Autopsiebericht werfen«, sagte ich zu dem Mann am anderen Ende der Leitung.

»Brauchen Sie eine Kopie?« fragte der Mann mit starkem Ibo-Akzent. »Die sind hier bei solchen Sachen ziemlich streng geworden, seit –«

»Keine Kopie. Nur einen kurzen Blick.«

»Ich vergesse meine Schulden nicht. Und die Schulden meiner Schwester sind auch meine Schulden, das weiß ich. Aber ich habe jetzt einen guten Job. Und es ist –«

»Okay«, ich sprach aus, was ich von Anfang an gewollt hatte. »Wie wäre es damit: Sie ziehen die Akte und lesen sie mir vor. Am Telefon, in Ordnung? Nicht mehr.«

»Das geht«, versprach er. »Sagen Sie mir den Namen.«

Vier Stunden später rief ich wieder an. Sobald er meine Stimme hörte, begann er zu reden. Der Einfluß britischer Kolonialisten unüberhörbar in seiner präzisen Stimme.

»Ein Stichwunde, linkes Ventrikel. War das alles?«

»Ja.«

»Das war die Todesursache?«

»Ja.«

»Keine weiteren Verletzungen?«

»Nein. Nichts. Alle anderen Organe waren normal. Lungen frei. Auch die toxikologische Untersuchung war negativ.«

»Sagen Sie Comfort, wir sind quitt«, sagte ich und legte auf.

Sie war pünktlich, trat um exakt acht Uhr über die Schwelle. An Mamas Kasse blieb sie stehen. Ich konnte nicht verstehen, was sie redeten. Schließlich löste sie sich und kam nach hinten zu meiner Nische.

Diesmal hatte sie ihr dunkles, rot schimmerndes Haar rechts und links zu dicken Zöpfen geflochten, die mit schlichten Lederstreifen umwickelt waren. Sie trug einen langen, roten Wollmantel mit Kapuzenschal. Als ich aufstand, um ihr herauszuhelfen, fiel mir auf, daß er innen schwarz gefüttert war. Ein Wendemantel. Diese Frau war kein Amateur – das Motorrad war nicht das gewesen, was sich ein Hippie unter Spaß im Schnee vorstellte. Unter dem Mantel trug sie einen dicken, goldgelben Pullover mit Schildkrötkragen, dazu klassisch geschnittene schwarze Hosen und kurze Lederstiefel in der gleichen Farbe wie der Pullover.

»Hier gibt's keine Speisekarte«, erklärte ich. »Sagen Sie einfach, was Sie haben möchten.« Tatsächlich gibt es doch Speisekarten. Aber die sind in Plastik eingeschweißt und mit Fliegendreck übersät und sehen genauso ekelhaft aus wie das sogenannte Essen, das hier Leuten serviert wird, die dumm genug sind hereinzukommen. Keiner von denen kommt je wieder.

»Kannst du nicht einfach für uns beide bestellen?«

»Klar«, sagte ich, schaute mich nach einem Kellner um. Das Lokal war leer. Wahrscheinlich war einer von Mamas Schlägern bereits unbemerkt nach vorn geflitzt und hatte das GESCHLOSSEN-Schild in die Tür gehängt. Anschließend hatte er den Drachen im schmierigen Fenster ausgetauscht gegen den roten, damit wußte der Rest der Crew, was er wissen mußte. Der blaue Drache hieß Cops, der rote stand für Gefahr. Weiß hieß: alles klar, aber das kam jetzt nicht in Frage. Es war allein mein Risiko. Und Mamas, aber sie war eine Freiwillige. Kein Grund, Crystal Beth den Rest der Truppe vorzuführen.

Mama schlenderte herüber, schnippte beim Gehen laut mit den Fingern. Von hinten erschien ein Kellner mit Eiswasser – die blauen Gläser waren so sauber, daß sie neu wirkten.

»Können Sie uns etwas empfehlen?« fragte ich Mama, ohne eine Miene zu verziehen.

»Empfehl? Sie essen?«

»Ja. Essen.«

»Okay. Essen kommt«, antwortete sie und bellte dem Kellner über die Schulter irgendwas in Hafenviertel-Kantonesisch zu.

Die Sauerscharfsuppe bekamen wir nicht – die ist der Familie vorbehalten. Aber einer der Kellner breitete eine frische, weiße Leinentischdecke über dem angefressenen Formica aus und deckte den Tisch dann mit ultramodernem dänischem Stahlbesteck, das glänzte, als wäre es eben erst aus dem Seidenpapier gewickelt worden.

Mama kontrollierte seine Arbeit, nickte zufrieden. Der Kellner brachte eine recht exotische Auswahl an Dim sum, dazu einige Frühlingsrollen, so hell, daß einen das Knacken des Teiges überraschte. Außerdem gab es Rindfleisch in Austernsoße mit Bok-choy-Scheiben, Zitronenhühnchen mit Erbsschoten und gebackenen Reis mit dicken Stücken Krabbenfleisch. Das alles appetitlich angerichtet auf eisblauen Platten. Mama trieb sogar eine dunkelrote Orchidee auf und stellte sie in eine weiße Milchglasvase in der Form einer Dschinn-Flasche.

»Köstlich!« rief Crystal Beth, nachdem sie ein halbes Dutzend verschiedener Gerichte gekostet hatte.

Mama verbeugte sich, um ihren Mund spielte der Anflug eines Lächelns.

»Womit sind die gefüllt?« fragte Crystal Beth, hielt eine angebissene Frühlingsrolle hoch.

»Groß Geheimnis«, antwortete Mama ernst. »Hier alles groß Geheimnis.«

»Ich würd's nicht verraten«, versicherte Crystal Beth.

Mama verbeugte sich noch einmal und kehrte zu ihrer Kasse zurück. Das Licht im Restaurant wurde gedämpft. Ein Kellner kam und stellte etwas auf den Tisch, das wie eine blaue Sturmlaterne aussah. Mit einem langen, roten Pappstreichholz zündete er die Kerze an, beobachtete die Flamme, bis er zufrieden war.

Crystal Beth kaute bedächtig, betrachtete unentwegt mein Gesicht. Sie sagte nichts. Links neben ihr flackerte die Kerze, so daß die dunkle Linie an ihrem Unterkiefer nur undeutlich zu sehen war. Ich gab mir Mühe, nicht draufzustarren.

Das klappte wohl nicht. »Es ist eine Tätowierung«, sagte sie schließlich. »Willst du sie dir genauer ansehen?«

»Ja«, antwortete ich, verblüfft über meine eigene Ehrlichkeit.

Sie drehte ihr Gesicht nach links. Ich schob die Kerze in die Mitte des Tisches und beugte mich vor. Die Linie verlief ziemlich gerade ihren Kieferknochen entlang, bildete dann einen Schnörkel, bevor sie zu ihrem kantigen kleinen Kinn führte. Sie endete in etwas, das wie eine winzige, primitive Pfeilspitze aussah. Ich wollte sie berühren, behielt aber die Hände flach auf dem Tisch.

»Sieht aus wie ein … Stammeszeichen«, sagte ich.

»Ist es auch. Das heißt, daß ich ein Ziel habe.«

»Aber gemacht worden ist es, als Sie noch klein waren, oder?«

»Ja. Woher weißt du das?«

»Ich … Wie konnten die Ihr Ziel kennen, als Sie ein Kind waren?«

»Konnten sie nicht. Aber … sie wußten, daß ich eines haben würde.«

»Und das hat gestimmt?«

»O ja.«

Ich schob die Kerze wieder zurück an ihren Platz an der Wand. Sie hatte kleine Hände mit kurzen, gerade geschnittenen Nägeln, klarer Nagellack schimmerte im flackernden Licht. Sie hatte eine gesunde Gesichtsfarbe, war nicht geschminkt. Tiefschwarze Pupillen in mandelförmigen Augen.

Falls es ihr unangenehm war, beim Essen nicht zu reden, ließ sie sich zumindest nichts anmerken.

Ein Kellner räumte langsam und feierlich das Geschirr ab. Ich wußte gar nicht, daß Mamas Leute so etwas überhaupt konnten. Dann brachte er jedem von uns einen Eierbecher Zitronensorbet und einen kleinen silbernen Löffel.

»Keine Glückskekse?« fragte sie den Kellner.

Er starrte sie verständnislos an. Das konnten Mamas Leute ausgesprochen gut.

»Sie sprechen kein Englisch«, erklärte ich.

»Ein Wunder, daß es hier nicht proppenvoll ist«, sagte sie. »Das Essen ist unglaublich.«

»Die Qualität ... schwankt«, sagte ich. »Köche kommen und gehen ziemlich schnell. Das hier ist eher so etwas wie eine ... Schule. Wenn sie richtig gut sind, wechseln sie in eines der besseren Restaurants. An manchen Abenden kann man hier essen und schnurstracks in die Unfallambulanz gehen.«

Das war die Wahrheit, hatte aber nichts mit dem Essen zu tun. Von Zeit zu Zeit checkt irgendein Außenseiter das unscheinbare Lokal aus und beschließt, daß das Mama's ideal für einen Raubüberfall wäre. Beim letzten Mal war ich gerade da. Durch den Vordereingang kam ein Junge mit einer Intratec Scorpion in der Hand, dem Lieblingsspielzeug gefährlicher, schießwütiger Jungs in der ganzen Stadt – die Kanone ist Schrott, aber sie fahren auf ihr Aussehen ab. Der Junge beherrschte die Killermaschinen-Pose des urbanen Wichsers – er hatte das Handgelenk so gedreht, daß die Pistole parallel zum Boden war. Wie im Kino. Bei einer Halbautomatik geradezu genial: So fliegen einem die Patronenhülsen garantiert in die Fresse. Aber der mutige Schütze bekam nie die Chance, das herauszufinden. Seine Leiche wanderte in einen Müllcontainer in

Chinatown. Keine Ahnung, was anschließend damit passierte.

Der Kellner nahm die Eierbecher, stellte einen großen, blauen Glasaschenbecher genau zwischen uns. Ich kramte meine Zigaretten heraus, bot ihr eine an. »Nein, danke«, lehnte sie höflich ab. »Ich hab meine eigenen.«

Sie holte Zigarettenpapier aus der Handtasche, klopfte etwas dunklen Grobschnitt aus einer grünweißen Blechdose und drehte sich gekonnt eine Zigarette. Mit der Zungenspitze fuhr sie über die gummierte Seite des Papierchens und klopfte die Kippe dann auf einem Daumennagel zurecht. Ich gab ihr Feuer. Sie inhalierte tief, atmete den Rauch durch die breite, flache Nase aus.

»Was meine Cousine angeht ...«, begann sie.

Ich wartete ein paar Herzschläge. Begriff, daß sie nicht weiterreden würde. Ein Tänzchen, dessen Regeln ich nicht kannte. Ich versuchte einzuhaken.

»Ja ...?« soufflierte ich.

»Was weißt du über solche Leute, Burke?«

Mir gefiel, daß sie »Burke« sagte, nicht »Mr. Burke« wie die meisten Menschen. Sie fragte nie, ob es mein Vor- oder Nachname war, arbeitete mit dem, was ich ihr gab.

»Was für Leute?« fragte ich.

»*Stalker*. Anschleicher. Freaks, die Macht über andere haben wollen.«

Ich zuckte die Achseln. »Da gibt's alle möglichen.«

»Dachte ich auch. Früher. Aber heute sehe ich das anders. Unterm Strich sind alle gleich. Sie können entscheiden. Haben die Wahl. Das ist für sie das Allerwichtigste. Es geht nur um Macht.«

Was weißt du schon von Macht, Kleines? dachte ich. *Was weißt du schon von dem Moment, wenn die Bestie sich losreißt? Und auf den Geschmack kommt? Wie in Ruanda. Oder*

Bosnien. Oder in manchen Familien. »Ja«, sagte ich laut. »Aber –«

»Glaubst du, ein Ex-Freund ist so anders als der besessene Fan eines Filmstars?«

»Allerdings. Der Ex-Freund hat eine Geschichte. Oder zumindest das, was er für eine Geschichte hält. Er hatte sie mal. Der Fan hatte sie nie.«

»Das ist sehr rational«, sagte sie, ihre Stimme war geradezu frostig. »Aber rational zählt nicht. Es zählt einzig und allein Druck. Je besessener sie sind, desto mehr Macht haben sie. Sie können sich konzentrieren – können ihre Energie bündeln, wie es kein normaler Mensch je kann. Sie sind wie Raketen, die Hitzequellen suchen, ihr Ziel finden. Durch das Signal. Und solange man lebt, sendet man immer irgendwelche Signale. Egal, wie sehr man versucht, ihnen auszuweichen, egal, wieviel Sicherheit man sich leisten kann. Stripper ziehen sie an. Und Collegeprofessoren. Jeder, der schon einmal ein Buch geschrieben hat oder in einer Talkshow aufgetreten ist, ist ein potentielles Opfer. Es ist eine Art sexueller Belästigung in der x-ten Potenz.«

»*Sexuelle* Belästigung?«

»Natürlich ist das eine sexuelle Sache. Es gibt eine Menge Namen für diese Typen, aber letzten Endes läuft es immer aufs Gleiche hinaus. Stalker sind Vergewaltiger. Sie versuchen, sich mit Gewalt zu nehmen, was sie nicht im gegenseitigen Einverständnis bekommen. Diese Anti-Wahl-Leute sind genau das, jeder von denen.«

»Anti-Wahl?«

»Ich meine diese sogenannten Pro-Leben-Typen. Die nehmen sich das Recht heraus, für andere zu entscheiden, ihnen die Wahl abzunehmen. Denen geht es nicht darum, einen Fötus zu retten. Wenn eine Frau vergewaltigt wird und diese Leute sie zwingen, das Kind dieses bösartigen Tiers auszutragen, was ist das anderes als noch mehr Vergewaltigung? Selbstgerechte Vergewaltiger, das sind sie. Allesamt.«

»Aber wenn sie –«

»Vielleicht findet ein Mann wie du das witzig«, sagte sie. Ihre Nasenflügel bebten, ihre Mandelaugen sprühten vor Zorn. An ihrem Hals pochte eine Ader.

»Witzig? Warum sollte ich –?«

»Solche Leute gibt's doch, oder? Heute findest du im Fernsehen Sitcoms, in denen es nur darum geht. Und Filme. *Stalking* als Hobby. Ist das nicht saukomisch? Natürlich sind es immer Frauen, die sich anschleichen und belästigen. Wenn es aber –«

»– Ihre Cousine ist …«, ich versuchte, sie zu unserem Thema zurückzubringen.

»Meine Cousine?« Sie holte Luft, schaute mich an, als hätten sie sich gerade in einem Spiegel gesehen. »Oh. Ja. Er … hetzt sie. Er ruft sie an und läßt ihre Kreditkarten sperren. Stiehlt ihre Post. Er hat jemand bei der Telefongesellschaft bestochen, ihre Geheimnummer erfahren, und er ruft an … jeden Tag Hunderte von Malen, aber er sagt nie was. Weißt du, was er ihr erzählt hat? Sie wird sterben. Er wird erst sie umbringen und dann sich selbst. Damit er nicht bestraft werden kann. Er könnte es nicht ertragen, ins Gefängnis zu gehen, denn dann hätte er ja keine Macht mehr. Er wird es tun.«

»War sie bei den Cops?«

»Sicher«, meinte sie lachend; ein trockener, spröder Laut in dem leeren Restaurant. »Glaubst du, im Leben ist es wie im Kino? Irgendein Cop verliebt sich in sie, opfert seine Freizeit, um ihr Haus zu überwachen?«

»Dann will sie … was genau?«

Die Frau, die sich Crystal Beth nannte, drückte ihre Zigarette aus, schwieg, hielt den Blick gesenkt.

Es verstrich eine lange Minute, bevor sie wieder zu mir hochschaute. »Hilfe«, sagte sie.

Nachdem sie gegangen war, saß ich lange allein am Tisch. Falls sie wieder mit dem Motorrad gekommen war, machte es keinen Sinn, ihr zu folgen. Wir hatten nicht genug Leute für eine Überwachung mit drei Autos. Clarence war gut, aber der Prof konnte überhaupt nicht fahren. Max steuerte einen Wagen mit der Finesse eines Rhinozerosses. Und verglichen mit dem Maulwurf war er geradezu ein Chirurg. Aber wenn wir das Kennzeichen hätten …

Clarence kam als erster. Er begrüßte Mama, dann kam er an meinen Tisch. Ich wartete geduldig, bis er die erste Tasse Suppe geleert hatte – Mama beobachtete uns.

»Das Motorrad stand zwei Blocks weiter, Maan. Ich hab die Nummer.« Er reichte mir eine Seite aus einem kleinen Spiralblock.

»Gut«, sagte ich. »Wahrscheinlich kommt nichts dabei heraus, aber wir versuchen's. Gab's Probleme?«

»Hätte ein Problem werden können, Maan. Vielleicht sogar ein großes. Sie hatte das Motorrad an eine Parkuhr angeschlossen, brauchte eine ganze Weile, um es loszumachen. Zwei Jungs haben sie angestänkert. Sie sagte irgendwas. Ich glaube, die zwei waren betrunken. Sie kamen über die Straße, als wollten sie … ich weiß nicht, Ärger machen vielleicht. Dann sahen sie Max, der ein Stück weiter stand. Da haben sie kehrtgemacht und sich verpißt.«

»Hat sie Max gesehen?«

»Nein, Maan. Ausgeschlossen. Ich hatte sie die ganze Zeit genau im Blick.«

»Welche Farbe hatte ihr Mantel?« fragte ich.

»Schwarz, Maan. Ganz schwarz. Mit Kapuze.«

Als Max kam, setzte sich Mama zu uns. Sie starrte Max einen langen Augenblick an, sagte dann zu mir: »Dies Mädchen, sie genau wie Max.«

»Genau wie …?«

»Nicht Chinesisch«, sagte Mama.

Dann fiel der Groschen. Auch Max war kein Chinese. Er war Mongole. Aus Tibet. Ich erinnerte mich dunkel, im Gefängnis was über Eskimos gelesen zu haben. Waren die Inuit nicht ursprünglich ein mongolischer Stamm? Ich bekam's nicht mehr ganz zusammen. Als ich eingesperrt war, hab ich alles gelesen, was mir in die Hände fiel. Man kann nie wissen, was man auf der Straße gebrauchen kann, dachte ich. Aber das war nicht der wahre Grund, warum ich soviel Zeit mit Lesen verbrachte. Ich versuchte rauszukommen. Egal, wie. Und manchmal, für ein paar Stunden, funktionierte es auch. Heute ist ein Teil meines Verstands so was wie ein verrücktes Spielfeld – ich weiß alle möglichen Sachen, kann aber manchmal die einzelnen Punkte nicht miteinander verbinden.

»Ich glaube, du hast recht«, antwortete ich. Natürlich faßte Mama das als Beleidigung auf.

Niemand wollte von mir wissen, was die Frau gewollt hatte, bis der Prof auf der Bildfläche auftauchte. Dann spulte ich die Geschichte ab, übersetzte gleichzeitig in Zeichensprache für Max. »Es ist alles hier«, sagte ich und tippte auf ein Bündel Fotokopien. »Name, Anschrift, Telefonnummern und Fotos von ihm. Und alles über sie. Über die Frau, die Crystal Beth als ihre Cousine ausgibt.«

»Will sie den Kerl beseitigen lassen?« Der Prof brachte die Sache auf den Punkt.

»Nein. Ausgeschlossen. Sie will, daß es aufhört. Wie, interessiert sie nicht. Aber ich glaube nicht, daß sie einen Killer wollte, als sie mit Porkpie geredet hat.«

»Vielleicht«, sagte der Prof. »Aber die Alte hat keine zwei Verwandten mit demselben Problem.«

»Stimmt«, nickte ich. »Und sie hat nicht mit der Wimper gezuckt, als ich ihr sagte, daß es zwanzig Riesen kostet. Damit es aufhört. Mit Garantie.«

»Maan, hatte die so viel Bares dabei?« fragte Clarence.

»Keine Ahnung. Sie hat's mir nicht gezeigt. Aber fünf hatte sie. Und die hat sie auch auf den Tisch gelegt.«

Max zeigte auf mich, verzog das Gesicht.

Ich schüttelte den Kopf. Fünf als Vorschuß war nicht meine Idee gewesen. Sie hatte das ausgehandelt. Als hätte sie es schon mal gemacht. Vielleicht schuldete sie Porkpie immer noch Geld. Und sollte das kleine Wiesel in diesem Punkte gelogen haben …

»Was hast du vor, Schuljunge?« fragte der Prof.

Ich breitete das Geld auf dem Tisch aus. Machte das Zeichen für Brille, tat dann, als würde ich einen Ranzen aufheben. Nahm tausend und legte sie zur Seite. Geld für den Maulwurf. Der Prof nahm sich einen Tausender. Dann Clarence. Dann Max.

Das war's.

Mama schaute schweigend zu. Aber sie protestierte nicht, als jeder von uns ihr zweihundert von seinem Anteil gab.

»Als erstes«, sagte ich, »werde ich mal mit dieser Cousine reden.«

Das Apartmenthaus befand sich auf der West Side an der Amsterdam Avenue, ein paar Blocks südlich der Ninetysixth. Sechs Stockwerke rußgrauer Stein, verblaßte goldene Ziffern über der verschmierten Glastür. Ich trat ins Foyer und hätte mir um ein Haar das Genick gebrochen auf dem Teppich aus Reklamezetteln, die den Fliesenboden bedeckten.

Schnellimbiß, Telefonsex, Reparaturservice für Stereoanlagen. Armeen von Illegalen sausen täglich durch die Stadt und bombardieren ganze Straßenzüge großflächig mit nutzlosem Papier, als sei es Propagandamaterial von Invasoren. Jeder regt sich auf, aber Eingaben an diese Koalition pathologischer Penner, die sich Stadtrat nennt, sind so unsinnig, als wollte man eine Nutte mit einem Schuldschein bezahlen.

Hier gab es keinen Portier. Wahrscheinlich eines dieser mietpreisgebundenen Häuser, deren Besitzer die Leute loswerden wollen. Im Norden der Stadt ließen sie Ratten und Schaben los, reparierten die Abflüsse nicht, stellten einen Hausmeister mit ellenlangem Vorstrafenregister ein, der die Mieter als Sparringspartner benutzte. In diesem Viertel mußte man nicht so drastisch vorgehen – wahrscheinlich war der größte Teil des Gebäudes während des Booms vor zwölf Jahren in Eigentumswohnungen umgewandelt worden.

Ich drückte die Klingel von 4-C. Wartete, zählte bis zehn. Keine Reaktion. Vielleicht funktionierte die Klingel nicht. Ich versuchte es noch einmal, drückte kurz und respektvoll auf die Taste. Crystal Beth hatte gesagt, ich würde erwartet, aber wenn die Frau da oben lauschte, hätte sie trotzdem Angst. Nach einer Weile werden sie alle so.

Ich sah eine verschwommene Gestalt auf der anderen Seite der Glasscheibe. Konnte nicht erkennen, ob es Mann oder Frau war. Ich trat dichter an das Glas, ließ die Schultern gesenkt, schaute ausdruckslos. Ich trug einen anthrazitfarbenen Anzug mit dezenten Nadelstreifen, zu einem weißen Hemd und dezent orangefarbener Krawatte, alles gut sichtbar unter dem Kamelhaarmantel, den ich vor ein paar Jahren spottbillig einem abgebrannten Zocker abgekauft hatte. Meine Schuhe waren schlicht, schwarz und geschnürt, geputzt, aber nicht glänzend. Mein Haar war mittellang und ordentlich gekämmt. An meinem Gesicht konnte ich nichts ändern.

Die Gestalt wurde deutlicher. Eine Frau. Alter schwer zu schätzen. Dunkles Haar, blasses Gesicht. Trug eine Art Morgenrock. Ich trat näher. Sie auch. Aber sie bewegte ihre Hände nicht, stand einfach da. Zwischen uns nur die Tür – zwei große Glasscheiben in schmalem Holzrahmen. Sogar ein Amateur könnte die eintreten, bevor die Frau auch nur loslaufen konnte. Ich streckte die Hand aus, ließ sie die weiße Visitenkarte sehen, die ich hielt. Sie rührte sich immer noch nicht. Ich schob die Karte so in den Spalt zwischen den wenig stabilen Türflügeln, wie jeder Narr es mit einer Kreditkarte hätte tun können, um das billige Schnappschloß zu knacken. Sie hob die Hand, griff danach, trat einen Schritt zurück, um sie zu mustern. Ich gab ihr zu verstehen, sie solle sie umdrehen. Auf der Rückseite befand sich eine handschriftliche Notiz von Crystal Beth.

Die Frau holte tief Luft, streckte die Hand aus und öffnete, ihre Blicke schossen hierhin und dahin, als wollte sie um mich herumsehen, sich vergewissern, daß ich allein war. Ich trat zur Seite, gab den Blick frei.

»Sie kommen …«

»Von Crystal Beth«, beendete ich ihren Satz.

Sie kehrte mir den Rücken zu und ging zur Treppe. Ich hielt Abstand, um sie nicht zu erschrecken. Als sie die Stufen hochstieg, sah ich, daß der Morgenmantel eigentlich eine Art Arztkittel war. Weiße, flache Schuhe an den Füßen. Vielleicht eine Krankenschwester?

Die Treppe war schmutzig, aber für New Yorker Verhältnisse nicht außerordentlich. Keine weggeworfenen Kondome, kein raschelndes Ungeziefer, keine Graffiti. Trotzdem hielt die Frau Abstand zur Wand. »Ich weiß nie, was schlimmer ist«, sagte sie über die Schulter. »Die Treppe oder der Fahrstuhl. Er kann … überall sein.«

»Warum lassen Sie mich nicht vorausgehen?« fragte ich sanft.

»Ich … okay«, sagte sie, trat beiseite, ließ mich vorbei.

Den Rest der Treppe schwiegen wir. »Hier ist es«, sagte sie und trat an mir vorbei, öffnete die Etagentür zum dritten Stock.

»Ich weiß nie, wie ich es machen soll«, sagte sie, ging einen mit schlackefarbenem Teppich ausgelegten Flur hinunter. »Wenn ich runter muß, um irgendwas zu holen. Schließe ich hinter mir ab, kann er nicht in meine Wohnung. Aber wenn er schon im Haus ist, habe ich keine Zeit aufzuschließen, bevor er mich erwischt. Schließe ich aber nicht ab, kann er unbemerkt hinein. Und auf mich warten. Das wäre … schlimmer, glaube ich.«

Sie zog einen Schlüsselring aus der Kitteltasche. Ein Schloß befand sich über dem Türknauf, ein weiteres saß etwas höher, darüber ein schwerer Riegel mit massivem Anschlag. Sie öffnete beides, drückte die Tür auf, ließ mich ein.

Hinter der Tür befand sich das Wohnzimmer. »Bitte, nehmen Sie doch Platz«, sagte sie, deutete auf eine mit weißem Leinen bezogene Futon-Couch. »Darf ich Ihnen den Mantel abnehmen?«

»Ist schon in Ordnung«, erwiderte ich, zog ihn aus, faltete ihn über meinem Unterarm und ließ ihn fallen, als ich mich setzte.

»Möchten Sie einen Kaffee?«

»Nein, vielen Dank.«

»Ich … ich weiß nicht genau, wo ich anfangen soll.« Sie ging einen kleinen Kreis, setzte sich unvermittelt auf einen weißen Plastikstuhl. Sie zupfte am Saum des Kittels, zog ihn über die Knie, während sie zu mir herüberschaute. Ihre Augen waren Narben.

»Verzeihen Sie das Klischee«, sagte ich behutsam, »aber am besten mit dem Anfang.«

Ihr lustloser Mund verzog sich zu so etwas wie einem Lächeln. »Ja, natürlich. Ich habe erwartet … ich weiß auch nicht. Jemanden, der …«

»Einen Schlägertypen?«

»Nein! Crystal Beth sagte, Sie würden … Ich glaube, ich habe einfach keine … Vorstellung von allem. Mir kommt alles so … irrsinnig vor.«

»Davon bin ich überzeugt«, sagte ich beruhigend. »Trotzdem …«

»Ja. Trotzdem. Es *geschieht*, irrsinnig oder nicht. Und ich brauche …«

»Ich weiß. Erzählen Sie einfach, in Ordnung?«

»Sind Sie sicher, daß Sie keinen Kaffee möchten?«

»Ja.«

»Haben Sie etwas dagegen, wenn ich …?«

»Natürlich nicht«, sagte ich höflich, blieb bei dieser Rolle. Balsam für ihre Angst.

Sie erhob sich schnell, verließ den Raum. Ich hörte Küchengeräusche. Ich schaute mich im Zimmer um. Eine ansonsten leere weiße Wand wurde von einem riesigen gerahmten Poster der QE II beherrscht, die mit flatternden Fahnen den Hafen verließ. Ein Regal voller Bücher, offenbar Fachliteratur. Eine dieser High-end-Stereoanlagen – ich erkannte die typische Bose-Wellenform. Der Boden war auf Hochglanz poliertes Parkett, die Fenster eingerahmt von malvenfarbenen Musselinegardinen, die ganz aufgezogen waren. Auf einer umgedrehten weißen Milchkiste aus Plastik stand eine raffinierte Telefon-Anrufbeantworter-Kombination, die auch schnurlos funktionierte. All das Zeug aus Plastik und Leinen hatte sie nicht aus Sparsamkeit – es war einfach ihr Geschmack.

Mit einem dampfenden, dunkelbraunen Becher kehrte sie ins Wohnzimmer zurück. Setzte sich dorthin, wo sie zuvor gesessen hatte.

»Das fing vor fast drei Jahren an«, begann sie. »Damals war ich Assistenzärztin.«

Also Ärztin, nicht Krankenschwester.

»Ich habe ihn in einer Kneipe kennengelernt, wo auch sonst. Nur ein paar Blocks von hier. Während des Medizinstudiums hat man nicht viel Zeit für Privatleben. Genaugenommen hat man für kaum etwas Zeit. Die meisten Kolleginnen waren verheiratet. Oder verlobt. Oder ... auf die eine oder andere Art gebunden. Ich war ... einsam. Sehnte mich weniger nach einem Liebhaber als nach Gesellschaft. Es gab so viele gute Dinge in meinem Leben, so vieles, worauf ich mich freute. Und ich hatte niemand, mit dem ich es teilen konnte.«

Wie auf Stichwort kam eine prächtige Siamkatze in den Raum stolziert. Sie glitt zu dem Stuhl, strich ihr um die Beine. »Niemand ist nicht ganz richtig«, sagte sie. »Stimmt's, Orion?«

Die Katze schnurrte.

»Es ist schon komisch«, fuhr sie fort. »Orion ist so eifersüchtig. Eigentlich müßte ich mich ja inzwischen daran gewöhnt haben, aber ...«

Sie verstummte. Ich wartete einige Sekunden, dann hakte ich nach: »War *er* eifersüchtig ...?«

»Zuerst nicht. Ich meine, es war kein Thema. Nicht wirklich. Er wollte nicht, daß ich mich mit anderen Männern traf, aber das war eigentlich kein großes Problem«, sagte sie kläglich. »Es war irgendwie ... süß, daß er so besitzergreifend war. Ich wollte jemandem gehören, dachte ich. Geschätzt werden. Liebevoll umsorgt. So ein Gefühl war das, anfangs.«

»Was macht er?« fragte ich.

»Mit mir? Er ... Oh, Sie meinen seine Arbeit, richtig?«

»Ja.«

»Er ist Broker. Nein, das stimmt nicht. Er ist … Depotverwalter. Ein ›Spieler‹, so hat er sich immer genannt. Und wenn er etwas kaufte, nannte er das ›einen Zug machen‹. Wenn er für einen Klienten kauft. Er hat nur ein paar Klienten. Er ist keiner dieser zweitklassigen Leute, die am Telefon Wertpapiere verdealen, Sie wissen schon, die …«

»Verkäufer?«

»Ja. Das macht er ganz klar. Es ist ihm ungeheuer wichtig. Er ist ein Spieler, kein Verkäufer. Er muß die … Charts studieren, so nannte er das. Wie ein Glücksspieler, der auf ein Pferd setzt. Er sagt, es gibt *immer* Geld. Dieselbe Menge Geld. Niemand *macht* wirklich Geld, hat er gesagt. Es ist immer dasselbe Geld, es wechselt nur die Besitzer. Manche Leute gewinnen, andere verlieren.«

»Haben Sie je über ihn Geld investiert?«

»O nein. Ich meine, er hat mich nie gefragt. So war das nicht. Allerdings hat er mir dabei geholfen. Bei Geldangelegenheiten, meine ich. Wissen Sie, was ein SEP ist?«

»Nein«, log ich.

»Das ist eine Altersvorsorge für Selbständige. Wirklich ein ausgezeichnetes Geschäft. Eine der wenigen Vergünstigungen, die das Finanzamt noch gewährt. Ich hatte keine, und er hat mir gezeigt, wie ich es am besten anstelle.«

»Über sein Brokerhaus?«

»Nein«, sagte sie mit verärgertem Unterton. »Stan war nicht auf mein Geld aus. Er hat selbst genug. Er ist in seinem Beruf sehr erfolgreich.«

»Tut mir leid«, entschuldigte ich mich.

»Er hat mehr für mich ausgegeben, als ich pro Monat verdient habe«, sagte sie, klang immer noch defensiv. »Wenn wir in Urlaub fuhren, bestand er darauf, alles zu bezahlen. Er sei altmodisch, sagte er. Der Mann sollte immer zahlen.«

»Wann fingen die Probleme an?«

»Als er mich das erste Mal geschlagen hat«, sagte sie, schaute auf ihre Hände.

»Und das war …?«

»Nachdem wir Sex hatten.«

»War er –?«

»Nein!« fiel sie mir ins Wort. »Ich erzähle das ganz falsch. Es war keine … sexuelle Sache. Er hat mich nicht geschlagen, nachdem wir … uns geliebt haben. Auch nicht vorher. Solange wir nur miteinander gingen, hat er mich nie geschlagen. Damit fing er erst an, als wir … intim wurden.«

»Und dann war es …?«

»Er … Wir haben uns gestritten. Wegen irgendeiner blöden Sache. Ich weiß nicht mal mehr, wegen was. Aber ich erinnere mich, daß wir in seiner Wohnung waren. Er hat eine Eigentumswohnung. In TriBeCa. Direkt neben dem –«

»Was hat er gemacht?« unterbrach ich. Sie versuchte, drum herum zu reden, und ich wollte, daß sie auf den Punkt kam.

»Zuerst hat er mich nur … geschubst, glaube ich. Und geschüttelt. Er hat mich angebrüllt, und plötzlich hat er meine Schultern gepackt und … Ich hatte fürchterliche Angst.«

»Da hat er aufgehört?«

»Ja. Er hat aufgehört. Und sich entschuldigt. Es sei der Streß in seinem Job. Er ist jeden Tag für zig Millionen Dollar verantwortlich. Das ist ein sehr fordernder Job, und er muß jederzeit alles im Griff haben. Sein Job ist wie ein Dampfkochtopf.«

»Und ab und zu mußte er einfach Dampf ablassen?«

»Genau. Das hat er auch –«

»Aber es eskalierte?«

»Ja. Natürlich. Das haben Sie in Ihrem Beruf bestimmt schon tausendmal gehört.«

Da sie so freundlich war, mich vom Schläger zum

Psychologen zu befördern – oder herunter zum Anwalt, mir war nicht ganz klar, was von beidem –, beschloß ich, diese Bemerkung unkommentiert stehenzulassen.

»Es war eigentlich nicht seine … Gewalttätigkeit«, sagte sie schließlich. »Ja, irgendwann hat er mich geschlagen. Einmal sogar ins Gesicht. Ich mußte nicht ins Krankenhaus … und wollte auch nicht, okay?« fuhr sie fort. »Es war … demütigend. Den anderen Assistenzärzten hatte ich erzählt, daß wir zusammen waren. In der Ausbildung bekommt man nicht beigebracht, wie man um Hilfe bittet; man lernt, Hilfe zu geben. Und … Abstand zu wahren.«

»Okay.«

»Nein, es war *nicht* okay. Ich hätte früher Schluß machen sollen. Aber … ich hab's einfach nicht getan. Wissen Sie, was Krebs ist, Mr. …?«

»Smith.«

»Natürlich«, sagte sie sarkastisch. Warum sollte ihr dieser Mann mit dem harten Gesicht auch die Wahrheit sagen? Er war nicht da, um ihr zu helfen. Sie war ihm völlig gleichgültig. Er wollte nur das Geld. »Smith. Wissen Sie, was Krebs ist, Mr. Smith?«

»Nicht medizinisch.«

»Krebs ist einfach unkontrolliertes Wachstum. Mehr nicht. Der menschliche Körper besitzt Mechanismen, die das Zellwachstum kontrollieren. Wenn diese Mechanismen versagen, beginnt der Krebs zu arbeiten. Wenn man dieses Wachstum nicht stoppt, frißt der Krebs den Organismus auf. Genauso war meine … Beziehung. Unkontrolliertes Wachstum. Er bekam jeden Tag mehr … Kontrolle über mich. Anfangs hat mir das … gefallen. Dann wußte ich nicht, wie ich es stoppen sollte. Es … verschlang mich. Von mir wäre nichts mehr übriggeblieben.«

»Die Polizei …?«

»Es war nicht die Gewalt!« sagte sie scharf. »Nicht die körperliche Gewalt. Damit konnte er aufhören. Manchmal machte er das sogar. Es war vielmehr das ... ständige Herumkritisieren. Mich ... fertig machen. Ich war zu fett. Also nahm ich ab. Ich war eine furchtbare Tänzerin. Also nahm ich Unterricht. Ich sagte dauernd das Falsche. Ich brachte ihn dauernd ... in Verlegenheit, sagte er. Ich liebte ihn nicht wirklich, auch das sagte er. Also habe ich getan ... was er wollte. Um es ihm zu beweisen. Ich wurde zu dem, was er wollte.« Sie holte tief Luft, hielt sie einige Sekunden an und atmete dann wieder aus. »Und dann wollte ich nicht mehr die sein, die ich geworden war. Aber er ließ mich nicht.«

»Hat er gedroht, Ihnen weh zu tun?«

»Mir weh tun? Ja, das kommt ungefähr hin. Nicht mich umbringen. Das wäre nicht sein Stil. Einen Toten kann man nicht vollkommen beherrschen.«

Dies war nicht die Geschichte, die Crystal Beth mir erzählt hatte, aber ich schaute weiter höflich und fragte: »Wie wollte er Ihnen weh tun?«

»Er hat ... Aufnahmen von mir. Das war kein Geheimnis. Ich meine, ich wußte, daß er sie machte. Aber ... Sie können sich nicht vorstellen, was ich getan habe. Ihm zuliebe, dachte ich. Als Beweis, daß ich ihn wirklich liebe.«

»Fotos oder Videos?« Ich wurde geschäftlich.

»Was?«

»Die Aufnahmen. Polaroids, Dias, Schwarzweißfotos, Acht-Millimeter-Film, Camcorder ... was?«

»Oh. Beides. Ich meine, er hatte eine normale Kamera, und auch noch eine Videokamera.«

»Okay. Was sonst?«

»Was sonst?«

»Ja, was sonst? Er hat also ein paar sexy Aufnahmen von

Ihnen. Die würden vielleicht ihre Eltern erschüttern, sind aber nichts Illegales –«

»Ich habe Rezepte ausgestellt«, sagte sie, senkte den Blick.

»Für …?«

»Für ihn. Oh! Ich verstehe, was Sie … Beruhigungsmittel.«

»Und …?«

»Und Amphetamine. Und Schmerzmittel.«

»Und …?«

»Ich habe die Rezepte auf … Leute ausgestellt, die es gar nicht gab. Einfach … Namen, die er mir nannte.«

»Wie oft –?«

»Ständig«, sagte sie leise. »Er brauchte sie für … Klienten, sagte er. Das gehörte zum Bewirtungspaket, so nannte er es.«

»Und er wollte zur Polizei gehen? Damit schaufelt er sich doch sein eigenes Grab.«

»Sein Name taucht auf keinem der Rezepte auf«, sagte sie. »Ich kann meine Approbation verlieren …«

»Sind Sie sicher, daß er das tun würde?«

»Er würde alles tun«, sagte sie. In ihrer Stimme lag die ruhige Gewißheit der Verdammten. »Alles.«

»Zum Beispiel Ihre Kreditkarten sperren lassen? Oder Ihre Post stehlen?«

»Das hat er nie gemacht«, sagte sie verwirrt.

»Ihre Cousine sagte aber, daß –«

»Meine Cousine? Ich habe keine Cousine. Wer …?«

»Crystal Beth.«

»Crystal Beth? Sie ist nicht meine Cousine. Ich habe sie kennengelernt, als ich ehrenamtlich im Center gearbeitet habe. Und als mir dann das gleiche passierte, da habe ich …«

»Ja, wahrscheinlich benutzt sie das Wort einfach nur so. ›Cousine‹, wie ›Schwester‹, verstehen Sie? Hat nichts weiter zu bedeuten«, sagte ich schnell. »Sie wollen also, daß er aufhört?«

»Ja!«

»Ihnen ist klar, daß wir wahrscheinlich die Aufnahmen nicht zurückbekommen. Zumindest nicht alle. Die können überall sein.«

»Ich weiß.«

»Und die Rezepte. Die haben Sie bereits ausgestellt. Es gibt also Unterlagen darüber. Im günstigsten Fall können Sie erreichen, daß er verschwindet und Sie in Ruhe läßt. Genügt das?«

»Crystal Beth weiß Bescheid. Ich habe bereits sämtliche Fehler begangen. Ich will nur, daß er endlich aus meinem Leben verschwindet.«

»Erzählen Sie mir alles, was Sie über ihn wissen«, sagte ich.

Sie wußte eine Menge, aber es gab nicht viel her. Masse statt Substanz. Die Fotos waren eine Hilfe, aber sie hatte keine Zweitschlüssel zu seiner Wohnung. Oder seinem Auto.

Was sie hatte, waren größtenteils »Herzblatt«-Andenken. Allerdings war sie schließlich dahintergekommen, daß er zum Blattschuß auf sie angelegt hatte.

Wie es bei Zuhältern so schön heißt: Alles ist Wild, alles ist zum Abschuß freigegeben.

Sie gab mir auch die Briefe. Die ersten waren noch nett, klein, nichtssagend. Auf cremefarbenem Briefpapier mit seinem Namen in überladener Schrift geprägt. Eine flüssige, mit Füller geschriebene Handschrift voller Selbstsicherheit. Dummes Gesülze. Talkshow-Klischees. Recycelter Schwachsinn.

Die Philosophen sagen: »Was sein wird, wird sein.«
Mein Schatz, ich weiß nur, daß wir sein werden.
Zusammen.

Aber die Temperatur sank, je näher er seinem wahren Wesen kam. Der letzte Brief war mit Computer geschrieben und auf einfachem Papier ausgedruckt. Wofür der Trottel einen, wie er wahrscheinlich meinte, nicht zurückverfolgbaren Laserdrucker benutzt hatte.

`Gebrochene Versprechen zerbrechen Menschen, Du dreckige erbärmliche beschissene miese Schlampe.`

Um einen normalen Durchschnittsbürger zu überprüfen, braucht man nur einen normalen Ausweis. Die Sozialversicherungsnummer genügt schon. Oder ein Führerschein. Oder was immer. Es ist ganz leicht. Irgendein offizielles Dokument. Und ein bißchen Bares.

Wolfe besorgte mir die Informationen innerhalb von achtundvierzig Stunden und überreichte sie mit einem schneidenden »Amateur«. Da ich ja eine mißhandelte Frau schützte und so, fragte ich, ob sie mir nicht einen kleinen Rabatt einräumen wollte. Wollte sie nicht, aber als Bonus schenkte sie mir eines ihrer wunderbaren Lächeln.

Der Ex-Freund machte sich gut auf dem Papier. Strapazierte seine Platin-AmEx-Karte gelegentlich ein bißchen sehr, aber nichts Dramatisches. Hatte zuviel für seine Eigentumswohnung bezahlt, wie jeder Yuppie-Hohlkopf, der vor 1988 kaufte, und sein M3er BMW war geleast. Aber er bekam ein fettes Gehalt und jährlich einen sechsstelligen Bonus. Also bewegte er sich trotz zwei Trips nach St. Bart's pro Jahr, Armani am Leib, Patek Philippe am Handgelenk, regelmäßig hohen Restaurantrechnungen und gelegentlicher Reisen nach Atlantic City in einer teuren Limousine deutlich im Haben.

Zumindest auf dem Papier.

Manchmal hat man Glück. Beispielsweise wenn eine Zielperson eine Leidenschaft für Stripperinnen hat und alle Schoßtänze über Kreditkarte abrechnet, damit er sein Vergnügen auch noch von der Steuer absetzen kann. Oder wenn man große Löcher in seinen Finanzen entdeckt – Löcher von der Sorte, wie Koks sie nach einer Weile in die Nasenscheidewand frißt. Bei diesem Knaben allerdings nichts dergleichen.

Spielt keine Rolle. Wenn man jemanden fertigmachen will, ist eine Machete so gut wie ein Modem.

Ein paar Tage später hatten wir ihn. Er ließ seinen BMW in der Tiefgarage und fuhr jeden Tag mit dem Taxi zur Arbeit. Er lebte allein. Keine Freundin. Kein Zimmergenosse. Keine Besucher, die bei ihm übernachteten. Kein Hund.

»Ich bin allein am Ruder, Bruder« sagte der Prof entschieden. »Auf keinen Fall nehme ich diesen Irren mit.«

»Maulwurf ist kein Irrer«, erwiderte ich.

Er warf mir einen zutiefst mitleidigen Blick zu.

Ich wechselte die Gangart, versuchte einen anderen Ansatz. »Hör zu, Prof, der Maulwurf ist der einzige, der den Maschinenpark des Kerls manipulieren kann, das weißt du.«

»Ach, sind wir heute schon wie die Scheiß-IRA?« fragte er sarkastisch. »Wir müssen nicht seine Bude in die Luft jagen, oder? Wenn du das Arschloch kaltmachen willst, können wir den Job doch auch deinem Kumpel Hercules geben. Dann ist der Trottel wenigstens zu irgendwas nutze.«

»Ich rede nicht davon, ihn in die Luft zu jagen«, sagte ich ruhig und ignorierte die Spitze. »Das hier wird … ganz subtil durchgezogen, okay?«

»Der Maulwurf ist unbeweglich, Bruder. Wenn wir Probleme kriegen, kann er nicht reagieren.«

»Max geht mir dir rein.«

»Und ich warte draußen, Vater«, warf Clarence ein.

»Nein, machst du nicht«, fauchte der kleine Mann. »Ich hab dir doch gesagt –«

»Ja, du hast mir viel gesagt«, sagte der junge Pistolenheld ruhig. »Und ich habe immer zugehört. Mit Liebe und Respekt.«

»Aaaaach ...«, kapitulierte der Prof.

Ich schloß das Mobiltelefon an den Zerhacker an, der auf dem Beifahrersitz des Plymouth lag. Gab der Crew das Startsignal, als ich die Zielperson vor dem World Trade Center, wo sich sein Büro befand, aus dem gelben Taxi steigen sah. Ich steckte mir eine Zigarette an und wartete, gab ihm genug Zeit, an seinen Schreibtisch zu kommen, an sein Telefon. Wenn er sich setzte, würde sein Leben offenliegen.

»Wann immer ich will, Stanley«, zischte ich in das Handy, als er den Hörer abnahm. Meine Grabesstimme voller Drohung.

»Was? Wer spricht –?«

»Spielt keine Rolle, Stanley. Du hast dich mit den falschen Leuten eingelassen. Du bist ein Problem, Arschloch. Die Leute, für die ich arbeite, mögen keine Probleme.«

»Wer immer Sie sind –«

»Sei still, Stanley. Sei *ganz* still. Du weißt, wie's ist. Wenn einem was fehlt, geht man zum Arzt. Und der Arzt verschreibt eine Medizin. Ich, ich bin jetzt deine Medizin, verstehst du?«

»Falls diese kleine –«

»Stanley, zwing mich nicht, mich zu wiederholen. Es ist

vorbei. Das ist die Botschaft. Mehr nicht. Du hast gottverdammt keine Ahnung, wie groß der Fehler ist, den du begangen hast. Du hast eine Chance. Ganz einfach. Verpiß dich, kapiert? Keine Anrufe, keine Briefe, kein gar nichts. Wenn du irgendwas machst, *irgendwas*, machen wir dich … alle. Du hast vierundzwanzig Stunden, Stanley. Dann ist es vorbei. Oder du bist Geschichte.«

»Das ist vielleicht ein krankes Arschloch«, sagte der Prof, reichte ein kleines Holzkästchen mit Sechs-Monate-Trocken-Medaillen der Anonymen Alkoholiker herüber. Jetzt wußte ich, wo dieser Spieler seine Beute fand – er war ein Zwölf-Schritte-Jäger, ein Hai in einem Teich voller Opfer. Ich fragte mich, was Crystal Beth nie von ihrer Klientin erfahren hatte. Oder ich nicht von Crystal Beth.

»Hast du die –?«

Wortlos zog der Prof ein Fotoalbum mit dickem, weißem Ledereinband unter seinem langen Mantel hervor.

»Hast du irgendwelche Rezepte gefunden?« fragte ich ohne einen Blick zwischen die weißen Deckel.

»Nur ein paar. Aber er hat einen fetten Pillenvorrat. War alles, wie du gesagt hast, Schuljunge.«

»Hast du die Pillen ausgetauscht?«

»Stück für Stück. Paßte wunderbar.«

»Ausgezeichnet. Hat der Maulwurf seine Arbeit erledigt?«

»Ja. Hat nur ein paar Minuten gedauert. Sowie das Stück Scheiße den Hörer abnimmt, heißt es: Alptraumzeit!«

Am nächsten Tag war es vorbei. Ein privater Kurier war zur Wohnung der Frau gekommen. Ich hatte Max Wache halten lassen, falls Stanley mehr als nur ein Päckchen abliefern wollte, aber der Kurier rückte es widerspruchslos heraus, nachdem ich ihm ruhig erklärt hatte, daß ich der »Beauftragte« der Ärztin sei. Er wollte meine Unterschrift auf seinem Zustellbeleg. Ich sah ihn an, bis er den Wisch wieder einsteckte und ging.

Wir öffneten das Päckchen in einer Kiste, die der Maulwurf für solche Jobs hat, überließen die Arbeit einem computergesteuerten Roboterarm. Keine explosiven Überraschungen. Ich nahm etwas heraus, packte den Rest wieder zusammen und gab das Päckchen Clarence, der es zustellte.

Wieder in meinem Büro, öffnete ich die Geheimnisse des weißen Lederalbums mit einem Skalpell. Die Negative waren genau dort, wo ich sie vermutet hatte: im Einband, der so sauber wieder verklebt war, daß man die Naht nie entdecken würde, wenn man nicht danach suchte. Alle Fotos zeigten die Frau. Und ihn, vermutete ich, von der Taille an abwärts. Ungefähr wie zu erwarten. Waren nicht viel wert, außer ihr nächster Verlobter wollte eine Jungfrau heiraten. Nicht mal erotisch, es sei denn, man steht auf Seilen und Knebeln und Spiegeln. Nichts als Trophäen einer häßlichen Jagd. Ich legte sie auf eine dicke Glasscheibe, zerschnitt sie mit einem Teppichmesser, machte ein kleines Freudenfeuer in einer Steinschale, steckte mir an den Flammen, die über den Rand leckten, eine Zigarette an. Sie schmeckte gut. Die Negative verlangten eine Spezialbehandlung, ich würde mich bald darum kümmern. Ich kenne einen Burschen, der in einem Krematorium arbeitet. Nachts.

»Es war alles da«, sagte sie am Telefon, als ich später anrief, in ihrer Stimme perlte eine Woge des Glücks unter der Überraschung. »Alles. Meine Briefe. Die ... Geschenke, die ich ihm gemacht habe. Sogar das letzte von ...«

»Ich weiß. Das, das er noch nicht benutzt hatte.«

»Ja! Alles, bis auf ...«

»Die Fotos.«

»Ja.«

»Die gibt es nicht mehr«, sagte ich. »Ich habe zugesehen.«

»O Gott.«

»Sicher.«

»Da war ein Brief. Soll ich ...?«

»Lesen Sie ihn mir vor«, sagte ich.

»Da steht nur: ›Den Rest hast du schon. Zwischen uns ist nichts mehr. Bitte, laß mich in Ruhe.‹ Können Sie sich das vorstellen? Als hätte ich *ihn* terrorisiert!«

»Spielt keine Rolle, oder?«

»Ja, Sie haben recht. Ich weiß nicht, was ich sagen soll.«

»Ruhen Sie sich aus. Unternehmen Sie nichts. Wenn er je wieder auftaucht, sagen Sie Ihrer Freundin Bescheid, okay?«

»Ja. Danke! Ich –«

Ich drückte die Auflegen-Taste des Handys.

Wir wußten nicht, welche Knöpfe seinen Fahrstuhl zum Absturz bringen würden, also drückten wir einfach alle. Vielleicht war es der schrille Ton, der ihm die Ohren zerriß, als er zu Hause das Telefon abnahm. Vielleicht war es die Nachricht auf dem Monitor, als er seinen Computer anwarf, schwarz gerahmt wie eine Todesanzeige:

> VERGISS NICHT, EIN BACKUP DEINER
> DATEN ZU MACHEN, STANLEY
>
> WIR HABEN EINS

Vielleicht wurde er nervös, weil wir Kopien von allem besaßen, was er auf seiner Festplatte hatte, und er warf ein Valium ein. Großer Fehler – die absolut identischen Pillen, die wir ihm untergejubelt hatten, würden solche Magenkrämpfe verursachen, daß er bestimmt meinte, er wäre vergiftet worden. Und falls er versuchte, ins Krankenhaus zu fahren, würde ihn der Airbag, der ihm ins Gesicht knallte, sobald er den Zündschlüssel drehte, auch nicht sonderlich beruhigen.

Und wenn er erst einmal mitbekam, was wir in seinem Bett hinterlassen hatten, würde jemand eine tolle Eigentumswohnung zu einem absoluten Schleuderpreis bekommen. So eine Art Vor-Feuer-Verkauf.

»Harriet hat mir erzählt, was passiert ist«, sagte Crystal Beth. »Also, ich vermute, eigentlich weiß sie nicht, was passiert ist. Aber er ist weg. Richtig weg, meint sie.«

»Solange sie ihn nicht anruft«, sagte ich – nichts in meiner Stimme außer den Worten.

Wir saßen an einem kleinen Tisch vor dem mit Palmen bemalten Fenster eines Cafés in der Lower East Side. Manche nennen es auch das East Village, eine Folge des Umbenennungsfiebers, das durch den Eigentumswohnungsboom über die Stadt gekommen ist. Man hat auch andere Namen ausprobiert – Alphabet City, Loisaida – alles, damit es angenehmer klingt, als es tatsächlich ist. Für verschiedene Teile Manhattans kamen neue Namen auf. SoHo. TriBeCa. Aus Hell's Kirchen wurde sogar Clinton. Dieses jämmerliche Spiel kenne ich seit meiner Kindheit. Als sie mich in ein Kriegsgefangenenlager steckten und es Kinderheim nannten.

Crystal Beth hatte das Lokal ausgesucht. Da sie mir einen Tag vorher Bescheid gegeben hatte, hatte ich Clarence rübergeschickt, um es zu überprüfen. »Großes Nichts, Maan«, sagte er. »Keine Action.«

Die Straße war von einem dünnen grauen Schmutzfilm überzogen, der in dieser Gegend als Schneefall gilt. Sie nahm einen tiefen Zug von einer ihrer selbstgedrehten Zigaretten, ließ den Rauch langsam aus ihrer breiten Nase strömen, vor ihren Mandelaugen nach oben ziehen. »Ich sollte darüber sauer sein«, sagte sie.

»Worüber?«

»Über deine … Unterstellungen. Daß Frauen es nicht anders wollen.«

»Ich unterstelle niemals irgendwas«, log ich. Jeder von uns, uns Kindern des Geheimnisses, unterstellt ständig etwas. Wir unterstellen, daß Sie uns verletzen werden. Uns benutzen. Unsere Liebe verraten und unser Vertrauen mißbrauchen. Und wir lügen alle. Das habt Ihr uns beigebracht.

»Wie kommst du darauf, daß Harriet ihn jemals anrufen könnte?« fragte sie herausfordernd.

»Harriet kenne ich nicht. Aber ich kenne die … Dynamik.«

»Ja«, sie stimmte mir traurig zu. »Ich auch. Ich hoffe, sie wird nie –«

»Ihre Entscheidung«, sagte ich. »Zumindest hat sie jetzt eine.«

»Entscheidungen sind nicht einfach«, erwiderte Crystal Beth. »Oder?«

»Für meine habe ich teuer bezahlt«, sagte ich. Dachte an die Zeit, als ich noch zu klein war, um den Preis zu kennen. Oder zu stehlen. Aber während ich lernte, bezahlten eine Menge Leute. Meistens die falschen.

Ich liebe es, wenn Spießer von schweren Entscheidungen reden. Wo ich lebe, gibt es nicht viel zu entscheiden. Und die, die einem offenstehen, sind alle schwer.

»Apropos –« Sie griff nach ihrer Handtasche.

»Nicht hier«, unterbrach ich sie. »In so einem Schuppen zückt man kein Geld.«

»Das weiß ich«, konterte sie beleidigt.

»Ach. Haben Sie das schon mal gemacht?«

Sie drehte das Gesicht nach links, die Tätowierung im Nachmittagslicht deutlich erkennbar. »Warum sollte dich das …?«

»Wollte Porkpie eigentlich nie sein Geld haben?« fragte ich sie, versuchte, die Mandelaugen zu fixieren.

»Porkpie?«

»Es waren fünf Mille, stimmt's?« Dann erzählte ich ihr genug von dem, was ich wußte, um ihr klarzumachen, daß das nicht alles war.

Als ich fertig war, ging sie in sich hinein. Tief. Ich weiß, wie das aussieht. Auch, wie es sich anfühlt. Ihre Augen waren offen, blickten aber ins Nichts, ihre Atmung war so flach, daß ich keine Bewegung des Brustkorbs sah. Ihre Hände lagen gefaltet zwischen uns auf dem Tisch.

Ich ließ sie dort, störte sie nicht. Saß, wartete, rauchte nicht und trank nicht von meiner heißen Schokolade. Um uns herum Tischgeräusche, aber sie saß sicher in ihrer Kapsel, ungestört.

Ich wußte, was sie machte. Sie stand nicht unter Schock, sie suchte nach Antworten. Ich konnte den gleichen Weg gehen, aber ich konnte ihr nicht Gesellschaft leisten, also blieb ich, wo ich war.

Zeit verstrich. Gefängnislangsam.

Ihr Blick kam zurück. »Willst du mit mir spazieren gehen?« fragte sie unvermittelt, ihr Mund war eine gerade, ernste Linie, die Mundwinkel deuteten leicht nach unten.

»Bei diesem Wetter?«

»Es ist nicht weit.«

»Okay.«

Ich legte zehn Dollar auf den Tisch. Fand, das war mehr als genug für meine heiße Schokolade und Crystal Beths Pfefferminztee. Doch als wir aufstanden, warf sie einen weiteren Schein darauf – ich konnte nicht erkennen, was für einen. Sie zog keine Feministinnen-Nummer ab. Der Laden war eine Spelunke, aber wahrscheinlich schick genug, um Preise wie in Uptown zu verlangen.

Auf der Straße zog sie die Kapuze über ihr glänzendes Haar, vergrub die Hände in den Taschen ihres langen roten Mantels. Ich streifte Lederhandschuhe über, zog den Reißverschluß meiner Jacke hoch, stellte den Kragen auf. Der Wind peitschte mit eiskalter, neutraler Feindseligkeit auf uns ein. Nichts Persönliches – der Stadtwinter haßt jeden. Crystal Beth zog schwarze Fäustlinge über, atmete tief ein durch ihre flache Nase.

»Hier lang«, sagte sie, stieß mich mit der Hüfte an, manövrierte uns nach rechts.

An der Kreuzung wartete sie, bis die Ampel umsprang, obwohl so wenig Verkehr herrschte, daß wir locker hinübergekommen wären. Wir gingen nach Osten, die Bowery lag irgendwo hinter uns. Die Straßen wurden schmaler. Wir kamen an einem leeren Grundstück vorbei, zerbrochenes Glas glitzerte in dem schwächlichen Sonnenlicht, das dem schmutzigen Schneeregen folgte. Quer über die Wand eines halbverlassenen Gebäudes mit seinen toten Augen war in riesigen, schartigen Buchstaben die Botschaft eines Troubadours gesprüht:

SMACK IS BACK!

Als brauchte jemand eine Erinnerung, daß die privilegierten Prinzen und Prinzessinnen der Generation X aus Rebellion gegen ihre Eltern Kokain ablehnten. Und statt dessen Heroin umarmten, es schnieften, in dem ausgemachten Irrglauben, daß nur die Nadel den Tod bringen kann.

Diese armen reichen Kids. Haben nie gelernt, wie es läuft. Die FDA kümmert sich nicht um die Drogen auf der Straße. Für die gleichen fünfzig Mäuse, die dir Freitagnacht einen milden Rausch verschaffen, kriegst du am nächsten Wochenende einen stummen Trip in die Hölle.

Crystal Beth griff nach meiner Hand, hielt sie fest wie ein vertrauensvolles Kind. Ein vertrauensvolles Kind, das weiß, was es will. Sie sah mich kein einziges Mal an, zog nur leicht, wenn sie eine weitere Straße überqueren wollte. Wir gingen einen langen Block hinunter, ganz allein. Crystal Beth zog ihre Hand weg, hob sie an den Mund und zog mit den Zähnen den Fäustling aus. Dann wickelte sie ihre kleine Hand um einen meiner Finger und zog behutsam am Handschuh, bis sie ihn herunter hatte. Ohne ein Wort gab sie ihn mir. Ich steckte ihn in die Tasche. Wieder ergriff sie meine Hand, ließ sie leicht zwischen uns schwingen.

Aus einer Bar traten drei Männer. Sie kamen in Dreiecksformation auf uns zu. Ich versuchte, meine Hand aus Crystal Beths Griff zu lösen. Sie hielt fester.

»Laß los«, sagte ich kalt, die Augen auf die Männer geheftet.

Sie gehorchte. Ich zog den Handschuh wieder an, öffnete den Reißverschluß meiner Jacke, damit ich hineingreifen konnte, trat schnell vor, brachte einen halben Schritt zwischen uns. Ich befolgte die Regeln für den Umgang mit einem Rudel – zuerst das Alphatier ausschalten. Der Mann an der Spitze des Dreiecks war ein Latino, kleiner als ich, aber stämmiger. Unsere Blicke trafen sich, wir senkten sie gleichzeitig. Das Trio ging an uns vorbei. Ich griff nach Crystals Hand, aber sie riß sie weg, schnaufte durch ihre breite, kleine Nase.

An der nächsten Ecke bogen wir nach links ab. »Was sollte das vorhin?« fragte sie.

»Ich brauchte beide Hände frei«, sagte ich.

»Wozu?«

»Egal, wozu. Wenn diese Kerle auf dumme Ideen gekommen wären, solange ich Ihre Hand hielt, hätte ich genausogut Handschellen tragen können.«

»Die haben doch gar nichts gemacht.«

»Ich bin kein verdammter Hellseher«, sagte ich.

»Bist du immer so mißtrauisch?«

»Ja. Sind Sie immer so das genaue Gegenteil?«

»Ich bin nicht zur Paranoia erzogen worden«, sagte sie, schaute mich nun zum ersten Mal an.

»Wo ich aufgewachsen bin, war das die beste Form.«

»Wo …«

»Drinnen«, sagte ich. »Umzingelt. Verstehen Sie?«

»Ich … weiß nicht.«

»Geben Sie mir wieder Ihre Hand?«

»Warum? Hat's dir gefallen?«

»Ja. Hat es.«

Einen Moment schwieg sie, ging jetzt dicht neben mir, Schritt für Schritt. »Mir auch«, sagte sie schließlich. Und schob ihre Hand wieder in meine.

Sie führte mich in eine Gasse, die gerade breit genug war für einen Müllwagen. Und nicht aussah, als wäre in letzter Zeit einer hiergewesen. Sie wandte sich nach rechts, blieb vor einem mit Vorhängeschloß gesicherten Maschendrahtzaun stehen, der eine schmale Öffnung in einer Hauswand abdeckte. Auf einem mit Draht an das Tor gebundenen Metallschild stand: VORSICHT, ... der Rest des Schildes war eine schartige Kante, wo es auseinandergerissen worden war.

Hinter dem Maschendraht eine Tür zwischen zwei Fenstern mit dickem Drahtgeflecht. Die Tür befand sich hinter einem Sicherheitsgitter, ein schweres Schloß verankerte sie an einen Stahlrahmen. Crystal Beth zog ihre Hand weg, kramte einen Medeco-Schlüssel aus ihrer Manteltasche, schloß auf. Die Tür schwang nach außen auf. Dahinter befand sich eine weitere Tür, diese hellblau gestrichen. Crystal Beth steckte denselben Schlüssel in das andere Schloß, und wir waren drin.

»Komm«, sagte sie, stieg eine Metalltreppe hoch.

Im Treppenhaus war es nahezu stockfinster, das schummerige Licht von irgendwo über uns zu schwach für mehr als unscharfe Schatten. Crystal Beth erklomm die Stufen so selbstsicher wie eine Sherpa. Ich folgte ihr mit ein paar Schritten Abstand, stellte keine Fragen. Nur mir selbst, weil ich mitspielte.

Auf dem Treppenabsatz drehte sie sich um und ging in die Richtung, in der die Vorderfront des Gebäudes liegen mußte. Wir kamen an einigen Türen vorbei – alle geschlossen. Am Ende des Korridors befanden sich zwei verdunkelte Fenster. Die Etage schien verlassen. Ohne einen Blick ging Crystal Beth an den Fenstern vorbei und die nächste Treppe hinauf, sagte immer noch kein Wort. Ich spielte weiter mit, folgte ihr.

Auf der nächsten Etage warfen zwei lange Neonröhren an

der Decke ein gelbliches Licht. Eine Tür stand halb offen. Crystal Beth trat hinein. Über ihre Schulter sah ich eine unverputzte Backsteinwand und eine große Frau mit einem Klemmbrett in der Hand. Die Frau sah an Crystal Beth vorbei mich an und sagte: »Wer zum Henker ist das?« Ihre Stimme war so herzlich wie ein Mikrochip.

»Er hilft mir bei etwas«, antwortete Crystal Beth, rührte sich nicht.

»Keine Fremden.« Die Frau hielt das Klemmbrett, als wäre es ein Kreuz und ich ein Vampir. Eine schokoladenbraune Katze schob den schmalen Kopf um die Ecke, betrachtete mich mit dem »Was-springt-dabei-für-mich-raus?«-Blick, den sie alle haben.

»Hör auf, Regeln aufzustellen, Lorraine«, sagte Crystal Beth. »Wir gehen in meine Wohnung. Ich wollte nur, daß du weißt, wo wir sind.«

»Ich –«

»Komm«, sagte Crystal Beth zu mir, machte auf dem Absatz kehrt und ging. Ich folgte ihr, schaute mich nicht um, spürte den Blick der großen Frau wie den Laserpunkt eines Scharfschützengewehrs auf meinem Rücken.

Schnell durchquerten wir die nächste Etage. Alle Türen geschlossen, aber hinter einer hörte ich Musik.

»Hier wohne ich«, sagte Crystal Beth, als wir schließlich erreicht hatten, was das oberste Stockwerk sein mußte. Sie öffnete eine Tür und ging hinein.

Sobald ich das Oberlicht sah, wußte ich, daß ich richtig geraten hatte: Es war tatsächlich die oberste Etage. Der Raum war spartanisch eingerichtet – eine Matratze mit ordentlich gefalteten Decken auf dem Boden, ein alter, mit bunten Stoffresten geflickter Ledersessel unter einer altmodischen Stehlampe mit Pergamentschirm; daneben auf einer leeren Orangenkiste ein großer, handgearbeiteter Tonaschenbecher und eine Schachtel Küchenstreichhölzer. Ein Schreibtisch stand an der Wand gegenüber, eingerahmt von zwei Aktenschränken aus Armeebeständen. Die einzigen modernen Gegenstände waren ein Laptop mit mehreren angeschlossenen Peripheriegeräten und eine Radio-CD-Kassetten-Kombination mit buchgroßen Boxen; die Anlage thronte auf Bücherregalen aus langen Brettern und Hohlblocksteinen. Links von mir war wohl die Küche. Hinter der geschlossenen Tür zu meiner Rechten befand sich wahrscheinlich das Bad. Die andere Tür war vielleicht ein Wandschrank? Massige graue Heizkörper zwischen den Fenstern und an einer Seitenwand. Die Fenster waren im gleichen Schwarz gestrichen wie die unten. Auf einer Fensterbank lag ein grüner Akkubohrer, daran montiert ein langer dünner Bohrer.

»Stehen Sie auf Heimwerkerei?« fragte ich.

»Ich stehe auf Selbstverteidigung«, antwortete sie entschieden, nahm den Bohrer und betätigte den Auslöser. Der Bohrer surrte. Aus der Nähe betrachtet wirkte ein Messer dagegen richtiggehend freundlich.

Crystal Beth legte den Bohrer zurück – ging zu dem Sessel, knipste die Stehlampe an. Sanftes gelbes Licht schien durch den Pergamentschirm. »Gib mir deine Jakke«, sagte sie. Ihren Mantel hatte sie bereits über dem Arm liegen.

Sie öffnete eine der Türen. Hängte unsere Sachen auf einen Bügel, meine Jacke über ihren Mantel. Sagte: »Setz dich«, deutete auf den Sessel.

Dann holte sie einen beigefarbenen Stuhl, der zusammengeklappt an einer Wand lehnte, klappte ihn auf und stellte ihn neben den Sessel. Sie setzte sich.

»Ich verlasse mich auf meinen Instinkt«, sagte sie. »Schiebe meine Angst weg. Verstehst du das?«

Ich tat, als verstünde ich, aber mir kam diese Idee verrückt vor. Angst setzt man am besten bewußt ein, versucht nicht, sie zu verlieren.

»Weißt du, was das hier ist?« fragte sie, machte eine weit ausholende Handbewegung.

»Ein besetztes Haus?«

»Nein. Es sieht nur so aus. Das haben wir absichtlich gemacht. Es gehört mir. Ich bin die Besitzerin. Das hier ist ein Zufluchtsort. Ein sicheres Haus.«

»Für ...?«

»Opfer«, sagte sie ruhig. »Opfer, die diese Rolle satt haben.«

»Was habe ich ...?«

Sie lächelte, reichte mir mein Päckchen Zigaretten. Mußte sie mir aus meiner Jacke genommen haben, als sie sie aufhängte, hatte danach getastet. Mit einem Streichholz aus der Schachtel auf der Orangenkiste stecke ich mir eine an, blies den Rauch zur Decke, machte klar, daß ich immer noch auf eine Antwort wartete.

»Willst du meine Geschichte hören?« fragte sie. »Oder nur die Zusammenfassung?«

Ohne den Blick zu wenden, griff ich nach oben und zog an der Schnur der Stehlampe, wollte mich nicht wie in einem Verhörzimmer fühlen. Es wurde dunkel. »Erzählen Sie mir Ihre Geschichte«, sagte ich.

»In allen Kommunen gibt es Ausreißer«, sagte Crystal Beth. »Und Ausgestoßene. Gute und böse. Die Kommunen, nicht die Ausreißer. Alle Neuankömmlinge müssen nach den Regeln leben, wenn sie bleiben wollen. In manchen Kommunen heißt das; deren Religion übernehmen. Bei anderen: auf den Strich gehen. Oder Drogen verkaufen. Bei uns mußte man friedlich leben. Love and Peace. Klingt für dich vielleicht dumm …?«

»Nein. Nicht dumm. Nur … schwer.«

»Ja! Manchmal war es sehr schwer. Nicht alle haben's geschafft. Manche sind weggelaufen, einfach aus Abenteuerlust. Andere aus Angst. Oder weil sie sich verloren hatten. Wir hatten auch Outlaws, die sich irgendwo verkriechen wollten. Und manche dachten, sie könnten … den Laden übernehmen. Vielleicht. Chef sein. Wir hatten nie einen Anführer. Das gab es bei uns nicht. Sie – die Älteren – hatten die Kommune gegründet, um gewaltfrei zu leben. Sie hatten alle in ihrem Leben Gewalt erfahren, und sich mental davon entfernt. Sie wollten einen Ort schaffen, an dem jeder das tun konnte.«

Dann hörte sie auf zu reden. Stand auf und ging in einem Kreis auf und ab. Kehrte zurück und setzte sich wieder.

»Sie hieß Starr«, sagte sie. »Guter Name für einen kleinen Hippie, was? Als sie zu uns kam, war sie vielleicht vierzehn … Keiner wußte es genau. Und wir haben nie gefragt.« Sie holte tief Luft. Dann sagte sie: »Alles war bestens, bis die kamen. Wegen ihr.«

Ich hütete mich, ihr in die Augen zu sehen, während sie erzählte, richtete meinen Blick auf die Tätowierung, war nicht sicher, ob ich sie in der Dunkelheit überhaupt sah, wußte nur, daß sie da war, sich bewegte, während Crystal sprach.

»Wer kam?« fragte ich nach.

»Rocker. Eine ganze Horde. Sie behaupteten, Starr wäre ihr Eigentum, und sie wollten sie zurückhaben.«

»Haben sie Colours getragen?«

»Was spielt das für eine Rolle …? Oh, ich weiß, was du meinst. Ich bin nicht fair. Was die Geschichte betrifft, bin ich nicht fair. Wir kannten eine Menge Rocker. Sie hatten ihre Kommunen, genau wie wir, nur daß sie in Städten lebten. Die meisten von ihnen waren nett. Freundlich zu den Erwachsenen, nett zu den Kindern. An einen von ihnen erinnere ich mich besonders – Romance hieß er, das werde ich nie vergessen. Er hatte einen großen, leuchtend roten Bart wie ein Wikinger. Ich bin mit ihm durch die Gegend gefahren auf dem Sozius. Nicht außerhalb des Geländes – das erlaubte meine Mutter nicht –, aber wir hatten eine Menge Land.«

Sie plapperte. Ich warf einen Köder aus. »War er derjenige, der Ihnen das Fahren beigebracht hat?«

»Nein, das war Roxanne. Sie hatte eine alte Indian, eine riesige schwarze Maschine mit einem weißen Streifen auf dem Tank. Die Maschine hatte Fußkupplung. Roxanne mußte für mich kuppeln, und ich saß vor ihr. Sie war ... Woher weißt du, daß ich Motorrad fahre?«

»Nur so eine Vermutung«, erwiderte ich mit unbewegter Miene. »Dann kannten Sie also diese Rocker nicht, die wegen Starr kamen?«

»Keiner von uns kannte die. Sie kamen irgendwo aus dem Süden. Aus Kalifornien, glaube ich. Aber ich weiß es nicht genau. Ich weiß nicht mehr viel, nur ... daß mein Vater nicht wollte, daß sie sie mitnahmen. Starr meine ich. Er war sehr freundlich zu den Rockern. Er erklärte es. Niemand gehört jemandem. Niemand kann einen anderen besitzen. Das ist falsch. Es ist gegen die Natur. Starr hatte Angst. Sie sagte, sie würde mit ihnen gehen, aber mein Vater sagte, sie müsse nicht, wenn sie nicht wolle. Ich erinnere mich daran, als wäre es erst vor einer Stunde gewesen. Drei Rocker in Formation, eine Pfeilspitze. Saßen auf ihren Maschinen, der Anführer vorne. Sagten meinem Vater, Starr wäre ihr Eigentum. Sie trage sogar ihr Brandzeichen. Sie sagten, mein Vater solle sie ausziehen, selbst nachsehen ...«

Crystal Beth driftete davon, wie zuvor im Café. »Was geschah dann?« fragte ich, versuchte sie zurückzuholen.

»Sie haben ihn umgebracht«, sagte sie mit ausdrucksloser, distanzierter Stimme. »Der Anführer hat's getan. Er hat einfach eine Pistole gezogen. Eine große, verchromte. Ich erinnere mich, wie sie in der Sonne schimmerte. Ich fand sie hübsch. Er hat meinem Vater in die Brust geschossen. Er stand so dicht vor ihm, daß das Blut aus dem Rücken meines Vaters spritzte. Dann drehten sie und fuhren fort.«

»Was haben die anderen –?«

»Niemand hat irgendwas getan. Wir standen unter Schock. Die Sonne verschwand. An den Rest des Tages kann ich mich nicht mehr erinnern. Die Polizei war da. Es war das Ende. Nicht nur das Ende meines Vaters, das Ende von allem.«

»Haben sie die Mörder –?«

»Geschnappt? Die Rocker haben Starr dagelassen. Sie wußte, wer die waren, aber sie wollte nichts sagen.«

»Wenn –«

»Sie wollte es der Polizei nicht sagen. Aber meiner Mutter hat sie es erzählt. Ein paar Wochen später. Da ist sie gegangen.«

»Starr?«

»Meine Mutter«, sagte Crystal Beth, in ihrer Stimme eine Traurigkeit, so groß und üppig wie das Mark des Oberschenkelknochens. »Mein Vater war ein tapferer Mann, aber im Grunde seines Herzens war er ein Hippie. Freundlich und nett. Ein Poet durch und durch. Aber meine Mutter, sie war mit ihm zusammen, verstehst du? Sie liebte ihn, deshalb lebte sie sein Leben. Aber das war nicht wirklich sie, es entsprach nicht ihrem Wesen. Sie war ein Krieger.«

»Also hat sie sie gejagt?«

»Sie hat sich von mir verabschiedet. Sie sagte, daß sie zu

meinem Vater will. Damals war ich erwachsen, fast sechzehn. Meine Mutter hatte Geld. Eigentlich sollten wir kein Geld haben. Kein privates Geld, verstehst du? Aber sie hatte welches und sagte mir, wo es war. Und noch ein paar Dinge. Damals habe ich mein Zeichen bekommen«, sagte sie und berührte ihren Unterkiefer. »Meine Mutter hat's gemacht. Sie selbst. Ihre Mutter hat ihr das beigebracht. Aber sie hat ihre Kunst nie an jemand ausgeübt, die ganze Zeit nicht, die ich sie kannte.«

»Und dann ist sie einfach fortgegangen?«

»Es gab eine Zeremonie. Ich weiß nicht, ob ich dir das erklären kann. Es war ... nur ich und meine Mutter, wir beide. Als ich mein Zeichen bekam. Sie hat Starr mitgenommen, und die beiden fuhren in dem Pickup weg, den wir hatten.«

»Und Sie haben nie wieder von ihr gehört?«

»Doch, irgendwie schon. Es gab Adressen. In einem kleinen Buch, das meinem Vater gehörte. Ich bin zu den verschiedenen Orten. Bin gereist. Nicht nur hier – ich war auch in Europa. Unter dem Zeug, das meine Mutter mir gegeben hat, war auch ein Reisepaß. Ich hatte gar nicht gewußt, daß ich einen besitze. Hätte nie gedacht, daß ich die Kommune verlassen würde ...

Ich war auf der Suche nach meinem Ziel«, sagte sie. »Wie es meine Mutter wollte. Eine der Familien, bei denen ich wohnte, sagte es mir – ich weiß nicht, woher sie das wußten. Als ich zurückkam nach Amerika, bin ich in die Bibliothek gegangen, und da habe ich es in der Zeitung gelesen.«

»Was war passiert?«

»Passiert? Nichts ist passiert. Meine Mutter ist zu meinem Vater gegangen, wie sie gesagt hatte. Wie sie geschworen hatte. Mein Vater war nicht immer ein Mann des Friedens. Ich weiß nicht, warum er Irland verlassen hat, aber ich weiß, daß er weg mußte. Er hatte eine Truhe, eine Art Seekiste. Meine Mutter räumte sie aus, bevor sie ging. Sie hat mir die Gedichte meines Vaters gegeben, das andere Zeug hat sie mitgenommen.«

»Er hatte –?«

»Ich weiß nicht, was er hatte. Ich weiß nur, daß meine Mutter es mitgenommen hat. Zu ihrem Clubhaus, so nannten es die Zeitungen. Sie ging hinein, einen Rucksack auf dem Rücken. Und als sie drin war, flog das Haus in die Luft. Sieben von ihnen sind gestorben. Und meine Mutter.«

»Scheiße.«

»Damals bin ich auf Wanderschaft gegangen«, sagte Crystal Beth. »Und ich habe erst aufgehört, als ich mein Ziel kannte.«

Danach saß sie schweigend da. Nicht in sich versunken, schaute nur. Und wartete.

Ich machte das gleiche.

Es vergingen einige Minuten, bevor sie sprach. »Empfindest du … irgendwas bei meiner Geschichte?«

»Ja«, antwortete ich. »Eifersucht.«

Sie nickte, als sei das vollkommen einleuchtend. Sagte nichts weiter.

»Ist das Ihr Ziel geworden?« fragte ich schließlich. »Dieser … Zufluchtsort?«

»Nicht ein Ort«, sagte sie leise. »Ein Ort ist niemals ein Ziel. Ich wußte, mein Ziel ist es zu schützen. Wie mein Vater Starr beschützt hat.«

»Wie Ihre Mutter …?«

»Mich? Vielleicht. Anfangs habe ich das nicht so gesehen. Ich dachte, es wäre einfach Rache. Meine Mutter glaubte an Gleichgewicht. Natürliches Gleichgewicht. Die anderen haben das nie wirklich verstanden. Sie *sagten* zwar, sie hätten. Hippies verehren alles, was irgendwie mit ›Ureinwohnern‹ zu tun hat, auch wenn sie es nicht verstehen. Nicht wirklich. Manchmal stritten sie mit meiner Mutter. Über das Jagen beispielsweise. Meine Mutter ließ sich nie darauf ein, mein Vater schon. Oh, mein Vater liebte Streitgespräche. Aber er diskutierte immer mit einem Lächeln, mit einem Witz. Ich erinnere mich; einmal fragte er die anderen, ob das Volk meiner Mutter ihrer Meinung nach Bauern statt Jäger sein sollten. ›Sollen sie dann auf der verdammten Tundra Weizen anbauen?‹ waren seine Worte. Ich weiß nicht, warum meine Mutter tat ... was sie tat. Mir hat sie nur gesagt, daß sie bei ihm sein wird. Und ich weiß, daß sie es ist.«

»Aber sechzehn, das ist ...«

»Lange her?« Ihr Lächeln blitzte in der Dunkelheit. »Stimmt. Ich bin kein junges Mädchen mehr. Ich habe lange gebraucht, um ... das hier zu finden. Ich war lange unterwegs. Habe andere Kommunen ausprobiert. Habe nach der Musik gesucht. Aber es war immer zuviel Chemie im Spiel. Ich war dort nicht zu Hause. Dann bin ich zur Schule gegangen.«

»High School?«

»College. Unterricht habe ich in der Kommune bekommen. Wir hatten dort so viele Leute, die das konnten. Da war dieses Haus, nicht weit von dort, wo ich groß geworden bin. Ein Haus für mißbrauchte Mädchen. Ich bin nicht mißbraucht worden, deshalb habe ich dort nie gelebt. Aber ich war mit einem der Mädchen befreundet, und sie hat mich mitgenommen zu ihrem Berater, ihrem Ausbildungsberater. Und er hat mir erzählt, daß ich, wenn ich Prüfungen mache, mehr Chancen habe, einen Platz zu bekommen. CLEP-Examen heißen die. Ich war fast zwanzig, als ich anfing, aber ich konnte gleich ins vorletzte Jahr einsteigen.«

»Für was?«

»Um einen – ach, du meinst, was ich studiert habe? Einen

Haufen Sachen. Mir ging's um die richtige Mischung. Naturwissenschaften und Mathematik, Geschichte und Literatur. Sogar Philosophie ... obwohl mir dieser Kram nie viel Spaß gemacht hat. Ich habe versucht, meinen Eltern ...«

» ... näherzukommen?«

»Ja! Woher weißt du ...?«

»Die Fächer, die Sie studiert haben – die Mischung klingt nach ihnen.«

»Das war es wohl. Aber die Tatsache ist, oder besser gesagt, *war*, daß es nicht funktioniert hat. Die Bücher erschienen mir immer so hohl. Wenn sie überhaupt irgendwas Wichtiges enthielten, dann in einer Akt Vakuum. Losgelöst von allem. Genau wie ich ...«

Ich wartete einige Minuten, nachdem ihr Satz verklungen war. Bis ich sah, daß nicht mehr kam. »Was dann?« hakte ich nach.

»Ich dachte an das Peace Corps, aber ... mir fiel ein, was meine Mutter von den Missionaren erzählt hat, die in ihr Dorf kamen, und damit war diese Idee erledigt. Also wurde ich VISTA-Freiwillige. In den Appalachen. Die Ausbilder mochte ich nicht besonders. Die hielten uns ständig lange, dumme Vorträge darüber, daß wir ›unsere Mittelschichtwerte ablegen‹ sollten und so. Ich hatte keine Mittelschichtwerte. Aber sie. Es waren hauptsächlich die Männer. Weiße Männer. Auch nur eine Art Machtspiel. Frauen unter Druck setzen. Meistens ging's dabei um Sex.

Aber als ich endlich vor Ort arbeiten konnte, war es super. Genau wie's sein sollte, dachte ich. Ich unterrichtete, und ich lernte. Ich lernte nicht genug, deshalb zog ich weiter. So kam ich zu meinem ersten Asyl.«

»Für Obdachlose?«

»Für geschlagene Frauen«, sagte sie. »Bevor ich dort arbeitete, war mir nicht bewußt, wie ... viel Angst Menschen haben können. Sie waren so hilflos. Niemand hörte ihnen zu, bevor sie nicht halb totgeschlagen worden waren. Und manchmal nicht mal dann. Ich hatte Schwierigkeiten, mich anzupassen. Die Leiterin wollte permanent Therapie machen. Meistens für die Männer. Die Täter, die, die unser ›Verständnis‹ brauchen, damit sie ›aus ihren Verhaltensmustern ausbrechen‹ können«, sagte Crystal Beth voller Hohn.

»Und die Leiterin hielt auch gern Reden«, fuhr sie fort. »Spendenaktionen. Sie betete die Medien an. Wenn irgendein Journalist mit den Frauen reden wollte, war das okay. Es gab keine ... keine Privatsphäre, für niemanden.«

»Wie in der Kommune?«

»Nein! Du verstehst das nicht. Wir hatten kein Privateigentum, das ist nicht dasselbe. Aber man konnte für sich sein. Das respektierten die anderen immer. In dem Asyl, in dem ich arbeitete, gehörten einem nicht mal die eigenen Gedanken. Alles mußte ... analysiert werden. Hinterfragt. Man mußte darüber reden. Mehr war nicht. Reden statt kämpfen.«

»Gegen wen wollten Sie kämpfen?«

»Nicht gegen wen, sondern gegen was. Gegen ... die Bestie. Die lauernde Bestie. Es gibt da eine Legende ... Ach, vergiß es, jetzt ist nicht die Zeit, sie zu erzählen. Jedenfalls bin ich mit ein paar Frauen weggegangen. Wir wollten ein eigenes Haus gründen. Ich dachte ... an Ausreißer. Zumindest fing dort das Problem für mich an. Nicht nur Mädchen, wir nahmen auch Jungs auf. Die meisten prostituierten sich für –«

»Sie prostituierten *sich*?«

»Okay, du hast recht. Genau das dachte ich auch. Anfangs. Die Leute nennen sie Kinderprostituierte, aber das stimmt nicht. Es sind prostituierte Kinder. Jedenfalls die Mädchen.«

»Warum nur die Mädchen?«

»Einige Jungs haben sich selbständig gemacht. Sie hatten keine Zuhälter.«

»Klar. Verstehe. Sind einfach aus einem netten Heim weggelaufen, wo jeder sie gut behandelt hat, und haben angefangen, ihre Körper zu verkaufen, weil sie Bargeld für Klamotten und CDs wollten, ja?«

»Das meinte ich nicht. Ich weiß, daß sie zu Hause mißhandelt wurden. Nur –«

»Haben Sie schon mal gelesen, daß die Cops ein Bordell voller Mädchen aus einem anderen Land ausgehoben haben?«

»Ja. Erst letzte Woche. An der Westküste. Alle Mädchen kamen aus Thailand.«

»Klar. Achtzehn, neunzehn, zwanzig Jahre alt, stimmt's? Zumindest haben sie das den Cops erzählt. Glauben Sie, das war das erste Mal, daß die einen Freier hatten?«

»Nein, sie haben sicher angefangen ... Oh, ich verstehe.«

»Tut mir leid, daß ich Sie unterbrochen habe.«

»Ist schon in Ordnung. Ich meine, du hast natürlich recht. Ich hätte sagen sollen –«

»Spielt keine Rolle. Erzählen Sie mir, was dann passiert ist.«

»Sie haben es geschlossen. Die Zuhälter. Sie haben es einfach geschlossen. Sie hingen draußen rum, stürzten sich wie Habichte auf die Mädchen, sobald sie das Haus verließen. Ein paar kamen sogar rein. Wenn die Polizei endlich erschien, waren sie natürlich immer längst verschwunden.«

»Und manche der Mädchen rekrutierten selbst für die Zuhälter.«

»Ja«, sagte sie leise. »Das weißt du also auch. Manche haben das getan, ja. Wir waren ... nicht darauf vorbereitet.

Wir dachten, wir könnten zusammenhalten, aber manche von ihnen wollten –«

»Man kann erst dann etwas anderes wirklich wollen, wenn man glaubt, daß es das wirklich gibt.«

»Uns gab es. Wir waren wirklich da.«

»Jetzt nicht mehr.«

»Ich weiß«, sagte sie. Nicht beschämt, einfach eine Tatsache konstatierend. »Es hat nicht funktioniert. Es war nicht mein … Ziel. Aber das hier ist es. Das hier ist es wirklich.«

»Ist das hier auch ein Asyl?«

»Ja. Aber nicht für geschlagene Frauen. Oder Prostituierte. Oder Ausreißer. Es ist ein Zufluchtsort vor der Bestie. Vor dem Stalker.«

»Wo liegt der Unterschied?«

»Vielleicht ist es nur ein gradueller Unterschied, ich bin nicht sicher. Aber manche Männer, egal, wie brutal sie in der … Beziehung waren, wenn es vorbei ist, lassen sie los. Und manche Frauen haben nicht genug Angst. Oder glauben immer noch, alles ließe sich wieder einrenken. Ich bin kein Psychologe. Ich könnte dir keine Bezeichnung für den Unterschied nennen. Aber wir erkennen ihn, wenn wir ihn sehen.«

»Und wo komme ich dabei ins Spiel?«

»Es ist zu dunkel hier drin«, antwortete Beth. Sie stand auf, ging zum Schreibtisch, holte eine Kerze heraus, hielt ein brennendes Streichholz ans untere Ende, bis es weich geworden war, dann drückte sie sie fest auf die Schreibtischplatte und zündete den Docht an. Die Flamme war schwach, tauchte sie in einen rötlich gelben Schein.

Dann musterte sie mich. Oder wenigstens mein Gesicht. Falls das eine Geduldsprobe war, hatte sie es mit einem Profi zu tun. Ich ließ ihr Zeit, forderte sie nicht heraus, wartete.

»Du bist hier, weil ich jetzt auch einen habe«, sagte sie schließlich.

»Einen was?«

Sie sprach nicht weiter. Ich kehrte wieder zum Warten zurück.

»Du hast kein einziges Mal meinen Körper angestarrt«, sagte sie unvermittelt.

»Was?«

»Mein Körper: Meine Brüste. Meine Beine. Meine Hüften. Du hast mich nie angestarrt. Kein einziges Mal.«

»Sind Sie sicher?«

»Ja, bin ich. Ansehen ist nicht das gleiche wie anstarren. Ich meine eigentlich *anzügliche* Blicke. Du weißt schon. Manche Männer sind subtiler als andere, aber eine Frau spürt immer, wenn sie es tun.«

»Sie stellen sich nicht … zur Schau.«

»Nein, tue ich nicht. Aber das würde auch keine Rolle spielen. Es … frustriert manche Männer nur, nicht wahr?«

»Vielleicht. Ich verstehe nicht, was das soll.«

»Du bist nicht schwul«, sagte sie. Eine klare Feststellung, keine Frage.

»Wenn ich es wäre, würde ich keine Punkte machen, weil ich Sie nicht abgecheckt habe?«

»Nein, darum geht es mir nicht. Schwule Männer machen das auch. Aus irgendeinem Grund checken die vor allem deinen Arsch.«

»Worauf wollen Sie hinaus, Crystal Beth?«

»Du magst meinen Namen, stimmt's? Den meisten Männern gefällt er nicht. Sie nennen mich immer ›Crystal‹, als ginge ihnen das leichter über die Lippen. Wissen Sie, warum?«

»Nein.«

»Ich auch nicht«, sagte sie, erhob sich. »Du stehst schwer auf Selbstbeherrschung, was?«

»Verrate ich nicht.«

Das brachte mir das Lachen ein, auf das ich abgezielt hatte. »Du trinkst nicht, stimmt's?« fragte sie. »Nimmst keine Drogen?«

»Nein. Wenn Sie Nikotin nicht mitzählen.«

»Ich bin keine Scheinheilige«, sagte sie, deutete mit dem Kopf auf ihre Zigarettenutensilien. »Ich weiß, daß das eine Droge ist. Aber die meine ich nicht. Von wegen Selbstbeherrschung. Ich wette, ich kann mich auf deinen Schoß setzen, und wir könnten trotzdem reden. Einfach reden. Entspannt. Was meinst du?«

»Kommt drauf an, wieviel Sie wiegen«, sagte ich.

Sie lachte leise, ein tiefer, rauher Laut. Dann drehte sie mir den Rücken zu und setzte sich, sagte: »Wollen wir's probieren?«

Crystal Beth saß warm auf meinem Schoß. Rund und fest, schwerer als sie aussah. Ihr Haar duftete nach Tabak und Bitterorangen. Ihre strammen Schenkel auf meinen Knien, ihr Hintern auf einer Seite, gegen die Armlehne des Sessels gedrückt, ihr rechter Arm um meinen Hals. Der Kerzenschein fiel auf die Tätowierung an ihrem rechten Unterkiefer, der Pfeil ihres Zieles vor ihrem Schweigen, gespannt und bereit. Sie lehnte sich an mich, schloß die Augen, gab einen kleinen Laut von sich, den ich nicht verstand – noch nie gehört hatte.

»Im Augenblick wohnen nur drei Frauen hier«, sagte sie nach einer Weile. »Eine hatte eine gerichtliche Anordnung, ihr Mann darf sich ihr nicht nähern, weil er sie zu oft geschlagen hat. Sie blieb in der Wohnung. Eines Abends ist er gekommen und hat es wieder getan. Die richterliche Anordnung hat er zerrissen. Dann hat er sie gezwungen, das Papier zu essen. Dann hat er sie vergewaltigt. Als die Polizei kam, war es zu spät.«

»Zu spät für was? Die können ihn trotzdem einsperren, wenn sie aussagt.«

»Er kennt sich aus. Irgendwer hat es ihm beigebracht. Er hat sie mit der flachen Hand auf den Kopf geschlagen. Sie dachte, ihr Gehirn würde zerspringen, so weh hat es getan. Er trug Handschuhe. Latexhandschuhe wie ein Arzt. Als er sie vergewaltigte, trug er ein Kondom. Und er hatte ein hieb- und stichfestes Alibi. Vier Männer, sie spielten zusammen Karten im Haus von einem. Er hat es ihr gesagt. Daß er gebildet sei. Genau dieses Wort hat er benutzt: ›Gebildet‹. Und daß es wieder und wieder passieren würde. Wann immer ihm danach war.«

Ich legte meine rechte Hand auf ihren Oberschenkel, balancierte sie, roch ihren Duft. Wartete.

»Dann ist da noch eine Frau, ein junge. Weißt du, was ›R and R‹ bedeutet?«

»Beim Militär? So was wie *Rest and Recreation*?«

»Warst du Soldat?« fragte sie, verlagerte leicht ihr Gewicht.

»Ich war nie bei der Armee«, sagte ich, wich der Frage aus.

»Hmmm«, sagte sie. Fragte nicht weiter. Dann: »Heute bedeutet es etwas anderes. Für gewisse … Leute. ›R and R‹ steht für *Rope and Rape*.«

»Kidnapper?«

»Nicht, was du meinst. Auch nicht Lösegeld. ›Rope‹ ist Rohypnol. Die Droge für ›Rendezvous-Vergewaltigungen‹. Ein netter Name für eine teuflische Mischung, stimmt's? Rohypnol ist ein starkes Beruhigungsmittel, zehnmal stärker als Valium. Und völlig geschmacklos. Misch das einer Frau heimlich in den Drink, und sie kommt erst ein paar Stunden später wieder zu sich. Bis dahin kannst du mit ihr machen, was du willst.«

»Eine Art K.-o.-Tropfen …?«

»Nein, nicht wie Chloralhydrat. Das sind keine K.-o.-Tropfen, der Stoff löst Lähmungen aus. Das Opfer ist halb bei Bewußtsein. Wenn die Frauen wieder zu sich kommen, wissen sie, *daß* etwas passiert ist, sie können nur nicht … mit Sicherheit sagen, was.«

»Und sie können nicht aussagen?«

»Genau. In Europa ist das Zeug legal. Man benutzt es, um Patienten vor größeren Operationen zu beruhigen. Soll sehr gut wirken. Inzwischen ist Rohypnol hier ein ausgezeichnetes Schwarzmarktgeschäft. Sie verkaufen das Zeug in der Originalverpackung. Kleine, weiße Pillen, zwei pro Packungseinheit. Klare Plastikfolie.«

»Davon gibt's auch Hobbybastler-Versionen«, sagte ich.

»Hobbybastler-Versionen …?«

»Ja, selbstgemachte«, sagte ich. »GHB. Gammahydroxybutyrat. Davon gibt es keine legalen Ausgaben wie von dem Medikament, das Sie meinen. Jeder Freak kann's sich zusammenmixen. Es hat eine Menge Spitznamen: Liquid X, Gook, Gamma 10 … Die Wirkung ist immer die gleiche.«

»Oh«, sagte sie leise und traurig.

Ich legte meinen Arm fester um ihre Taille, fragte nicht, warum sie die Droge so genau beschreiben konnte. Wollte es vielleicht nicht wissen. Spürte, wie ein alter Freund seinen beruhigenden Umhang über meine Schultern legte. Er ist fast schon so lange bei mir wie die Angst, dieser Freund.

Haß.

»Man kann nichts dagegen tun«, sagte sie leise.

»Scheint's könnte es etwas geben«, sagte ich, hielt meine Stimme ruhig. »Es ist eine Chemikalie, richtig? Also braucht man ein Reagens. Eine andere Substanz, die es verändert, ihm eine eindeutige Färbung gibt. Wie das Zeug, mit dem die DEA Kokain testet.«

»Mein Gott, das ist es«, keuchte sie, zappelte auf meinem Schoß herum. »Ist es das, was du … eigentlich machst?«

»Sie meinen, ob ich Chemiker bin?«

»Nein. Ich weiß, daß du das nicht bist. Ich meine … Probleme lösen. Dinge herausfinden.«

»Manche Dinge«, sagte ich, legte einen warnenden Unterton in meine Stimme.

»Das meine … Jedenfalls, diese junge Frau, der Mann, der ihr das angetan hat, war kein Fremder. Es war ihr Freund. Ihr ehemaliger Freund. Nachdem sie Schluß gemacht hatten. Er überredete sie zu einem letzten Drink. In einer öffentlichen Kneipe. Sie weiß nur noch, daß ihr schlecht wurde und er ihr aus dem Lokal half. Als sie zu sich kam, war sie in seiner Wohnung. Nackt. Und es waren Stunden vergangen. Sie rief die Polizei. Doch als die kamen, sagte er aus, sie hätten sich geliebt. *Geliebt*«, sagte sie, in ihrer Stimme bebte etwas, was mir bekannt vorkam. Jemand hatte ihr mal genau diese Lüge erzählt.

»Und warum versteckt sie sich?« fragte ich.

»Weil er ihr den Verstand geraubt hat. Sie glaubt, er kann es wieder tun. Vielleicht nicht mit einem Drink … mit Essen oder Luftpartikeln. Oder was weiß ich. Sie ist ziemlich … verrückt. Aber hier fühlt sie sich sicher. Deshalb sind unten immer die Türen verschlossen. Wenn sie wüßte, daß ein Mann hier ist, irgendein Mann, wäre sie davon überzeugt, daß du mit ihm … zusammenarbeitest.«

»Und die letzte Frau?«

»Du bist ein guter Zuhörer«, sagte sie, schmiegte sich an meinen Hals. »Die dritte Frau ist nicht wirklich hier. Sie war hier, aber jetzt ist sie es nicht mehr. Wir haben sie … woanders untergebracht. Und sie hat nicht nur einen Jäger, sie hat gleich zwei.«

»Arbeiten die zusammen?«

»Einer von ihnen glaubt es«, sagte sie geheimnisvoll. »Weißt du, was ein Falkner ist?«

»Ja.«

»Nun, dann wirst du es begreifen. Zwei Jäger. Der eine ist ein Falke, der andere ein Falkner, verstehst du?«

»Nein.«

»Macht nichts«, sagte sie, schob ihre linke Hand unter mein Sweatshirt, kratzte mit ihren kurzen Fingernägeln meine Brust. Vorsichtig, als würde sie eine Landkarte malen. »Glaubst du, ich bin ein Geheimnis?« flüsterte sie.

»Du bist eine Frau«, sagte ich.

»Was für ein vorsichtiger Mann du bist.« Sie lachte leise. »Und nicht sehr aggressiv.«

»Ich bin eine Miezekatze«, versicherte ich.

»Eher wohl ein Kater.«

»In meiner Jugend.«

»So alt bist du noch nicht.«

»Ich will alt werden«, sagte ich, ließ wieder den warnenden Tonfall mitschwingen.

»Willst du wissen, warum du hier bist?«

»Ja.«

»Willst du wissen, warum ich dich ausgesucht habe?«

»Ja.

»Willst du auch bezahlt werden?«

»Klar.«

Sie beugte sich an mein Ohr, sprach so leise, daß ich sie kaum verstehen konnte. »Magst du Geheimnisse?«

»Nein«, sagte ich, schroffer als beabsichtigt. Dachte an meine Kindheit. Oder an das, was meine Kindheit hätte sein sollen.

»Nicht solche Geheimnisse«, sagte sie, erriet meine Gedanken durch meinen Ton. Ihre Stimme immer noch sanft wie Spinnweben. »Süße Geheimnisse. Geteilte.«

»Davon verstehe ich nichts«, sagte ich.

»Ich werde dir ein Geheimnis anvertrauen«, sagte Crystal Beth. »Dann werde ich dir eines zeigen. Und falls sie zusammenkommen, tue ich beides. In Ordnung?«

»Zuerst erzähl's mir«, sagte ich.

»Die letzte Frau, von der ich gesprochen habe. Die mit den beiden Jägern. Einer von denen jagt auch mich.«

Ich reagierte nicht, ließ sie sich an mich kuscheln. Dachte, daß es bei manchen Leuten immer persönlich ist. Und daß jedesmal, wenn ich es so weit hatte kommen lassen, jemand gestorben war. Ich spürte die Wärme ihrer Wange an meiner, das Frauengewicht ihres Körpers ... und griff nach dem Trost des Eises in mir. »Ein alter Freund?« fragte ich sie, überlegte, ob ich jetzt als Ersatz aufgebaut werden sollte. Und wen dieses Ticket das Leben kosten würde ...

Seit meiner Teenagerzeit habe ich dieses Spiel nicht mehr gespielt, aber ich weiß noch genau, was für ein Gefühl es war. Blutend auf der Erde zu liegen, zuzuschauen, wie die Brandstifterin mit dem Burschen wegging, gegen den ich gekämpft hatte, ihre Hüften schwenkte, als würde sie mich ohrfeigen. Die härteste Lektion, die ich je lernen mußte, war, nicht das nächste Mädchen bezahlen zu lassen für das, was die Vorgängerin genommen hatte.

Am Ende saß ich mit einer Menge Männern im Knast, die das nie gelernt hatten.

»Nicht mal ein Freund«, sagte sie schnell, bremste meine Gedanken, bevor sie aus der Kurve flogen. »Eher ein Feind.

Er will nicht mich, er will, daß ich etwas *tue*. Und das werde ich nicht.«

»Er will, daß du …?« fragte ich, ging ihr voraus, Feuer loderte unter meiner Haut. Brandstiftung in Bereitschaft, Mißtrauen als Brandbeschleuniger.

»Vertrauen verraten. Jemanden verkaufen. Jemanden aufgeben.«

»Und wenn du's nicht tust?«

»Dann bricht alles zusammen. Nicht nur ich. Das Netzwerk. Meine ganze … Arbeit.«

»Ich weiß immer noch nicht, was das heißt.«

»Und du weißt immer noch nicht, warum ausgerechnet du, stimmt's?«

»Stimmt.«

Sie stand auf. Beugte sich aus der Taille vor und küßte mich neben den Mund. »Noch ein Spaziergang«, sagte sie. »Diesmal erheblich kürzer, okay?« Und hielt mir die Hand hin.

Ich ergriff sie und stand auf.

»Was ist mit meiner Jacke?« fragte ich.

»Wir kommen zurück«, sagte sie.

Immer noch meine Hand haltend, blies Crystal Beth die Kerze aus, der Raum wurde fast stockdunkel. Sie ging zur Tür, als hätte sie sich die Wohnung im Dunkeln eingeprägt. Als die Tür offenstand, war es wieder hell genug, um etwas erkennen zu können. Eine Hand nach hinten, hielt sie mich fest, während sie die Treppe hinunterstieg.

Die zweite Tür an der Treppe war schwarz gestrichen. Vor den mattweißen Wänden wirkte sie wie der Eingang einer Höhle. Crystal Beth klopfte laut. Ich hörte niemanden auf der anderen Seite kommen, doch das Geräusch des zurückschnappenden Riegels war in der Stille klar und deutlich. Rosafarbenes Licht spülte heraus. Crystal Beth trat beiseite, stieß mich mit der Hüfte an. Eine Frau saß auf einem gepolsterten Barhocker, uns gegenüber, war von hinten beleuchtet. Ich konnte ihr Gesicht nicht erkennen – sah nur zwei in Nylons gehüllte übereinandergeschlagene Beine, ein Fuß wippte locker, wie um den leuchtend türkisfarbenen Stöckelschuh besser zur Geltung zu bringen.

»Lange nicht gesehen«, sagte Vyra.

Ich spürte Crystal Beth hinter mir, so dicht, daß sich ihre Brüste an meinen Rücken drückten. Vyras schweres Parfum erfüllte den kleinen Raum. Es stank nach einer Falle.

»Was ist das?« fragte ich sie, hielt meine Stimme entspannt, hatte die Hände auf der Gürtelschnalle für den Fall, daß meine Nase schärfer war als meine Augen.

»Sei nicht sauer«, sagte Vyra. »Das war meine Idee, nicht Crystals.«

»Was für eine Idee eigentlich?« fragte ich.

»Dich einzuschalten.«

»Jemand … verfolgt dich?«

»Nicht mich«, sagte Vyra. »Die anderen. Ich … unterstütze dieses Haus. Crystal und ich, wir sind … uns nah.«

»Warum hast du nicht einfach –?«

»Weil du mich nicht ernst genommen hättest«, unterbrach sie. »Das hast du nie getan. Hattest allerdings auch nie Grund dazu. Ich dachte, wenn Crystal dir die … die Lage schildert, dann hilfst du uns.«

»Du steckst bis über beide Ohren drin«, sagte ich tonlos.

»Aber *du* nicht. Wir haben das so ausgemacht, Crystal und ich. Sie erzählt dir den ersten Teil. Dann erzähle ich dir, wie sie zu dir gekommen ist. Dann erzählen wir beide dir, was ...«

»Vielleicht muß ich euch mal was erzählen«, sagte ich.

»Burke, bitte, sei nicht sauer auf mich. Das könnte ich nicht ertragen. Kannst du nicht einfach ein paar Minuten zuhören?«

»Ich habe zugehört, und zwar mehr als ein paar Minuten.«

»Ich weiß. Tut mir leid. Vielleicht war das nicht der richtige Weg, okay? Wenn ich's versaut habe, dann nehme ich's auf mich, egal was kommt. Aber es ist nicht Crystals Schuld. Bestraf sie nicht für das, was ich getan habe. Bitte ...«

Ich entfernte mich von Crystal Beth, meine Augen stellten sich auf das rosa Licht ein. Bis auf die Frisierkommode mit Spiegel und den Hocker war der Raum leer. Nicht mal ein Schrank. »Schieß los«, sagte ich ruhig. »Sag, was du sagen willst.«

»Können wir nicht raufgehen?« fragte Crystal Beth. »Da ist es ... friedlicher.«

»Schieß los«, sagte ich noch einmal zu Vyra.

Sie faßte das als Zustimmung auf, stand auf und schob sich an mir vorbei. Ich spürte Seide auf meiner Hand. Sie ging hinaus. Ich rührte mich nicht. Crystal Beth zog an meiner Hand. Ich nahm sie weg. »Du brauchst beide Hände«, sagte ich.

»Wozu?« flüsterte sie hinter Vyras Rücken.

»Um all deine Karten auf den Tisch zu legen«, antwortete ich.

Vyra ging voraus, glitt mit wiegenden Hüften die Treppe hinauf, Seide raschelte, Stöckelschuhe blitzten, eine Parfumwolke verteilte sich. Crystal Beth folgte ihr, energisch und vorsichtig, wie ein Krieger, der in die Schlacht zieht.

Im obersten Stockwerk stolzierte Vyra in Crystal Beths Wohnung, als wäre sie schon mal dort gewesen ... und als gehörte ihr der Laden. Sie hatte bereits die Kerze angezündet, als ich das Zimmer betrat und die Tür offen ließ. Ich nahm den Sessel. Vyra schnappte sich den Metallstuhl, schlug wieder die Beine übereinander und widmete sich erneut der Bewunderung ihrer Schuhe. Crystal Beth ließ sich lautlos auf die Knie sinken, saß zu meiner Rechten genau zwischen uns, gab mir den Blick auf die Tür frei.

»Wann immer du soweit bist«, sagte ich zu keiner von ihnen speziell.

»Ich habe Crystal vor ein paar Jahren kennengelernt.« Vyra redete über die kniende zweite Frau hinweg, als gebe es keinen Zweifel daran, wem ich zuhören würde. »Ich half damals in einem Asyl aus. Zum größten Teil am Telefon. Crystal war eine ... Besucherin. Keine Klientin. Als ich erfuhr, was sie vorhatte, sagte ich, daß ich dabei bin. Mit der Zeit hat es mir ... einfach gefallen. Als sie schließlich soweit war und dieses Haus hier aufmachte, habe ich einen Teil der Gelder besorgt. Es ist ein als gemeinnützig anerkanntes Unternehmen, daher ist mein ...«

Sie sagte nicht »Mann«, ließ ihre Stimme einfach verhallen. Ich unterbrach das entstehende Schweigen nicht.

»Es ist steuerlich absetzbar«, beendete sie den Satz lahm. »Als Crystals ... Problem anfing, überlegte sie, ob ihr jemand helfen könnte. Ich sagte, ich kenne da jemanden, aber sie war stur. Natürlich würde sie allein damit fertig werden. Als ihr klar wurde, daß sie das nicht konnte, hat sie mir zugehört«, beendete Vyra selbstgefällig. »Da habe ich ihr von dir erzählt.«

»Du kennst mich nicht«, sagte ich. Kategorisch, keine Diskussionen, bestritt ihre Glaubwürdigkeit.

»Ich weiß genug«, erwiderte sie schmollend. »Ich weiß, daß du etwas tun kannst, wenn du nur willst. Und ich weiß, daß du gegen Bezahlung arbeitest. Was schadet es, wenn du zuhörst?«

»Diese Spielchen gefallen mir nicht – die Augen schließen und raten, ob's weh tun wird.«

»Warum mußt du so feindselig tun?« fragte Vyra. »Crystal ist meine Freundin. Freunde tauschen ... Informationen aus, oder? Wenn sie mich gefragt hätte, ob ich einen guten Mechaniker kenne oder einen verständnisvollen Gynäkologen oder egal *was*, warum hätte ich ihr nicht antworten sollen?«

»Ich weiß nicht, warum du irgendwas tun oder lassen solltest«, sagte ich, blieb in mir. Die Gefahrensignale, die meine Nervenenden zum Knistern brachten, hatten nichts mit physischer Angst zu tun. Inzwischen war meine Crew an Ort und Stelle. Irgendwo da draußen, nicht weit weg. Die handelsüblichen Schlösser, die diese Frauen an ihren Türen hatten, würden dem Prof nicht widerstehen. Und nichts, was sie hinter diesen Türen hatten, würde Max aufhalten, wenn es drauf ankam. Aber sie hatten Pläne, Crystal Beth und Vyra. Und ich mag nicht Teil der Pläne anderer Leute sein.

»Burke, bitte. Komm schon«, sagte Vyra. »Das ist ein ... Job, oder? Du erledigst Jobs.«

»Vermutest du«, sagte ich.

»Irgendwas mußt du doch tun. Ich frage nicht, was, okay? Aber jeder kann zuhören. Einfach zuhören hat noch nie jemandem geschadet.«

Ich ignorierte das. Wäre sie aufgewachsen wie ich, sie würde nicht so dummes Zeug reden.

»Wenn er nicht will ...«, sagte Crystal Beth, als wäre ich nicht im Raum.

Ich drehte mich zu ihr. »Lüg nicht«, sagte ich.

Sie weigerte sich, gekränkt zu sein. Tat so, als wäre es grünes Licht, sagte: »Es fing an, als –«

»Erzähl ihm von –«, unterbrach Vyra.

»Das reicht«, unterbrach ich. »Das hier ist kein Film. Du bist nicht der Regisseur. Und stereo kann ich sowieso nicht zuhören.«

Vyra schnaubte verächtlich durch ihre kleine maßgeschneiderte Nase, versuchte die Arme vor ihrem gewaltigen Busen zu verschränken, gab frustriert auf. Saß einige lange Sekunden still da. Dann setzte Crystal Beth erneut an:

»Marla – so heißt sie – ist eines der Mädchen, von denen jeder sagt, sie hat's nicht anders verdient, verstehst du? Sie hat geheiratet, da war sie gerade mal siebzehn. Es war besser als das, wo sie vorher war. Dachte sie. Das passiert oft – wir erleben es immer wieder. Er ist viel älter als sie. Sie sagt, am Anfang war's gar nicht mal so schlecht. Oh, er hat sie geschlagen und alles, aber das war sie gewöhnt. Ihr Vater war … auch so, daher war es keine Überraschung.«

Sie beobachtete mich kurz, wartete auf eine Reaktion – erhielt keine, also kehrte sie zu ihrer Geschichte zurück.

»Marla konnte tun, was sie wollte, nichts half. Er hörte nie auf. Sie brauchte eine ganze Weile, aber schließlich kam sie dahinter. Er tat es gern. So einfach war das.«

Ich sagte nichts, wartete.

»Ich weiß, was du denkst«, sagte sie anklagend. »Warum ist sie nicht einfach gegangen, stimmt's?«

»Oder hat ihn im Schlaf erstochen«, schlug ich vor. »Oder ihm Gift unters Essen gemischt oder –«

»Du kannst das nicht verstehen«, unterbrach sie mich. »Wie solltest du –?«

»– oder einen Killer engagiert«, fuhr ich fort, als hätte sie nichts gesagt.

Das ließ sie verstummen. Es wurde still im Raum. »Sie hatte Angst«, sagte Vyra schließlich fromm. »Weißt du eigentlich, was es heißt, Angst zu haben? Wirklich Angst?«

»Besser als du je wissen wirst, du dummes, verwöhntes Miststück«, antwortete ich, nahe daran zu gehen. »Spar dir das fürs Anträgeschreiben, okay? Wenn du mir eine Geschichte erzählen willst, dann mach. Wenn du Vorträge halten willst, dann such dir jemanden, der so scharf drauf ist, dir an die Wäsche zu gehen, daß er so tut, als fände er das interessant.«

Vyra sprang auf, machte einen Schritt auf mich zu, eine Hand erhoben, als wollte sie mich schlagen. Die Bewegung war so natürlich, daß ich wußte, sie machte das nicht zum ersten Mal.

»Tu 's nicht«, sagte ich. »Ich bin nicht dein Mann.«

»Du ...« Sie fand nicht die richtigen Worte. Crystal Beth legte ihr einen Arm um die Taille, schob und zog sie zurück zu ihrem Stuhl, sprach so leise, daß ich nichts verstehen konnte.

»Wir wollen ganz ruhig bleiben«, sagte Crystal Beth, als schlüge sie etwas vor, was uns allen Spaß machen würde. »Vielleicht sind wir alle ein bißchen ... überempfindlich. Eine schlechte Kombination. Wäre es dir lieber, wen wir allein reden, nur du und ich?« fragte sie mich.

»Spielt keine Rolle. Wenn ihr zwei euch vertrauen würdet, wärt ihr sowieso nicht beide hier.«

Keine antwortete darauf, aber Vyras Gesicht glühte unter dem Make-up.

»Wenn das eine Geschichte ist, bist du noch ziemlich weit weg vom Ende«, sagte ich. »Es wird spät, und ich muß arbeiten.«

»Welche Arbeit kann das wohl sein?« spöttelte Vyra.

»Arbeit, für die ich bezahlt werde«, sagte ich. »Das würdest du nicht verstehen.«

»Bastard«, fauchte sie. Ohne jedes Gefühl, einfach die Feststellung einer Tatsache.

Crystal Beth sank zwischen uns auf die Knie, streckte die Hände aus. Vyra nahm eine. Ich nicht. Sie legte diese leere Hand auf mein Knie, wie ein Akupunkturanker, ließ die Energie fließen. So blieb sie einen langen Augenblick, die Augen geschlossen. Wenigstens stimmte sie keinen Singsang an.

»Sie hatte Angst«, sagte Crystal Beth leise. »Oder sie war es gewöhnt. Oder sie wußte keinen Ausweg. Das ist egal. Denn als sie schwanger wurde, änderte sich alles.«

»Er hörte auf, sie zu verprügeln?« fragte ich sarkastisch.

»Ja, das tat er«, sagte Crystal Beth, überraschte mich. »Zumindest hörte er auf, sie zu schlagen und zu treten. Er fand einfach … andere Dinge, die er ihr antun konnte.«

»Soll das heißen, daß er das Baby wollte?«

»O ja«, sagte Crystal Beth. »Er wollte das Baby sogar sehr. Und da fand sie … den Rest über ihn heraus.«

»Und das war was?«

»Er wollte das Baby für die Rasse«, sagte sie. »Die weiße Rasse. Weißt du, was ich meine?«

»Klar. Reine Abstammung, stimmt's? Was war er? Einer dieser beknackten Nazi-Idioten?«

»Er ist ein Arier«, sagte Crystal Beth. »Er findet, er ist ein echter Arier.«

»Und du bist einer der Untermenschen, stimmt's?« fragte ich sie. »Und sie ist Jüdin«, sagte ich, deutete mit dem Kopf auf Vyra, begriff vielleicht zum ersten Mal, was sie verband.

»Ja. Aber er kennt uns nicht. Mit dem Teil der Geschichte haben wir nichts zu tun.«

»Gibt's auf dieser Straße keine Abkürzung?« fragte ich.

Meine Geduld war am Ende. Wenn diese Frauen glaubten, alle White -Knight-Anhänger wären gleich, dann waren sie zu blöd.

»Wir sind ganz ruhig«, erinnerte Crystal Beth mich. »Wenn du zu schnell zuhörst, entgehen dir Worte. Er hat ihr ... weiterhin weh getan. Sie mit Zigaretten verbrannt, sie gezwungen ... Dinge zu tun. Sie vor anderen Leuten erniedrigt. Bevor sie schwanger wurde, hatte er gedroht, sie umzubringen, falls sie je versuchen sollte, ihn zu verlassen. Er würde sie nicht erschießen, sondern langsam zu Tode foltern. Er redete gern darüber. Er hatte sogar Filme darüber. Folterfilme. Videos. Wahrscheinlich waren sie gestellt, ich habe nie einen gesehen. Aber Marla sagt, sie wirkten so echt, daß sie es nicht wüßte. Er zwang sie, sich diese Filme anzusehen. Sie sagt, nichts wurde anders, bis er ihr erklärte, daß auch sein Sohn sie sich würde ansehen müssen. Damit er bereit sei.«

»Was wurde anders?« fragte ich.

»Da wußte Marla, daß sie gehen mußte. Sie spürte es zum ersten Mal, als sie hochschwanger war. Vielleicht im siebten Monat, genau weiß sie es nicht. Sie sagte mir, sie wußte, die – ihr Mann und seine Freunde – würden ihr das Baby abnehmen. Das Baby würde einer von denen werden. Sie konnte den Gedanken nicht ertragen, daß ihr Sohn eine Frau foltern würde wie in diesen Videos. Das Kind umbringen konnte sie genausowenig ... Denn darauf würde es hinauslaufen, wenn sie sich selbst umbrachte. Sie wußte, sie konnte nicht warten, bis sie ins Krankenhaus kam – dann wäre sie verloren. Also lief sie weg. Und sie fand uns.«

»Woher wußte sie, daß sie einen Sohn bekommen würde?« fragte ich. »Das alles ist doch vor der Entbindung passiert, oder?«

»Ultraschall«, warf Vyra ein. »Macht heute jeder.«

»Wir haben Anwälte, die uns beraten«, sagte Crystal Beth. »Sie meinen, Marla würde das Sorgerecht bekommen, keine Frage, aber er bekäme ein Besuchsrecht. In irgendeiner Form. Früher oder später wahrscheinlich auch unbeaufsichtigt. Das würde reichen. Er könnte den Kleinen nehmen und untertauchen. Sie würde ihn nie wiedersehen. Eine der anderen Frauen – ›Züchterinnen‹ nannte er sie – würde ihn großziehen. Zu einem der ihren machen.«

»Also versteckte sie sich?«

»Nein. Dazu fehlen ihr die Mittel. Es wird einige Zeit dauern, bevor sie genug gelernt hat, um sich und das Baby ernähren zu können. Sollte sie Sozialhilfe beantragen, wäre es einfach, sie zu finden. Wir sind auf eine bessere Idee gekommen. Als sie ging, hat sie eine Menge von seinem Kram mitgenommen. Er führt ... Buch über das, was er macht. Er und seine Freunde. Sie hat genug in der Hand, um ihn für lange Zeit hinter Gitter zu bringen. Es war alles vorbereitet. Sie hat Klage erhoben. Ihm die Klageschrift zustellen lassen. An seine Arbeitsstelle. Er muß vor Gericht erscheinen. Sie will die Scheidung. Und sie klagt auf Unterhalt.«

»Wie soll das –?«

»Sobald er auftaucht, wird er verhaftet. Und man wird ihn einsperren, keine Kaution. In ... wie nennt man das?«

»Untersuchungshaft«, sagte ich.

»Genau, stimmt! Untersuchungshaft. Alles ist perfekt vorbereitet. Sie hat ihn ein paarmal angerufen, seit sie auf der Flucht ist. Es gibt ein Band von dem, was er mit ihr machen will. Um ihr Angst einzujagen, erinnerte er sie auch noch an andere Dinge, die er getan hat. Mit anderen Leuten. Er und seine Freunde. Auch das liegt als Beweismaterial vor.«

»Woher wißt ihr, daß ihr nicht gefilmt werdet?« fragte ich.

»Was meinst du mit ›gefilmt‹?« fragte Crystal Beth.

»Reingelegt. Beschissen. Aufs Kreuz gelegt. Wie immer du's nennen willst. Um diesen Burschen wirklich aus dem Verkehr zu ziehen, brauchst du mehr als einen freundlichen Cop. Du brauchst einen guten Staatsanwalt.«

»Den haben wir«, sagte Crystal Beth. »Garantiert.«

»Und wer ist der große Mann?« fragte ich.

»Kein Mann«, sagte sie mit einem zarten Lächeln. »Eine Frau. Sie heißt Wolfe.«

Gut, daß ich Crystal Beths Hand nicht gehalten hatte. Lebenslange Übung hielt mein Gesicht völlig ausdruckslos, aber sie hätte bestimmt gespürt, wie der Name meinen Puls beschleunigte. Wolfe. Einst Chefin einer Sonderabteilung der New Yorker Staatsanwaltschaft, eine auf Sexualdelikte spezialisierte Anklägerin, die ihre Arbeit so ernst nahm, daß eine Zeitung schrieb, sie trinke Blut zum Frühstück. Sie verbrachte Jahre an vorderster Front, lieferte sich unerbittliche Schlachten mit jedem dreckigen Raubtier, das sie zu fassen bekam – Vergewaltiger, Kinderschänder, Kidnapper, ganz egal. Sie war eine Kriegerin, die in ihrer Arbeit aufging, ein geschmeidiges Mungo, das ein Nest voller Kobras ausräumen konnte, ohne ins Schwitzen zu geraten. Aber ein schmieriger Vorgesetzter mit politischen Ambitionen brachte sie zu Fall, opferte sie dem einzigen Gott, den Menschen wie er anbeten.

Als Wolfe ihren Job noch hatte, waren wir uns einige Male über den Weg gelaufen. Sie wich keinen Zentimeter vom Weg ab, vollführte aber wahre Balanceakte, wenn es darum ging, einen Freak aus dem Verkehr zu ziehen. Nachdem man sie gefeuert hatte, wurde Wolfe zum Outlaw. Zumindest sagten das die Gerüchte, die wie ein raunender Bach unter der Oberfläche dieser Stadt fließen. Sie leitet eine Art eigenen Nachrichtendienst. Macht es für Geld, heißt es. Aber Crystal Beth wußte mehr. Und es sah so aus, als könnte Wolfe sich aus dem Krieg nicht heraushalten.

Wolfe konnte es schaffen, das wußte ich. Es gab immer noch einige Staatsanwälte, die den Idealen treu waren, für die sie gestanden hatte. Nicht in der Sonderabteilung – diese Typen hatten ausnahmslos den Schwanz eingekniffen, wie von Ärmelschonerträgern nicht anders zu erwarten. Aber es gab andere Abteilungen, andere Teams. Und manche von ihnen arbeiteten immer noch mit Wolfe zusammen. Sie konnten sie zwar nicht vorladen, aber sie konnten die von ihr gelieferten Informationen vorlegen. Und damit arbeiten.

Wolfe kannte auch Cops. Gute, zähe Cops der alten Schule, die meisten davon Mitglieder des LMA-Clubs – »Ich hab schon genug Jahre abgerissen, kann in Rente gehen, Lieutenant, also lecken Sie mich am Arsch« – und zu sauber, um sich einschüchtern zu lassen und Wolfe aus dem Weg zu gehen. Cops, mit denen sie viele Jahre Fälle bearbeitet hatte, bevor man sie aus dem Verkehr zog. Wolfe hatte hauptsächlich Sexualdelikte bearbeitet, aber manche Freaks trafen auch andere Nerven: Mord. Drogen. Alles, was mit Gangs zu tun hatte. Daher kannte Wolfe Cops aus der ganzen Stadt, in jeder Dienststelle, Abteilung.

Ja, Wolfe konnte es schaffen.

Ich atmete ein, nicht tief, ließ mir alles in weniger Zeit durch den Kopf gehen, als es dauerte, wieder auszuatmen. »Okay«, sagte ich zu Crystal Beth, »ihr habt ihn. Er erscheint vor Gericht, er verschwindet hinter Gittern. Wo liegt das Problem?«

»Da ist noch ein Mann«, sagte sie. »Wie ich dir erzählt habe. Der Falkner. Und er ist auch hinter mir her.«

Ein blasses Oval war alles, was ich in dem schummerigen Licht von Vyras Gesicht sehen konnte. Ihre Brust war besser zu erkennen – weißer wegen der Bluse, die sie trug, größer wegen dem, was diese ausfüllte. Aber Vyra war still, hielt Crystals Hand, wartete.

Ich wartete ebenfalls.

»Das ist alles ziemlich kompliziert«, sagte Crystal Beth schließlich. »Aber ich weiß nicht, wie ich es einfacher erzählen soll.«

»Dieser andere Mann?« hakte ich nach. »Ist er auf der Seite von Marlas Mann? Ein Nazi-Kumpel?«

»Im Gegenteil«, sagte sie, ein Beben in ihrer Stimme verriet mir, daß sie sich nicht so sicher war, wie sie gern klingen wollte. »Er ist ein Jäger.«

»Auf der Jagd nach Marlas Mann …?«

»Er heißt Lothar. Eigentlich nicht, denke ich. Sein richtiger Name ist Larry, aber den hat er geändert. Er sagt, Larry klingt jüdisch. Jedenfalls, er ist nicht wirklich hinter Lothar her. Er … Ach, ich bin nicht *sicher*, okay? Ich weiß es einfach nicht.«

»Aber du weißt, daß er es auf dich abgesehen hat?«

»Ja! Da gab's nicht viel zu spekulieren. Er hat's mir gesagt –«

»Wer hat es dir gesagt?« unterbrach ich.

»Der Mann. Mr. Pryce. Pryce mit ›y‹, nicht mit ›i‹ – so soll ich ihn nennen, hat er gesagt.«

»Pryce ist also derjenige, der hinter dir her ist?«

»Ja!« erwiderte sie ungeduldig. »Laß mich doch einfach …« Sie unterbrach sich, atmete tief Luft durch die Nase, fand ihren Mittelpunkt wieder. Ihre Hand auf meinem Knie wurde schwer. Dann sprach sie langsam weiter, mehr zu sich selbst als zu mir. »Dieser Pryce sagt, er weiß von dem Plan, Lothar vor Gericht zu bringen. Und wir könnten das nicht tun. Wir müßten die Sache abblasen, oder er würde uns ausschalten, was immer uns lieber wäre. ›Ihr habt die Wahl‹, hat er gesagt. Aber es gibt keine Wahl.«

»Es gibt immer eine Wahl«, meldete sich Vyra zu Wort.

»Spar dir deine Puste für Dinge, von denen du was verstehst«, sagte ich. »Hier geht's nicht um Schuhe.«

Ich spürte den Blitz von ihr durch Crystal Beth auf mich zurasen, aber sie blieb stumm.

»Vyra steckt in dieser Sache mit drin«, sagte Crystal Beth, gleichzeitig verteidigend und defensiv. »Wenn wir den Plan durchziehen, wird er ihr auch weh tun.«

»Hat er gesagt, wie er das anstellen will?«

»Mit ... Informationen«, murmelte Crystal Beth. »Die er hat. Geheiminformationen. Das erste Mal habe ich seine Stimme am Telefon gehört. Unter einer Nummer, die ich habe. Einer Geheimnummer, auf einen anderen Namen angemeldet. Es besteht keinerlei Verbindung zu mir. Wir benutzen diese Nummer für ... geschäftliche Dinge. Er kannte meine Stimme. Sagte, er hätte sie oft genug auf Band gehört, könnte mich problemlos erkennen.«

»Er hat also eine Telefonnummer ausspioniert. Eine Wanze geschaltet. Deshalb ist er noch lange kein James Bond.«

»Er hat alles, Burke. Alles. Er weiß Dinge von meinem Vater, die nicht mal ich wußte. Weiß, was mit meiner Mutter passiert ist. Er kennt sogar Starrs Namen. Er weiß, wie wir arbeiten, wem dieses Haus gehört. Und Sachen, die ich ... getan habe. Vor langer Zeit. Er könnte den Laden schließen, dafür sorgen, daß alles verschwindet.«

»Er versucht nur, euch Angst einzujagen. Was hätte er denn davon –«

»Es geht nicht nur um mich«, flüsterte Crystal Beth eindringlich. »Er kann Lorraine ins Gefängnis bringen. Und er kann Vyra schaden.«

»Wie?«

»Durch meinen Mann«, sagte Vyra, die Stimme flach.

»Ich dachte, ihm wäre gleichgültig, daß du ...« setzte ich an. Vyra hatte mir oft erzählt, ihr Mann fände es lustig, daß sie mit jedem ins Bett ging. Er wollte nur alle Einzelheiten wissen, Vyra oben ohne fotografieren, ihre Schuhe ablecken und die Rechnungen bezahlen.

»Das würde ihm etwas ausmachen«, sagte Vyra, immer noch tonlos.

Ich wartete, aber sie sprach nicht weiter.

»Okay, dieser Pryce kann euch also fertigmachen. Schön. Worum geht's ihm?«

»Wie?«

»Mit diesem Freak Lothar. Warum will er ihn unbedingt schützen?«

»Das wissen wir nicht«, sagte Crystal Beth müde. »Das ist der Job. Der Job, von dem Vyra meint, du könntest ihn erledigen.«

Ich saß in einem Raum mit zwei Frauen. Im Verlauf der letzten Tage hatte eine von ihnen auf der Straße meine Hand gehalten, auf meinem Schoß gesessen und mir Geheimnisse anvertraut. Die andere war in ihren neuen Schuhen herumstolziert und hatte meinen Schwanz gelutscht. Jetzt waren sie zusammen, und sie wollten, daß ich etwas machte.

Ihnen zu sagen, daß ich für das bezahlt werden mußte, was sie von mir wollten, war nicht leicht.

Also versuchte ich Zeit zu gewinnen.

»Ich weiß nicht, ob ich das kann oder nicht«, sagte ich. »Ich bin nicht mal sicher, ob überhaupt etwas möglich ist. Solche Dinge laufen nicht nach Schema F.«

»Wirst du wenigstens mit ihm reden?« fragte Vyra.

»Dieser Typ ist ein Informationswunder, was? Hat Material gegen euch beide in der Hand, gegen andere Leute. Das ist seine Waffe. Ich würde unbewaffnet einsteigen. Und wenn er mich sieht, lande ich vielleicht auch noch auf seiner Liste.«

»Hast du Angst vor ihm?« Hier sprach zwar Vyra, aber genau das hatte ich mein Leben lang von Frauen gehört. Und davor von Mädchen. Ich habe die Narben als Beweis – Narben, die man auch ohne Doktortitel sehen kann.

»Verdammt, ja«, sagte ich. »Rechnet's doch mal zusammen. Ihr habt einen Nazi-Spinner, der will, daß sein Kind die neue Herrenrasse begründet. Außerdem habt ihr jemanden, der für ihn Störmanöver durchzieht. Jemand, der eine Menge Dinge weiß, aber nicht wissen sollte. Und ihr wollt, daß ich mit ihm ›rede‹. Wie wär's, wenn ihr zur Abwechslung mal Klartext redet?«

»Du weißt, was wir wollen«, sagte Vyra.

»Nein, weißt du nicht«, korrigierte Crystal Beth sie, stand auf und beugte sich zu mir. »Weißt du noch, was du für Harriet getan hast? Vielleicht etwas in der Art. Aber nicht ...«

Da war's. »Für Harriet bin ich bezahlt worden«, erinnerte ich sie. »Und es gab kein größeres Risiko. Zumindest kein so großes wie bei dieser Geschichte.

»Ich habe Geld«, sagte Vyra.

Crystal Beth drehte sich eine Zigarette. Als diese brannte, hielt sie die Kippe Vyra hin, die einen kurzen Zug nahm und sie zurückgab. Dann warteten sie.

»Wie finde ich diesen Pryce?« fragte ich. Dachte, wenn er wirklich so gut ist, wie sie glauben, dann weiß er wahrscheinlich schon von mir.

»Ich soll diese Nummer anrufen«, sagte Crystal Beth.

»Heute. Vor Mitternacht. Dann ruft er zurück. Ich sage es ihm. Und dann rufe ich dich an.«

Sie ließ Vyra sitzen, brachte mich die Treppe hinunter zum Hinterausgang. Stellte sich auf die Zehenspitzen, hob ihre Lippen an mein Ohr. »Bald erzähle ich dir alles«, versprach sie, hielt mit zwei Fingern meine Gürtelschnalle fest, zog mich an sich, damit ich zuhörte.

Ich trat in die beißend kalte Nacht hinaus, schaute in den klaren Himmel. Und ging langsam fort, das Gewicht des Verrats wie ein Joch auf meinen Schultern.

Es war fast neun, als Clarences Rover angerauscht kam, mich an der Straßenecke einsammelte. Ich stieg vorne ein. Die Hand des Prof fiel auf meine Schulter.

»Du warst ganz schön lange da drin, Schuljunge. Hast du genug gesehen, um Herk vom Haken zu ziehen?«

»Es geht nicht um Herk«, sagte ich ihm. »Er war nie das eigentliche Ziel. Der arme Kerl ist nur hineingestolpert.«

»Paßt«, sagte der kleine Mann säuerlich. »Dann sind wir draußen?«

»Ich nicht«, sagte ich.

Und dann erzählte ich ihm den Rest.

»Das Mal der Straße wirst du nie los, Schätzchen«, sagte Michelle. Saß in meiner Nische bei Mama – neben dem Prof, mir und Clarence gegenüber. Sie war perfekt frisiert, trug einen roten Satinoverall mit breitem, schwarzem Gürtel, das hübsche Gesicht in voller Kriegsbemalung, bereitete sich auf die Arbeit vor. Ich habe sie einmal gefragt, warum sie sich für die Arbeit am Telefon so zurechtmachte.

»Das hat was mit Feeling zu tun, Baby. Wenn du es fühlst, dann kannst du es auch sein.«

Michelle macht Telefonsex. Sie ist die Beste. Könnte man ein Glasfaserkabel unter einem Gletscher durchziehen, ihre honigsüße, sanfte Stimme würde das Eis zum Schmelzen bringen. Und sie ist die beste Nutte, der ich je begegnet bin.

Michelle ist meine Schwester. Das hat nichts mit Biologie zu tun, ist viel grundsätzlicher. Wir hatten denselben Vater und dieselbe Kraft: den Staat und unseren Haß. Sie war als Spielzeug zur Welt gekommen. Als sie den medizinischen Ausdruck für das erfuhr, was sie war – eine Transsexuelle –, hatte ihre abgedrehte Familie bereits ein Dutzend Wege gefunden, sie zu benutzen. Deshalb lief sie fort. Kopfüber, wie ein Mann, der von einer brennenden Bohrinsel ins schwarze Meer springt, weil er weiß, daß das, was ihn erwartet, nicht schlimmer sein kann.

Noch bevor die Pubertät sie von beiden Seiten dieser gewundenen Linie folterte, war ihr klar, daß sie eine Frau in einem Männerkörper war. In der Subkultur des perversen Sex, wo Michelle überlebte, erhöhte der grausame Streich, den die Natur ihr gespielt hatte, den Preis der Nummern, die sie machte. Sie stieg in Autos und sank auf den Boden, fragte sich dabei jedesmal, ob der Fahrer vielleicht der mörderische Psychopath war, von dem alle Nutten wissen. Immer unterwegs, sucht sein rasendes Blut das anderer Menschen.

Michelle stahl, was ihr unter die Finger kam, und lebte genauso. Sie versuchte immer wieder, sich selbst zu helfen. Zerstörte beinahe ihren Körper mit Kurpfuscher-Implantaten und Schwarzmarkt-Hormonen. Sagte ständig, sie würde es machen lassen – sie selbst sein. Sie selbst *werden.* »Ich fahre nach Dänemark, Schätzchen. Schon bald«, sagte sie jedesmal, wenn sich unsere Wege kreuzten.

Ich wußte, daß Michelle mich liebte. Sie hatte es zu oft bewiesen – nicht mit Worten, sondern so, wie man auf der Straße etwas beweist. Wir waren nie wirklich eine Familie – bis zu der Nacht, in der ich einem Zuhälter am Times Square einen kleinen Jungen abnahm. Das war nicht der Job, für den ich engagiert worden war, aber ich konnte das Kind nicht einfach dort lassen – soviel war ich meinem Haß schuldig. Ich wollte den Jungen in ein Heim bringen oder so, aber Michelle nahm ihn auf der Stelle zu sich. Ich mußte ihn zum Schrottplatz des Maulwurfs bringen. Ihr Baby. Terry nannte sie ihn. Und sie und der Maulwurf zogen ihn auf, gemeinsam. Sie machten es immer noch.

Vorher war es ein lockeres Netz. Seitdem waren die Maschen aus Stahl. Michelle behauptete immer, Aids hätte sie von der Straße vertrieben, aber das war eine Lüge. Es war Terry. Ihr Junge.

Es war dann auch Terry, der sie schließlich den Schritt tun ließ. Nicht in Dänemark, sondern in Colorado. Aber sie ließ es machen. Ein Spießer mochte sie eine operierte Transsexuelle nennen. Für mich war sie so sehr Frau wie auf diesem Planeten möglich. Meine Schwester. Terrys Mutter.

Was wir uns alle fragten, war ... würde sie jemals auch die Frau des Maulwurfs sein?

»Glaubst du, darum geht es denen?« fragte ich Michelle. »Die wollen jemanden umlegen lassen?«

»Was denn sonst?« schnauzte sie mich an, wütend und ungeduldig wegen meiner Langsamkeit. »Diese beiden Weiber haben ein Problem, stimmt's? Ein Mann. Mehrere Männer. Was weiß ich. Sie wollen einfach, daß es weggeht. Ich weiß, was das für ein Gefühl ist.«

»Du siehst das anders?« fragte der Prof. Für ihn war Michelle ein Kind – er sah jeden so –, aber er hatte enormen Respekt vor ihrem kriminellen Können. Mehr Respekt als vor meinem, das ist mal sicher – er würde ohne weiteres jede Analyse die ich versuchte, verwerfen.

»Dieses Mädchen – Crystal Beth, was für ein Name, ich bitte dich – sie ist erst zu diesem kleinen Wichser Porkpie gegangen, stimmt's?« antwortete Michelle. »Niemand würde Porkpie den Mittelsmann bei einer krummen Nummer spielen lassen. Du weißt, wie er immer angibt, er könnte knifflige Sachen erledigen. Er verkauft Muskeln, keinen Verstand ... als hätte er auch nur eines von beidem.«

»Vielleicht wußte sie nicht, daß der Typ den Bach runtergehen würde«, erklärte ich Michelle. »Sie könnte darauf gehofft haben, daß Porkpie ihn aufmischen läßt, ihm Angst macht. Sie hat keinen Hit gekauft, nicht für fünf Riesen.«

»Oder Porkpie hat gelogen«, warf sie scharf ein. »Denk an die erste Regel, Schätzchen – wer von der Norm abweicht, arbeitet immer nach demselben Muster.«

»Er hat nicht gelogen«, sagte ich. »Max war dabei, als ich mit ihm geredet habe.«

Michelle nickte, ließ das Argument fallen. Niemand log, wenn er sich in Max' Händen befand.

»Und wenn sie es anders erfahren hat?« schlug Michelle vor.

»Was denn?« fragte ich.

»Das Mal der Straße, Baby. Du läufst mit dem Schildchen Killer durch die Gegend, seit ...«

Sie beendete den Satz nicht. Mußte es nicht. Wir hatten alle miterlebt, wie es anfing. Außer Clarence. Und er war da, als wir wuchsen. Erst war es ein Mosaik, eine Landschaft mit ein wenig Wahrheit, wenn man wußte, wo man suchen mußte. Jetzt war es ein Miasma, ein Schrottplatz so voll Abfall, daß man die Wahrheit nicht mal mit einem Mikroskop finden konnte.

Aber die Cops hatten es versucht. Mehr als einmal. In unserer Welt gibt es Mord … also sind die Bullen immer präsent. Aber sie legen sich nicht sonderlich ins Zeug. Wenn man den PR-Fritzen der One Police Plaza so zuhört, könnte man glauben, die Polizei nähme es genauso wichtig, wenn einer aus unserer Welt ins Gras beißt, wie wenn ein Spießer stirbt.

Aber klar doch.

Das Etikett Killer hatte ich vor langer Zeit bekommen. Als ein paar Sizilianer einen Revierkrieg anfingen. Einer der Dons heuerte einen Kerl an, mit dem ich mal zusammen gesessen hatte. Einen Profi wie eine Laserkanone, so unerbittlich in seiner Arbeit, daß die Raubtiere im Schatten jedesmal zitterten, wenn der Gerüchtebach raunte, daß er wieder unterwegs war.

Ein Mann, ein Einzelgänger, so gefühllos wie der Tod, den er brachte. »Keiner weiß, wohin er geht«, sagte der Prof einmal, »aber jeder weiß, wo er war.«

Ein Mann, den alle fürchteten. In unserer Welt galt das als Respekt.

Ein Mann, so wie ich früher einmal sein wollte.

Der Don trieb falsches Spiel mit dem Profikiller, und der Killer tat, was er war. Die Sizilianer fielen – manche einzeln, andere in Gruppen. Schließlich kam der Don zu mir. Wollte, daß ich den Killer zu einem Waffenstillstand überrede. Wollte Schluß machen, es sollte wieder so sein wie früher.

Aber wenn ich mit einer Nachricht des Don zu ihm gegangen wäre, dann hätte der Koller auch mir ein Ende gemacht.

Der Don glaubte, er hätte mich in der Hand, aber er hatte nicht mal meinen kleinen Finger … Mir blieb nicht viel Spielraum. Aber ich nutzte ihn. Und der Don bezahlte mit dem Leben.

Doch da war es schon zu spät.

Der perfekte Killer lebt nicht mehr. Er stand da wie eine mörderische Freiheitsstatue, ein Bündel zusammengeklebter Dynamitstangen in der hoch erhobenen kalten Hand, als die Explosion ihn fortriß. Er nahm zur Gesellschaft einen ganzen Haufen Spießer mit. Und hinterließ einen Zettel, warnte die Cops, ihm nicht zu folgen in die Hölle, die ihn erwartete.

Ich habe den Zettel noch. Es war sein letztes Geschenk an mich, ein Freifahrschein aus dem Knast, wenn ich es richtig ausspielte. Aber ausspielen läßt sich diese Karte nur im Todestrakt.

Er ist nicht mehr da. Und manchmal rede ich mit ihm. In meinem Kopf. Der einzige Ort, an dem wir jemals seinen Namen aussprechen.

Wesley.

Ich wußte, was Michelle meinte. Der Flüsterbach fließt überall, eine giftige Mischung aus Gerüchten, Legenden und Lügen – aber darin auch immer eine Unterströmung der Wahrheit. Der Bach sagt, daß es in der Stadt nur zwei Profi-Heckenschützen gab – Wesley und El Cañonero. Aber El Cañonero arbeitete nur für die Independentistas, ein Mann, der für eine Sache kämpfte, ein Soldat unter der Flagge der puertoricanischen Befreiung. Wesley arbeitete für jeden, der ihn bezahlte. Vor langer Zeit stand ich einigen Männern auf einem Parkplatz gegenüber. Einer von ihnen war ein *Karateka* namens Mortay, ein tödlicher Kämpfer, er wollte Max. Und bedrohte seine kleine Tochter, um den Mongolen in den Ring zu bekommen. Einer der Männer starb auf diesem Parkplatz, abgeknallt von dem nahegelegenen Haus herunter. Der Flüsterbach sagte, es sei Wesley gewesen, in meinem Auftrag. War es nicht. Es war El Cañonero, aber so geht der Flüsterbach mit der Wahrheit um.

Vielleicht hatte Crystal Beth ihn angezapft, hielt mich für

den richtigen Mann für diesen Job. Vielleicht hatte sie ja die ganze Zeit nach mir gesucht.

»Aber Herk ist der Joker«, protestierte ich. »Er gehört nicht zu uns.«

»Hat er aber mal«, erinnerte mich der Prof.

»Das war im Knast«, erwiderte ich. »Ausgeschlossen, daß dieses Hippie-Mädchen solche Kontakte hat.«

»Die andere, kennt sie deine Branche?« fragte der Prof.

Ich war nicht gekränkt. Wir reden nicht mit Außenstehenden, und ich hatte meine Lektionen gelernt, aber eine enge Muschi macht manchmal vergeßlich, und der Prof hatte das Recht zu fragen.

»Nichts«, sagte ich. »Zero. Für sie bin ich ein Fick, wenn sie sich mal unters gemeine Volk mischen will, das ist alles. Aber wer weiß, was für eine Scheiße sie sich in ihrem Kopf zurechtgebastelt hat.«

»Das ist der rechte Ort dafür«, stimmte er mir zu.

»Was meinst du, Süßer?« wandte sich Michelle an Clarence. So macht sie es immer. Uns stärken, uns alle, jedem Respekt zollen. Hätte sie nicht gefragt, Clarence hätte niemals seine Meinung geäußert.

»Ich weiß nicht«, sagte er vorsichtig, im Rampenlicht offensichtlich unbehaglich. »Aber für mich sieht's so aus, als ob diese Frau – die, die dich engagiert hat, Bruder –«, sagte er zu mir – »wenn die irgendwie gewußt hätte, daß Porkpie Hercules für den Job aussucht, dann hätte sie wissen müssen, daß es ausgeht … wie's ausgegangen ist. Und das konnte sie nicht. Niemand konnte das. Das war nicht der Plan. Was, wenn Hercules sein Messer nicht dabei gehabt hätte? Oder nicht so schnell gewesen wäre?«

Der junge Jamaikaner rutschte aus der Nische, stand auf, stand vor uns wie ein Doktorand bei seiner mündlichen Prüfung, froh über die Chance und gleichzeitig nervös.

»Wenn sie ein … Wenn sie einen Mord wollte, warum sollte sie gut finden, wie du die Sache mit dem anderen Kerl erledigt hast? Ihn abschrecken, *das* wollte sie, oder? Ich glaube, um was anderes hat sie auch Porkpie nicht gefragt.«

»Dann war es also reiner Zufall, daß sie mich im Rollo's angesprochen hat?« fragte ich.

»Da gehst du nicht oft genug hin«, erwiderte er, inzwischen selbstbewußter. »Das ist nicht unser Lokal. Ich glaube, sie hat nur … gesucht. Und als sie der anderen erzählte –«

»Vyra«, sagte Michelle. Es klang wie »Made«.

»Ja, Vyra. Als sie ihr das erzählte, da hat diese Vyra vielleicht gesagt: ›Den Mann kenne ich.‹ Und dann hat sich vielleicht alles zusammengefügt.«

»Und wenn Porkpie den Test bestanden hätte, dann wäre er mit im Spiel gewesen?«

»Ach, ich kenne das Mädchen nicht, Maan. Aber dafür kommt sie mir zu clever vor. Sie kennt doch den Unterschied zwischen einem Unternehmer und einem Handlanger, oder?«

»Ja, denk ich auch.«

»Das paßt zusammen wie Stacheldraht und Strumpfhosen.« Michelle ließ Gift von ihrer Zuckerzunge tropfen. »Kleine Schwester sieht das anders.«

»Kleine Schwester?« wiederholte Clarence verdutzt.

»Ich, Schätzchen«, gurrte Michelle ihn an. »Ich bin deine kleine Schwester, oder?«

»Ich … meine, wenn du –«

»Du hältst mich doch nicht für deine große Schwester, Baby?« fragte Michelle zuckersüß, aber der Prof wußte es besser. Er warf Clarence einen warnenden Blick zu.

Zu spät. »Keine Schwester, nein«, sagte Clarence. »Ich meine, du weißt, daß ich dich liebe und respektiere. Aber für mich bist du immer so was wie meine –«

»Was?« fragte Michelle, immer noch honigsüß.

Oh, Gott ..., dachte ich, sah den Prof an.

»Wie mein Tantchen. Eine Schwester meiner –«

Wäre Clarences Schnelligkeit nicht ein Leben lang trainiert worden, die fliegende Schüssel mit gebackenem Reis hätte ihm den Schädel eingeschlagen.

Wir brauchten eine gute halbe Stunde, um Michelle wieder zu beruhigen. Diese verrückte Klassebraut würde so selbstverständlich für Clarence eine Kugel auffangen, wie sie ihren Lippenstift auffrischte, aber ihr Selbstbild hieß kleine Schwester – durchsetzungsfähige kleine Schwester vielleicht, aber keinesfalls Tante, von niemandem. Während der Prof ihr Konfekt ins Ohr säuselte, schnappte ich mir Clarence und kippte ein paar Überlebensweisheiten in seines.

Ich habe keine Ahnung, wo er sie um diese Uhrzeit her hatte, aber der Arm voller Orchideen – ich hatte ihn gewarnt, an knickerige Reverend-Moon-Rosen nicht einmal zu *denken* –, mit denen er zurückkehrte, trug erheblich dazu bei, das Feuer einzudämmen.

Mama sah gelassen zu. Behandle *sie*, als sei sie jünger als du selbst, und sie zeigt dir, woher das *Chop* in *Chop Suey* kam. Sie findet, daß die Fassung verlieren eine abendländische Sache ist.

Uns blieben noch Stunden. Zu gehen hatte keinen Sinn – die Nummer des Restaurants war die einzige, die Crystal Beth besaß. Ich sagte Mama, daß ich Max brauche, dann ging ich zu den Münztelefonen hinüber und machte mich an die Arbeit.

»Allo?« Die Stimme einer jungen Frau mit unüberhörbar französischem Akzent.

»Ist Wolfe da?« fragte ich.

»Ziemlich spät für einen Anruf, Chef.« Peppers Stimme, der Akzent war verschwunden. Sie hatte mich erkannt. Ich wußte nicht, daß sie Stimmen imitierte, verstand allerdings, warum Wolfes Crew diese Fähigkeit gut gebrauchen konnte.

»Ja, ich weiß«, antwortete ich. »Ich habe auch nicht erwartet, sie zu erwischen. Kann ich eine Nachricht hinterlassen?«

»Klar.«

»Bitte sie einfach, mich anzurufen.«

»Ist es heiß?«

»Nein. Aber auch kein Freundschaftsanruf.«

»Okeydokey.« Sie lachte. Und legte auf.

Das letzte Mal hatte ich Pepper auf der Grand Army Plaza gesehen, sie trug eine rotweiß gestreifte, weite Clownshose und brachte einer Meute Kinder irgendwelche Turnübungen bei. Und spielte für Wolfe die Vorhut, bei einem Treffen. Wolfe erzählte mir mal, Pepper sei eine Art Schauspielerin, aber ich habe nicht größer darüber nachgedacht. Wahrscheinlich war sie eine. Eine ausgesprochen gute.

Als ich den Hörer wieder einhängte, war Max an meiner Schulter. Ich hatte ihn nicht kommen hören, aber das ist nichts Neues – man nennt ihn nicht nur Max den Stillen, weil er nicht spricht. Sobald er seine Suppe gegessen hatte, gingen wir in den Keller. Mama hat dort einen langen Tisch aufgestellt. »Zu Zählen«, hatte sie erklärt, als ich sie das erste Mal fragte, warum.

Ich ging alles noch einmal durch. Langsam. Nicht, weil Max sonst nicht folgen konnte, sondern weil ich sicher sein wollte, daß ich alles richtig zusammenbekam. Max schüttelte ungeduldig den Kopf, unterbrach mein Gestikulieren in Zeichensprache. Er stand auf, ging zu einem schwarzen Lackschrank in einer dunklen Kellerecke, öffnete eine Schublade und kehrte mit einigen Bögen cremefarbenem Origami-Papier zurück. Dann bedeutete er mir, noch einmal von vorne anzufangen.

Jedesmal, wenn ich einen Namen erwähnte, buchstabierte ich ihn mit deutlichen Lippenbewegungen. Und Max faltete das Papier. Als ich das erste Mal durch war, lagen vor Max eine Vielzahl unverwechselbarer kleiner gefalteter Figuren. Er ließ mich jeden Namen noch einmal sagen. Und für jeden hielt er eine der Figuren hoch … bis wir auf derselben Wellenlänge waren.

Und dann bedeutete er mir, ich solle noch einmal von vorn anfangen.

HERCULES
ICH
PORKPIE
CRYSTAL BETH
HARRIET
VYRA
WOLFE
PRYCE

Max betrachtete die ordentliche Reihe, die er gelegt hatte. Dann sah er mich an und hielt die Vyra-Figur hoch, streckte die Hand aus und berührte meine Uhr.

Ich hob drei Finger jeder Hand. Es war gegen sechs, als ich Vyra in dem sicheren Haus getroffen hatte.

Max schüttelte den Kopf, stellte mir mit Blicken eine weitere Frage.

Ich verstand nicht. Und sagte es ihm.

Er stand auf, ging nach oben. Einige Minuten später kam er mit einem der billigen Kalender zurück, die Versicherungsvertreter überall auf diesem Planeten verschikken. Er plazierte ihn sorgfältig zwischen uns, hielt die Vyra-Figur hoch, deutete auf das Kalenderblatt diesen Monats.

»Wann ich sie das letzte Mal vor heute abend gesehen habe?« fragte ich mit Worten und Gesten.

Er nickte.

Ich zeigte es ihm. Max veränderte die Reihenfolge, legte Vyra an die erste Stelle.

Nun war ich derjenige, der den Kopf schüttelte. Ich machte das Zeichen für Telefonieren, die Geste für Mama, damit er wußte, daß der Anruf hier eingegangen war, und hob die Hercules-Figur hoch. Dann tippte ich auf ein anderes Datum im Kalender – genau einen Tag, bevor ich mit Vyra im Hotel war. Herk hatte am Abend zuvor angerufen und hinterlassen, daß wir uns treffen müßten.

Max' Gesicht wurde ruhig. Aber seine Hände waren geschäftig, die Finger flogen jetzt. Er faltete weitere Kunstwerke, Duplikate, so perfekt wie mit einem Förmchen ausgestochen. Hätte ich nicht schon mal gesehen, wie er das machte – als er für seine Tochter Florence ein Origami-Schachspiel baute –, ich wäre verblüfft gewesen. Trotzdem schüttelte ich staunend den Kopf.

Max war wie wir. Er besaß so viele Talente. So viele Fertigkeiten. Er hätte alles sein können. Hätte alles sein sollen …

Ich spürte seine Hand auf meiner, schaute auf und kehrte zurück. Max machte das Zeichen für einen Mann, der erstochen wird, zeigte mir die Figur, die den Kerl darstellte, den Herk umgebracht hatte. Dann machte er das Zeichen für einen verängstigten Mann – Harriets Verfolger. Hob auch diese Figur hoch. Dann ordnete er die Spieler an:

CRYSTAL BETH	VYRA	CRYSTAL BETH	WOLFE
PORKPIE	ICH	ICH	PRYCE
HERCULES	HERCULES		
		VYRA	
TOTER MANN	PORKPIE		
	CRYSTAL BETH		
	HARRIET		
	VERÄNGSTIGTER		
	MANN		

Ich nickte, hob drei Finger, deutete auf den Stapel unbenutzten Origami-Papiers. Drei weitere Spieler. Ich ging alles langsam durch. Max faltete die neuen Teile, während ich redete. Ich nahm sie ihm ab und plazierte sie auf dem Tisch zu diesem Bild:

CRYSTAL BETH	VYRA	CRYSTAL BETH	PRYCE
PORKPIE	ICH	ICH	
HERCULES	HERCULES		
		LORRAINE	
TOTER MANN	PORKPIE	VYRA	
	CRYSTAL		
	BETH	MARLA	
	HARRIET	LOTHAR	
	VERÄNG-		
	STIGTER		
	MANN	WOLFE	

Und dann begriff ich allmählich.

Max nahm die Figuren von Vyra und Crystal Beth, drehte sie hin und her, hob fragend die Augenbrauen.

Ich sagte ihm, daß ich es nicht wußte: wer zuerst kam, wer angefangen hatte, wer das Sagen hatte.

Das gleiche machte er mit Lothar und Pryce. Ich gab ihm dieselbe Antwort.

Schließlich nahm er die Pryce-Figur heraus und legte sie zur Seite. Ganz für sich.

Es war fast ein Uhr früh, als das Telefon klingelte.

»Er hat angerufen«, sagte Crystal Beth, als sie meine Stimme hörte.

»Und …?«

»Und ich habe ihm gesagt, daß es jemanden gibt, mit dem er … sich treffen sollte.«

»Mehr hast du nicht gesagt?«

»Nein.«

»Was noch?«

»Deinen Namen.«

»Er hat nicht nachgefragt?«

»Nein.«

»Nicht gefragt, was ich mit dir zu tun habe?«

»Nein.«

»Hat nicht gefragt, warum du willst, daß ich mich mit ihm treffe?«

»Nein. Nichts.« Ihre Stimme war … irgendwas. Traurig vielleicht, ich konnte es nicht erkennen.

»Und was hat er … geantwortet?« fragte ich.

»Daß es okay ist. Daß er kommt. Morgen. Um halb vier.« Dann nannte sie mir ein Deli auf der East Side Midtown.

»In Ordnung«, sagte ich. »Tun wir's. Kennst du die Buchhandlung Barnes & Noble am Astor Place?«

»Ja.«

»Wir treffen uns dort um zwei, okay. Im Café.«

»Vyra –«

»Kommt nicht mit«, sagte ich.

Ich legte auf in ihr Schweigen.

Am nächsten Morgen schlief ich bis kurz vor zehn. Als ich das Handy benutzte, um mich bei Mama zu melden, sagte sie, Wolfe habe angerufen. Zurückzurufen hatte keinen Sinn – als Wolfe zum Outlaw wurde, hatte sie eine Reihe von Telefonumleitungen und Sperren installiert – genau wie wir. Pepper konnte die Anrufe entgegennehmen. Und Pepper konnte man erwischen, wenn man die Verbindungen zurückverfolgen und schnell genug handeln konnte. Aber Wolfe würde nie in diesem Netz sein. Ich beschloß, es vorläufig dabei zu belassen.

Und mich in Bewegung zu setzen

Ich schob ein neues Tape in das Kassettendeck, überließ mich dem Blues, diesem tiefen, dunklen Strom, der aus dem Mississippi-Delta zum Chicago-Stopp fließt, Musiker und Dichter in seiner satten Strömung schaukelt. Junior Wells spielte Little Walters »Key to the Highway«, eine Hommage vom Vater an den Sohn. Mighty Joe Youngs gedämpfte, von Schmerz durchzuckte Version von »The Things I Used To Do«. Luther Allison und Otis Rush und J. B. Hutto jagten beide Sonny Boys. Howlin' Wolf und Muddy Waters. Und die nächste Welle. Dave Spectors »That's How Strong My Love Is« folgte der blutigen Fährte des Delbert McClinton, als der texanische Troubadour hinter Lightnin' Hopkins die nächste Grenze überschritt. Paul Butterfield lungerte vor der »Yonders Wall« herum. Charlie Musselwhite bellte »Early in the Morning«. Buddy Guy entlockte einer Slideguitar Hexenfeuer. Hoochie-coochie durch die Hintertüren. Gefängnisse und Friedhöfe. Teilzeitjobs und Teilzeitfrauen. Erwachsene Schulmädchen und schwarze Cadillacs, die nicht jeder fahren konnte. Und das alles auf Robert Johnsons »Ist mir doch egal wenn ich sterbe«-Höllenhundspur.

Als ich genug hatte, wechselte ich zu meinem Mädchen. Judy Henske. Little Miss Magic, ihre ganzen eins achtzig plus. Judy schafft es zurück von Orten, die die anderen Sänger nie erreichen.

Ich teile meine Musik nicht mit Spießern. Die kapieren es nie. Einmal wartete ich in einer Kneipe auf einen Kerl, der angeblich ein Käufer war und kam, als ich gerade ein ernstes Gespräch zweier Sackgesichter darüber belauschte, wie »tiefsinnig« die Beatles sind ..., wenn man ihnen nur richtig *zuhört.* Seitdem wünschte ich, Kneipen hätten Metalldetektoren.

Dieser arme Idiot würde es nie kapieren – das Leben ist keine Weißbrotbäckerei.

Kurz hinter der Grenze zu Brooklyn wurde ich von einem Burschen in einem roten Jeep Cherokee geschnitten. Einer dieser weichgekochten Pasteten-Idioten, die glauben, Allradantrieb garantiere ihnen Bodenhaftung auf Eis. Ich tippte auf die Bremse, ließ ihn vorbei. Er reckte eine Faust aus der Seitenscheibe, fuchtelte mit einem Kinder-Baseballschläger herum, schrie irgendwas Unverständliches und rauschte davon. Ich konnte einen Blick auf sein Nummernschild werfen. Behinderter Fahrer. Ich mußte nicht erst raten, was seine Behinderung war.

Herks Zimmer war gefängnis-sauber. Das ist eines der Dinge, die man im Knast macht. Schrubb jede Fläche. Langsam. Nimm dir Zeit, so wie sich der Staat deine genommen hat. Und mach einen kleinen Raum mehr zu deinem eigenen. Drinnen nennt es niemand seine Zelle. »Mein Haus«, das sagt man. Und das sauber zu halten heißt mehr, als die Kakerlaken und Mäuse in Schach zu halten.

»Danke für die Bücher, Bruder«, begrüßte er mich. »Das hilft bestimmt.«

»Es wird nicht mehr lange dauern«, versprach ich.

»Burke, ich könnte … irgendwas tun, oder? Ich steh nicht auf dieses Herumgesitze.«

»Du mußt verschwunden sein, bis wir geblickt haben, was da draußen los ist«, sagte ich.

»Ja, ich weiß. Aber ich hab die Zeitungen gelesen. Jeden Tag. Und Radio gehört. Die haben nichts über den … Kerl. Ich glaube, ich bin aus dem Schneider.«

»Könnte sein«, sagte ich. Dachte, wenn seine Verbindung zu Crystal Beth nicht wäre, hätte er vermutlich sogar recht. »Laß uns noch ein bißchen abwarten, okay?«

»Du entscheidest«, willigte er ein. »Aber … wenn ich noch länger hier bleiben muß, meinst du, du könntest mir noch ein paar Bücher vorbeibringen?«

»Mehr von der Sorte?« fragte ich.

»Ja. Ich hab auch von 'ner neuen Serie gehört. *Mercedes* heißt die. Und *Jonah Hex*. Scheiße, irgendwas von Joe Lansdale, egal, was.«

»Das ist ein Schriftsteller, oder?« fragte ich in seinen Wortschwall.

»O ja«, erwiderte Herk inbrünstig.

»Bei einer ersten Begegnung kann man gar nicht gut

genug angezogen sein«, machte mir Michelle mit ihrer »Diskutier nicht mit mir«-Stimme klar. »Was es immer über den ersten Eindruck heißt, ist absolut richtig.«

»Soll ich mir einen Smoking leihen?« fragte ich.

»Du sollst lange genug still sein, daß ich mich konzentrieren kann. Und sag deinem abscheulichen Hund, er soll mir nicht dauernd nachlaufen – diese Wohnung ist nicht groß genug, als daß ich noch einen Assistenten gebrauchen könnte.«

Ich gab den stummen Befehl für »Platz«, und Pansy trabte gehorsam in ihre Ecke direkt neben der Tür, machte es sich auf dem dicken Schaffell bequem, das ich besorgt hatte, damit es ihr im Winter auf dem Boden nicht zu kalt wurde. »Braves Mädchen!« sagte ich, griff in den Kühlschrank und holte eine Handvoll rohes Hackfleisch heraus. Ich formte das Fleisch zu einem Ball, hob ihn hoch, um ihre Aufmerksamkeit zu erregen, dann warf ich von unten. Pansy schnappte den Ball aus der Luft, als wäre es ein Hundekuchen.

»Ein Wunder, daß sie keine fünfhundert Pfund wiegt, so wie du sie fütterst«, sagte Michelle über die Schulter, hatte den Kopf in dem stählernen Spind vergraben, den ich als Kleiderschrank nutzte.

»Das arbeitet sie wieder ab«, sagte ich verteidigend. Die Wahrheit ist, Pansy ist ungefähr dreißig Pfund schwerer als in ihren besten Tagen. Sie ist fast fünfzehn, und ich weiß nicht, wie lange sie noch bei mir sein wird. Neapolitanische Mastinos haben ein langes Leben. Und ich hätte nie gedacht, daß ich sie überleben würde. Alles ist anders gekommen, als ich dachte. Leute sind gestorben – Freunde und Feinde –, nur ich nicht. Wenn ich mir vorstelle, daß Pansy vielleicht vor mir stirbt, kann ich's kaum ertragen. Sie ist seit ihrer Geburt bei mir. Ich habe sie selbst entwöhnt. Sie würde für mich sterben. Ich sollte sie auf strenge Diät setzen, ihre Lebenserwartung wenigstens um ein paar Monate verlängern. Aber sie frißt so gern, und ich will, daß sie …

»Was ist das für ein Plunder?« knurrte Michelle, die Hände voller Klamotten. »Das ist ja von vorgestern! Wo sind die Anzüge, die ich dir gekauft habe?«

Mir gekauft? Sicher, Michelle hatte sie ausgesucht, aber bezahlt dafür hatte immer noch ich. Und nicht gerade wenig, wenn ich mich recht entsinne.

»Im anderen Spind«, sagte ich, nicht selbstzerstörerisch genug, meine Gedanken in Worte zu fassen.

Michelle wühlte herum, zog schließlich eine Handvoll schwarzer Wolle heraus. »Oh, Burke, das ist ein echter Hayakawa, um Himmels willen. Achtzehnhundert Dollar – das war ein echtes Schnäppchen – und du hast ihn hier reingestopft, als wär's Polyester.«

»Tut mir leid«, sagte ich lahm.

»Vergiß es. Wir machen ihn im Wasserdampf feucht, und dann bügele ich ihn auf – deshalb kauft man immer nur bestes Material. Das ist nicht kleinzukriegen.«

»Genau.«

Michelle fand ein schwerfallendes, cremefarbenes Seidenhemd und eine schwarze Seidenkrawatte, die blau aufleuchtete, je nachdem wie das Licht auf sie fiel. »Die Alligatorstiefel, die runden die Sache ab. Ich wünschte, du hättest noch Zeit, zum Friseur zu gehen.«

»Ich war doch gerade erst beim Friseur!« erinnerte ich sie.

»Ja, sieht man. Und was hast du für diese Meisterleistung hingeblättert?«

»Sechs Mäuse«, antwortete ich.

»Einschließlich Trinkgeld?«

»He, ich find's in Ordnung.«

»Na ja, okay«, meinte sie zögernd. »Wo hast du deine gute Armbanduhr deponiert?«

Ich zeigte es ihr.

»Wenigstens können wir was mit deinen Nägeln machen. Ich habe mein Necessaire mitgebracht.«

»Michelle ...«

»Göttin sei Dank kaust du nicht auf ihnen rum«, sagte sie, ignorierte meinen Tonfall.

Als sie endlich fertig war, war es fast ein Uhr. »Und jetzt dreh dich bitte mal«, sagte sie.

»Ich werde nicht –«

»Oh, vergiß es«, schnappte sie, umrundete mich einmal schnell. »Das ist Kaschmir«, sagte sie liebevoll, klopfte auf den schwarzen Mantelärmel. »Stinkt förmlich nach Klasse. Kamelhaar ist so absolut von gestern, aber schwarz ... das wirkt einfach. Sieh nur, es ist ganz fein gewebt. Ohne Gürtel fällt er gut. Aber wenn du ihn bindest ...«

»Ja, gottverdammt reizend«, sagte ich, dachte daran, wie scheißviel Geld es kostete, und daß ich das Ding jetzt zum ersten Mal trug.

»Du wirst doch wohl in dem Aufzug nicht U-Bahn fahren, oder?«

»Ich nehm den Wagen zu Mama's, dort holt Clarence mich ab. Ich setz dich ab, wo du willst.«

»Perfekt.«

»Äh, Michelle ...«

»Was denn, Baby?«

»Danke.«

Sie gab mir einen Kuß. Dann zog sie rasch ein Erfrischungstuch heraus und wischte mir den Lippenstift ab.

Crystal Beth saß bereits, als ich die Buchhandlung erreichte. Ich entdeckte sie, als ich durch das Drehkreuz trat. Der Uniformierte nickte respektvoll, strich mich von seiner Liste potentieller Ladendiebe. Vielleicht sollte ich häufiger Kaschmir tragen.

Vielleicht sollte ich mir für die Orte, an denen ich meistens bin, auch noch ein Scheißfadenkreuz auf den Rücken malen.

»Du siehst … imponierend aus«, sagte sie, als ich den Mantel auszog, um mich zu setzen.

»Gleichfalls«, erwiderte ich.

Es stimmte. Sie trug einen hellblauen Jerseypullover mit Schildkrötkragen zu einem knöchellangen schwarzen Rock, unter dem nur die Spitzen braunroter Stiefel herauslugten. Die Haare hatte sie zu Zöpfen geflochten und mit blauen Schleifen in der Farbe ihres Pullovers zusammengebunden. Dunkelroter Lippenstift. Die Tätowierung glänzte auf ihrem Unterkiefer.

»Vielen Dank … daß du das machst«, sagte sie leise.

»Wir haben eine Abmachung.«

»Ich weiß. Aber trotzdem …«

Eine Kellnerin kam. Crystal Beth bestellte irgendeinen komplizierten Espresso-Quatsch; ich bekam heiße Schokolade. Mit Schlagsahne.

»Magst du süße Sachen?« fragte sie.

»Manche.«

»Burke …«

»Was?«

»Ich habe Angst.«

»Vor diesem Pryce?«

»Ja. Nicht nur vor ihm. Vor allem.«

Dazu gab es nichts weiter zu sagen. Es konnte alles bedeuten. Und jetzt war nicht der richtige Augenblick, das näher zu erkunden – sie mußte in der richtigen Verfassung für das

Treffen sein. Ich trank einen Schluck Kakao, beobachtete das Kommen und Gehen der Kunden. Niemand schien es eilig zu haben. An den Tischen warf man sich reichlich in Pose. Sehen und gesehen werden. Wer immer auf die Idee gekommen war, in einer Buchhandlung ein Café aufzumachen, mußte ein unternehmerisches Genie gewesen sein – eine Kneipe für Singles in einer Stadt aufzumachen, in der so viele Leute ihre Zeit allein verbringen, ist eine sichere Nummer.

Wer immer für die Musik verantwortlich war, hatte ebenfalls einen Treffer gelandet. Ich konnte zwar keine Lautsprecher entdecken, aber der ganze Laden war von Klängen erfüllt. Und zwar keine Berieselungsmusik: Son Seals klagte »Going Back Home«, Marcia Balls wunderschönes »Another Man's Woman«, Bazzas Hardcore-Stück »Ghost«, Little Charlie and the Nightcats sangen »Rain« … sogar Fats Dominos Version von »One Night With You« – die Fassung, die Elvis immer verdammt alt aussehen läßt. Diese Songs habe ich schon überall gehört, von billigen Raststätten bis zu nächtlichen Sendungen auf UKW, aber in einem Laden wie diesem hätte ich sie niemals erwartet. Wäre ich anders gewesen, hätte ich das als Omen aufgefaßt. Da ich aber nun mal bin, wer ich bin, ließ ich mich eine Weile von dem Blues davontragen, ging weg, um mit mir allein zu sein. Als die Musik wechselte, kehrte ich dorthin zurück, wo ich war … und zu dem Grund dafür.

»Wie bist du hergekommen?« fragte ich schließlich.

»Zu Fuß. Es ist eigentlich gar nicht so weit. Ich gehe viel zu Fuß. Und das Wetter war –«

»Ich habe einen Wagen draußen«, sagte ich. »Bist du soweit?«

»Ich … denke schon.«

»Nein, bist du nicht«, sagte ich, beugte mich vor, senkte meine Stimme. »Du bist überhaupt nicht soweit. Egal wer dieser Pryce ist, er ist einer der Bösen, verstanden?«

»Ja«, erwiderte sie mit ruhigen Mandelaugen.

»Und ich auch. Du nicht. Verstehst du das?«

»Ich … glaube.«

»Du hast mich engagiert, damit ich etwas erledige, stimmt's?«

»Ja.«

»Weil ich es erledigen kann. Und du nicht, stimmt's?«

»Ja«, sagte sie, verärgert jetzt, und zeigte es auch.

»Also wirst du alles genauso machen, wie ich es sage, okay?«

»Okay.«

»Laß mich dir mal was über Spieler erzählen«, sagte ich. »Die glauben, alle anderen spielen ebenfalls. Zumindest würde ein Profi so denken. Ich hatte nichts mit der Sache zu tun. Du hast meinen Namen ins Spiel gebracht. Ich habe dir mein Okay gegeben, ich beklage mich nicht. Aber wenn das heute nicht klappt, wenn ich gehe, dann wird dieser Pryce das nicht schlucken. Für ihn stecke ich immer noch mit drin, egal, was, verstehst du?«

»Daß du in Gefahr bist?«

»Ja. Daß ich in Gefahr bin. Ich muß also das Risiko minimieren. Und das heißt, du tust, was ich dir sage.«

Das war für sie erheblich schwerer zu schlucken als der Espresso, aber sie schien es zu schaffen. Sie wurde still. Ich verfolgte wieder die *Herzblatt*-Aktivitäten um uns herum.

»Was meinst du damit?« fragte sie verdrießlich. »Tun, was du sagst?«

»Ich kenne diesen Burschen nicht. Ich weiß nicht, ob er allein ist, ob er eine Crew hat, ob er frei arbeitet oder für die Regierung … gar nichts. Aber er hat meinen Namen. Und wenn er Verbindungen hat, wird er auch Informationen haben. Ich weiß nicht, wie viele. Er wird wissen, daß ich nur aus einem Grund dabei bin: entweder Geld oder Blut. Je nachdem, wie sich die Sache entwickelt, wäre es vielleicht besser, wenn er glaubt, daß es um etwas Persönliches geht.«

»Etwas Persönliches?«

»Daß ich dein Mann bin.«

»Oh.«

»Das kannst du machen, oder? Vielleicht kannst du dich auf meinen Schoß setzen, während wir reden.

Ihr Gesicht brannte. Ein Mundwinkel zuckte. »Du denkst, daß ...?«

»Ich, ich denke gar nichts. Alles nur Vermutungen. Du hast es mit deiner Freundin Vyra durchgesprochen. Sie hat dir gesagt, daß bei mir mit Sex nichts zu holen ist – ich arbeite ausschließlich gegen Geld. Aber vielleicht dachtest du, du könntest ihr beweisen, daß sie sich irrt ...«

»Dann bin ich eine Hure?« sagte sie leise. Ranken der Wut durchzogen ihre Stimme.

»Woher soll ich das wissen?« sagte ich ruhig. »Das weißt nur du.«

»Hast du dich noch nie aus dem Augenblick heraus entschieden? Dafür ... jemandem zu vertrauen?«

»Ich werde dir die Wahrheit sagen«, sagte ich. »Du kennst die lautlosen Trillerpfeifen, die nur Hunde hören können? Menschen können das auch. Manche Menschen. Wenn du das Pfeifen hörst, dann weißt du es.«

»Das hast du von mir gehört? Daß du mir vertrauen könntest?«

»Ich funktioniere nicht so«, sagte ich. »Eher genau andersherum. Wie eine Alarmanlage. Ich höre es, wenn jemand versucht einzubrechen.«

»Und du denkst, das hätte ich getan?«

»Ja. Ich weiß nur nicht, was du wolltest – dich nur mal umsehen oder etwas mitnehmen?«

Die Rückbank von Clarences geliebtem Rover ist eng, nur zwei durch eine Armlehne getrennte schwarze Lederschalensitze. Er fuhr sanft los, steuerte Richtung First Avenue.

Crystal Beth langte herüber und nahm meine Hand. Ich sah sie an.

»Ich übe nur«, sagte sie.

Ich zog meine Hand zurück, packte ihr Handgelenk, drehte es um. Zeigte ihr den Unterschied zwischen Beziehung und Beherrschung. Sie wehrte sich nicht. »Üb das«, sagte ich.

Vier Blocks vor dem vereinbarten Treffpunkt setzte Clarence uns ab – drei Straßen und eine Avenue. Die Nachmittagssonne war das Lächeln eines Soziopathen, strahlend, ohne jede Wärme. Ich legte Crystal Beths rechte Hand auf meinen linken Unterarm, schob meine linke Hand in die Tasche und setzte mich in Bewegung.

»Ich habe noch nie –«

»Nicht reden«, sagte ich. »Sag nichts. Wenn er dich etwas fragt, siehst du bloß mich an, verstanden?«

»Ja, Massa.«

Abrupt blieb ich stehen. Sie stolperte noch einen Schritt vorwärts, blieb stehen, drehte sich zu mir um. »Hier geht es nicht um politische Ansichten«, sagte ich, ließ sie die Anspannung in meiner Stimme hören. »Du hast einen Führer engagiert. Als gingest du auf eine Dschungelsafari, okay? Ich kenne die Pfade. Du nicht, und du könntest dich verlaufen. Ich kenne die Tiere. Du nicht, und du könntest Schaden nehmen. Wenn du nicht auf mich hören willst, wenn du nicht tun willst, was ich sage, dann kannst du deine Anzahlung zurückhaben, Lady. Geh rein und sag dem Mann, ich hätte es mir anders überlegt.«

»Tut mir leid«, sagte sie, kam auf mich zu, legte ihre Hand wieder auf meinen Unterarm.

Ich suchte in ihrem Gesicht nach Sarkasmus. Konnte keinen finden. Und ihre Mandelaugen konnte ich nicht lesen.

»Das ist er«, flüsterte sie, sobald wir eintraten. Er saß allein an einem Bistrotisch. Der Tisch stand isoliert zwischen zwei Reihen Sitznischen vor den Fenstern, eine Insel in der Leere. Ich war schon einmal in dem Laden gewesen. Und der Prof hatte gestern ebenfalls vorbeigeschaut. Auf keinen Fall gehörte der Tisch zur normalen Einrichtung – in Midtown ist der Quadratmeter viel zu teuer, um ein Restaurant so zu gestalten. Entweder besaß der Mann hervorragende Verbindungen oder er zahlte reichlich.

Keine guten Neuigkeiten.

Vier Stühle um den kleinen runden Tisch. Er besetzte einen, ein farbloser Mensch in einem unauffälligen Anzug. Über der Lehne eines anderen Stuhles hing ein khakifarbener Regenmantel mit herausnehmbarem dunkelbraunem Futter.

Wir gingen hinüber. Ich nahm Crystal Beth den Mantel ab, warf ihn über seinen. Schob ihr einen Stuhl zurecht. Zog meinen Mantel aus, drapierte ihn sorgfältig über Crystal Beths und setzte mich.

Sein Gesicht war mager und kantig, aber unter den Augen hatte er dunkle, geschwollene Tränensäcke. Sein Mund war so schmal, daß man zweimal hinschauen mußte, um ihn zu sehen. Stubenhockerhaut. Oder die eines Nachtarbeiters.

»Du hast was für mich?« sagte er zu Crystal Beth – irgendwo zwischen Frage und Befehl.

»Deshalb bin ich hier«, antwortete ich.

Er drehte seinen Kopf ein paar Mikrometer. Die Pupillen

seiner Augen waren matschig-braun, verliefen an den Rändern wie altes Eigelb. »Mr. Burke«, sagte er.

»Und Sie sind ...?«

»Mr. Pryce.«

Keine Hand wurde bewegt.

»Sie«, sagte ich, deutete mit dem Kopf in Crystal Beths Richtung ohne hinzuschauen, »sagt, Sie haben ein Problem mit etwas, das sie tun will.«

»Was sie nicht tun kann«, sagte Pryce, nichts in der Stimme.

»Weil ...?«

»Das haben wir doch alles schon durchgekaut«, sagte er. »Falls Sie als Gorilla hier sind, verschwenden Sie Ihre Zeit.«

»Wie kommen Sie darauf?« fragte ich ihn. »Ich bin kein Gorilla. So etwas mache ich nicht. Es gibt ein Problem. Ich dachte, vielleicht kann ich ... Ihnen eine neue Perspektive eröffnen.«

»Ach, ja?«

»Sie hat einen Klienten, der wegen Ihres ... Klienten etwas unternehmen muß.«

»Nicht mein Klient«, korrigierte er, immer noch nichts in der Stimme.

»Aber jemand, den Sie schützen müssen?«

»Auch das nicht.«

»Ich kann Ihnen nicht folgen«, sagte ich.

»Wissen Sie, warum ich dieses Lokal gewählt habe?« fragte er.

»Bestimmt nicht wegen des guten Service«, sagte ich. Ließ ihn wissen, daß mir der weite Bogen, den der Kellner um den kleinen Tisch machte, durchaus aufgefallen war.

»Nein. Wegen der Aussicht. Ich kenne Ihr Verhältnis zu dieser ... Situation nicht. Sie sprachen von einem Problem.

Mir ist bewußt, daß *ich* für … sie dieses Problem bin«, sagte er, deutete auf Crystal Beth genau wie ich zuvor. »Und ich wollte sicher sein, daß Sie nicht engagiert worden sind, um dieses Problem zu lösen.«

»Ich werde nicht bezahlt», sagte ich. »Sie steckt drin, also stecke ich drin.«

»Wenn Sie es sagen«, meinte er indifferent. »Aber das Problem könnte trotzdem auf die gleiche Weise gelöst werden.«

»Die wäre?«

Er trommelte mit den Fingern auf den Tisch. Ich bemerkte seine faltigen Finger – tiefe Falten, bis zur ersten Knöchelreihe. Unter seinem rechten Auge zuckte ein Muskel. »Soll ich reden, solange sie dabei ist?« fragte er.

Ich spürte die Hitze von Crystal Beth neben mir, aber sie rührte sich nicht. »Natürlich«, sagte ich unverbindlich.

Er tat, als schlüge er ein Notizbuch auf, las von den imaginären Seiten. »Baby Boy Burke«, sagte er leise. »So steht's in der Geburtsurkunde. Vater unbekannt. Zum Zeitpunkt Ihrer Geburt war die Mutter sechzehn Jahre alt. Das hat sie zumindest im Krankenhaus angegeben. Eine aktive Prostituierte …« Er unterbrach sich, aber ich reagierte nicht. Meine Mutter als Nutte zu bezeichnen war nichts, was mich traf, ich habe sie nie kennengelernt.

»Baby Boy Burke wurde im Krankenhaus zurückgelassen. Die Mutter verschwand. Ist vermißt …

Das Kind wurde in Heimen großgezogen. Vier Pflegeheime. Aus dem dritten herausgenommen in Zusammenhang mit einer Ermittlung wegen … spielt das eine Rolle?«

»Für mich nicht«, sagte ich. Bedeutete: nicht mehr.

»Chronischer Ausreißer. Drei Vermittlungen. Das gleiche Muster. Kehrte in staatliche Pflege zurück. Das letzte Pflegeheim wurde geschlossen, nachdem es bis auf die Grundmauern abgebrannt war. Brandstiftung. Der Täter wurde nie gefaßt.«

Wieder schaute er auf. Wieder traf er meinen Blick.

»Erste Verurteilung wegen Bandenkrieg«, fuhr er fort. »Mit dreizehn. Die letzte Heimeinweisung als jugendlicher Straftäter wegen versuchten Mordes mit einer Handfeuerwaffe. Danach Haftstrafen im Erwachsenenvollzug wegen bewaffneten Raubüberfalls, Überfalls und vorsätzlicher Körperverletzung. Entlassungen auf Bewährung greifen nicht.«

Ich setzte die Miene eines Mannes auf, der versucht, irgendwie interessiert zu wirken. Das was er bislang ausgespuckt hatte, konnte jeder mit Zugang zu den Computern erfahren.

»1968 und 1969 Arbeit als Söldner für eine Rebellengruppe in der Bundesrepublik Nigeria«, fuhr er fort, hob die Augenbraue.

»Das war keine Rebellengruppe«, klärte ich ihn auf. »Das war ein Land. Es hieß Biafra. Und ich war als Entwicklungshelfer dort, nicht als Söldner.«

»Ja. Beim Roten Kreuz, logisch«, sagte er, hob wieder kaum merklich eine Augenbraue.

Ich schwieg. Der Mann wußte, was er tat. Im Verlauf dieses Stammesirrsinns in Afrika war zum ersten Mal in der Geschichte ein Flugzeug des Roten Kreuzes vom Himmel geholt worden. Bis dahin hatte das Rote Kreuz sicheres Reisen garantiert. Das alles ist heute anders … Fragen Sie irgend jemand in Bosnien.

»Kurz vor Schluß evakuiert«, fuhr Pryce fort. »Für mehrere Monate unbekannten Aufenthalts. Arbeitet seitdem als Verkäufer verschiedener Produkte. Keine Verbindung zum organisierten Verbrechen bekannt.«

Nun verließ er den Boden der Tatsachen, vermischte Gerüchte und Wahrheit. Toll.

»Wird als Verdächtiger in mehreren scheinbar nicht miteinander zusammenhängenden Mordfällen über einen Zeitraum von zwölf Jahren geführt. Während dieser Zeit sieben Festnahmen wegen verschiedener Vorwürfe. Keine Verurteilungen.«

Ich schaute zu, wie er in seinem unsichtbaren Notizbuch rumblätterte, die Schlagzeilen von gestern vorlas. Er kam nicht mal nahe dran.

»Auch bekannt als Arnold Haines. Und Juan Rodriguez.«

Ah, *das* war übel. Die Arnold-Haines-Identität war geschenkt, gut genug, um Autos zu mieten und Flugtickets zu kaufen. Und ich benutzte den Namen für die Besucherliste in den Gefängnissen, in denen ich noch Kontaktleute sitzen hatte. Aber Juan Rodriguez *war* ich. Mein Führerschein, Sozialversicherung, alles. Juan arbeitete auf einem Schrottplatz in der South Bronx. Nur, daß mir der Laden tatsächlich gehörte. Der Geschäftsführer überwies mir regelmäßig mein Gehalt, zahlte die Lohnnebenkosten und alles. Ich hob das Geld ab und gab einen Teil zurück, war aber so mit dem Finanzamt im reinen. Es ist nicht verboten, eine andere Identität zu benutzen, solange das nicht in betrügerischer Absicht geschieht.

Mein ganzes Leben war eine betrügerische Absicht. Und jetzt ging ein sorgfältig konstruiertes Stück davon den Bach hinunter. Ich schaute weiter ausdruckslos, wartete auf den Rest.

»Arbeitet zusammen mit …« Er schaute zu mir hoch, hielt meinen Blick. Und sprach Wesleys Namen aus.

»Geh dein Make-up in Ordnung bringen«, raunte ich Crystal Beth aus dem Mundwinkel zu.

Als sie aufstehen wollte, gab ihr Pryce zu verstehen, sie solle sitzenbleiben. Sie ignorierte ihn.

Er schob seinen Stuhl einige Zentimeter zurück, schaute sich im Restaurant um. »Das gefällt mir nicht«, sagte er. Der Muskel unter seinem rechten Auge zuckte wieder, heftiger als zuvor. Als er die Finger verschränkte, schlossen sich die Falten, eine solide Masse aus bleichem Fleisch entstand.

»Sie halten Wesley für tot?« fragte ich ihn; eine subtile Drohung, die nur jemand, der wirklich Bescheid wußte, verstehen würde.

»Die Berichte sind widersprüchlich«, sagte er gelassen, verriet mir nicht, ob er sie nicht verstanden hatte oder ob sie ihn kalt ließ.

»Sie ist nicht Ihr Problem«, sagte ich, deutete mit dem Kopf in Richtung Crystal Beth. »Ich auch nicht. Ich habe kein kleines Notizbuch über *Sie*. Wenn sie zurückkommt, verschwinden wir. Aus Ihrem Leben, okay? Finden Sie einen anderen Weg.«

»Es *gibt* keinen anderen Weg«, sagte er, plazierte die Ellbogen auf dem Tisch.

Aber nicht seine Karten.

»Dieser Lothar. Der Kerl, dem nichts passieren soll. Er gehört nicht zu Ihnen, oder?«

»Das ist richtig.«

»Und die Leute, mit denen er zusammen ist, sind nicht Ihre?«

»Nein, Mr. Burke. Die will ich kriegen.«

»Aber wenn Sie die haben, ist der gute alte Lothar ein freier Mann, stimmt's?« sagte ich, hatte kapiert. Endlich.

»Das ist die Abmachung«, sagte er. Geradeaus. Keine Spielerei mehr.

»Bekommt er auch den Jungen?«

Pryce zuckte die Achseln. Er war ein Spieler. Und wir waren nichts als Chips.

»Sie arbeiten allein«, sagte ich. Keine Frage.

Er reagierte nicht. Nicht einmal der Muskel unter seinem Auge zuckte.

»Ich nicht«, sagte ich. »Schauen Sie in Ihr kleines Notizbuch – was da steht, mit wem ich zusammen bin. Vor dem Gesetz können Sie Ihren Lothar beschützen. Vor mir nicht. Sie machen sich Gedanken, was ich tun werde? Denken Sie mal drüber nach – warum sollte ich etwas gegen Sie unternehmen?«

»Was meinen Sie damit?«

»Ich? Für Ihr kleines Tonbandgerät sage ich nichts. Sie haben nichts anderes als die müde alte ›Verbrecher-Agenten‹-Nummer. Und einen Haufen läppischer Informationen, die jeder Cyberfreak absaugen kann. Der einzige, der hier Straftaten begeht, sind Sie. Sie setzen eine hilflose Frau unter Druck, ihre Anzeige fallenzulassen, damit so ein verschissener Nazi weiter tun kann, was er tut. Versprechen ihm ein Baby als Trostpreis. Aber wenn dem guten alten Lothar was zustößt, ist das Spiel vorbei, stimmt's?«

»Lothar wird nichts zustoßen.«

»Das habe ich auch nicht behauptet. Ich … theoretisiere nur, okay? Was Sie da machen, ist ein Spiel. Sie sagen: ›Andernfalls …‹ Und ich sage: ›Andernfalls … was?‹«

»Das zu sagen ist nicht Ihre Sache, Mr. Burke.«

»Das Miststück wird tun, was ich will«, versprach ich ihm.

»Vielleicht«, stimmte er zu, seinem lippenlosen Mund entkamen die Worte zögernd. »Aber sie ist nicht die einzige, die eine Stimme hat.«

»Informationen«, sagte ich, »sind eine Ware. Wie Dope oder Diamanten. Etwas, das Leute kaufen und verkaufen, nicht wahr?«

»Ja.«

»Manchmal werden Dinge auch getauscht.«

»Und Sie haben etwas zu tauschen?«

»Man muß etwas geben, um etwas zu bekommen«, sagte ich. »Was Sie gebracht haben, ist nichts. Und das wissen Sie auch. Reine Effekthascherei. Schaumschlägerei. Wenn Sie die Wahrheit sagen, gibt es nur einen einzigen Grund, warum Sie Lothars Spiel decken. Vielleicht kann ich etwas tun, Ihnen auf anderen Wegen besorgen, was Sie haben wollen.«

»Vorausgesetzt ...?«

»Vorausgesetzt, Sie lassen das Kind in Ruhe. Bei der Frau. Das Kind ist draußen.«

»Es wird nicht –«

»Und vorausgesetzt, ich werde bezahlt.«

»Welche Garantien könnten Sie mir denn –«

»Im Moment: Keine. Erst muß ich mich um ein paar Dinge kümmern. Dann treffen wir uns. Sie und ich. Allein. Wo Sie wollen. Dann machen wir beide unsere Einsätze. Abgemacht?«

»Viel Zeit ist nicht.«

»Nun übertreiben Sie mal nicht«, sagte ich. »Bei diesen Ehegeschichten ist immer ein bißchen Luft drin. Wir können den Scheidungstermin hinauszögern, die Sache auf Eis legen.«

»Das ist nicht das einzige –«

»Achtundvierzig Stunden. Etwas mehr, wenn Sie mich nach Einbruch der Dunkelheit treffen wollen.«

Seine Nackenmuskeln spannten sich. Ich schaute an ihm vorbei. Crystal Beth kam langsam näher. Ich winkte sie heran. Lammfromm setzte sie sich wieder, hielt den Blick gesenkt.

»Rufen Sie sie an«, sagte ich, deutete kurz mit dem Kopf auf Crystal Beth. »Nennen Sie ihr einfach Ort und Zeit. Ich werde dort sein. Und dann entscheiden Sie.«

»In Ordnung«, sagte er.

»Kann ich jetzt mit der Nummer aufhören?« fragte sie, ging neben mir die Straße entlang.

Ich griff hinter sie, packte einen ihrer Zöpfe, zog heftig daran. Sie schnappte nach Luft. »Weißt du, wer uns beobachtet?« fragte ich.

»Nein.«

»Da hast du deine Antwort«, sagte ich.

»Weißt du, warum früher die Frauen immer drei Schritte hinter ihren Männern gegangen sind?« fragte Crystal Beth und zog den Pullover über den Kopf.

»Weil sie Eigentum waren?« schlug ich vor, betrachtete den scharfen Kontrast zwischen dem schwarzen BH und ihrer dunkelrosa Haut.

»Nein. Und auch nicht, weil sie unterwürfig waren. Meine Mutter hat es mir mal erklärt. Ihr Volk, die Leute, die nicht in die Städte gingen, machen es immer noch so.»

Sie löste die Kordel an der Taille ihres langen Rockes, ließ ihn zu Boden gleiten. Dann schob sie die Daumen unter den Bund der schwarzen Strumpfhose und zog sie nach unten. Der schwarze Slip und BH sahen aus wie ein züchtiger Badeanzug. »Normalerweise hatten sie ein Kind zwischen sich«, sagte sie. »Einer ging vor, einer hinter dem Kind. Um es zu schützen. Wenn die Frau sich umdrehte, standen sie Rücken an Rücken, verstehst du?«

»Ja. Einer übernimmt die Vorhut, der andere die Nachhut.«

»Ich weiß nicht, was das ist.«

»Im Dschungel, beim Militär, geht man hintereinander. Die Pfade sind nicht breit genug. Der wachsamste Mann geht an der Spitze, hält Ausschau. Die schweren Waffen setzt man ans Ende, falls sie sich von hinten ranschleichen.«

»Die Frau hatte den schwereren Job«, sagte sie. »Hinter sich schauen ist immer am schwersten.«

»Vielleicht hast du recht.«

»Ich habe recht«, sage sie, griff nach hinten, öffnete den BH. Ihre Brüste waren breit und rund, standen nicht weit vor. Die kleinen Brustwarzen sahen im Kerzenlicht dunkel aus.

»Wenn ich dir einen netten Kleiderbügel hole, ziehst du dann diesen schönen Anzug aus?« fragte sie, kam zu mir.

Sie behielt den schwarzen Slip an bis fast zum Schluß. Bewegte sich so langsam, küßte und flüsterte, niemals ungeduldig, hielt meinen Schwanz, als würde sie seine Temperatur messen, wartete auf den richtigen Augenblick.

»Hörst du jetzt das Pfeifen?« flüsterte sie an meinem Gesicht.

Dann drang ich in sie ein. Vielleicht nahm sie mich auch auf.

»Hab ich's richtig gemacht?« fragte sie mich später, auf einen Ellbogen gestützt, und blickte auf mein Gesicht herab. Lichtpunkte von der Kerze tanzten auf ihren winzigen Zähnen.

»Es gibt kein ›richtig‹«, sagte ich, wünschte, Frauen würden nicht immer wieder diese Nummer abziehen, wenn der Sex vorbei war.

»Nicht … das.« Sie lachte kehlig. »Das hab ich gewußt. Sogar schon … vorher.«

»Vorher …?«

»Vor dir«, sagte sie, lächelte kurz. »Ich meinte, mit Pryce. Im Restaurant.«

»Ja, du hast deine Sache gut gemacht.«

»Er ist ein unheimlicher Mann.«

»Dazu gehören zwei Seiten«, sagte ich. »Da ist die Kanone. Und jemand muß abdrücken, verstehst du?«

»Ich glaube schon. Darüber habe ich auch nachgedacht. Was hat er davon ... Menschen zu ruinieren. Er könnte uns nicht aufhalten – wir hätten es bereits getan, stimmt's?«

»Weißt du, was Kredithaie sind?« fragte ich.

»Sicher«, erwiderte sie, legte den Kopf zu einer Frage schief, die sie nicht stellte.

»Weißt du, warum sie Leuten die Beine brechen?«

»Damit die bezahlen.«

»Was ist, wenn der Schuldner pleite ist? Ich meine total pleite. Abgebrannt, Niemanden, den er anpumpen kann, nichts, was er beleihen kann, nichts mehr fürs Pfandhaus. Alle Brücken verbrannt. Wenn er nach der letzten Abreibung verkrüppelt ist. Vielleicht auch noch Krebs hat? Vielleicht schämt er sich unendlich wegen dem, was er seiner Familie angetan hat. Vielleicht ist ihm nur noch eine Lebensversicherung geblieben. Vielleicht *will* er sterben und hat nur einfach nicht den Mumm, es selbst zu tun. Gibt's dann irgendeinen Grund, ihn zu töten?«

»Natürlich nicht. Was soll das bringen –?«

»Es ist gut für den Ruf«, sagte ich ruhig. »Spricht sich rum, daß sie einen umgelegt haben, weil er nicht mit der Kohle rübergekommen ist, und alle spitzen die Öhrchen. Ein Mord wiegt 'ne Menge Schläge auf, verstehst du?«

»Dann glaubst du also, er ... würde es trotzdem tun?«

»Ich kenne ihn nicht. Aber er wirkt so. Ist bestimmt nicht das erste Mal, daß er so was macht. Jeder Erpresser braucht ab und an einen Kopf auf dem Pfahl. Das ist gute Werbung.«

»Oh.«

»Ja. Du weißt, warum er das Treffen öffentlich haben wollte?«

»Nein. Ich habe ihn schon mal getroffen, und er war nicht –«

»Er dachte, vielleicht willst du dein Problem lösen.«

»Ich verstehe nicht –«

»Ihn erledigen«, sagte ich leise. »Ihn abservieren. Wenn er weg ist, sind auch deine Probleme weg, oder?«

»Ihn *umbringen*?«

»Sicher.«

»Ich würde nie –«

»Das weiß er nicht. Ich auch nicht, bis wir uns getroffen haben. Er spielt um Informationen, stapelt seine Chips auf. Das ist einer, den er nicht hat.«

»Aber ...«

»Er wird dich anrufen. Dann rufst du mich an. Ich treffe mich mit ihm. Und dann fällen wir eine Entscheidung, du und ich.«

»Was für eine Entscheidung?«

»Ob es einen Ausweg gibt«, sagte ich. »Einen, mit dem du leben kannst.«

Früh am nächsten Morgen stand ich auf dem asphaltierten Platz am Hudson River gegenüber dem Riverside Drive, hatte die Motorhaube meines Plymouth aufgeklappt, als hätte ich ein Problem mit dem Motor. Die Sonne ging gerade auf. Leichter Pendlerverkehr Richtung downtown floß auf der West Side Highway vorbei. Im Sommer würde dieser Ort belebt sein: Typen, die angelten, an ihren Autos arbeiteten, mit Gras- und Biercombos abhingen. Aber jetzt war es hier menschenleer. Laut Radio waren es zwölf Grad, aber mir kam es nicht so warm vor.

Ich steckte mir eine Zigarette an, als ein paar Parkplätze weiter eine verbeulte alte Audi-Limousine hielt. Die Fahrertür ging auf, und sie stieg aus. Wolfe. Ich würde sie auf hundert Meter erkennen; das lange, glänzende dunkle Haar mit den leuchtend weißen Strähnen rechts und links. Ich kannte auch den dunklen Fleck, der das Fenster auf der Beifahrerseite ausfüllte. Bruiser. Ein tödlicher Rottweiler, der mit Wolfe seit Welpenzeiten arbeiten ging. Er lag immer unter ihrem Schreibtisch, als sie die Sonderermittlungsgruppe leitete. Heute fährt er auf dem Beifahrersitz mit, hat den Wechsel von der Polizeiarbeit zur Outlaw-Existenz ebenso glatt vollzogen wie Wolfe. Ich verringerte den Abstand zwischen uns nicht, ließ sie zu mir kommen – Wolfe schließt nie ihren Wagen ab, und ich sah, daß das Seitenfenster heruntergekurbelt war.

Sie trug einen gelben Steppmantel, der ihr bis über die Knie reichte, ging mit ausholenden, lockeren Schritten über den mit Müll übersäten Asphalt, als wäre es ein Feldweg.

»Pepper sagt, Sie wollten mich sehen«, sagte sie anstelle einer Begrüßung.

»Wollen Sie sich in den Wagen setzen?« fragte ich.

»Nein, es ist heute angenehm draußen. Gibt mir das Gefühl, als wäre beinahe schon Frühling.«

Sie wurde bewacht, aber das machte sie immer so. Ich kam gleich zur Sache. »Kennen Sie einen Kerl namens Pryce?«

»Ja«, sagte sie ohne ein Zögern.

»Kann sein, daß ich … mit ihm zu tun bekomme.«

»Mit ihm?«

»Nein.«

»Sie wollen wissen, was ich weiß, was ich rauskriegen kann … oder was?«

»Wie immer?«

Wolfe schenkte mir ihr Zauberinnen-Lächeln. Das gleiche Lächeln, das eine Dekade lang Strafverteidigern zum

Verhängnis geworden ist. »Wir leben in inflationären Zeiten«, sagte sie.

»Wieviel für das, was Sie wissen?«

»Ich weiß 'ne Menge«, sagte sie.

»Dachte ich mir. Wieviel?«

»Fünftausend Dollar.«

»Was?«

»Oder«, sie fuhr fort, als hätte sie mich nicht gehört, »wir machen ein Tauschgeschäft.«

»Was habe ich, das Sie gern hätten?«

»Ich weiß nicht«, sagte sie. »Nicht genau. Aber Sie wollen die Informationen doch aus einem Grund. Irgendwas geht vor sich. Irgendwas wird passieren. Etwas, das mit Pryce zu tun hat. Diese Infos tausche ich mit Ihnen.«

Was weißt du, du schöne Kriegerin? dachte ich. Wolfe wußte bereits von dem Stalker – Crystal Beth hatte mir erzählt, daß Wolfe Teil des Planes war. Aber hatte Crystal Beth ihr gegenüber jemals Pryce erwähnt?

»Was schlagen Sie vor?« fragte ich, nichts auf meinem Gesicht.

»Tausend für das, was ich habe. Dann setzen Sie mich ins Bild. Und halten mich auf dem laufenden.«

»Wieso –?«

»Ich bitte Sie.« Sie lächelte wieder. »Wollen Sie dafür auch bezahlen?«

»Die haben's gut«, sagte Wolfe, schaute zu einem Tanker hinüber, der den Hudson flußaufwärts fuhr.

»Leute mit Arbeit?«

»Nein.« Sie lachte. »Leute, die ständig auf dem Wasser sein können.«

»Stehen Sie auf so was?«

»Ich liebe das Wasser«, sagte sie ruhig. »Wenn's nach mir ginge, würde ich vermutlich auf einem Schiff leben.«

»Auf einem Kreuzfahrtschiff?«

»Nein, einem Segelboot. Einen netten Dreimaster, den ich mit kleiner Mannschaft segeln könnte.«

»*Sie* können so was segeln?«

»Sicher.« Sie grinste. »Ich war mal Skipper auf einem Schiff von den Bermudas bis Cape Cod.«

»Allein?«

»Es waren noch andere Leute an Bord, aber ich hatte das Kommando.«

»Wo haben Sie das gelernt?«

»Ich war Sea Scout.«

»Ein was?«

»Ein Sea Scout. Eine Art Pfadfinderin, nur daß wir mit Booten rausgefahren sind, statt Camping zu machen.«

»Ich hätte Todesangst«, sagte ich. »Das Wasser ...«

»Können Sie nicht schwimmen?«

»Nein. Ich meine, ich würde vielleicht nicht untergehen. Als Kind sind wir früher immer von Piers gesprungen. Aber es ist so, ich weiß auch nicht ... man weiß nie, was da draußen los ist.«

»An Land gibt es Schlimmeres«, sagte sie.

Ich wußte, daß sie recht hatte, aber das spielte keine Rolle. Einmal, als Kind, bin ich zum Fluß runter, wollte sehen, was ich dort abstauben konnte. Es war Nacht – nachts fühlte ich mich immer sicherer. Da lag ein Schiff. Kein großes, eine Art Sportfischerboot. An einer Winde hing ein Hai. Er zuckte noch, als wollte er sich losreißen. Die Männer lachten, waren betrunken, feierten ihren Sieg. Ich schaute auf das schwarze Wasser hinaus. Ich stellte mir vor, daß dort unten noch mehr Haie waren. Männer jagen sie aus Spaß. Ich fragte mich, ob die anderen Haie sich rächen wollten.

»Stimmt«, sagte ich, kehrte in die Gegenwart zurück. »Dieser Pryce, gehört er dazu? Zu diesem Schlimmeren?«

»Über die Jahre haben sich unsere Wege ein paarmal gekreuzt. Persönlich bin ich ihm nur einmal begegnet. Damals behauptete er, er arbeite für das Justizministerium, aber als ich versuchte, seiner Spur zu folgen, verirrte ich mich in dem Labyrinth, das sie dort unten haben. Als ich mich endlich durchgeackert hatte, war er weg. Manchmal erzählt er den Leuten, daß er für die CIA arbeitet. Oder für die DEA, ATF, was weiß ich. Und bis jemand das nachprüfen kann, ist er längst über alle Berge.«

»Vielleicht versetzt?«

»Ausgeschlossen. Ich glaube, er hat Unterstützung von ganz oben, ist aber im Status permanenter Verleugnung.«

»Was zum Teufel ist das?«

»Ziemlich genau das, wonach es klingt«, sagte sie, fuhr sich mit beiden Händen durch die dichte Mähne, als eine Brise vom Fluß aufkam. »Er erledigt Aufträge, arbeitet aber nur gegen Barzahlung. Nichts läuft über die Bücher.«

»Aktive Arbeit?«

»Ich glaube nicht. Er ist Informationsexperte, niemand, der selbst Hand anlegt. Er ist eine Art Kopfgeldjäger. Ein Kopfgeld-Detektiv, falls es so was gibt. Er nimmt niemand fest, macht sich die Finger nicht schmutzig. Arbeitet am Rand, stöbert auf. Und er steuert Situationen. Er hat keine Vorgesetzten – muß sich an keine Spielregeln halten.«

»Hat er genug Einfluß, daß man ihm Gefälligkeiten erweist?«

»Bei den Feds? Wahrscheinlich. Zumindest bei gewissen Agenten, für die er schnüffelt.«

»Und er hat es nicht auf Schlagzeilen abgesehen?«

»Ich erinnere mich, daß er mal zu mir gesagt hat: ›Ich will

nichts sein. Ich will nur Bares.‹ Ich glaube, das beschreibt ihn ziemlich genau.«

»Hatten Sie Zoff mit ihm?«

»Überhaupt nicht. Er war sehr höflich, sehr respektvoll. Sagte, er wüßte von einem Pädophilen-Ring. Eine neue Variante – Online-Mißbrauch in Echtzeit.«

»Häh?«

»Einer dieser Freaks holte sich das kleine Mädchen – bei dieser Sache waren es ausschließlich Mädchen – in sein Studio. Dann baute er die Kameras auf, verständigte die anderen und beamte ihr Bild über deren Modems. Sie sagten ihm, was er mit dem Kind machen soll, und dann konnten ihm alle zusehen.«

»Und wie wußte Pryce davon?«

»Das hat er nicht gesagt. Aber ich hatte den Eindruck, daß er an einen der Freaks rangekommen ist. Ihn in der Hand hatte.«

»Hat er versucht, einen Deal zu machen; sollte der eine Typ gegen die anderen aussagen und dafür straffrei bleiben?«

»Nein. Er arbeitet nicht für Verteidiger. So war das nicht. Soweit ich verstanden habe, war er breit, seinen Mann mit über die Klinge springen zu lassen.«

»Und wo war das Problem?«

»Er wollte bezahlt werden. Nicht mit einer Gefälligkeit, sondern mit Cash.«

»Wieviel?«

»Das hat er nicht gesagt. Jedenfalls eine sechsstellige Summe.«

»Und Sie wollten sich nicht darauf einlassen?«

»Nein. Ich konnte nicht. Wir haben keinen Etat für solche Dinge. Niemand setzt eine Belohnung aus, solange es kein Opfer gibt, stimmt's?«

»Ja. Und keiner wußte –?«

»Keiner wußte irgendwas. Es war das erste Mal, daß ich überhaupt von so was hörte. Ich habe dann versucht, ihn unter Druck zu setzen. Habe ihm gesagt, wenn er mit der Information nicht rausrückte, würde nicht nur dieses kleine Mädchen weiter über das Internet von zig Männern vergewaltigt, sondern bestimmt noch andere. Er sagte, um so mehr müsse es mir wert sein. Ich versuchte ihm mit ›Auskunftsverweigerung‹ Angst zu machen, aber er hat nur gelacht. Ich habe ihn nie wieder gesehen.«

»Dann ging es weiter?«

»Nein. Eine Woche später gab es eine große Razzia. Bundesweit. Das FBI hat die ganze Organisation aufgemischt, auf einen Schlag vernichtet. Ein Bilderbuchfall: Sogar der, der als erster ausgesagt hat, bekam ein paar Jahre aufgebrummt.«

»Hat Pryce die Sache den G-Men verkauft?«

»Schwer zu sagen. Ich habe einen Freund gefragt, wie sie an den Fall gekommen seien, und er sagte bloß, alles hätte mit einem IM angefangen, mehr wußte er nicht.«

»Aber er glaubt nicht, daß Pryce der Informelle Mitarbeiter war?«

»Nein. Aber es könnte sein IM gewesen sein. Oder vielleicht war es auch alles erfunden, eine abgekartete Sache, um den Durchsuchungsbefehl zu kriegen.«

»Haben Sie sonst noch was?«

»Nein, das war's. Aber wenn ich irgendwas höre, rufe ich Sie an.«

»Okay.«

»Sie sind dran«, sagte sie, schenkte mir noch ein tödliches Lächeln.

Ich erzählte Wolfe die Geschichte, gab sie ihr häppchenweise, ließ Hercules raus. Wir spielten beide außerhalb des Felds, allerdings nicht das gleiche Spiel. Ich vertraute ihr, aber Wolfe war im Grunde ihres Herzens ein Cop. Ein Cop, der Regeln bricht, sicher, aber trotzdem. Zwischen dem Zurechtbasteln von Verdachtsmomenten, um die Bösen einzubuchten und dem Annehmen ihres Geldes, ist ein himmelweiter Unterschied. Der einzige Unterschied zwischen Wolfes Truppe und einer Bürgerwehr war, daß Wolfes Leute bezahlt wurden. Sie verdiente ihr Geld immer noch damit, daß sie Verbrechen aufklärte – ich meins damit, daß ich welche beging.

Wir lehnten an meinem Wagen, redeten leise, waren ganz allein auf diesem abgelegenen Fleckchen. Vor Jahren dachte ich, wir könnten ein ... anderes Verhältnis haben. Eigentlich dachte ich es nicht – ich wollte es. Sie zog die Grenze. Gelegentlich reichen wir uns darüber hinweg die Hände, aber ich konnte sie nicht zu mir ziehen, und sie versuchte nie, mich auf ihre Seite zu holen.

Wolfe holte ein Foto aus der Tasche. Kein Karteifoto, bei einer Observierung entstanden. »Ist er das?« fragte sie.

Es war unscharf, dunkel. »Ich habe eine Taschenlampe im Kofferraum«, sagte ich.

Sie stand allein zwischen den gelöschten Scheinwerfern des Plymouth, als der dottergelbe Pathfinder auf den Parkplatz rollte. Keine Musik wehte herüber. Schlechtes Zeichen. Ich schaute hoch, als er knapp vier Meter von Wolfe entfernt anhielt. Ein junger Typ sprang heraus: Hemd bis zu den Knien; Ärmel bis an die Fingerspitzen; abgewetzte, riesige Hosen und halb zugebundene Ultra-Turnschuhe, mit den höheren Weihen versehen durch irgendeinen wichtigen Basketballspieler und hergestellt in einem Ausbeuterbetrieb in Südostasien. Zur Seite gedrehte schwarze Seemannsmütze mit dem Logo der White Sox. Zog eine Show ab. Hip-hopper oder ein Weißer, der einen auf Rapper machte – im Licht des frühen Morgens konnte ich seine Hautfarbe nicht erkenne.

»Yo, Schlampe!« brüllte er sie an.

Mit dem Montiereisen in der Hand ging ich um den Plymouth herum nach vorn. Der Typ sagte: »Oh, Scheiße!« und flitzte in den Pathfinder zurück. Der Wagen fuhr los, seine breiten Reifen quietschten auf dem rauhen Asphalt.

»Bruiser, los!« brüllte Wolfe. Da sah ich den Rottweiler losrasen, in schwarzen Pelz gehüllt wie das Jüngste Gericht.

»Wer weiß, was der wirklich vorhatte«, sagte Wolfe zu mir, lehnte an der Kühlerhaube des Plymouth, rauchte eine meiner Zigaretten. Der Rottweiler, inzwischen wieder ruhig, saß neben ihr. »Kann alles sein, von Pöbelei bis Vergewaltigung. Wenn diese kleinen Wichser in einem Auto sitzen, werden sie schrecklich mutig.«

»Das liegt nicht am Auto«, sagte ich. »Es ist die Gang. Und eine Frau allein.«

»Vermutlich.«

»Und nennen Sie es nicht Mut«, sagte ich. »Ihr Hund hat Mumm.«

»Erinnern Sie mich nicht daran«, meinte Wolfe leise lachend, griff in die Tasche und holte etwas heraus, das wie eine ekelhafte dunkelrote Sehne aussah. Der Rottie schaute aufmerksam, machte kleine Augen. Aber er rührte keinen Muskel. »Bruiser, okay!« sagte Wolfe, hielt es ihm hin. Das Tier schnappte sofort zu, legte sich hin, hielt die Beute zwischen den Vorderpfoten und machte sich darüber her. Die Geräusche, die er von sich gab, hätten einem Wildhüter Angst gemacht.

»Was haben Sie ihm da gegeben?« fragte ich.

»Getrocknete Rindersehne«, sagte sie. »Eine seiner Lieblingsleckereien. Kommt gleich nach frischer Ananas. Aber die kann ich nicht mit mir rumschleppen.«

»Na, er hat's sich verdient«, sagte ich. »Ich habe noch nie einen so großen Hund sich so schnell bewegen sehen. Hat er schon mal jemanden gebissen?«

»Sicher«, antwortete Wolfe, grinste breit über die dumme Frage.

Ich hielt das Montiereisen fest, kam mir blöd vor. Ich trage keine Kanone mehr. Habe auch keine im Auto. Nicht wegen Durchsuchungsbefehlen oder weil ich ein Ex-Knacki bin. Ich bin einfach nur … vorsichtig. Seit ich versucht habe, meine Kindheit zu töten, und statt dessen ein Kind tötete.

»Ich weiß nicht, was sich mit diesem Pryce ergeben wird«, log ich, ließ den Schein der Taschenlampe über das Foto wandern, das Wolfe hatte. Er war es. »Vielleicht nichts. Ich halte Sie auf dem laufenden.«

»So oder so«, sagte sie, nahm mir mit diesen Worten ein Versprechen ab.

»So oder so«, stimmte ich zu.

Ich steuerte den Plymouth auf die Highway, fädelte mich in den Verkehr ein, wurde wieder unsichtbar. Ich hatte an diesem Tag viel vor, konnte aber erst richtig loslegen, wenn die Comicläden aufmachten. Alles andere, was ich für Herk brauchte, lag bereits im Kofferraum.

Wo auch Pryce landen könnte, falls er versuchte, mich aufs Kreuz zu legen.

Es war bereits dunkel, als ich von meinem Treffen

mit Hercules zurückkehrte. Als ich bei Mama vorbeifuhr, hing der weiße Drache im Fenster. Alles in Ordnung.

Doch sowie ich aus der Küche in den großen Raum trat, wußte ich, daß irgendwas los war. Mama saß nicht an ihrer Kasse – sie stand da, hatte die Hände in die Hüfte gestemmt, wartete. Max saß an einem der Tische, die Augen geschlossen, wie immer, bevor er sich an die Arbeit macht, eine Gewaltmaschine, deren Batterien aufgeladen werden.

An einem anderen Tisch saßen drei junge Asiaten in identischen schwarzen Lederjacken und roten, bis oben zugeknöpften Seidenhemden. Sie waren rasiermesserscharf, hatten langes, glänzendes schwarzes Haar und feingeschnittene Gesichter. Sie sahen nicht aus wie Brüder, aber der Stempel des Stammes war unübersehbar ... so unübersehbar, wie es nur der Schmelztiegel fertigbringt.

Und in einer Nische eine ältere Chinesin, Vogelgesicht, dünn wie ein Bohnenstange, in ein dickes, dunkelgrünes Umhängetuch gehüllt, den Blick auf den Boden gerichtet.

Mama bedeutete mir, zu meiner Nische zu gehen. Sie setzte sich mir gegenüber. Diesmal keine Suppe.

»Tiger haben ihren Neffen«, sagte sie, die Stimme gesenkt, den Kopf leicht geneigt in Richtung alte Frau. »Er schuld viel Geld. Dreißigtausend.«

Ich brauchte keinen Übersetzer. Der Neffe war ein Illegaler, ins Land geschmuggelt von einer der Banden, die Chinatown mit billigen Arbeitskräften versorgen. Die Familie zu Hause schickt den Jüngsten, Kräftigsten als ersten. Wenn der in den Ausbeuterbetrieben die Schulden abgearbeitet hat, können sie den nächsten schicken.

Das ist einer der Gründe, warum Typen, die schwarz ein paar Mäuse verdienen, so dick ins Glücksspiel einsteigen. Sie werden von zu Hause dazu ermutigt, besonders von jenen Verwandten, die auf der Warteliste ziemlich weit hinten stehen. Es ist die einzige Möglichkeit, die Schulden bei den Schleppern schnell abzuzahlen. In den Ausbeuterbetrieben braucht man für dreißig Riesen mindestens zehn Jahre.

»Kuan Li alte Freundin. Von zu Haus. Alles fertig, okay?« Dann erläuterte sie mir den Plan.

Der gedrungene Chinese, der die Tür aufmachte, hielt einen Polizeigummiknüppel in der rechten Hand, den Lederriemen hatte er sich ums Handgelenk gewickelt. Sein brutaler Gesichtsausdruck änderte sich erst, als er sah, daß die drei jungen Männer in den identischen schwarzen Jacken außerdem identische schwarze halbautomatische Kanonen hatten, die – Inbegriff der Professionalität – auf verschiedene Teile seines Körpers gerichtet waren. Er hob die Hände, ließ den Gummiknüppel nutzlos herabhängen, schaute ausschließlich mich an.

Einer der jungen Männer blieb bei ihm, die beiden anderen kamen mit, als ich einen schmalen Flur hinunterging, eher ein Tunnel als ein Durchgang.

Der Keller war mit Maschendraht in Käfige aufgeteilt, wie eine Absteige in der Bowery. Vielleicht dreißig, vierzig Illegale schliefen hier. Eine Toilette, eine Dusche – nur ein rostiger Duschkopf, der aus der Wand ragte, darunter ein Abfluß. Monatlich hundert Mäuse pro Mann. Überheizt von menschlicher Fracht, stank es hier wie im Laderaum eines Sklavenschiffes.

Ich ließ den Blick über die Käfige wandern. Der dritte von links, unterste Etage, hatte Mama gesagt. Ihre Beschreibung des Neffen war geradezu fotorealistisch. Ich deutete auf ihn. Einer der jungen Männer zeigte ihm seine Pistole, sagte etwas auf Kantonesisch mit üblem Akzent. Der Neffe antwortete. Der Bewaffnete schlug ihm mit der Pistole ins

Gesicht. Der Neffe kam mit, die Händen an den Seiten, den Kopf gesenkt.

Wir gingen hinaus in den Nachmittag. Der Bewaffnete stieß den Neffen auf den Rücksitz eines Chinatown-Kriegsgefährts, einer alten viertürigen Buick-Limousine mit verbogenen falschen Nummernschildern. Die beiden anderen folgten ihm dicht auf. Der Wagen fuhr los. Der gedrungene Türsteher steckte den Kopf nach draußen. Max glitt hinter ihn, machte irgendwas mit seinem Genick. Der Türsteher sackte zusammen. Ich stieg in einen nebelgrauen Lincoln, der am Bordstein hielt. Einer von Mamas Köchen saß hinter dem Steuer.

Die Straße war lebendig wie immer, keinerlei Veränderung.

»Nicht sein wie früher«, erklärte mir Mama, als wir wieder im Restaurant waren. »Tigers nicht mit den Tongs. Neffe geht woanders hin, sie niemals find.«

»Die sollen denken, ich hätte Streß mit ihm und deshalb diese anderen Typen engagiert, um ihn rauszuholen?«

»Ja, vielleicht so denk.« Mama zuckte die Achseln.

»Werden die Tigers nicht von den Typen, die ihn mitgenommen haben, ihr Geld haben wollen?«

»Welchen Typen?« Mama lächelte.

»Den Chinesen. Den Jungs mit den Jacken.«

»Nicht Chinesisch«, sagte Mama. »Kambodscha. Wie alt meinst du?«

»Zwanzig, fünfundzwanzig?«

»Fünfzehn«, sagte Mama. »Ältester fünfzehn. Khmer nicht töten, Tigers auch nicht.«

»Jesus. Die arbeiten jetzt auch schon hier?«

»Klar«, sagte Mama.

Bis zum frühen nächsten Morgen spielte ich mit Max Karten. Früher spielten wir Gin Rummy, eine lebenslängliche Partie, die wir vor vielen Jahren begonnen hatten – schrieben immer die Punkte auf, hatten beschlossen, unsere Spielschulden erst dort zu begleichen, wo wir nach unserem Ende landen würden. Gingen davon aus, daß, wenn es wirklich so organisiert war, wie die Leute sagen, wir beide in derselben Abteilung enden würden.

Max war mir ein Vermögen schuldig gewesen, bis er auf die perfekte Goldader stieß, von der alle Zocker träumen – die Glückssträhne seines Lebens. Sie hielt nur ein paar Stunden, aber während dieser Zeit war Max unfaßbar unschlagbar. Jede Karte spielte ihm in die Hand. Er war ein verheerender Tsunami – und ich ein Strandhaus aus Balsaholz. Ich überlebte, war aber nur noch knapp im Plus, als die Welle vorübergezogen war. Seitdem hatte sich Max standhaft geweigert, noch einmal Gin zu spielen, er wußte, daß er so eine Serie nie wieder haben würde. Also wechselten wir zu Casino. Dieses Spiel beherrschte er genauso wenig, und seine Schulden hatten inzwischen wieder sechsstellige Höhen erreicht.

In ihrer selbsternannten Rolle als Max' Berater schaute Mama praktisch jede Runde vorbei. Sie machte ihre Sache ausgesprochen schlecht. Sogar noch schlechter als beim Gin – wenigstens wußte sie, wie man Gin spielt, aber Casino war ihr ein absolutes Rätsel. Mama spricht ein halbes Dutzend Sprachen, einschließlich Mathematik, aber jede Art von Glücksspiel jagt ihren Blutdruck hoch und läßt sie die Gefahren vergessen, deshalb spielt sie nie selbst. Hatte aber nichts dagegen, Max zu helfen.

Sie tippte Max auf die Schulter, nickte und grinste, als er die Kreuz-Vier auf die Herz-Vier ablegte, auf die Acht hinarbeitete, die er noch in der Hand hielt, statt einfach eine Vier mit der anderen zu nehmen. Ich knallte die Pik-Zwei auf diesen Stapel, nicht die Karo-Zehn, die ich noch hatte. Ich wußte, daß Max keine Zehner hatte – die anderen drei waren bereits ausgespielt. Karo ist bei Casino *die* Karte – die einzige, die zwei Punkte zählt. Die Pik-Zwei war eine weitere Punktkarte … Kein schlechter Spielstand. Max runzelte die Stirn. Mamas Miene machte klar, daß die ganze Sache seine eigene Schuld sei.

Hinten klingelte das Münztelefon. Ich sah auf meine Uhr – es war kurz nach zwei Uhr früh. Mama stand auf, ging nach hinten, schnappte sich den Hörer, sagte etwas … hörte zu. Dann kehrte sie zu unserer Nische zurück.

»Mädchen. Heißt Vyra.«

»Sag, ich bin nicht da«, sagte ich.

Mama nickte, ihr Gesicht ausdruckslos.

Ich kehrte in mein Büro zurück, ließ Pansy ihr Dach benutzen, sah mit ihr ein bißchen Frühstücksfernsehen, während sie ein Kilo von irgendwelchem Zeugs wegputzte, das Mama ihr eingepackt hatte – zum größten Teil Fleischbrokken in Austernsoße.

Dann schlief ich.

Als ich wieder wach war, machte ich mich sofort auf die Socken. Verbrachte die nächsten vierundzwanzig Stunden mit Überprüfen von Spuren, für den Fall, daß Pryce auf mein Angebot einging. Aber die Wege waren zu gewunden – ich drang nicht bis zu einem Kern an Wahrheit vor, auf den ich mich hätte verlassen können. Der White-Knight-Untergrund ist ein giftiges Gebräu, gespeist von Gerüchten und gesteuert von Psychopathen. In Amerika geborene Nazis arbeiten als Söldner in Kroatien, schlachten Serben ab, säubern die ethnischen Säuberer, die ganze Sache ist eingefädelt von faschistischen Gruppen in Deutschland, die aus dem Zweiten Weltkrieg die hilfsbereiten Kroaten in angenehmer Erinnerung haben; ein Schießbudenkrieg zwischen zwei in Hitler verliebten Banden – meist ein Wortkrieg auf Kurzwellenfrequenzen – der eine Anführer behauptet, der Chef der rivalisierenden Gruppe sei schwul, dieser Typ bezeichnet sein Pendant als Kryptojuden; die Steuerverweigerer und die Do-it-yourself-Prozeß-Clubs; bösartige Antisemiten nennen sich die wahren Israeliten; faschistische Ein-Mann-Organisationen machen übers Internet mit englischen Anti-IRA-Skinheads und nach Dänemark gewechselten amerikanischen Rockerbanden herum … und alles ist unterwandert von Undercoveragenten und Teilzeitinformanten und Spitzeln, die nur zu bereitwillig alle verpfeifen.

Kein Netzwerk, nur Fäden. Manche so ohne Basis wie die Irren, die versuchten, sich ins Vierte Reich aufzuschwingen. Am Stadtrand von Chicago knallte einer dieser tödlichen Geistesgestörten einen Plastischen Chirurgen ab, weil er sicher war, daß der Nicht-Weißen ein »arisches« Aussehen gebe. Vielleicht trat er in die Fußstapfen des weißen Herrenmenschen an der Westküste, der vor Jahren eine Kosmetikerin weggeballert hat, weil er gehört hatte, daß sie jüdische Haare bleicht.

Mit Sicherheit mehr Führer als Sturmtruppen. Aber jeder, der stark genug ist, einen Koffer zu heben, kann heutzutage ein Gebäude dem Erdboden gleichmachen.

Die Medien bekommen das deshalb nie richtig mit, weil sie auf Interviews mit Sprechern angewiesen sind, und niemand könnte je für diese wirre Mischung sprechen. Wie spricht man für eine Gruppe, die schreit, den Holocaust hätte es nie gegeben, und gleichzeitig darum betet, daß er wieder passiert? Glauben Sie, hundert Vergewaltiger würden alle aus dem gleichen Grund vergewaltigen? »Was die ausspucken, muß dich nicht jucken, Jungchen«, hatte der Prof einmal zu mir gesagt. »Ihre Taten sind die Granaten.« Auf dem Gefängnishof. Vor hundert Jahren. Damals war ich voller Fragen.

Mit den Ultra-Weißen mache ich schon seit Jahren Geschäfte, verkaufen und bescheißen. Sie kennen keine Loyalität, deshalb sind sie leichte Beute. In ihren Reihen nach Wahrheit suchen ist so, als wolle man die Moral eines Kongreßabgeordneten ausfindig machen.

Trotzdem hörte ich mich um. Blieb in den Randgebieten, vorsichtig wie immer. Schaute unbewegt, wenn sie ihre selbstverliehenen Auszeichnungen vorführten, Tätowierungen: »88« – für »Heil Hitler«, »H« als der achte Buchstabe des Alphabets, übernommen von der »13« auf den Jeans der Rocker. ... »M« für »Marihuana«. Und die Spinnweben auf ihren Ellbogen, als Zeichen dafür, daß sie für die Rasse getötet hatten ... auch wenn die meisten von ihnen jede miese Körperverletzung dazu hochstilisierten. Skinhead-Schafe mit roten Schnürsenkeln an ihren Doc Martens und Eisernen Kreuzen um den Hals, überzeugt, sie wären die Vorstufe zu Walhalla. Die omertà eines Mafia-Paten, der Dschihad eines Emirs oder der Rassenkrieg eines Führers – es ist immer dasselbe – nur die Gemeinde lernt die Gefängniszellen kennen oder bekommt die Kugeln ab, niemals die Prediger.

Ich hörte, daß nur die NRA dem ZBR – Zionistisches Besatzungs-Regime in Nazi-Sprache – der Regierung die Stirn bot und daß Schußwaffenkontrolle nichts als das Vorspiel zur Registrierung aller Bürger sei. Sah genug Exemplare von *The Turner Diaries* in miesen möblierten Zimmern, um jede Bestsellerliste zu knacken. Klinkte mich in manche der Faxketten ein. Las die Rundschreiben der Spinner. Lauschte der

Ballad of Ruby Ridge, erfuhr, was *wirklich* in Waco geschehen war. Hörte ein halbes Dutzend Berichte, warum die Schweizer Banken geraubtes jüdisches Geld all die Jahre in ihren Tresorräumen aufbewahren und nur auf das eine Telegramm aus Paraguay warten, um das Vermögen freizugeben. Und daß Hitler zum Priester geweiht worden sei, zu einem Zeugen Jehovas, von Gott geschickt, um die Juden für den Mord an seinem Sohn zu strafen. Sah, wie selbsternannte »Verfassungstreue« mehr Märsche durch Skokie wollten, diesmal im Internet. Setzte mich sogar mit einem Mossad-Agenten zusammen, den mir der Maulwurf brachte, ein arabisch aussehender Mann mit Pianistenhänden und Augen wie Spielautomaten.

Ich hörte mir alles an. Doch was einen Mann namens Lothar betraf, der in New York operierte: Da zog ich eine Handvoll Nieten.

»Als Kind habe ich immer Kleider getragen«, sagte Crystal Beth. Sie lag bäuchlings auf der Matratze, nackt, rauchte eine ihrer selbstgedrehten Zigaretten; die von der flackernden Kerze geworfenen Schatten tanzten über die perfekte Parabelkurve ihres Hinterns, bevor sie in der Schwärze um ihre kräftigen Oberschenkel verschwanden.

Ich sagte nichts, sah ihr zu.

»Viele der anderen Kids nicht«, sagte sie. »Auf der Farm. So haben wir das meistens genannt, die Farm. Ihre Eltern fanden, Kinder sollten frei sein, erst Kleidung tragen müssen, wenn sie älter wären. Meine Mutter hat das anders gesehen.«

»Gab es deswegen Streit?« fragte ich.

»Streit? Kein Mensch hat sich gestritten. Es war eine Kommune, aber keine *staatliche* Kommune. Gesetze von oben gab es nicht, so war das nicht bei uns. Eltern konnten ein Kind aufziehen, wie sie wollten.«

»Konnten sie ihre Kinder auch schlagen?«

»Du meinst den Hintern versohlen?«

»Wie immer du's nennen willst.«

»Burke«, sagte sie leise. »Was ist los?«

»Nichts ist los. Ich mache nur Konversation.«

»Dein Gesicht ... ach, du wirst mich für eine dumme Gans halten.«

»Ich weiß nicht, wovon du redest«, sagte ich.

»Komm her, ja? Leg dich einfach mal 'ne Minute neben mich.«

Machte ich.

Sie drückte ihre Zigarette aus, rollte sich auf die Seite, um mich anzusehen. »Deine Aura hat sich verändert«, sagte sie. »Bitte, lach nicht. Das ist kein New-Age-Ding. Menschen besitzen tatsächlich eine Aura. Nicht jeder. Zumindest keine starke, keine, die man sehen kann. Findest du das verrückt?«

»Nein«, sagte ich, log nicht. Im asiatischen Kampfsport heißt das *Ki*. Niemand sagt, daß man es sehen könne, nur spüren, aber gemeint ist das gleiche: ein Kraftfeld. Als ich jung war, bevor ich lernte, meine Wut an denselben Ort zu schicken wie meinen Schmerz, konnte ich, wenn sich der Zorn in mir genug anstaute, Leute ohne ein Wort aus dem Raum vertreiben. Als mir Max das sehr viel später erklärte, benutzte er seine Hände, deutete Wellen an, die von mir ausgingen. Ich weiß nicht, woher Max sein Wissen hat, aus Büchern stammt es jedenfalls nicht. Und es ist auch nicht neu.

Der einzige Haken ist nur, daß *Ki* nicht bei jedem wirkt. Manche Leute haben keine Antenne für dieses Signal. Deshalb legt sich ein kleiner Schläger mit dir an, während ein Profi dich in Ruhe läßt.

»Als du gefragt hast, ob Kinder ... geschlagen wurden, hat sich deine Aura verändert, ist ...«

»Dunkel geworden?«

»Nein. Sie ist immer dunkel. Es war eher wie ... Hast du schon mal Wärmeblitze gesehen? Die sind völlig lautlos, einfach nur ... Blitze.«

»Ja.«

»Genau so. Haben ... Leute dich als Kind geschlagen?«

»Leute haben mit mir alles gemacht, als ich ein Kind war«, erwiderte ich.

Sie nahm meine Hand, legte sie auf ihre stolze, weiche Brust. »Fühl mein Herz«, sagte sie.

»Dort hat nie irgendwer Kinder geschlagen«, sagte sie etwa eine Stunde später.

»Was?«

»Auf der Farm. Erinnerst du dich? Du hast mich danach gefragt. Das hat nie jemand gemacht. Einmal kam ich vom Spielen rein, und meine Mutter und mein Vater waren da. Zuerst haben sie mich gar nicht gesehen. Meine Mutter machte den Tisch sauber. Mein Vater trat hinter sie und gab ihr einen Klaps auf den Po. Einen festen Klaps, ich hörte es knallen. Ich wurde wütend und lief auf sie zu, wollte sie beschützen. Dann hörte ich sie ... nicht lachen, nicht mal kichern ... irgendein sanfter Laut. Ich war so verwirrt, daß ich anfing zu weinen. Da sahen sie mich. Mein Vater wollte, daß ich mich auf seinen Schoß setze, wie immer, wenn er mir etwas erklärte. Aber ich wollte nicht.

Meine Mutter ging dann mit mir spazieren. Sie sagte, mein Vater hätte nur gespielt. Es hätte ihr überhaupt nicht weg getan. Ich fragte, ob alle Männer so spielen, und sie meinte, nein, das täten sie nicht. Aber sie sagte auch, es käme nicht darauf an, wie Männer spielten. Wichtig sei nur, wie die Frauen wollten, daß sie spielen. Männer sollten nie was machen, was die Frauen nicht wollten.

Ein paar Tage später habe ich meinen Vater gefragt, ob er mich auch auf den Po hauen will, wie meine Mutter. Er hat sich ziemlich aufgeregt. Mein Vater war ein sehr dramatischer Mann. Meine Mutter mußte ihn beruhigen. Weißt du, wie sie das immer gemacht hat?«

»Nein.«

»Ungefähr so«, sagte Crystal Beth, pflanzte ihre breite kleine Nase auf meinen Brustkorb und drückte so fest mit dem Kopf, daß ich sie packen und mich gegen sie stemmen mußte, um nicht nach hinten zu taumeln. »Siehst du, wie's funktioniert?« flüsterte sie, schmiegte sich an mich, verschränkte die Hände hinter meinem Rücken.

»Ja.«

Sie drückte, bis ich den Sessel in den Kniekehlen spürte. Ich setzte mich, zog sie mit. Sie kuschelte sich auf meinen Schoß, biß mich leicht in den Hals.

»Es war ganz einfach, so wie meine Mutter es erklärte«, sagte sie leise. »Manche Sachen macht ein Mann mit einer Frau, aber nicht mit einem Kind. Nicht mit seinem Kind, mit keinem Kind. Sie sagte, eines Tages würde ein Mann Sachen mit mir machen. Ich fragte, was für Sachen. Und sie erzählte es mir. Zumindest manches. So erfuhr ich etwas von Sex. Meine Mutter wußte, wann der richtige Moment war. Mein Vater hätte das nie gewußt.«

»Du hast ihn wirklich geliebt, stimmt's?«

»Meinen Vater? Ich habe ihn angebetet.«

»Und heute machst du seine Arbeit?«

»Seine Arbeit? Mein Vater war ein –«

»Beschützer?«

»Oh. Ja. Darüber habe ich nie nachgedacht. Es ist meine Aufgabe. Wie meine Mutter mir gesagt hat. Ich dachte nicht ...«

»Ach, was weiß ich denn?« sagte ich.

»Burke?«

»Was, Kleines?«

»Es muß schwer gewesen sein. Deinen Vater nicht mal ... zu kennen.«

»Glaubst du, die sind alle gleich, Väter?«

»Nein. Ich meine nur –«

»Ich hab gottverdammt nichts vermißt.«

Das Telefon klingelte. Crystal Beth rutschte von meinem Schoß und tappte barfuß in die andere Ecke. Sie räumte Papiere von einem Aktenschrank mit zwei Schubladen und ging an das Telefon, das darunter stand.

»Hallo.«

Sie lauschte, legte dabei die Hüfte schief, wie Mama es immer tut – ich vermute, alle Frauen haben ihre eigene Art zuzuhören. Dann sagte sie: »Ja, verstehe. Ganz hinten. In Ordnung.«

Und legte auf.

»Das war er«, sagte sie. »Er sagt, Treffpunkt ist der Delta-Parkplatz auf La Guardia. Ganz hinten, am Zaun. Er wird in einer weißen Taurus-Limousine sitzen.«

»Wann?«

»Jetzt. Er sagte, er gibt dir eine Stunde.«

»Okay«, sagte ich, stieg in meine Klamotten.

»Eine Stunde ist nicht –«

»Um diese Uhrzeit? Kein Problem«, versicherte ich ihr.

Sie kniete sich vor mich, band sorgfältig die Schnürsenkel meiner Arbeitsschuhe, machte zwei Schleifen.

»Burke, er hat nicht gesagt, daß ich dich anrufen soll. Er wußte offenbar, daß du hier bist.«

»Er ruft vom Treffpunkt aus an«, erklärte ich ihr. »Er ist schon da. Wahrscheinlich schon seit Stunden. In einem Kriegsgebiet spielen Namen keine Rolle, nur Adressen. Nur so kann er sicher sein, daß ich den Parkplatz nicht mit meinen Leuten besetze. Er steht nicht draußen – er hat nur geraten, daß ich hier bin. Gar nicht schlecht geraten, was? Ich habe ihm gesagt, ich sei dein Mann, erinnerst du dich? Vielleicht hat er auch gedacht, du könntest mich telefonisch sofort erreichen.«

»Oder vielleicht hat er auch seine Leute«, flüsterte sie.

»Vielleicht.«

Sie drückte sich im Dunkeln an mich. Ihre Haut war seidig, warm vom Blut darunter. Ich küßte ihre Tätowierung und ließ sie zurück.

Ich nahm die Brooklyn Bridge zum BQE, der Plymouth fraß mühelos die Meilen. Draußen war es immer noch kalt, aber der Asphalt war trocken und Glätte kein Problem. Ich hielt mich knapp unter der zulässigen Höchstgeschwindigkeit, bis ein knallgelber Mustang mit riesigem Heckspoiler an mir vorbeischoß, gefolgt von einem weißen Camaro mit breiten roten Rennstreifen. Beide hatten mindestens hundertsechzig drauf. Sie machten kein Rennen – blödelten einfach rum, trieben sich gegenseitig hoch. Der BQE ist keine Rennstrecke – zu viele gigantische Schlaglöcher, zu viele falsch angelegte Kurven. Wenn Leute richtig einen draufmachen wollen, fahren sie rüber nach Rockaway oder ans untere Ende des Woodhaven Boulevard in Queens. Aber diese Idioten waren genau die Ablenkung, die ich für den unwahrscheinlichen Fall brauchte, daß ein Highway-

Cop in der Nacht lauerte. Im übrigen habe ich in meinem ganzen Leben noch keinen auf dem BQE gesehen.

Als ich den Abzweig McGinnis Boulevard passierte, klappte die Rückbank auf und Max stieg aus dem Kofferraum. In Nachtkämpferkluft kletterte er auf den Beifahrersitz: ein Ninja-ähnliches Outfit, lichtschluckendes Schwarz einschließlich Kapuze und Gesichtsmaske. Ich gab ihm den Schlüssel, und er öffnete das Handschuhfach. Nahm eine kleine, quadratische Schachtel aus waffengrauem Lexan mit einer Reihe winziger Braillepunkte auf dem Deckel heraus. Max drückte den Schalter, und die Punkte leuchteten nacheinander auf, schließlich brannte nur noch einer grün. Pryce hatte keinen Sender am Plymouth angebracht – die Technik des Maulwurfs war so gut wie das, was der Staat zu bieten hat. Wahrscheinlich sogar besser. Untergrundforschung ist Darwinismus in Reinkultur – keine Subventionen, keine Bürokratie, keine Politik. Sie funktioniert oder stirbt.

Ich warf einen Blick in den Rückspiegel. Leer. Ich rollte über die Kosciuszko Bridge und fuhr hinter der Abfahrt nach LIE rechts ran, ging auf Nummer sicher, beobachtete den vorbeifahrenden Verkehr.

Nichts.

Max hielt Wache, während ich skizzierte, was ich wollte. Er warf einen kurzen Blick darauf, nickte, war schon mal dort gewesen. Ich legte den Gang ein und fuhr zurück auf die Highway. Max zerriß die Skizze in winzige Fetzen, hielt die Hand aus dem Fenster, ließ sie herausrieseln.

Jede Menge Zeit. Ich verließ den BQE auf den Grand Central Parkway, blieb dort bis zur Ninety-fourth Street, fuhr ab und dann weiter parallel zur Highway durch East Elmhurst am Flughafen vorbei. An der Kreuzung Northern Boulevard wendete ich und kehrte auf den Grand Central zurück, wieder Richtung Manhattan. Ich hielt mich rechts, bis zum

Abzweig zu einer Autobahntankstelle. Kurz davor hielt ich wieder. Es gibt dort einen kleinen Parkplatz. Mietwagenfahrer benutzen ihn, wenn sie lange auf einen Flug warten müssen – sie dürfen nicht am Taxistand parken. Um kurz vor eins war der Platz verlassen. La Guardia fertigt keine internationalen Flüge ab, und ab Mitternacht ist dort normalerweise nichts mehr los. Ich ließ Max raus. Schaute auf meine Uhr. Ich hatte immer noch fast zwanzig Minuten.

Ich tippte Crystal Beths Nummer in das Mobiltelefon.

Es klingelte ein dutzendmal. Keine Antwort.

Ich rauchte eine Zigarette. Langsam, bis zum Filter. Dann machte ich mich auf den Weg zu der Verabredung mit dem, was mich erwartete.

Der Parkplatz von Delta liegt am Ostende des La Guardia, das letzte Stück festen Bodens, bevor alles zu Sumpfgelände wird. Ich zog einen Parkschein am Automaten, und die Schranke hob sich, ließ mich auf den Platz. Hier und da standen Autos, fast alle in der Nähe des Zugangs zum Terminal. Vermutlich Personal der Fluggesellschaft. Bei warmem Wetter benutzen manche Leute diesen Parkplatz als Vier-Dollar-die-Stunde-Motel, ein Ort für Verliebte, an dem man sich keine Sorgen wegen Spannern machen muß. Im Winter jedoch wird er nur geschäftlich genutzt. Ich ließ den Plymouth langsam an den parkenden Autos vorbeirollen, hatte den Fuß ganz leicht auf dem Gas, beobachtete. Etwa ab Parkplatzmitte wurde es leer. Bis auf eine weiße Taurus-Limousine, die ganz allein vor dem hinteren Zaun stand, die Schnauze in meine Richtung.

Ich parkte den Plymouth etwa fünf Wagenbreiten entfernt, stieg aus und ging auf den Taurus zu. Sah, daß es ein SHO-Modell war, Hochgeschwindigkeitsanonymität für rund fünfunddreißig Riesen. Schnell genug für Verfolgungen, unauffällig genug für Beschattungen, bequem genug für Observierungen. Die erste Wahl eines Profis, sogar die Farbe – heute sind die meisten Autos weiß. Die Scheiben waren getönt – man konnte nicht hineinsehen. Aber er konnte bestimmt hinausschauen, also blieb ich stehen, starrte auf die Windschutzscheibe, hielt die Hände vom Körper weg, der Reißverschluß meiner Jacke war zu.

Nichts.

Ich hörte Kies knirschen, spürte eine Bewegung hinter mir. Nicht heimlich – ich sollte ihn hören. Langsam drehte ich mich um. Pryce kam über den Platz auf mich zu, die Hände leer wie meine.

Ich fragte mich, ob das auch für sein Herz galt.

»Tut mir leid«, sagte er, als er nahe genug war, um zu sprechen. »Ich mußte mal pinkeln.«

Ich breitete die Arme aus, zu einer Jesus-am-Kreuz-Haltung. »Bringen wir diesen Teil schnell hinter uns«, sagte ich. »Es ist zu kalt, um hier rumzustehen und Spielchen zu spielen.«

Er stand da, sah mich an, sein Durchschnittsgesicht völlig ruhig. »Ich könnte hier draußen keine gute Arbeit machen«, sagte er. »Das wissen Sie.«

»Dann tun Sie, was ich tun werde«, erwiderte ich.

»Und das ist?«

»Sagen Sie nichts, was Sie nicht auf Band haben wollen.«

Er nickte. »Na schön. Wollen Sie im Wagen reden?«

»Ja.«

Auf dem silbergrauen lederbezogenen Beifahrersitz drehte ich meine rechte Schulter so zur Windschutzscheibe, daß ich ihm fast gegenüber saß. »Okay, wenn ich rauche?« fragte ich.

Er drehte den Zündschlüssel, drückte auf den Schalter für

die elektrischen Fensterheber. Die Scheibe hinter mir senkte sich leise. Schritt eins. Er drehte sich mir zu. Zwei. »Ich habe eine Idee«, sagte ich. »Aber vorher muß ich Verschiedenes wissen.«

»Stellen Sie Ihre Fragen«, sagte er.

»Eigentlich geht's um Folgendes«, begann ich, blies eine dicke Qualmwolke in seine Richtung. Seine Miene blieb unverändert, aber er drückte auf den Schalter, ließ sein Fenster runter. Drei. »Ist dieser Lothar der Motor oder nur ein Werkzeug?«

»Er ist ein Werkzeug«, antwortete Pryce ohne Zögern.

»Sagen Sie mir, wozu Sie bereit sind«, sagte ich. »Falls es Lücken gibt, frage ich nach, okay?«

Gedankenverloren kratzte er sich an der Nasenspitze. Phantomjuckreiz? Wie bei einem amputierten Körperteil? Oder nach einer Gesichtsoperation? Die Nasenspitze verändert das Gesicht total, hat mir einmal ein Arzt erklärt. »Larry James Bretton«, sagte Pryce. »Jetzt bekannt als Lothar Bucholtz. Er hat den Namen legal geändert. Ich glaube nicht, daß seine Frau über den Nachnamen Bescheid weiß, aber er nennt sich schon eine ganze Weile Lothar. Kompletter Versager. Ausgebildet zum Drucker, aber dreimal nacheinander gefeuert, weil er Firmenausrüstung benutzt hat, um Propagandablätter für verschiedene extremistische Gruppen herauszugeben. Er schreibt das Zeug nicht selbst – er hat nicht mal genug Grips für die intellektuelle Herausforderung, ›Nigger‹ und ›Jude‹ in einem Satz zu verwenden. Ist aber ein hundertprozentiger Fanatiker. Sie kennen die Parteilinie: Wenn der Staat destabilisiert werden kann, wenn die aufgezwungene Zurückhaltung wegfällt, wird auf den Straßen das Blut in Strömen fließen. Beseitige das ZBR, und die Juden werden nicht verhindern können, daß die Nigger sie abschlachten. Erst mal sind die Muskeln stärker als der Verstand, denken die sich. Natürlich werden die Nigger nicht in der Lage sein, zu regieren. ... An diesem Punkt kommen die wahren Arier ins Spiel, die Rassenkrieger. Mit den Waffen, die sie gehortet haben, werden sie ein paar Staaten erobern.«

»Das typische Chaos-Szenario«, sagte ich. »Ein Neuaufguß von Charlie Manson.«

»Stimmt. Nur wenige geben das zu, aber er ist tatsächlich ihr Held. Okay, als nächstes bekommen sie finanzielle Hilfe von reichen Ländern, die ihre Mission unterstützen, besonders den Arabern – immerhin dürfte ihnen die Auslöschung der Juden ausgezeichnete Referenzen geben.« Er machte eine abwehrende Handbewegung, kam mir zuvor. »Ja, ich weiß, auch die Araber sind Untermenschen. Aber das ist ja nur der erste Schritt im großen Plan. Nachdem sie alle Nigger zurück nach Afrika verfrachtet haben – diejenigen, die sie nicht sofort zusammen mit den Juden in den Lagern umbringen –, werden sie hier das Sagen haben. Am Tag des Strangs werden sämtliche Weißen, die ihre Rasse verraten haben, eliminiert. Der nächste Schritt sind die Atomwaffen«, sagte er, das Gesicht ausdruckslos, aber die Stimme voller Spott, »und dann kommt der Tag, an dem die Araber bezahlen müssen. Am Ende wird es eine natürliche Verbindung zwischen allen nordeuropäischen Stämmen – den Ariern, richtig? – und den wahren Amerikanern geben, ihren Nachkommen. Den Indianern natürlich nicht ...

Lothars Leute sind sich noch uneins, was den nächsten Schritt betrifft. Manche wollen alle Untermenschen in Südamerika, Afrika und Asien als Sklaven halten. Andere wollen einfach alle umbringen – Sie wissen schon, Nervengas, Gift im Trinkwasser, die Krematorien ... das Übliche.«

»Klar.«

»Und wenn sie nicht gerade ein paar zurückgebliebene Skinheads aufhetzen, Schwule oder gemischtrassige Pärchen mit Baseballschlägern zusammenzuschlagen – oder auf Militärstützpunkten Leute rekrutieren –, sitzen sie rum und schmieden Pläne, gegen die Oklahoma City wie eine Rohrbombe im Schließfach eines Busbahnhofs aussieht. Und mein Freund Lothar ist leibhaftiges Mitglied einer konspirativen Zelle.«

»Bombenattentäter?«

»O ja. Und zwar in großem Stil. Domino-Attentate – wissen Sie, was das ist?«

»Nein.«

»Ein paar Dutzend Ziele. Praktisch gleichzeitig. Der Kongreß. Das FBI. Postämter. Kommunikationszentralen. Flughäfen. Bahnhöfe. Die gesamte Infrastruktur. Das ist Phase eins.«

»Und Phase zwei?«

»Sie gehen davon aus, daß das Militär reagieren *muß*. Zuerst die Nationalgarde, aber dann kommen die Kampfflugzeuge. Und *wo* wird das Militär reagieren? Wo immer es Unruhen gibt. Und zu Plünderungen kommt. Und Lothars Leute wissen, wo das sein wird. Da alle Kommunikation unterbrochen ist, wird man sich auf Gerüchte verlassen. Die haben nicht genügend Soldaten für einen Guerillakrieg, aber sie haben die Waffen. *Unmengen* Waffen. Seit Jahren gesammelt.«

»Der Plan ist so löchrig wie Schweizer Käse.«

»Ist er«, stimmte er zu. »Aber Amerika wird die Löcher davontragen.«

Ich spürte einen kalten Hauch im Genick. Wahrscheinlich die Nachtluft. Ich fragte mich, ob Pryce ihn auch spürte. Ich steckte mir an der ersten Kippe die nächste, ekelhaft stinkende Nelkenzigarette an. Nur für den Fall, daß er sein Fenster wieder schließen wollte.

»Und Lothar gehört Ihnen?« fragte ich.

»Mir ganz allein«, sagte er. »Aber wenn er vom Spielfeld genommen wird, klappt es nicht.«

»Was denn?«

»Auch das ZBR spielt gern Domino«, sagte Pryce, der Muskel unter seinem rechten Auge zuckte heftig.

Ich dachte einen Moment darüber nach. Es paßte einfach nicht zusammen. Zumindest nicht für das, was ich vorhatte. »Sie wollen doch wohl nicht behaupten, Lothar wäre Agent der Regierung«, sagte ich trocken.

»Nein. *Er* nicht«, erwiderte Pryce.

Ich nahm die Einladung nicht an. »Aber er wird auch nicht gegen seine Kumpane aussagen«, sagte ich, nicht die Spur einer Frage in der Stimme.

»Warum sagen Sie das?«

»Aus mehreren Gründen. Wenn er aussagt, kann er bestenfalls auf Straffreiheit hoffen. Und das heißt Zeugenschutzprogramm. Für manche Typen ist das vielleicht in Ordnung. Aber er wird seine Herrenrassenscheiße nicht weiter durchziehen können. Und seinen Sohn bekommt er auch nicht. Selbst wenn es Ihnen gelingt, einen bestechlichen Richter zu finden, der ihm das Sorgerecht gibt, machen die Medien Sie fertig.«

»Er wird keine Straffreiheit bekommen«, sagte Pryce. »Er wird überhaupt nicht aussagen. Wenn wir zuschlagen, wird er durch die Maschen schlüpfen. Und abtauchen. Der einzige Überlebende. Er wird ein Held sein. Und er wird seinen Sohn bei sich haben.«

»Er ist dumm genug, Ihnen das abzukaufen?«

»Dumm ist er allerdings, aber es ist die Wahrheit. Ist alles schon arrangiert. Er wird das Land verlassen. Zuerst England, dann Deutschland. Die nehmen ihn auf, keine Angst.«

»Und Sie haben ihn weiter in der Hand, stimmt's? Wenn er Zicken macht, schlagen Sie mit dem Hammer zu.«

»Das ist richtig«, sagte Pryce mit Kühlschrankstimme.

»Und er behält seinen Sohn?«

»Das ist der Teil, über den wir verhandeln, dachte ich. Was anderes wollen Sie doch nicht, oder? Glauben Sie mir, er wird seine Frau garantiert nie mehr belästigen. Er verschwindet einfach. Neuer Name, neues Gesicht, das ganze Drum und Dran eben.«

»Was denn, der Kleine wird auch operiert?«

»Kein Problem«, sagte er ruhig. »Die Pädophilenringe machen das seit Jahren mit entführten Kindern. Aber das wissen Sie, oder ...?«

Ich ignorierte die Einladung zum Tanz. Es war ohnehin keine echte Frage, nur ein Köder. Jeder professionelle Verhörspezialist kennt diesen Trick – du läßt dein Opfer glauben, du fändest in Ordnung, was er getan hat, zeigst etwas Verständnis, sorgst dafür, daß er damit prahlt ... und schon hast du ihn. Wahrscheinlich wußte Pryce von manchen Dingen, die ich in der Vergangenheit getan hatte, stufte mich als Freund von Selbstjustiz ein. Vielleicht glaubte er, ich würde gern einem Gleichgesinnten mein Herz ausschütten.

Oder vielleicht war es *seine* Chance, anzugeben. Der Informationskrieger ließ die Muskeln spielen.

»Warum sagen Sie ihm nicht einfach, daß er bei diesem Scheidungstermin nicht aufkreuzen soll? Daß es eine Falle ist?« fragte ich, als hätte ich gar nicht gehört, daß er Pädophile erwähnte.

»Ich habe keine vollständige ... Kontrolle«, sagte Pryce. »Sein Sohn war von Anfang an Teil unseres Deals. Ich habe ihm gesagt, wir könnten das Kind später ... holen, aber er hat Angst, daß seine Frau einfach verschwindet. Es gibt mehr als eine Untergrundorganisation in Amerika .Seine Nazifreunde haben nicht die Mittel, um eine Frau und ein Kind in irgendeinem sicheren Unterschlupf ausfindig zu machen. Ich weiß nicht mal, wo die Frau momentan steckt. Das weiß nur Ihre … Freundin.«

»Deshalb bedrohen Sie sie?«

Er zuckte die Achseln, tat die Beschuldigung ab. »Das einzige, was seine Frau in der Nähe hält, ist das zuständige Gericht«, sagte er. »Sie muß die Scheidung und den Antrag auf Sorgerecht hier in New York einreichen, wo beide leben. Sie wird nicht abtauchen, bevor das erledigt ist. Aber Lothar hat noch nicht alles zusammen, was ich … brauche. Verstehen Sie mein Dilemma?«

»Was, wenn Sie noch einen Mann dort hätten?« knallte ich meinen Trumpf auf den Tisch. »Jemanden, der Ihnen die Information beschaffen kann?«

»Vergessen Sie's«, sagte er. »Glauben Sie mir, diese Leute kennen Sie recht gut, Mr. Burke. Die haben zwar nicht meine Quellen, und ganz bestimmt nicht die gleiche … Menge an Informationen wie ich. Kann sein, daß Sie gewisse … Referenzen haben, die für diese Leute zählen. Aber wir reden hier nicht über irgendeine rassistische Bande im Knast. Wenn Sie einer von denen, mit denen Sie bereits … Geschäfte gemacht haben, erkennt, sind Sie tot. Auf der Stelle. Und dem Mann, der Sie in die Gruppe gebracht hat, würde es genauso ergehen.«

»Ich habe noch nie Geschäfte mit –«

»Beleidigen Sie mich nicht«, sagte Pryce leise. »Sie haben vor ein paar Jahren einen Schwung Originalmitschnitte von einer frühen Hitlerrede an irgendwelche Nazis verkauft, erinnern Sie sich?«

»Nein.«

»Ist schon ziemlich lange her, damals haben Sie noch nicht so raffiniert gearbeitet wie heute«, sagte er, überging mein Leugnen, als hätte ich nichts gesagt. »Das herauszufinden war ganz leicht. Was glauben Sie, wie sich diese Schwachköpfe gefühlt haben, als sie erfuhren, wo diese Originale, diese echten Bänder wirklich herkamen? Oh, es waren revolutionäre Reden, stimmt. Ein Aufruf zum bewaffneten Widerstand zur Rettung des Vaterlandes. Nur, daß es Menachem Begin war, der die Irgun zur Gewalt aufrief.«

Ich mußte lachen. Konnte nicht anders. Wenn man beide Sprachen nicht beherrscht, klingt Jiddisch wie Deutsch. Ich habe früher oft solche Sachen gedreht. Nicht aus politischen Gründen, sondern weil es so einfach war. Freaks sind immer leichte Beute. Und sie gehen nicht zur Polizei.

»Ich bezweifle, daß die das lustig fanden«, kommentierte Pryce trocken. »Dann ist da noch die kleine Geschichte von den Maschinengewehren. Schon komisch, daß die ATF kam, kurz nachdem das Geld übergeben wurde. Und Sie schon gegangen waren.«

Darüber lachte ich nicht. Und sollte er die angeblichen Söldneranwerber erwähnen, die in einem schäbigen kleinen Büro in Manhattan den Tod gefunden hatten, würde ich etwas anderes als Tabak aus der Zigarettenschachtel nehmen, die ich inzwischen wie zufällig auf dem Armaturenbrett deponiert hatte.

»Das ist eine lange Liste«, sagte er vieldeutig, ließ offen, was er sonst noch alles wußte. »Egal, darum geht es nicht. Es würde nicht funktionieren.«

»Ich hatte nicht an mich gedacht«, sagte ich. »Es gibt da jemanden. Jemanden, der perfekt geeignet ist.«

Er saß wortlos da, nach innen gekehrt. Falls er nachdachte, sah man ihm das nicht an.

»›Perfekt‹ ist ein großes Wort«, sagte er schließlich.

»Lassen wir es für den Moment dabei bewenden«, sagte ich. »Angenommen, ich habe recht. Angenommen, ich habe einen Mann, den Sie einschleusen können. Dann ginge Lothar mit den Bach runter. Macht Ihnen das was aus?«

»Nein.«

»Und dieser andere Mann, bekäme er den gleichen Deal?«

»Wenn er nicht verwickelt ist in … wenn er nur reingeht, um mir Informationen zu besorgen, braucht er keinen Deal.«

»Ein neues Gesicht, eine neue Identität, volle Straffreiheit«, sagte ich, als hätte ich ihn nicht gehört.

»Straffreiheit für was? Für was immer er tun mußte, um sich der Gruppe gegenüber zu beweisen?«

»*Uneingeschränkte* Straffreiheit. Keine Straffreiheit bei ›Bedarf‹, keine ›Transaktions‹-Straffreiheit. Ich meine eine Keine-Aussage-, Frei-ausgehen-, Keine-Festnahme-, Keine-Strafverfolgung-, Von-der-Scheißbildfläche-verschwinden-Straffreiheit. Können Sie das arrangieren?«

»Ja«, sagte er, als hätte ich ihm eine saublöde Frage gestellt.

»Und können Sie diesen Lothar dazu bringen, einen Neuen einzuschleusen? So spät noch?«

»Wenn die fragliche Person die richtigen Referenzen mitbringt. Aber die müßten schon sehr gut sein.«

»Mit wie vielen Jahren müssen die Leute rechnen?« fragte ich, dachte daran, daß selbst ein reingelegter Lothar in ein paar Jahren wieder draußen sein könnte. Um dann nach seinem Sohn zu suchen.

Pryce hob die faltigen Hände, zählte an den Fingern ab. »Verabredung zum Massenmord, Besitz der dazu erforderlichen Mittel, dazu Dutzende damit verbundener Straftaten – zum größten Teil bewaffnete Raubüberfälle«, sagte er. »Plus ein ganzer Haufen Verbrechen, begangen von einzelnen Mitgliedern, deretwegen sie nicht belangt wurden. Noch nicht. Morde, Vergewaltigungen, Brandanschläge …

Ein paar tausend Jahre pro Mann«, schloß Pryce. »Grund genug für jeden von denen, sich seiner Festnahme zu widersetzen.«

»Okay. Dieser Lothar, er ist nicht der einzige, den Sie haben, stimmt's?«

»Ich weiß nicht, was Sie meinen. Der einzige was?«

»Der einzige Nazi. Sie sind nicht einfach über ihn gestolpert. Sie haben auch noch andere an der Leine, vielleicht an anderen Orten.«

»Und wenn es so wäre?«

»Sie wollten Referenzen. Ich gebe Ihnen welche. Die besten. Wasserdichte. Können Sie in Umlauf setzen, daß auf jemanden ein Killer angesetzt ist? Nennen Sie ihn Rassenschänder, Kryptojuden ... ist mir scheißegal, was.«

»Auftragskiller?«

»Ach, tun Sie doch nicht so«, erwiderte ich. »Das haben wir doch wohl beide hinter uns. Keine Angst. Ihr Mann muß nichts tun. Nur sagen, daß er von dem Auftragskiller gehört hat, das reicht.«

»Und wann soll der Auftrag gegeben worden sein?«

»Vor ein paar Wochen.«

»Ich verstehe ni–«

»Etwas ist bereits ... geschehen, okay? Sagen wir, dieser Bursche, den ich meine, sagt, daß *er* es erledigt hat. Wenn er es nicht im Auftrag getan hat, wenn er jemanden für die Sache umgelegt hat, dann hat er bei denen doch sofort einen Stein im Brett, oder?«

»Ja«, sagte er angesichts dieser schlichten Wahrheit. »Das würde reichen.«

»Und Sie kriegen das gedeichselt?«

»Ja. Aber ich bin immer noch nicht –«

»Ich habe zwei Argumente, die Sie überzeugen werden«, sagte ich. »Erstens: Sie lernen den Burschen kennen. Persönlich. Fragen Sie ihn, was Sie wollen. Überzeugen Sie sich. Wenn Sie zufrieden sind, wird er eingeschleust. Abgemacht?«

»Sie sprachen von zwei Argumenten«, erinnerte er mich.

»Sie glauben, mich zu kennen«, meine Stimme klang so intim wie eine Liebkosung. »Sie haben dieses große, weiße Ziel, diesen Taurus hier abgestellt, ganz allein. Und dann haben Sie sich zurückgezogen, im Dunkel gewartet. Für den Fall, daß ich eine Bazooka darauf abfeuere, stimmt's? Ein großer Knall, Sie sind Geschichte und das Problem ist gelöst. Deshalb wollten Sie, daß ich mit Ihnen in den Wagen steige. Sie sind ein Marionettenspieler, Pryce. Und Ihre Fäden heißen Information. Aber bevor Sie daran ziehen, sollten Sie sich besser vergewissern, daß die nicht in der Luft baumeln.«

»Das bedeutet ... was?« fragte er, nichts als Langeweile in der Stimme.

Ich klopfte auf das Päckchen Zigaretten, um mir eine herauszunehmen. Ein winziger, schwarzer Zylinder fiel in meine Hand. »Das ist eine Taschenlampe«, sagte ich im gleichen liebenswürdigen Tonfall wie zuvor. »Wenn ich sie herausgenommen und auf Ihr Gesicht gerichtet hätte, wäre unser Gespräch beendet.«

»So gut kann niemand schießen«, sagte er. »Nicht mal, wenn das Fenster runter–«

Ich knipste die Taschenlampe an, richtete sie aber nicht auf sein Gesicht. Ein winziger, roter Lichtpunkt erschien auf der Windschutzscheibe. Dann berührte Max der Stille seinen Nacken.

»Drehen Sie sich nicht um«, sagte ich zu Pryce. »Machen Sie nichts Dummes. Ihnen wird nichts passieren, verstehen Sie?«

»Ja«, sagte er, hielt den Kopf steif.

»Es muß keine Kugel sein«, sagte ich. »Und es muß auch

keinen Krach machen. Oder es kann *eine Menge* Krach machen. Aber eines wäre immer das gleiche. Wissen Sie, was ich meine?«

»Nein«

»Sie würden es nicht kommen sehen«, sagte ich.

Minuten nachdem Max losgelassen hatte und wieder in der Nacht verschwunden war, saß Pryce bewegungslos da.

»Das hier ist eine Freundschaft auf dem Schlachtfeld«, sagte ich ruhig. »Zwischen Ihnen und mir. Ihre Feinde sind meine Feinde, das macht uns zu Freunden, stimmt's? Oder zumindest zu Verbündeten.«

»Ja.«

»Ich werde meinen Part erledigen. Gut erledigen. Wie versprochen. Sie auch. Keine Drohungen mehr. Sie haben Ihre Drohungen bereits losgelassen, und Sie bekommen, was Sie wollen. Lassen Sie in Zukunft das Drohen, okay?«

»Ja.«

»Wir werden uns noch mal treffen müssen. Sie lernen den Mann kennen, den ich habe. Sie werden das eine oder andere über ihn wissen wollen. Nur so können wir das durchziehen, Sie und ich. Gemeinsam. So wie ich das sehe, sind Sie ein Einzelgänger, ein einsamer Wolf. Was immer Sie wissen, Sie sind der einzige. Ist das richtig?«

»Ja.«

»Reden wir Klartext. Sie wollen diese Zelle. Lothar ist ein Chip. Sie setzen diesen Chip. Ich stelle meinen Mann bereit. Er steigt ein. Lothar führt ihn ein. Dafür sorgen Sie. Ich sorge dafür, daß Sie die Informationen bekommen. Und daß die Informationen richtig sind. Ich garantiere Ihnen, daß Sie sie bekommen, selbst wenn Lothar unzuverlässig sein sollte.

Informationen, das werden Sie von mir bekommen. Wenn alle einfahren, machen Sie mit diesen Informationen Geld. War's das so ungefähr?«

»Ja.«

»Und wenn Sie bezahlt werden, werde ich ebenfalls bezahlt.«

Jetzt spitzte er die Ohren. Zum ersten Mal, seit Max ihn gepackt hatte, bewegte er sich, sein lippenloser Mund zuckte genauso wie der Muskel unter seinem Auge. »Darüber haben wir noch nicht gesprochen«, sagte er.

»Doch, haben wir. Im Restaurant. Das einzige, worauf wir uns nicht geeinigt haben, war der Preis. Wieviel bezahlt das ZBR heutzutage für fanatische Terroristen?«

»Das … kommt drauf an. Auf eine ganze Reihe Faktoren, auf die ich keinen Einfluß habe.«

»Klar. Hören Sie, ich weiß, daß wir bei dieser Sache nicht fifty-fifty arbeiten. Ich könnte nur raten. Und das werde ich nicht tun. Aber ich glaube, daß ich nicht sehr daneben liege, wenn ich an eine siebenstellige Summe denke …«

»Das ist …«

»Klar, weiß ich. Tun wir einfach mal so als wäre ich ein Agent. Ihr Agent. Agenten bekommen eine Provision. Zehn Prozent, richtig?«

»Sie wollen hunderttausend Dollar?«

»Ja.«

»Abgemacht«, sagte er, sein Gesicht war vollkommen ausdruckslos.

An der Ausfahrt reichte ich der Schlafmütze meinen Parkschein. Er machte eine ungeduldige Geste, fuchtelte genervt herum. Ein kleiner Fernseher flackerte in seinem Häuschen.

»Was ist?« fragte ich. Nicht freundlich – Menschen erinnern sich leicht an alles Ungewöhnliche.

Er zeigte auf einen Schlitz an der Wand seines Häuschens. Ich fütterte den Parkschein in diesen Schlitz. Eine Tafel leuchtete auf: 4,00 $. Ich gab ihm einen Fünfdollarschein. Er schaffte es, seinen Ärger darüber, daß ich nicht den genauen Betrag hatte, so lange zu unterdrücken, bis er mir einen Einer rausgegeben hatte. Gegen ihn sind die Typen, die an den Brücken kassieren, geradezu hochintelligente Mathematiker.

Ich verließ den Flughafen, nahm die Highway in östlicher Richtung nach Long Island. Wendete an derselben Stelle wie bei der Hinfahrt und sammelte Max wieder dort ein, wo ich ihn abgesetzt hatte.

Auf der Rückfahrt machte er eine Reihe Gesten, die ich noch nie gesehen hatte. Ich brauchte mehrere Anläufe, um zu kapieren, was er meinte.

Auf dem Land ist Vogelgezwitscher das typische morgendliche Geräusch im Vorfrühling. Hier sind es die Alarmanlagen von Autos, die ihre Ohnmacht hinausschreien. An beiden Orten bemerken es nur die Touristen.

Die Sonne strahlte, als ich aufstand, das Versprechen des Frühlings kam jetzt der Wahrheit näher. Der Kühlschrank war leer, also trottete ich zu einem der rund um die Uhr geöffneten koreanischen Läden, die hier wie Pilze aus dem Boden schießen. Meist schließen sie wieder, sowie sie begriffen haben, daß sämtliche arbeitenden Menschen nach Einbruch der Dunkelheit verschwinden. Selbst die Stripper-Schuppen machen den meisten Umsatz bei Tageslicht.

Ich kaufte reichlich Lebensmittel ein, aber Pansy verputzt den größten Teil in einem Rutsch.

Als ich Mama antelefonierte, sagte sie: »Mädchen anruf. Spät.« Womit sie früher an diesem Morgen meinte.

»Vyra?«

»Nein. Ander Mädchen.«

»Okay. Hat sie gesagt, was sie wollte?«

»Mit dir red.«

»Ist es gut gelaufen?« fragte Crystal Beth, sobald sie am Telefon meine Stimme hörte.

»Ich erzähl dir alles später, okay?«

»Wann später?«

»Heute abend. Gegen … neun?«

»Gut. Bist du –«

»Hast du Platz bei dir?«

»Platz?«

»Für einen … Gast. Ist Teil dessen, was wir vorhaben.«

»Sicher. Solange sie –«

»Okay, bis dann«, sagte ich, brachte mit einem Daumendruck das Mobiltelefon zum Schweigen.

»Du wolltest eine zweite Chance«, sagte ich. »Das ist sie.«

»Leute verraten? Das nennst du eine zweite Chance?«

»Du verrätst niemand, Herk. Du bist eher ein …« Ich suchte nach dem Wort. » … Spion. Hinter feindlichen Linien, im Krieg.«

»Jemanden verpfeifen ist immer noch –«

»Du verpfeifst hier niemanden, okay? Wir haben es mit einem Haufen verrückter Arschlöcher zu tun, die Häuser in die Luft jagen und eine Menge Leute killen wollen. Die Bullen wissen schon Bescheid. Die Truppe ist total unterwandert. Einen Kerl haben die Bullen schon eingeschleust. Das Problem ist nur, er ist einer von denen, verstehst du?«

»Einer von wem?« fragte Herk. Eine vernünftige Frage.

»Einer von den Nazis. Er ist ein Spitzel, verstehst du? Das sind *seine* Kumpels. Und er legt sie rein, genauso wie du's gesagt hast. Du weißt, wie's läuft. Die Bullen geben ihm einen Freifahrschein. Neues Gesicht, neue Identität, alles neu. Wenn wir die Sache richtig spielen, gehört das alles dir. Nicht ihm, sondern dir.«

»O Mann, ich geh in kein Zeugenschutzprogramm –«

»Du wirst ja auch gar kein Zeuge, Herk. Hier geht's nicht um eine Aussage vor Gericht. Und du steigst auch nicht ins Programm ein. Du kriegst keinen Bewährungshelfer, mußt dich bei niemandem melden. Du bekommst den ganzen neuen Kram, ein bißchen Bares für einen Neuanfang, und der Rest ist deine Sache.«

»Was ist mit dem Kerl, den ich –«

»Vergiß es. Das übernehmen wir, in Ordnung? Die Bullen werden dich nicht suchen. Weder Hercules noch den neuen Typ. Und das bist du.«

»Burke, ich weiß nicht …«

»Hör zu, Herk. Angefangen hat das alles mit … du weißt schon. Okay, nehmen wir mal an, du läßt die Sache sausen. Und dann? Wo stehst du? Wieder genau da, wo du warst, stimmt's? Nämlich nirgendwo. Das hier ist genau das, was du wolltest. Hast du wenigstens gesagt. Eine zweite Chance. Was ist denn so verschissen super an dem, was du jetzt hast?«

»Nichts. Eigentlich. Aber …»

»Du kommst wieder in den Knast«, sagte ich. »Todsicher. Du hast keinen Job, kein Geschäft, ein langes Vorstrafenregister. Was kannst du, außer Leute in die Mangel nehmen? Und das macht dir noch nicht mal Spaß. Wenn du wieder auf die Straße gehst, nutzen dich die Mafiosi aus, bis die Bullen dich einkassieren. Ziehst du diese Sache durch, kannst du Gärtner werden, stimmt's? Dir ein Treibhaus irgendwo draußen im Westen suchen. Kannst verdammtnochmal von vorne anfangen.«

Er ging in dem kleinen Raum auf und ab, hörte mir zu. Dann wurde ihm schlagartig klar, was er da tat – er übte schon für sein nächstes Mal im Knast, war in Gedanken in einen Zweieinhalb-mal-drei-Meter-Käfig eingesperrt. Als er zu mir herüberschaute, sagte ich: »Das ist wie beim Würfeln, Partner. Du hast ein paar Siebener oder Elfer, es klappt, du hast ausgesorgt. Oder du spielst Scheiße, und es ist aus. So oder so: du läßt dich drauf ein, und alles ist anders.«

»Die Bücher, die du mitgebracht hast. Als du das letzte Mal hier warst. Muß ich die auswendig lernen?«

»Nein. Nicht Wort für Wort. Aber du hast das alles schon mal gehört, oder?«

»Na ja …«

»Und ob«, ermutigte ich ihn. »Drinnen. Eine Menge Leute standen auf so was.«

»Und muß ich mir die Haare schneiden lassen?«

»Warum?«

»Damit ich wie einer von diesen Skinhead-Wichsern aussehe?«

»Nö. Du gehst, wie du bist, Herk. Du siehst sowieso wie ein verdammter Wikinger aus – das paßt perfekt.«

»Wirst du … na ja, in der Nähe sein?«

»Nicht da drin. Aber ich bin so was wie dein … Trainer, okay? Ein paar Dinge müssen wir noch rauskriegen, Herk, aber viel Zeit haben wir nicht. Wenn du's nicht machen willst, okay. Ich hab 'n bißchen Bares. In der Tasche. Ein Wort, und du bist unterwegs.«

»Burke …«

»Was?«

»Hast recht, Bruder. Scheiß drauf, ich geh nicht wieder rein. Machen wir's.«

Ich ließ Herk in Mamas Restaurant. Der Prof war bereits dort. Er würde die erste Trainingsrunde übernehmen. Pryce sollte Crystal Beth gegen Mitternacht anrufen, also heizte ich dem Plymouth ein und machte mich auf den Weg dorthin.

Aber ich fuhr nicht direkt zur Lower East Side. Vorher mußte ich noch einen Stopp in der South Bronx einlegen. Im Bunker des Maulwurfs, wo ich ihm die Zauberworte sagte – die einzigen Worte, die ihn unter Garantie elektrisieren.

Nazis in der Nähe.

Um neun klopfte ich an ihren Hintereingang. Sie machte so schnell auf, als hätte sie schon gewartet.

»Was ist passiert?« begrüßte sie mich.

Ich deutete auf die Treppe, machte eine ausholende Geste wie ein Platzanweiser, gab ihr zu verstehen, daß sie vorausgehen solle.

Sie warf mir über die Schulter einen Blick zu, stieg aber ohne ein Wort die Treppe hoch.

In ihrem Zimmer beugte sie sich vor, zündete die Kerze an. Ich stand da, beobachtete sie, zog den Reißverschluß meiner Jacke herunter. Sie kam, legte mir die Arme um den Hals. Ich packte ihren Hintern durch die weite Hose und kniff sie, fest, mit beiden Händen.

»Auh! Warum tust du das?« quiekste sie.

»Ich wollte nur mal sehen, ob dir das weh tut«, antwortete ich, ließ meine Hände, wo sie waren.

»*Jetzt* ja«, beschwerte sie sich, nahm die Hände von meinem Hals und versuchte, sich den Hintern zu reiben. Meine Hände waren im Weg und hinderten sie daran. Ich kniff sie gleich noch mal.

»Burke, hör auf!« schrie sie auf, versuchte, sich zu befreien. »Wovon redest du überhaupt?«

»Ich dachte, dein fetter Arsch ist vielleicht ein bißchen wund«, flüsterte ich ihr ins Ohr. »Wo du doch mitten in der Nacht mit dem Motorrad über ziemlich holpriges Gelände gefahren bist und so.«

Sie hörte auf, sich zu wehren. »Ich hab doch nur –«

»Spioniert«, sagte ich. »Oder ein Spiel abgezogen, von dem ich nichts weiß. Sag du's mir.«

»Ich hab gedacht, du merkst nicht, daß ich dir folge«, sagte sie, keine Reue in der Stimme. »Ich bin die ganze Strecke ohne Licht gefahren.«

»Was soll das, Crystal Beth? Du warst nicht nahe genug, um was zu hören.«

»Ich hab nicht versucht zu lauschen. Ich hatte nur ... Angst.«

»Wovor?«

»Nicht *vor* irgendwas. Ich hatte Angst um dich.«

»Du wolltest mich beschützen?«

»Ja!« sagte sie trotzig.«

»Womit?«

»Ich weiß es nicht«, stöhnte sie beinahe. »Ich hab nur ... Er ist ein sehr böser Mann. Ich dachte, wenn er seine Leute dort hätte, könnte ich einfach zu euch fahren und ...«

»Was? Mich auf den Rücksitz deiner Maschine springen lassen, damit wir abhauen können?«

»Na schön, ich wußte es nicht. Ich hatte keinen Plan. Aber ich hatte eine ...«

»Aufgabe?«

»Ja. Los, mach dich über mich lustig. Es gab nichts, was ich hätte tun können … hier. Nur rumsitzen und warten. Ich hab dich in diese Sache reingezogen, und …«

»Ist schon okay«, sagte ich, tätschelte die Stellen, an denen ich sie gekniffen hatte. »Aber warum hast du's mir nicht gesagt?«

»Hättest du mich mitfahren lassen?«

»Nein.«

»Da hast du deine Antwort«, sagte sie, strahlte mich an. »Ich weiß doch, wie Männer sind.«

»Du hast keine Ahnung«, stöhnte ich.

»Ich weiß, wie mein Vater war«, sagte sie. »Er hätte niemals erlaubt, daß ich –«

»Ich bin nicht dein Vater, Kleines.«

»Ich weiß. Ich meinte ja auch nicht –«

»Vergiß es.«

»Burke, es tut mir leid, okay? Ich werde –«

»Ich dachte, wir hätten 'ne Abmachung«, sagte ich. »Du wolltest tun, was ich dir sage.«

»Das *habe* ich doch.«

»Nicht nur in dem verdammten Restaurant, Crystal Beth. Bis die Sache erledigt ist. Bis es vorbei ist.«

»Und dann?«

»Dann kannst du tun, was du willst.«

»Egal, was ich will?« Sie lächelte.

»Treib's nicht zu weit«, sagte ich.

Sie bohrte ihre Nase in meine Brust, wie sie es schon mal getan hatte. Es funktionierte. Ich setzte mich in den Sessel, und sie ließ sich auf meinen Schoß fallen. Dann erzählte ich ihr eine ziemlich vollständige Version meiner Unterhaltung mit Pryce. Alles, bis auf den Teil mit dem Geld.

»Willst du wirklich jemanden ... dort einschleusen? Über Lothar?« fragte sie, als ich fertig war.

»Ja.«

»Wann?«

»Pryce ruft heute abend hier an. Er wird sich noch einmal mit mir treffen wollen. Ich vermute, er geht wieder genauso vor. Er wird schon an Ort und Stelle sein. Wir müssen dann sofort los.«

»Wir? Du meinst, ich darf –?«

»Nein. Ich meine mich und den Burschen, den ich einschleuse. Er kommt später her. So gegen halb zwölf. Und er muß hier bleiben, bis wir ihn aus der Stadt bringen.«

»Hier bleiben? Ein Mann?«

»Ja. Pryce gibt mir nicht genug Zeit, daß ich ihn abholen kann. Und ich habe ihn bereits dort ausquartiert, wo wir ihn bisher untergebracht hatten. Es ist nur für ein oder zwei Tage.«

»Das geht nicht ... Hier wohnen keine Männer.«

»Du hast doch einen Keller, oder?«

»Ja. Aber da kann man nicht wohnen. Es gibt kein –«

»Spielt keine Rolle. Er ist schon schlechter abgestiegen. Wir können was improvisieren. Okay?«

Sie sagte nichts; kratzte mit einem Fingernagel gedankenverloren meinen Nacken.

»Okay?« fragte ich noch einmal.

»Okay«, willigte sie ein.

Sie war einige Zeit still. Dann rutschte sie so herum, daß ihre Hüften auf der Sessellehne landeten. »Jede Wette, daß ich blaue Flecken habe«, sagte sie auf den Schwingen eines sanften Atemzugs. »Da, wo du mich gekniffen hast.«

»So fest war's nun auch wieder nicht.«

»Doch, war's wohl«, sagte sie. »Das gibt blaue Flecke. Große blaue Flecke, ganz bestimmt. Sieh lieber mal nach.«

Wir warteten zusammen unten. Punkt halb zwölf klopfte jemand heftig an die äußere Tür. Ich schob Crystal Beth zur Seite und machte auf. Draußen standen Herk und Clarence. Und der Maulwurf in seinem erdfarbenen Overall, ein dunkler Klecks, in der rechten Hand einen Werkzeugkasten.

Ich winkte sie herein. »Das ist Hercules«, sagte ich zu Crystal Beth.

»Freut mich, Sie kennenzulernen«, sagte sie, streckte ihm die Hand hin.

»Sie sehen verdammt klasse aus!« sagte Herk, starrte sie an. Das kann er – so etwas zu Frauen sagen, ohne auch nur die Spur eines anzüglichen Grinsens oder ironischen Lächelns – ich habe ihn das schon früher tun sehen.

Crystal Beth errötete, nuschelte irgend etwas.

»Und das ist Clarence«, sagte ich.

»Es ist mir eine Ehre, Sie kennenzulernen«, sagte der Jamaikaner in formvollendetem Ton.

»Die Ehre ist ganz meinerseits«, erwiderte sie, nun auf sichererem Boden.

»Ist das dort der Keller?« fragte ich, deutete nach links.

»Ja.«

Der Maulwurf ging wortlos an uns vorbei und verschwand die dunklen Treppen hinunter, dicht gefolgt von Clarence, der darauf vertraute, daß der Maulwurf im Dunkeln sehen konnte. Crystal Beth warf mir einen Blick zu. Ich ignorierte sie. »Reden wir oben«, sagte ich.

Sie setzte einen Fuß auf die erste Stufe. Ich drängte Herk zur Seite, bevor er ihr noch sagen konnte, was für einen wunderbaren Hintern sie habe, und schob mich hinter sie; er mußte uns folgen.

In ihrem Zimmer drückte Crystal Beth einen Schalter,

und drei Lampen flammten auf. Bei Kunstlicht wirkte der Raum anders. Kälter, nüchterner.

»Heute nacht wird's passieren«, sagte ich zu Herk. »Dieser Typ, Pryce, ruft hier an. Und wir gehen zu dem Treffen. Du bleibst hier, bis er alles vorbereitet hat.«

»Hier?« fragte Herk, lächelte Crystal Beth an.

»Im Keller«, klärte ich ihn auf. »Wir machen dir da unten was zurecht.«

»Da gibt's eine Toilette«, meinte Crystal Beth hilfsbereit. »Ich glaube, sie funktioniert. Und auch noch ein Waschbecken, und ein –«

»Was immer«, fiel ich ihr ins Wort. »Wir sorgen dafür, daß es funktioniert. Es ist nur für ein paar Tage, maximal« Ich drehte mich zu Hercules. »Du darfst nicht nach oben kommen«, sagte ich. »Wegen absolut gar nichts, Punktum. In diesem Haus leben ausschließlich Frauen, verstehst du? Niemand kann dich besuchen. Kapiert?«

»Kapiert«, erwiderte er ohne Protest.

»Wir fahren mit meinem Wagen zu dem Treffen. Den kennt Pryce schon. Und ich bringe dich zurück. Bis dahin haben die Jungs unten alles so weit, okay?«

»Klar, Burke. Wie du willst.«

»Hast du das Zeug gelesen, das ich dir dagelassen habe?«

»Ja. So besonders kompliziert ist es ja nicht. Nur … irgendwie dumm.«

»Wie meinst du das?«

»Die Juden haben alles im Griff, stimmt's? Das stand in den Büchern. Die haben die Regierung, die Tageszeitungen, das Fernsehen, einfach alles, okay?«

»Okay …«

»Und diese Typen, die *hassen* die verfickten Juden, und … Oh, entschuldigen Sie, Miss. Ich wollte nicht … fluchen. Manchmal bin ich ein ungehobeltes Arschloch.«

Crystal Beths Lachen machte den Raum heller. »Ist schon in Ordnung«, sagte sie.

Dieser verdammte Hercules. Könnte wahrscheinlich der größte Zuhälter aller Zeiten sein, wenn er die Frauen nicht so sehr liebte.

»Weiter«, ermunterte ich ihn.

»Okay, also, ich bin die Juden, ja? Und ich hab so viel Macht, ja? Und diese Nazis oder was weiß ich, die wollen mich ausrotten, ja? Wieso, bitte schön, rotte ich nicht einfach *sie* aus?«

»Gute Frage«, antwortete ich. »Aber keine, die du diesen Typen stellen solltest, mit denen du zu tun bekommst.«

»Ja, ich weiß. Ich hab doch nur –«

»Herk, das ist kein Spiel. Denk lieber nicht. Nicht reden, nur zuhören, kapiert?«

»Kapiert.«

Das Telefon klingelte. Crystal Beth ging durch den Raum, nahm ab. Hercules betrachtete sie wie ein Kind einen Eiscremewald.

»Hallo.«

Es folgte eine lange Pause, während sie zuhörte, sich die Haare aus dem Gesicht wischte, um den Hörer dicht ans Ohr zu halten.

Nach etwa einer Minute sagte sie: »Ich verstehe. 9-E wie in ›Edward‹, ja? Ich werde es ihm sagen.«

Sie legte auf. Gab mir eine Adresse auf der East Side in den Seventies. »Er sagt, du sollst nach einem Mr. White fragen.«

»Wann?«

»Jetzt sofort, wenn du willst. Oder irgendwann zwischen jetzt und vier Uhr morgens. Das hat er wenigstens gesagt.«

Also wußte Pryce nicht, daß Herk bei mir war, gab mir Zeit, ihn abzuholen. Gut.

Ich wandte mich Crystal Beth zu. »Wenn ich ein Motorrad auch nur *höre* ...«

»Ich habe genug blaue Flecke für einen Abend«, erwiderte sie leise, trat dicht vor mich, drückte mir die Nase an die Brust. »Du mußt ja ... Hercules zurückbringen, oder?«

»Bleib, wo du bist«, sagte ich, den warnenden Unterton immer noch in der Stimme.

Wir gingen zusammen runter, wanderten lautlos an den geschlossenen Türen der zweiten und dritten Etage vorbei. Im Keller brannte Licht. Wir stiegen die Treppe hinunter und sahen ein Feldbett von der Army, auf dem eine Matratze ausgerollt war. Ein Klapptisch und ein dazu passender Stuhl waren da, außerdem ein kleiner Fernseher, ein Radio mit Kassettenteil, ein kleiner Kühlschrankwürfel, eine Kochplatte und ein Stapel Bücher ... Rassenhaßbücher und Comics. Herks Matchbeutel stand neben der Pritsche. Sah aus wie meine Bude.

»Das ist super!« sagte Hercules.

Ich hielt dem Maulwurf die Hand hin, steckte ein, was er in seiner hatte. Wir gingen zusammen nach oben, dann durch die Hintertür nach draußen. Crystal Beth schloß sie hinter uns.

»Die Schlüssel hast du verdammt schnell gemacht, Maulwurf«, sagte ich zu ihm, schob sie in meine Tasche.

»Wo sind die Nazis?« war alles, was er wissen wollte.

Der Wohnblock hatte eine kreisförmige Auffahrt und eine Markise über dem Eingang. Ich fuhr zweimal vorbei, sondierte die Lage. Dann fand ich einen Parkplatz etwa einen Block entfernt, und wir gingen zurück.

Der uniformierte Portier schlief nicht. Ein schlechtes Omen, ich wurde nervös. Ich sagte, wir wollten zu Mr. White in 9-E. Er hob eine Augenbraue. Ich reagierte nicht.

»Zwei Herren für Sie«, sagte er in ein Haustelefon, nahm den Blick nicht von meinem Gesicht. Er war groß, Mitte fünfzig, stämmig wie ein Ex-Sportler, der nicht mehr trainiert. Seine Haaren waren kurz, fast völlig grau. Seine Augen waren klein, pornofilmblau, blinzelten nicht.

Er hörte ausdruckslos zu. »Gehen Sie rauf«, sagte er. »Der letzte Fahrstuhl links.«

Die Fahrstuhlkabine war verspiegelt, winzige Halogenscheinwerfer waren in die Decke eingelassen. Eine Glocke ertönte, als die Kabine die neunte Etage erreichte.

Die Tür zu Apartment 9-E befand sich direkt gegenüber des Fahrstuhls. Sie wurde geöffnet, bevor ich anklopfen konnte.

»Kommen Sie rein«, sagte Pryce, trat zur Seite, ließ uns vorbei.

Hinter der Diele befand sich ein übergroßes Wohnzimmer mit einem breiten, nach Osten gehenden Panoramafenster. Vielleicht hatte man von dort einen Blick auf den Fluß, doch von meinem Standort aus konnte ich nichts erkennen. Den Raum beherrschte eine dieser mehrteiligen Sofa-Sessel-Kombinationen aus ecrufarbenem Leder, die in J-Form zum Fenster führte. Zwei kompliziert wirkende Sessel standen gegenüber, braune Lederbänder straff über schwarzes Schmiedeeisen gespannt. Dazwischen ein asymmetrischer Glastisch, und alles angenehm untermalt von dem dicken, weinfarbenen Teppich. Die Wände waren kahl bis auf ein paar Filmplakate aus den Vierzigern in Chromrahmen.

Pryce deutete auf die Sofakombination, setzte sich auf einen der Freischwinger. Herk und ich nahmen Platz. Ich rutschte ein Stück zur Seite, damit Pryce uns nicht gleichzeitig beobachten konnte, ohne den Kopf zu bewegen.

»Ist das Ihr Mann?« fragte er ohne Vorrede.

»Das ist Hercules, ja«, sagte ich.

Er drehte den Kopf zu Herk. »Und Sie sind ein Nazi?« fragte er unvermittelt.

»Ich bin ein arischer Krieger«, antwortete Herk ohne Zögern. Ich war stolz auf ihn.

»Was heißt das?« Pryce ließ nicht locker.

»Das heißt, daß ich meine Rasse liebe. Für meine Leute würde ich sterben. Und auch für sie töten.«

»Ihre … Rasse?«

»Die weiße Rasse.« Herk versuchte, seine Stimme ruhig zu halten, wie ich es ihm eingetrichtert hatte, konnte aber verhindern, daß es nur so aus ihm herausperlte – er war stolz auf sich, ein Kind, das beweisen will, daß es sein Einmaleins gelernt hatte.

»Definieren Sie ›weiß‹«, forderte Pryce.

»Häh? Was soll da schwer dran sein? Weiß.«

»Also, keine Schwarzen und …?«

»Und keine Braunen und keine Gelben und keine Roten und auch keine andere verschissene *Farbe*, okay?« klärte Herk ihn angestrengt unaggressiv auf.

»Und Juden?«

»Juden? Das sind keine Weißen. Das sind überhaupt keine Menschen.«

Pryce machte »Hmmm …« als denke er über diese noch nie gehörte Weisheit nach. »Erzählen Sie mir von dem Mann, den Sie getötet haben«, sagte er schließlich.

»Ich weiß von keinem –«

»Zuerst Sie«, unterbrach ich, fixierte Pryce.

»Es handelt sich um eine Zelle ohne Führer«, sagte Pryce, als hätte er die Frage nach dem Mord nie gestellt. »Eine Superzelle, genaugenommen. Sie existiert erst wenige Monate. Hat nur etwa ein halbes Dutzend Mitglieder, und alle führen ein normales Leben. Relativ normal. Die Treffen finden an verschiedenen Orten statt, aber sie benutzen eine

Buchhandlung in Manhattan als toten Briefkasten. In New York sind sie nur bis –«

»Was ist eine Superzelle?« fragte ich.

Er nickte wie ein College-Professor, der eine halbwegs intelligente Frage gestellt bekommen hat – eine, die beweist, daß die Studenten aufpassen. Endlich. »Jeder von ihnen ist ein … Vertreter«, sagte er. »Einer der ursprünglich führerlosen, über das ganze Land verstreuten Zellen. Irgendwann wird jeder in seine Heimat zurückkehren, an eine vorher ausgemachte Adresse und dort auf Kontaktaufnahme warten. In der Zwischenzeit haben sich Zusammensetzung und Personal ihrer Heimatzellen vielleicht geändert. Oder es gibt sie gar nicht mehr. Aber *wenn* sie nach ihrer Rückkehr kontaktiert werden, wird jedes Mitglied der Superzelle die Nachricht weitergeben. Das Datum der gemeinsamen Tat.«

»Und dieses Datum wissen Sie nicht?«

»Nein. Ich glaube nicht, daß das irgendjemand weiß. Noch nicht.«

»Oder die Liste der Ziele?«

»Die kennt überhaupt keiner. Jede der örtlichen Zellen hat eine. Die Sache ist so organisiert, daß auch das in die Superzelle abgestellte Mitglied die Liste nicht kennt.«

»Warum können Sie nicht einfach alle beschatten, wenn sie sich trennen?«

»Wissen Sie, was für ein Aufwand eine Observierung diesen Ausmaßes wäre? Und wie soll das gehen, ohne sie zu warnen? Nein, wir brauchen das Datum. Was immer wir sonst noch erfahren, wäre eine Art Bonus.«

Bei dem Wort Bonus zog ich die Augenbrauen hoch. Falls es ihm auffiel, ließ er sich zumindest nichts anmerken.

»Bisher haben sie ihre Einsätze aus den Tageszeitungen bekommen. Die niedergebrannten Kirchen zum Beispiel.

Eine Zelle zieht los und macht eine … Aktion, so nennen sie das. Eine andere liest davon und tut das gleiche. Es gibt keine Kommunikation unter den Zellen. Überhaupt keine. Aber diese Geschichte ist anders.«

Ich schaute mich nach einem Aschenbecher um. Konnte keinen entdecken. Steckte mir mit einem Streichholz eine Zigarette an. Diesmal eine echte, keine Scheißnelken. Ich beobachtete Pryces Gesicht. Nichts. Okay. Ich holte eine kleine Metalldose heraus, wie die, in denen manchmal Hustenbonbons verkauft werden, und machte sie auf. Pryce nickte zustimmend. Gut. Er gewöhnte sich dran, daß ich Dinge aus meinen Taschen holte.

»Sie sagen, jeder von denen hat eine Heimatzelle?«

»Ja.«

»Und wo ist Lothars Zelle?«

»Hier«, sagte Pryce. »New York City.«

»Und die wird er aufgeben?«

»Hat er bereits«, erwiderte der farblose Mann, der Muskel unter seinem Auge zuckte.

»Dann wird sie also überwacht?«

»Er hat keinen Kontakt mehr zu ihr, das sagte ich doch bereits. Und wir haben dazu nicht die nötigen Mittel.«

Ich fragte mich, wer die »wir« in diesem Satz waren. Das FBI war's jedenfalls nicht. Das hat genug Scheiß-Mittel, um jeden zu überwachen. Waren die New Yorker Mitglieder womöglich schon im Knast?

Ich zog an meiner Zigarette, dachte nach. Die ganze Sache war so windig und unsicher wie das Versprechen eines Politikers.

»Herk muß Mitglied sein«, machte ich ihm Druck. »Nicht irgendein freiberuflicher Attentäter – ein eingeschriebenes, überzeugtes Mitglied. Er muß richtig einsteigen.«

»Das stimmt.«

»Und seine Referenz ist, daß er schon mal einen ... Job für die erledigt hat, stimmt's?«

»Ja.«

»Und diese Tarnung können Sie untermauern?«

»Ja.«

Da hatte ich's. »Herk war in Lothars Zelle? Von Anfang an, richtig?«

»Richtig.«

»Und der Typ, um den er sich ... gekümmert hat, der war ebenfalls in der Zelle?«

»Ja.«

»Ein Informant?«

»Nein!« sagte er heftig. »Es darf nicht einmal die *Andeutung* von so etwas geben. Die Gruppe würde sich sofort auflösen, falls sie Grund hätte, zu glauben, daß sie unterwandert ist. Die würden alle ihre Zelte abbrechen und verschwinden.«

»Aber den Plan nicht fallen lassen?«

»Natürlich nicht. Aber wir hätten keine Chance sie wiederzufinden.«

Mir kam ein Gedanke. Etwas, das ich noch nie gefragt hatte. Aber es konnte die ganze Sache in eine völlig neue Dimension katapultieren. »Dieser Kerl, den du ...« fragte ich Herk. »War der weiß?«

»Äh, ja«, antwortete Herk. Auch er hatte nicht daran gedacht.

»Nein, war er nicht«, sagte ich, beugte mich erleichtert vor. Stützte die Ellbogen auf die Knie, sah nur Herk an, verbannte Pryce aus meinem Blickfeld. »Er war Jude. Seine Mutter, oder seine Großmutter, egal, war Jüdin. Damit ist er automatisch Jude. So machen die's in Israel. Er hatte seinen Namen geändert, aber die Zelle ist dahintergekommen. In dem Moment hat man dich ...«

»In dem Moment haben Sie sich *freiwillig* gemeldet«, warf Pryce ein, wußte jetzt, worauf ich hinaus wollte.

Ich sah wieder den farblosen Mann an. »Haben die so was wie einen Briefkasten?« fragte ich. »Ich weiß, daß sie die alte Zelle nicht kontaktieren dürfen, aber können die Zellen sie irgendwie erreichen?«

»Ja. Sie benutzen ein Postfach in ...«

»Okay.« Ich spann es aus. »Lothar erfährt, daß ... einer seiner Zellenkumpel ein mieser Hund ist, okay? Jetzt passen Sie auf, er *erzählt* den anderen in seiner Einheit, daß er das erfahren hat. Er kann Einzelheiten herausbekommen, aber dazu muß er sich mit jemandem aus seiner alten Zelle treffen. Und das ist Herk.«

»Vielleicht geraten die in Panik und ...«

»So wird's gemacht«, sagte ich kategorisch. »Wenn sie abhauen, dann hauen sie ab. Aber wenn sie wissen wollen, was wirklich passiert ist, sich beruhigen und entscheiden wollen, ob sie abbrechen oder nicht, dann müssen sie sich mit Herk treffen. Und wenn die sich erst einmal mit ihm treffen, muß er bei ihnen bleiben, bis alles vorbei ist, stimmt's?«

»Ja«, sagte Pryce langsam. »So würden die vorgehen. Wenn er erst einmal drin ist, kann er nicht mehr zurück. Aber es ist ein Risiko ...«

»Jeder andere verdammte Weg, Herk dort einzuschleusen, ist auch ein Risiko. Die Frage ist nur, wer geht das Risiko ein? Und die Antwort ist: Wir auf keinen Fall.«

»Ich entscheide«, sagte Pryce. »Nicht Sie.« Er kratzte sich mit dem Zeigefinger an der Nasenspitze. »Es sei denn, Sie garantieren mir, daß die Scheidungsgeschichte nicht stattfindet.«

»Das kann ich nicht«, erwiderte ich. »Mein Weg ist der einzig mögliche. Sie können ein Treffen mit Lothar arrangieren, oder? Dabei begegnet er Herk. Er wird seine Zellenkumpane wahrscheinlich sowieso nicht so gut kennen. Das ist der richtige Weg, und das wissen Sie auch.«

»Wir brauchen gute Informationen, sehr gute Informationen über diesen … Juden.«

»Das kann ich alles besorgen«, versprach ich.

»Wie schnell?«

»Vierundzwanzig Stunden, maximal«

Er atmete ein. »Sie haben vollkommene Kontrolle? Über diese Frau?«

Ich wußte, was er meinte. »Absolut«, versprach ich.

»Besorgen Sie die Informationen«, sagte er. »Viel Zeit haben wir nicht. Sie beide bleiben zusammen. Warten Sie auf meinen Anruf. Ich rufe die Frau an. In spätestens zwei, drei Tagen.«

»Abgemacht«, sagte ich. Um ihn an das Geld zu erinnern.

Über das Handy klingelte ich Crystal Beth an, sagte ihr, daß wir auf dem Weg waren. Als ich leise an ihre Hintertür anklopfte, wurde sofort geöffnet. Falls Crystal sich fragte, wie ich das Vorhängeschloß am Außentor geschafft hatte, behielt sie es für sich.

»Alles bestens«, sagte ich. »Ich bringe Herk in den Keller, anschließend komme ich zurück und erzähle dir alles.«

»Ich helfe«, sagte sie, wollte schon die Treppe runter.

»Geh schon mal rauf«, sagte ich. »Ich bin in ein paar Minuten oben.«

»Ich warte hier«, sagte sie entschieden. »Wenn du nicht willst, daß ich mit nach unten komme, warte ich eben hier. Du kannst oben nicht allein rumlaufen. Wenn Lorraine dich sieht, wäre das …«

»Okay«, stimmte ich zu, beendete ihren Sermon.

Im Keller ging ich mit Herk alles noch einmal durch.

Dann nahm ich das Handy und hinterließ Wolfe eine Nachricht.

Als Crystal Beth und ich an den Türen vorbeigingen, bemerkte ich, daß eine von ihnen angelehnt war; ein gelbes Lichtband malte die Konturen der Tür nach. Lorraines Zimmer?

»Schieß los«, sagte sie, sobald wir in ihrem Zimmer waren.

»Viel gibt's da nicht zu erzählen. Wir werden versuchen, es hinzukriegen. Hängt von ein paar Sachen ab, die in den nächsten Tagen passieren müssen. Pryce wird dich anrufen. Du sagst mir Bescheid und ...«

»Du wirst nicht hier sein?«

»Nicht jeden Tag rund um die Uhr. Ich muß ein paar Leute treffen.«

»Ich könnte mitkommen.«

»Nein. Könntest du nicht.«

»Weil ...?«

»Weil ich's verdammtnochmal so sage«, erwiderte ich, meine Stimme klang so müde, wie ich mich fühlte.

»Du mußt mich nicht gleich so anschnauzen.«

»Und du mußt keinen Schmollmund ziehen wie ein verzogenes Gör«, konterte ich. »Hier geht's ums Geschäft. Um mein Geschäft, nicht um dein Geschäft.«

»Ich dachte, du vertraust mir.«

»Ich vertraue dir ja, Miststück. Hier trage *ich* das Risiko. Ich lasse meine Leute nicht meine Risiken übernehmen, kapiert?«

Sie sagte nichts, stand einfach da, sah mich an, spielte mit einer Hand beiläufig in ihren Haaren. Dann sagte sie: »Warum benutzt du dieses Wort so?«

»Welches Wort?«

»›Miststück‹. Du benutzt es, wie andere Männer ›Schätzchen‹ sagen oder so.«

»Ich weiß nicht. Ich hab nur ...«

»Du weißt es sehr wohl«, sagte sie. »Menschen wissen, warum sie bestimmte Dinge tun, sie müssen nur mal drüber nachdenken.«

»Okay, ich schätze, ich hab einfach noch nie drüber nachgedacht ...«

»Tu es«, sagte sie. Dann lächelte sie mich lieb an. »Bitte.«

Ich setzte mich in den Sessel und schloß die Augen. Crystal Beth trat hinter mich, legte mir die Hände auf die Augen. Kleine Hände. Weich. Sie dufteten nach Flieder und dunklem Tabak. Sie schnüffelte zärtlich an meinem Hinterkopf. Ich ließ mich darauf ein.

»Als Kind hatte ich einen Hund«, sagte ich, dachte und redete gleichzeitig mit ihr. »Einen Foxterrier. Ein wandelndes Todesurteil für Ratten. Er war mein bester Freund. Ich habe ihn geliebt. Als ich in eines dieser Heime kam, haben die ihn mir weggenommen. Ich habe ihn nie wieder gesehen.«

»Warum durftest du deinen Hund nicht behalten?« fragte sie, mehr Wut als Traurigkeit in der Stimme.

»Die hatten bestimmt ihre Gründe. Gründe, die sich auf dem Papier gut machten. Aber ich wußte, um was es in Wirklichkeit ging. Sie wollten mich verletzen. Alle.«

»Aber ...«

»Ich hatte recht«, fuhr ich fort, stieg aus, bevor die Gefühle zu stark wurden. »Ich habe mir immer geschworen, daß ich eines Tages wieder einen Hund haben würde. Meinen eigenen Hund. Im Jugendknast, der beschissenen ›Erziehungsanstalt‹, haben andere von Autos geträumt. Meistens von Autos. Wo ich herkomme, dachte niemand daran, ein

Haus zu haben, wir haben eben von Autos geträumt. Lauter Wunschträume.«

»Du hattest keine Träume mit Mädchen?« fragte sie. Ihre Stimme klang eher kokett als neckend.

»Ich meinte Träume, über die man reden kann«, sagte ich. »Laut. Mädchen, die hatte man doch angeblich schon hinter sich, verstehst du?« *Und Mütter auch*, dachte ich, erinnerte mich an Kids, die im Knast Kämpfe auf Leben und Tod ausfochten, wenn man ihre Mutter beschimpfte ... selbst wenn diese Mutter eine versoffene Nutte war, die niemals zu Besuch kam.

»Und über die konntest du reden? Über Mädchen?«

»Lügen, meistens«, sagte ich, klang locker. Dachte daran, wie Jungs drinnen über Mädchen redeten, die sie noch nicht kennengelernt hatten ... und was sie mit ihnen anstellen würden, wenn's denn soweit war. »Aber ich, meine Phantasie, mein Traum war ein Hund.«

»Hast du jemals einen bekommen?«

»Ich hab den besten Hund der Welt«, sagte ich. »Sie heißt Pansy. Ein neapolitanischer Mastino. Einer der ursprünglichen Kampfhunde. Die sind mit Hannibal über die Alpen gezogen. Marco Polo hat einen mit nach China genommen.«

»Sind die schlau?«

»Schlau? Ich weiß nicht. Irgendwie schon, denke ich. Aber das ist nicht das Wichtigste. Pansy würde für mich sterben. Sie ist kein Haustier«, sagte ich verächtlich, »wie ein tropischer Fisch. Oder eine dieser verfluchten Katzen.«

»Was hast du gegen Katzen?« fragte sie. »Lorraine hat eine, und die ist ...«

»Katzen sind die Schoßtänzer der Tierwelt. Sowie du nichts mehr rausrückst, ziehen sie weiter, suchen sich einen anderen Schoß. Das sind pelzige kleine Soziopathen. Hübsch und glatt – und selbstverliebt. Wann hast du zum letzten Mal eine Blindenkatze gesehen?«

Crystal Beth nahm die Hände von meinen Augen und kam um den Sessel. Sie kniete sich vor mich, beugte sich nach vorn, die Mandelaugen aufgerissen, hörte nicht so sehr zu, öffnete sich vielmehr, als solle auch ihr Körper mich verstehen.

»Aber wenn ich zurückkomme nach … dorthin, wo ich wohne«, fuhr ich fort, »freut Pansy sich immer, mich zu sehen. Egal, wie ich aussehe. Egal, ob ich erfolgreich war oder gescheitert bin. Oder ob ich ihr etwas zu fressen mitbringe. Sie ist so … zuverlässig. Zuverlässig und ehrlich.«

»Und sie ist eine Hündin.«

»Und sie ist eine Hündin. Vielleicht ist es das. Ich weiß nicht. Wir bringen so oft die Worte durcheinander. Ein Mann betrügt eine Frau, und er wird Hund genannt. Aber wenn die Frau häßlich ist, dann heißt es, sie sieht aus wie ein Hund.«

»Ich weiß. Und wenn das Mädchen hübsch ist, wird sie ›Kätzchen‹ genannt, stimmt's?«

»Ja«, sagte ich.

»Burke?«

»Was?«

»Sie hat sich schon wieder verändert. Deine Aura.«

Das brauchte sie mir nicht zu sagen. Ich spürte das Blau im Zimmer. Ein Nebel, der aus meiner … ich weiß nicht, was, stieg. »Kätzchen.« Als junger Mann habe ich eine Menge Mädchen so genannt. Es hat ihnen immer gefallen. Ich habe das gemacht, um mich nicht zu verraten, sie nicht mit dem falschen Namen anzureden. Ich hatte damals eine Menge Mädchen.

»Hatte.« Im Rückblick weiß ich, daß ich nie verstanden

habe, was das bedeutete. Aber an die Letzte erinnere ich mich. An Ruth. Je mehr sie mich liebte, desto mehr war mir klar, daß ich gehen mußte. Vor Ruth war alles Spiel. Ich wußte, was sie wollten. Sie wußten, was ich wollte. Ein Tanz mit dem Feuer, mal sehen, wer von uns als erster fällt … und sich verbrennt. Ich war's nie. Man kann nicht verlieren, wenn man nichts einsetzt.

Das einzige, was ich damals über mich selbst wußte, war, daß ich nichts taugte. Ruth war nicht wie die anderen Mädchen, mit denen ich zusammen gewesen war. Sie wollte nicht, daß ich stahl, um ihr Schmuck zu kaufen, wackelte auf der Straße nicht mit dem Arsch und kam dann gerannt, weil irgendein Clown das mitbekommen hatte und ich ihre »Ehre« verteidigen sollte … ein Mann war. Damals dachte ich, ich wüßte, was ein Mann sein heißt – Schmerz verursachen, und selbst nie welchen zeigen.

Ruth wollte geheiratet werden. Kinder haben. Ein Haus. Sie wollte, daß ich einen Job hatte. Ein anständiger Bürger war. Ihre Augen hatten die Farbe von Rauch in einem Nachtclub.

Wir kamen beide aus dem gleichen Dreck, aber sie hatte nicht vor, dort zu bleiben. Und sie würde warten, daß ich mitkam, egal, wie lange das dauern würde.

Ich wußte, wie lange es dauern würde. Und fühlte mich deswegen so mies, daß ich gehen mußte.

Aber ich konnte es ihr nicht begreiflich machen. Als ich sagte, es wäre aus zwischen uns, da sagte sie, vielleicht würde ich eines Tages verstehen, daß sie mich wirklich liebt, und sie zurück haben wollen. Und sie würde kommen, sagte sie. Ich müßte einfach eine Botschaft in die Zeitung setzen. So machten es die Leute damals –, bevor die Privatanzeigen so schäbig wurden wie sie heute sind –, man schickte Botschaften an jemanden, den man wirklich kannte.

»Schreib einfach ›Kätzchen‹«, sagte sie zu mir. »Und ich weiß, daß du es bist.«

»Aber ich wüßte nicht, daß du es bist«, sagte ich. Und erzählte ihr, wie ich diesen Namen immer benutzt hatte. Daß er nichts Besonderes war.

Ich dachte, ich wäre einfach ehrlich, offen mit ihr, wie sie es verdient. Doch in diesem Augenblick sah ich etwas in ihren Augen sterben.

Von Zeit zu Zeit kommt das Gefühl wieder. Als ich zum ersten Mal Barbara Lynn »You'll Lose a Good Thing« singen hörte, war das Gefühl da. Mitleid. Mit mir selbst. Seitdem ist eine Menge passiert. Ich habe nie wieder mit einer Frau zu ihrem eigenen Besten Schluß gemacht.

Nein, sie haben mich verlassen. Oder sie starben.

Wenn ich darüber nachdachte, bewahrte mich nur Haß vor dem Ertrinken.

Crystal Beth stand auf. Streckte die Hand aus. Dann zog sie mich zu sich.

Der Plymouth glitt über die Manhattan Bridge, ein Zwerg neben den Lastern, die Richtung Brooklyn unterwegs waren. Er rollte vorbei an den Autowerkstätten und Oben-ohne-Bars auf der Flatbush, ich sicher in seinem Inneren, lauschte der Wahrheit, die ein Mädchen aus meinem Kassettenspieler knurrte. Magic Judy warnte ihre Schwestern überall – wenn ihr dumm genug seid, vor euren Freundinnen mit eurem Mann anzugeben, legen sie euch rein, immer.

Um zehn Uhr morgens an einem Wochentag war der Plymouth im normalen Verkehr praktisch unsichtbar. Ich überquerte die Atlantic, bog die erste scharf links ab und bretterte auf der Suche nach einem Parkplatz ein paar Blocks entlang, vorbei an der leerstehenden *Daily-News*-Druckerei – heute wird das Blatt in Jersey hergestellt.

Ich fand einen, der nahe genug war. Stieg aus und ging über das Bahnhofsgelände zurück zu der Brücke. Wolfe erwartete mich bereits. Auf der anderen Straßenseite stand mit laufendem Motor eine dunkelgrüne Lexus GS-Limousine – ich sah den Auspuff qualmen. Vom Fahrersitz winkte mir Pepper vergnügt zu, ein zierliches, hübsches dunkelhaariges Mädchen mit hinreißendem Lächeln. Auf dem Rücksitz machte ich eine viel größere Gestalt aus. Nicht der Rottweiler, sondern ein Mensch.

Ich steckte mir eine Kippe an, legte die Hände gegen einen nicht existierenden Wind schützend um das Feuer, warf einen Blick über die linke Schulter. Tatsächlich: Eine junge Frau mit langen, winterblonden Haaren in leuchtend gelben Joggingklamotten schlenderte hinter mir vorbei, ging, als hätte sie gerade einen langen Lauf hinter sich. Ich wußte, wer das war. Chiara. Sie gehörte zu Wolfes Truppe. Ich kannte sie von unserem letzten Treffen; sie und diesen honigfarbenen Pitbull, den sie an einer kurzen Leine führte. Beide blieben stehen und beobachteten mich, ganz offen.

Eine Menge Sicherheitsvorkehrungen für ein Treffen von Wolfe und mir. Vielleicht lag's auch nur an der Gegend.

Zwei puertoricanische Jungs kamen die Straße entlang, auf Chiara zu. Einer hielt einen Pitbull mit Stachelhalsband an einer Fahrradkette, die er sich ums Handgelenk gewickel hatte. Der Hund war ein großes, kräftiges Tier, karamelfarben und mit Quadratschädel. Er stammte aus einer der klassischen Linien mit den roten Nasen, und sein Gang war pures Testosteron. Er blieb abrupt stehen und knurrte Honey irgendwas zu, zerrte an der Fahrradkette. Es klang nicht wie eine Drohung … eher wie Pitbull-Sprache für »Was für 'n Sternzeichen bist du, Baby?«

Honey knurrte etwas zurück. Auch das war leicht zu übersetzen: »Totenkopf, du Wichser! Willst du spielen?«

Der große Pitbull wich nicht zurück, hörte aber auf, an der Leine zu zerren. Und er protestierte auch nicht, als die Puertoricaner einen Abgang machten, mir über die Schulter schräge Blicke zuwarfen. Wie ihr Hund hatten sie gecheckt, daß hier irgendwas abging … und egal, was es war, sie wollten nichts damit zu tun haben.

Chiara stand einfach da, ruhig und wachsam. In einem Lederfutteral über ihrer Schulter steckte ein Handy. Zumindest war das so, als ich sie das letzte Mal gesehen hatte.

Ich drehte mich wieder Wolfe zu, die gegenüber vom Lexus wartete, ging hin und reichte ihr einen Zeitungsausschnitt über den Typen, den Herk in der Gasse fertiggemacht hatte. Das schien inzwischen eine Ewigkeit her zu sein. »Dieser Kerl«, sagte ich. »Ich brauche alles, was Sie über ihn herausfinden können.«

»Das Opfer?« fragte sie, überflog den Artikel.

»Der tote Bursche«, erwiderte ich.

»Oh«, machte sie, verstand sofort. »Ist das ein unaufgeklärter Fall?« fragte sie.

»Ja.«

»Und Sie wollen …«

»Alles über den Toten.«

»Sie haben TUT. Könnten Ihnen die Cops nicht …«

TUT. Tatzeit und -ort. Reicht als Suchbegriff für jeden Cop, der sich in den Computer einklinken kann. »Ich will die nicht fragen«, sagte ich. »Und ich möchte auch nicht, daß Sie es machen.«

Sie nickte. Einen Amateur hätte das vielleicht verwirrt,

aber für Wolfe war es eine Art Straßenkarte in großem Maßstab – und meine Wunschroute in Neonfarben drauf eingezeichnet.

»Mich interessiert nicht, was … was passiert ist«, sagte ich, zog die Grenzen. »Ich suche nach Hintergrundmaterial. So tief wie Sie gehen können. Der Mädchenname seiner Mutter, wo ist er zur Schule gegangen, Militärdienst, ob er gesessen hat …«

»Hier steht, er war Wachdienst.«

»Heißt das, er hat nie gesessen?«

Wolfe lachte leise. »Nein, ich will nur wissen, ob Sie auch seine Personalakte haben wollen.«

»Alles.«

»Macht's Ihnen was aus, mir zu verraten, was genau Sie suchen?« fragte sie. »Es könnte die Suche eingrenzen, beschleunigen. Sie brauchen es doch schnell, oder?«

»Sehr schnell«, bestätigte ich. »Ich suche einen Juden«, sagte ich.

Wolfes Karte-Israels-Gesicht wurde hart. »Einen bestimmten Juden?«

»Ich bin nicht wählerisch«, sagte ich, damit sie kapierte. »Ich brauche irgendeinen Juden in seiner Vergangenheit. Eine Verwandte. Seine Mutter wäre perfekt, aber wenn das nicht geht, dann eben …«

»Sie glauben also, eine dieser Nazi-Gruppen hätte …?« unterbrach Wolfe.

»Ja«, sagte ich, pflanzte die Lüge. Wolfe handelt mit Informationen. Sie würde mich nicht verpfeifen, könnte aber im Rahmen ihrer Arbeit etwas in die Welt setzen. Und wenn sie das diesmal tat, würde das wunderbar in die Gerüchteküche passen. Genau da, wo ich es haben wollte.

»Wenn einer von denen den Job erledigt hat, dann suchen Sie einen Ex-Knacki«, sagte sie ruhig.

»Wie kommen Sie darauf?« fragte ich, um mich herum schrillten Alarmklingeln.

Ihre grauen Augen waren klar, ohne jede Spur von Arglist. »Ein Messer, das ist die typische Knastwaffe. Zustechen ist was anderes als schießen. Die Typen, die mit Hakenkreuzen behängt durch die Gegend rennen, gehen nicht gern nah ran.«

»Den Skinheads scheint's nichts auszumachen«, meinte ich.

»Aber das hier war eine Sache Mann gegen Mann, oder?« Sie winkte ab. Wolfe war viel zu erfahren, um sich austricksen zu lassen – jede von Skinheads begangene Gewalttat, von der die Bullen wußten, war Gruppensache. Wenn man sich seine Spinnennetz-Tätowierung verdienen wollte, brauchte man einen Zeugen zur Bestätigung. »Ich an Ihrer Stelle«, sagte sie, »würde nach jemandem suchen, der im Knast zu einer der Nazi-Banden gehört hat. Wahrscheinlich die AB.«

AB. Die Arische Bruderschaft. Mein alter Kumpel Silver fiel mir ein, lebenslänglich begraben im Norden des Staates. Ich wollte nicht, daß Wolfe dort herumschnüffelte. »Das ist mein Part«, sagte ich. »Sie übernehmen das andere Ende des Tunnels.«

»Und halte mich von Ihrem fern?«

»Ja.«

»Okay«, willigte sie ein. Zu schnell? Ich ließ es dabei bewenden. »Dieser Wachmannjob macht es eigentlich einfach«, sagte sie. »Die müßten seine Sozialversicherungsnummer haben, das Geburtsdatum, alles eben. Geben Sie mir … wie lange?«

»Können Sie's noch heute erledigen?«

Sie hob die Augenbrauen, sagte aber nichts, nickte nur.

»Eines noch«, sagte ich, gab ihr einen zugeklebten weißen Standardbriefumschlag, wie man ihn in jedem Schreibwarenladen bekommt. »Haben Sie in Ihrer Truppe auch Männer?«

»Ich leite keine Spermabank«, sagte sie, lächelte, um ihren Worten die Schärfe zu nehmen. »Wozu brauche ich Männer?«

»Ich weiß, daß *Sie* keinen brauchen, Xena«, erwiderte ich. »Aber ich schon. Um das hier abzuliefern.« Deutete auf den Umschlag, den sie jetzt hielt.

»Muß es unbedingt ein Mann sein?« fragte sie, lächelte über das Pingpong. Wolfe war schon eine Kriegerprinzessin, lange bevor die feuchten Träume irgendeines Schriftstellers auf dem Bildschirm zum Leben erwachten.

»Ein aufmerksamer Mann«, betonte ich. »Er muß das zu einer bestimmten Adresse bringen, nach einer bestimmten Person fragen, in seine Wohnung gehen und es ihm persönlich übergeben.«

»Sonst noch was?«

»Er muß einen Anzug tragen, eine Aktentasche, wie ein Geschäftsmann aussehen, die ganze Nummer eben. Und er muß es dem Mann selbst in die Hand drücken, auf keinen Fall bei einem Portier hinterlegen.« Dann erzählte ich ihr die Details.

»Das läßt sich machen«, sagte Wolfe. »Kein Risiko?«

»Kein Risiko«, versprach ich. Dachte, vielleicht war die Gestalt auf dem Rücksitz des Lexus Peppers Mann Mick. Ich hatte ihn nur einmal gesehen – ein kräftiger Bursche, lange Haare, durchtrainierter Körper. Max hatte in ihm den Fighter erkannt, aber wir hatten es nie herausfinden müssen.

»Der Parkplatz gegenüber vom Criminal Court«, sagte Wolfe. »Morgen um die gleiche Zeit?«

»Danke«, sagte ich, gab ihr noch einen Umschlag. Ohne hinzuschauen, schob sie ihn in ihre Handtasche. Dann überquerte sie die Straße und stieg auf der Beifahrerseite in den Lexus. Mit einem vergnügten Zwitschern der Hinterreifen startete der Wagen; Pepper fuhr so, wie sie redete.

»Machen Sie's genau übers Herz«, sagte ich zu dem alten Mann. Wir standen im Hinterzimmer einer Schneiderei in der Bronx, einer Seitenstraße des Grand Concourse. Der schmale Laden war umgeben von Niederlassungen des schwerbewaffneten Stammes der bodegueros, die in den verschiedenen Ghettos der Stadt Handelsmissionen in Feindesgebiet unterhielten, überteuerte Pampers und die Milch von gestern und einzelne Zigaretten für einen Vierteldollar pro Stück verkauften, die in einer Dose auf der Theke standen. Außerdem gab es ein paar Schnapsläden, die wie das Innere von Geldtransportern aussahen, und einen einzigen Trödelladen, der angeblich gebrauchte Möbel verkaufte, seine Geschäfte aber mit dem Tausch von Lebensmittelgutscheinen gegen Cash machte. Gegen einen gewaltigen Abschlag. Im Vorderzimmer der Schneiderei hingen Stoffmuster und Anzüge an Haken. An einer Wand stand ein dreiteiliger Spiegel. Selbst der Staub sah sauber aus.

Der alte Mann warf dem Maulwurf einen Blick zu; der sagte irgendwas auf Jiddisch zu ihm. Oder Hebräisch – den Unterschied konnte ich nicht erkennen. Der Maulwurf hatte mir mal erklärt, daß junge Israelis Hebräisch sprechen und ältere europäische Juden Jiddisch, aber das war keine feste Regel oder so.

Hercules saß mit nacktem Oberkörper auf etwas, das wie ein Friseurstuhl aussah; sein Brustkorb war muskulös wie damals im Knast, als er jeden Tag Gewichte stemmte. Die Hand des alten Mannes mit der Tätowiernadel zitterte nicht, als er direkt über den Nippel auf Herks linkem Brustmuskel ein schwarzes Hakenkreuz malte. Ich beobachtete seine Hände bei der Arbeit. Sah im grellen Lichtstrahl der Lampe die blaßblaue Zahlenreihe auf der Innenseite seines Unterarms.

»Zwei Tage«, sagte er, legte einen sauberen Verband über die frische Tätowierung. »Dann sieht sie aus wie vor langer Zeit gemacht.«

Ich dachte, was es einen Mann, der in einem Konzentrationslager tätowiert worden war, kosten mußte, das Symbol des Unterdrückers auf lebendes Fleisch zu übertragen. Dann sagte der Maulwurf wieder etwas zu dem alten Mann, berührte Hercules' Schulter. Der alte Mann küßte Hercules auf die Wange. Kein Mafia-Kuß, sondern so zärtlich, wie er einen geliebten Sohn küssen würde. »Sei gesund!« sagte er.

Und dann wußte ich, was der Maulwurf ihm gesagt haben mußte.

»Lorraine ist nicht auf der Flucht vor … denen«, erklärte mir Crystal Beth. Sie sprach leise, ihre Titten an meine Brust gedrückt, das Gesicht an meinem Hals.

Ich sagte nichts, rieb einfach in zärtlichen Kreisen über ihren Rücken, fragte mich, warum sie mir von der Frau mit dem herben Gesicht, dem Klemmbrett und der Siamkatze erzählte.

»Sie ist viel älter als die meisten von uns«, sagte Crystal Beth. »Kommt aus einem anderen Untergrund. Sie ist eine der Letzten.«

»Was ist sie, ein Reserve-Bomber?«

»So was Ähnliches«, sagte Crystal Beth. »Spielt heute keine Rolle mehr. Für Lorraine ist alles miteinander verschmolzen.«

»Zu was?«

»Männer. Sie ist sehr verbittert darüber, wie schwach die alle waren. Sie waren nicht treu, sagt sie immer.«

»Das würden die meisten Frauen hier sagen, oder?«

»Nein, nicht, was du meinst. Ihren Idealen nicht treu.«

»Manche sind's.«

»Du?«

»Ich habe keine Ideale«, sagte ich. »Ich versuche nur, mich durchzuschlagen.«

»Durch ...?«

» ... dieses Leben«, beendete ich ihren Satz. Ließ die letzten Silben des Wortes aus, die in meinem Kopf immer mitschwangen: »slänglich«. Lebenslänglich. Genau das hatte ich. Ein liberaler Schwachkopf hat mal zu mir gesagt: »Wir haben *alle* lebenslänglich.« Das sollte wohl eine sensationelle Erkenntnis sein und mir klarmachen, daß wir alle Brüder waren. Er war einer dieser beknackten Weltverbesserer, die einem ihre Religion andrehen wollten. Ein Missionar in einem Land, dessen Sprache er nicht konnte, redete er mit Kannibalen, die sich an seinem Fleisch gütlich tun würden, wenn er die Nacht mit ihnen verbrachte. Ich war damals erst sechzehn, saß im Knast. Aber ich wußte, daß er bestimmt nicht *mein* »lebenslänglich« absaß.

»Das mag ich«, sagte Crystal Beth.

»Was?«

»Du ... daß du mich so streichelst.«

Ich ließ meine Hand tiefer wandern. »Magst du das auch?«

»Besser als gekniffen werden«, gurrte sie.

Ich gab ihr einen leichten Klaps auf den Po. »Halt die Klappe, Mädchen.«

Sie kicherte. »Das hab ich von meiner Mutter.«

»Was?«

»Ein breites Hinterteil«, sagte sie. »Das ist vererbt.«

»Ein Geschenk«, sagte ich.

»Könnte sein«, flüsterte sie, legte ihre rechte Hand auf die Außenseite meines Oberschenkels.

Die Tür ging auf. Eine Frau kam ins Zimmer. Auch ohne die haarsträubende Silhouette erkannte ich am Klackern der Pfennigabsätze, wer es war.

»Darf ich mitspielen?« fragte Vyra.

In dem erstarrten Augenblick schrumpelte mein Schwanz, und meine Augen weiteten sich, waren auf Vyras Hände gerichtet, bereit zu ... aber die waren leer.

»Das geht dich nichts an«, sagte Crystal Beth zu ihr, setzte sich auf.

»Ach, dann weiß er es nicht?« sagte Vyra provozierend. Sie hatte die Hände in die schmalen Hüften gestemmt, redete über meinen Körper weg, als sei ich ein Möbelstück.

»*Das* geht *ihn* nichts an«, schnauzte Crystal Beth zurück. »Warum gehst du nicht runter, und ich komme nach und rede mit dir ... unter vier Augen.«

»So gefällt's mir aber viel besser«, sagte Vyra, trat ans Bett, den Blick auf die andere Frau geheftet.

»Mich interessiert nicht, was dir gefällt«, sagte Crystal Beth, kletterte aus dem Bett und ging darum herum, verringerte den Abstand zwischen sich und Vyra. »Du hast hier nichts zu sagen. Daran ändert auch dein Geld nichts.«

Vyra wich einen schnellen Schritt zurück. Ihr kleines Fuchsgesicht wurde unter dem Make-up zur Maske, ihre stark geschminkten Lippen spuckten lautlose Worte. Crystal Beth machte noch einen Schritt auf sie zu; ihr nackter Körper schimmerte vor kinetischem Selbstvertrauen. Vyras linke Hand schoß auf Crystal Beths Tätowierung zu; ein harter Knall in der Stille. Vyras Mund formte ein O, als wäre sie über sich selbst schockiert. Crystal Beth ging weiter, rückte ihr auf die Pelle, legte die Arme um die dünne Frau, hielt sie fest. »Hör auf!« sagte sie. Vyra wehrte sich noch ein paar Sekunden. Dann fing sie an zu weinen.

Crystal Beth brachte sie zum Bett, die Arme immer noch um sie gelegt. Sie zwang Vyra auf die Matratze, neben mich, hielt sie mit einer Schulter unten, hatte sich rittlings über Vyras Oberschenkel gesetzt. »Hör auf«, sagte sie wieder, küßte Vyra auf die Wange. »Hör einfach auf.«

Vyras Schluchzen verwandelte sich in ein Schniefen, dann holte sie tief Luft und verstummte mit einem Zittern. »Braves Baby«, sagte Crystal Beth leise. »So ist schön.«

Ich stand auf und begann mich anzuziehen.

Crystal Beth knöpfte Vyras Bluse auf. Vyra stützte sich auf, damit die Bluse von ihren Schultern gleiten konnte.

Ich zog den Reißverschluß meiner Jeans hoch, schnappte mir meine Jacke von der Sessellehne.

Crystal Beth flüsterte Vyra was ins Ohr.

»Ich wette, das kann er nicht«, kicherte Vyra und öffnete ihren BH.

Crystal Beth drehte sich zu mir. »Bleib da«, sagte sie. Dann, zu Vyra: »Was willst du wetten?«

Vyra flüsterte.

»Nein«, sagte Crystal Beth. »Wir wetten um das.« Und flüsterte ihr wieder was zu.

Ich schob einen Arm in einen Jackenärmel.

»Bitte, bleib«, sagte Crystal Beth, honigsüß diesmal. »Setz dich ein paar Minuten in den Sessel, rauch eine Zigarette, okay? Sieh uns einfach zu. Dann können wir reden.«

Ich drehte mich um und setzte mich in den Sessel. Dann ließ ich meinen Blick unscharf werden und sah wie durch einen Weichzeichner zu, wie Crystal Beth Vyra half, sich auszuziehen. Als sie bei ihren Schuhen angelangt waren, wehrte sich Vyra, und sie balgten sich eine Weile, doch schließlich zog Crystal Beth ihr die Schuhe aus und warf sie quer durchs Zimmer.

Dann liebten sie sich.

Es endete damit, daß Crystal Beth auf dem Bauch lag, das Gesicht im Kissen vergraben, leise stöhnend, Vyra hinter ihr, das Gesicht in Crystal Beth vergraben. Sie kamen gleichzeitig, explodierten. Sie lagen einige Minuten in enger Umarmung da, dem Einschlafen nahe, bis …

Crystal Beth hob das Gesicht aus dem Kissen und sah über die Schulter Vyra an. »Ich hab gewonnen«, sagte sie, ein glückliches Lachen in der Stimme.

»Schläfrig«, murmelte Vyra, das Gesicht auf Crystal Beths breite Hüfte gedrückt.

Ich deckte beide mit dem Laken zu und ging nach unten.

»Weißt du, wieviel das wiegt?« fragte Herk. Er machte Curls mit Geräten, die er aus dem improvisiert hatte, was wir hergebracht hatten – jeweils zwei Zweieinhalb-Gallonen-Plastikkanister, zusammengebunden mit durch die Griffe gezogenem ummantelten Draht und mit einem Stück Holz verankert, das er als Griff verwendete. In jeder Hand hielt er so ein Paar.

»Ungefähr vierzig Pfund jedes«, erwiderte ich.

»Woher weißt du das, Bruder?« fragte er, grunzte rhythmisch bei jedem Stemmen.

»Ein Liter Wasser wiegt ungefähr zwei Pfund«, sagte ich. »Eine Gallone sind rund vier Liter. Das macht dann acht, stimmt's? Mal zweieinhalb ist zwanzig. Verdoppel das noch mal und du hast eine Hantel.«

»Nein. Ich meine, rechnen kann ich auch. Zumindest so was. Woher weißt du, wieviel ein Liter wiegt?«

»Ich weiß es nicht, Herk«, sagte ich ehrlich. »Ich weiß Zeugs, Zeugs, das ich lese, Zeugs, das ich gehört habe. Alles liegt irgendwo da drin rum, so gewaltig vermischt, daß ich es nie auseinanderdividieren könnte.«

»Weißt du auch, wie groß ein Acre ist?« fragte er.

»Ungefähr so groß wie ein Wohnblock. Der ganze Block im Quadrat.«

»Ja! Genau *so was* muß ich auch wissen.«

»Wozu? Willst du Bauer werden?«

»Nö. Ich werd kein Bauer. Gärten sind keine Farmen.«

»Weil sie kleiner sind?«

»Weil man alles mit den eigenen Händen macht. Weißt du noch, wie die den alten Dante gefragt haben, ob er auf dem Außengelände arbeiten wollte?«

»Ja.«

»Er hat's nicht gewollt, stimmt's?«

»Dante war einer von der alten Schule«, sagte ich. »Für ihn waren alle Kapos miese Ratten.«

»Vielleicht. Aber das war's nicht«, sagte Herk, ohne auch nur eine Sekunde den Rhythmus zu unterbrechen; kräftige Muskelstränge spielten auf seinen Unterarmen. »Weißt du, was er mir erzählt hat? Die hatten schöne Gärten draußen. Blumen und alles. Aber die haben die Beete mit diesen kleinen Traktoren bearbeitet. Dante wollte mit der Scheiße nichts zu tun haben. Er sagt, wenn man es nicht mit den eigenen Händen macht, dann ist man kein Gärtner, sondern ein Bauer.«

»Verstehe.«

»Wird er's machen?« fragte Herk.

Ich wußte, was er meinte. Konnte nicht antworten. Zuckte die Achseln.

»Aber wenn nicht, dann hast du noch einen anderen Plan, stimmt's?« fragte der kräftige Mann hoffnungsvoll.

»Einen ganzen Haufen«, versprach ich.

»Klopf, klopf.« Die Stimme einer Frau vom Treppenabsatz. Herk und ich drehten uns in die Richtung der Stimme. Und des Klick-Klackerns von Stöckelschuhen auf den Stufen.

Vyra kam in Sicht, wieder angezogen, aber mit hochgesteckten Haaren, und das Make-up war verschwunden.

»Kannst du mitkommen –?«

Sie blieb stehen, als sie Hercules sah. Er stand mit nacktem Oberkörper da, die langen Haare verschwitzt, erstarrt mitten in einem Curl, der Verband weiß auf seiner Haut. Über seinem Herzen, wo das Hakenkreuz lauerte.

»Crystal Beth hat gesagt, du sollst nicht runterkommen, oder?« fragte ich sanft.

»Sie hat gesagt, ich soll dich holen«, sagte Vyra abwehrend.

Hercules starrte sie nur an.

»Sie hat gesagt, du sollst mich rufen, stimmt's?« sagte ich. »Nicht runterkommen.«

»Tja, dafür ist es jetzt zu spät, was?« konterte Vyra, stemmte die Hände in die Hüften.

Ich schimpfte lautlos *Scheiße*. Und laut sagte ich: »Vyra, darf ich dir Hercules vorstellen. Herk, das ist Vyra.«

Der große Mann stellte vorsichtig die Kanister auf den Boden, wischte sich die Hände an seiner Jeans ab und ging zu Vyra hinüber. Er streckte die Hand aus. »Freut mich, Sie kennenzulernen«, sagte er.

»Gleichfalls.« Sie lächelte.

»Tolle Schuhe«, meinte Herk.

Vyra senkte den Blick auf ihre Füße. Zu den irisierenden, grünen Stöckelschuhen mit einem winzigen goldenen Punkt auf den Zehen. Hielt den Kopf gesenkt, sagte mit der glücklich-verlegenen Stimme eines kleinen Mädchens: »Danke.«

Ich ging.

»Jetzt weißt du's«, sagte Crystal Beth trotzig. Als rechne sie mit etwas Schlimmem. Und sei bereit, damit fertigzuwerden.

»Was weiß ich jetzt?«

»Das mit mir und Vyra. Was wir … machen.«

»Na, und?«

»Genau das weiß Pryce auch. Das ist es, was er weiß. Damit kann er ihr Leben kaputt machen.«

»Das verstehe ich nicht«, antwortete ich verdutzt.

»Ihr Mann. Er würde nie … Ich weiß nicht, ob ich es dir erklären kann. Männer haben … Grenzen. Jeder andere. Er weiß, daß Vyra … Beziehungen hat. Aber er würde niemals –«

»Woher willst du das wissen?« fragte ich. »Besonders vernünftig klingt das nicht.«

»Sie sehen sich zusammen … Filme an. Also, eigentlich keine Filme. Videos. Vyra besorgt sie. Sie besorgt alles – er verläßt praktisch nie das Haus. Er macht nicht viel … Es dauert lange, bis …«

»Was?«

»Hör mal, ich … ich fühle mich nicht wohl dabei.«

»Sag einfach, was es ist, Crystal Beth. Egal was, es betrifft dich nicht, okay?«

»Okay«, sagte sie, holte tief Luft, als würde ihr gleich der Arzt eine Spritze geben. »Er ist schwer zu … erregen. Die Videos … helfen ihm. Und manche von Vyras … Verkleidungen. Je älter er wird, um so härter und härter wird es. Hups!« Sie kicherte. »Ich wollte nicht –«

»Ich weiß.«

»Jedenfalls, Vyra besorgt ganz unterschiedliche Videos. Sie weiß, was er mag. Einmal hat sie mit anderen Frauen gesprochen. In irgendeinem Club, wo sie Mitglied ist. Und alle waren der Meinung, daß nichts einen Mann mehr anturnt als zuzusehen, wenn zwei Mädchen … sich lieben. Also hat sie sich so ein paar Videos ausgeliehen. Aber als er das erste sah, ist er durchgedreht. Hat gesagt, das wäre das Widerlichste, was er je gesehen hätte. Er hat das Band aus der Kassette gerissen und gesagt, wenn sie je wieder so eine Schweinerei ins Haus bringt, läßt er sich von ihr scheiden. Vyra sagt, er habe dabei ausgesehen wie ein Wahnsinniger. Es hat ihr Angst gemacht.«

»Wie hat Pryce von dir und Vyra erfahren?«

»Ich weiß es nicht«, sagte sie mit spröder Stimme. »Ich weiß nicht, woher er was weiß.«

»Hat er Fotos? Mitschnitte von Wanzen?«

»Ich glaube nicht, daß er irgendwas hat. Zumindest nicht, was du meinst. Aber das wäre egal. Vyra ist eine schlechte Lügnerin.«

Ich wußte, wie wahr das war, behielt dieses Wissen jedoch für mich.

»Vyra ist jetzt wirklich verwirrt«, flüsterte Crystal Beth mir später im Bett zu.

»Was meinst du?«

»Weißt du, wie du uns … zugesehen hast?«

»Ja.«

»Du weißt, um was wir gewettet haben? Vyra und ich?«

»Nein …«

»Sie sagte, wenn du uns zusiehst, würde dich das anturnen und …«

»Und …?«

»Du würdest mitmachen wollen.«

»Oh.«

»Sie ist schon … mit dir zusammen gewesen, sagt sie. Oft. Aber sie kennt dich nicht.«

»Und du schon?«

»Ja«, sagte sie, drehte sich um, legte einen ihrer kräftigen Oberschenkel über meinen. »Sie versteht nicht, wie wichtig dir Selbstbeherrschung ist.«

»Was heißt das?«

»Vyra dachte, es würde dich anturnen. Und dann würdest du was unternehmen.«

»Aber du –?«

»Ich dachte, es würde dich anturnen. Aber ich wußte, du würdest einfach sitzen bleiben, es sei denn …«

»Es sei denn, was?«

»Es sei denn, wir bitten dich … mitzumachen. Wolltest du?«

»Ich weiß nicht«, sagte er.

»Wie kann das sein? Entweder du wolltest oder –«

»So einfach ist das nicht. Ein Teil von mir wollte wohl schon. Aber gleichzeitig war es mir nicht … intim genug, schätze ich.«

»Intimität ist wichtig«, sagte sie ernst. »Ich weiß.«

»Meinst du?« fragte ich. »Ich, ich bin an Orten gewesen, da gab es keine Intimität, keine Privatsphäre. Überhaupt keine. Da kann man nicht mal mit seinen Gedanken allein sein. Ich wollte einfach … respektieren, was ihr gemacht habt. Auch wenn ich's nicht verstanden habe.«

»Du verstehst nicht, daß zwei Frauen sich lieben können?«

»Ich habe nicht verstanden, warum du … warum du nicht wolltest, daß ich gehe.«

»Vielleicht habe ich gehofft, Vyra würde die Wette gewinnen«, sagte sie mir ins Ohr.

»Um was habt ihr überhaupt gewettet?« fragte ich sie, verließ den Weg, den sie ging.

»Wenn du das nächste Mal wiederkommst, wirst du mein Zimmer nicht wiedererkennen«, sagte sie. »Vyra muß alles saubermachen. Von oben bis unten. Jeden Quadratzentimeter.«

»Und wenn du verloren hättest?«

»Dann hätte ich ihr die Schuhe polieren müssen.«

»Das klingt aber nicht –«

»All ihre Schuhe«, sagte Crystal Beth.

»Du wolltest nicht verlieren«, sagte ich, legte einen Arm um ihren Hals, zog sie zu mir herunter; Bilder von ihr und Vyra leuchteten auf meiner inneren Leinwand auf und verblaßten.

Beim ersten Tageslicht war ich mit Pansy auf dem Dach. Sie war dem Aufschnitt, den ich in einem rund um die Uhr geöffneten Laden gekauft hatte, mit mäßiger Begeisterung begegnet, hatte die Leberwurst mit dem dunklen Rand verschmäht. Ich ließ ebenfalls die Finger davon, begnügte mich mit Roggentoast, frischem Staudensellerie und Eiswasser.

Über das Handy rief ich Mama an. Nichts stand an.

Als wir vom Dach runterkamen, schaute ich mir das Dreckloch an, in dem ich wohnte. Vielleicht hätte ich bei der Wette mit Vyra einsteigen sollen. Dann verbrachte ich einige Stunden mit Putzen, hatte zwei Hundertdreißig-Liter-Müllsäcke voll, als ich fertig war. Pansy lief mir eine Weile hinterher, gab auf, als sie erkannte, daß sich hier kein besonders großer Spaß entwickelte.

Als ich fertig war, machten wir eine Pause. Pansy bekam eine Literpackung Honig-Vanille-Eiscreme. Ich eine Zigarette. Sie war vor mir fertig, leckte die Dose so leidenschaftlich aus, daß sie sogar noch den Geruch verputzte.

Ich machte ihr den Fernseher an, zappte über die Kanäle, bis sie es sich bequem machte. Wenn ich bloß Kabelfernsehen hätte. Die einzigen alten Sachen, die es im normalen Programm gibt, sind Scheiße, wie »The Three Stooges«. Als Kind habe ich diese Filme gehaßt. Bescheuerte Blödmänner. Das waren keine Partner, diese Typen. Nicht so wie Abbott und Costello. Oder gute Kriminelle wie Bilko.

Gegen Mittag ging ich wieder zu Crystal Beth. Rief sie vorher an, damit sie mich reinließ. Sie hatte mir nie einen Schlüssel angeboten. War das eine Botschaft? Oder vielleicht hatte sie auch geblickt, daß sich der Maulwurf längst darum gekümmert hatte.

Den größten Teil des Nachmittags verbrachte ich mit Herk beim Proben. Gegen fünf rief ich Mama an.

»Mann kommt. Mit Umschlag. Zwei Umschlag.«

»Ein Weißer? Groß? Breite Schultern, rasiert, lange Haare?«

»Nicht lang Haar«, sagte Mama. Was bedeutete, der Rest meiner Personenbeschreibung stimmte. Ich hatte vermutet, daß Mick der Bote sein würde, Peppers Mann. Aber er hatte lange Haare.

»Kannst du sie aufmachen, Mama?« fragte ich. Als hätte sie das nicht schon längst getan.

»Klar.« Nach etwa zehn Sekunden: »Papier.« Sollte heißen: Kein Geld.

»Viel Papier?«

»Eins, zwei, drei … sieben Seiten«, sagte Mama, ließ sich Zeit. Das einzige, was sie mit Höchstgeschwindigkeit zählte, war Bargeld. »Und Bild.«

»Sonst noch was? In dem anderen?«

»Mehr Papier. Notiz. Steh drauf: ›Rufen Sie mich an.‹«

»Das ist alles? Keine Unterschrift?«

»Steh drauf: ›Rufen Sie mich an.‹«

»Okay, Mama. Danke. Ich hol's später ab.«

»Du Arbeit, ja?« Sollte heißen: Etwas Ungesetzliches tun. Gegen Bezahlung.

»Ich arbeite«, versicherte ich.

Während der Fahrt zu Mama versuchte ich, Wolfe über das Handy zu erreichen. Hinterließ, wo ich sein würde, dachte, daß unsere Crew bald wieder die Nummern wechseln sollte – der Prof besorgte uns einen frischen Satz geklonter Nummern beim Maulwurf.

Das Münztelefon in Mamas Restaurant klingelte, als ich durch die Küche kam.

»Haben Sie mein Päckchen bekommen?« fragte Wolfe, als sie meine Stimme hörte.

Ich gab Mama ein Zeichen, sie brachte mir die Umschläge. Ich klemmte den Hörer zwischen Kopf und Schulter, blätterte den Inhalt schnell durch. »Ja.«

»Die Aufnahme zeigt … die Zielperson. Es stammt aus seiner Bewerbung.«

»Danke.«

»Es ist … genug da«, sagte sie, »um die Verbindung herzustellen. Schauen Sie zuerst den dickeren Umschlag durch.«

»Verstanden.«

»Hören Sie, dieser Umschlag, den wir für Sie abliefern sollten?«

»Ja.«

»An der Adresse gibt es keinen Mr. White. Mick war hartnäckig – er hatte die Nummer des Apartments, Sie erinnern sich? Also hat man ihm die Wohnung gezeigt. Es ist die Musterwohnung – die potentiellen Mietern vorgeführt wird. Dort wohnt niemand.«

»Okay.«

»Sonst noch was?«

»Nein. Danke. He, hat sich Mick die Haare schneiden lassen?«

»Das gehört zum Job.« Wolfe lachte leise. »Ein kleines Opfer.«

Das Foto des Wachdienstes zeigte einen Mann in den Dreißigern, schwarzes Haar, kurz geschnitten, typisch europäisches Gesicht mit unauffälliger Nase. Er schaute ernst in die Kamera. Nichts Besonderes.

Auf Long Island geboren. Mädchenname der Mutter war Wallace. Auf die Geburtsurkunde hatte jemand direkt neben den Namen einen dieser abziehbaren roten Plastikpfeile geklebt, die »Hier unterschreiben« sagen – Pfeile, wie sie Anwälte auf Verträge legen, die man an einem halben Dutzend Stellen unterzeichnen muß. Warum? Ich sah mir den Rest an. Highschool-Abschluß. Wenig bemerkenswerter Militärdienst. Erfolgreich abgeschlossener Strafrechtskurs auf einem kleinen College. Nie arbeitslos, aber häufiger Stellenwechsel. Zustellungsbeamter, Geldeintreiber, Kaufhausdetektiv. Lauter polizeiähnliche »Ermittlungs«-Jobs. Fast drei Jahre als Hilfspolizist. Das paßte – Autoritätsfreaks neigen zu solchen Sachen.

Seine Kreditraten zahlte er eher unregelmäßig. Aber regelmäßig genug, daß er für einen 1991er Corvette, den er 1995 gebraucht kaufte, ein Darlehen bekam. Das dem Antrag auf Waffenschein beigefügte polizeiliche Führungszeugnis war in Ordnung. Mußte vor seiner Stippvisite auf Rikers Island gewesen sein – ich vermute, die Unternehmen prüfen nicht regelmäßig nach. Nachdem er seine Kanone hatte, stieg sein Stundenlohn auf neun Dollar fünfzig. Vor einigen Jahren Heirat. Dann Scheidung. Keine Kinder.

Abgesehen von Asthma nichts Besonderes in seinen Krankenversicherungsunterlagen. Beigefügt war die Fotokopie eines Ausdrucks. Er und seine Frau hatten vor einigen Jahren versucht, ein Baby zu bekommen. Genetische Beratung war auf dem Formular angekreuzt. Auch hier wieder einer der roten Pfeile.

Ich nahm mir den zweiten Umschlag vor. Nur zwei Blätter. Das erste war eine Kopie der Geburtsurkunde, aber diese trug in der unteren rechten Ecke einen amtlichen Stempel und eine Gebührenmarke auf der Rückseite, was die Echtheit der Kopie bestätigte. Ich folgte dem roten Pfeil – jetzt lautete der Mädchenname der Mutter Wasserstein.

Das andere Blatt war ein Duplikat des Formulars der Klinik. Der rote Pfeil deutete auf den Abschnitt über genetische Beratung – jetzt stand dort: TEST AUF TAY-SACHS-SYNDROM. Die Ersatzdokumente waren wunderbare Arbeit, von den Originalen nicht zu unterscheiden. Wolfe bewegte sich weiter außerhalb der Legalität, als ich gedacht hatte. Und sie hatte Zugang zu ausgezeichneten Fälschern.

Ich entfernte die roten Plastikpfeile, tauschte die neuen Seiten gegen die alten aus und setzte mich hin, um noch einmal die neue, angeglichene Fassung zu lesen.

Das Todesurteil.

Ich habe gehört, daß viele Frauen beim Hausputz nackt sind, aber noch nie hatte ich einer in lippenstiftroten

Pumps mit zehn Zentimeter hohen Absätzen dabei zugesehen. Als Crystal Beth mich in ihre Wohnung führte, kämpfte Vyra leise vor sich hin brummelnd mit dem Staubsauger, als wäre der ein von Außerirdischen zurückgelassenes Artefakt. Ihre blasse Haut schimmerte unter einem feinen Schweißfilm. Sie sah mich, bückte sich verdutzt, suchte den Schalter. Nach einem Augenblick der Sucherei riß sie mit einem mächtigen Ruck das Kabel aus der Wand, schaute triumphierend auf.

»Ich wollte meine Kleider nicht versauen«, sagte Vyra zu Crystal Beth, deutete aufs Bett, wo in einem unordentlichen Haufen rote, schwarze und weiße Seide im Wert von mehreren tausend Dollar lag. »Ich bin fast fertig.«

»Fast fertig?« Crystal Beth lachte. »Du hast doch erst vor ein paar Minuten angefangen.«

»Was gibt's denn hier sonst noch zu tun?« wollte Vyra wissen, verschränkte die Arme unter den Brüsten. Das macht sie immer so. Um sie anzuheben – sie weiß wohl, daß ihr Busen viel zu groß ist, um ohne BH gut auszusehen.

»Da sind noch die Fußleisten, die Regale, das Bad, das …«

»Das Bad? Ich denke ja gar nicht daran, irgendwem –«

»Oh, doch«, sagte Crystal Beth, ging auf sie zu. »Du hast ganz klar verloren.«

Vyra kehrte der Attacke den Rücken, ging zu einem Sessel, setzte sich auf die Armlehne, schlug die Beine übereinander und drückte die Brust raus, als wäre irgendwo eine Kamera versteckt. »Tja, ich hätte nicht verloren, wenn du nicht so ein Schlappschwanz wärst«, sagte sie zu mir.

»Tut mir leid«, antwortete ich.

»Na ja, du sollst ja auch nicht die ganze Arbeit machen. Aber es ist deine Schuld – du könntest mir wenigstens helfen.«

»Und mir die Chance entgehen lassen, dir zuzusehen? Vergiß es.«

Vyra faßte das als Kompliment auf, schenkte mir ein strahlendes Lächeln. Aber sie ging nicht wieder an die Arbeit.

»Ich muß runter, ein bißchen mit Herk reden«, sagte ich zu Crystal Beth. »Sag mir Bescheid, wenn Vyra fertig ist.«

»*Ich* sag dir Bescheid«, sagte Vyra.

»Zieh dir besser was über«, sagte ich. »Da unten zieht's.«

»Das ist hier wie im Knast,« sagte Herk.

»Wie im Knast? Das ist das reinste Paradies, verglichen mit –«

»Ich meinte nicht ... das hier«, sagte Herk, machte eine weit ausholende Handbewegung. »Ich meine ... das Reden. Weißt du noch? Im Knast hat der Prof dauernd versucht, was zu erklären. Wie man seine Dinger richtig durchzieht und so.«

»Klar.«

»Tja, und das hier ist genauso. Du erklärst mir was,oder? Was ich machen soll und alles.«

»Stimmt.«

»Nur, diesmal ist es anders, Burke. Ganz anders.« Er holte tief Luft, Gedanken malten sich auf seinem Gesicht, der massige Schädel unter der Haut deutlich sichtbar. Die weiße Haut. Teil des Passes, den er bald benutzen würde, um an einem Kontrollpunkt vorbeizukommen. »Da drinnen«, sagte er, »ging's drum, nicht zurückzukommen, weißt du? Wir wollten Dinger drehen. Jeder von uns. Wir waren Diebe. Wir schmiedeten Pläne. Diesmal ist's anders.«

»Inwiefern?« fragte ich.

»Diese Geschichte ist mein letztes krummes Ding, Burke.

Ich schwör's gottverdammt. Wenn wir das hinkriegen, wenn alles so läuft, wie du's sagst, bin ich fertig. Und weißt du noch was?«

»Was, Herk?«

»Diesmal ist es anders. Diesmal höre ich genau zu.«

»Gefallen dir meine Schuhe nicht?« fragte Vyra, am Fußende der Treppe stehend, einen roten Pfennigabsatz auf dem Boden, den anderen eine Stufe höher.

»Hab sie gar nicht bemerkt«, sagte Herk, ging an mir vorbei auf sie zu. »Beim ersten Mal waren die Schuhe das erste, was ich gesehen hab. Als du runtergekommen bist. Diesmal hab ich dich angesehen.«

»Mich?«

»Deine Augen«, sagte Herk. »So 'ne Farbe hab ich noch nie gesehen.«

Vyras Augen waren alltäglich braun. Sie verschränkte die Arme unter der Brust, legte den Kopf auf die Seite und sagte: »Wirklich?«

»Ja. Die haben genau dieselbe Farbe wie … Ach, das verstehst du nicht. Das klingt für dich nicht so gut.«

»Los, erzähl's mir«, sagte Vyra, nahm den Fuß herunter, stellte sich vor ihn, schaute unter ihren Wimpern zu ihm hoch.

»Torfmoos«, antwortete Herk schüchtern. »Kennst du Torfmoos? Damit die Rosen besser wachsen? Das ist so … satt. Satt und intensiv. Genau das ist die Farbe.«

Während ich nach oben ging, begriff ich, weshalb der verliebte Narr damit durchkam. Er meinte es ernst.

»Hätte ich die Wette verloren, ich hätte jeden ihrer

verfluchten Schuhe gewienert«, sagte Crystal Beth und ruderte mit den Armen. Der Hausputz, den Vyra hingelegt hatte, war wirklich jämmerlich.

»Ich glaube dir«, sagte ich.

»Ach, Vyra ist so.« Sie lachte. »Sie hat keine Disziplin.«

»Und keine Aufgabe?«

»Du machst dich nicht … lustig über mich?«

»Das würde ich nie tun.«

»Manchmal … hänseln die Menschen. Sie denken sich nichts Böses dabei, aber trotzdem tut es … weh.«

»Crystal Beth?»

»Was?«

»Würdest du mir einen Gefallen tun?«

»Sicher, Schätzchen.«

»Setz dich hin. Auf diesen Stuhl da.«

Sie tat es, einen fragenden Blick auf ihrem nach oben gewandten Gesicht. Ich ging zum Bett, setzte mich darauf. »Und jetzt heb deinen fetten Arsch und komm her«, befahl ich.

»Sie lachte leise, kam zu mir rüber gehopst.

»Was?« fragte sie, Lachen in den Augen.

»Es sind im Grunde nie die Worte«, sagte ich leise. »Nicht die Worte an sich. Sondern was sie bedeuten. Wenn ich eine blöde Bemerkung über deinen fetten Hintern mache, stört dich das nicht, oder?«

»Tjaaa, ich habe derzeit mein Wintergewicht …«

»Hör auf mit dem Quatsch, Mädchen. Es hat dich nicht gestört, weil du weißt, daß ich dich schön finde. Wenn du *wirklich* gedacht hättest, daß ich was Gemeines über dein Gewicht sage, dann hätte dich das verletzt, oder nicht?«

»Ja«, antwortete sie ernst.

»Das ist der Unterschied. Ich weiß das, und du auch. Und ich würde nie einen Witz machen über dein Ziel. Du bist sicher, daß ich deinen Arsch erstklassig finde ... Du bist dir nicht sicher, ob ich dich ernst nehme. Das ist es, oder?«

»Ich wollte nicht ...«

»Stimmt's?«

»Ja«, sagte sie, den Kopf gesenkt.

»Ich tu's, kleines Miststück. Ich schwör's dir.«

»Ach, Burke. Ich weiß ... Aber was Vyra betrifft, liegst du falsch. Sie hat keine Aufgabe, kein Ziel, aber sie sucht danach. Das ist mehr, als die meisten Menschen je tun.«

»Es ist mehr, als ich je getan habe«, sagte ich.

»Komm her«, sagte Crystal Beth leise, breitete die Arme aus.

In dieser Nacht zerrissen Blitze den Himmel. Es war gegen neun. Pansy und ich sahen fern, irgendeinen Film, bei dem ein Hund mitspielte. Einer von diesen kessen, süßen, die mit menschlicher Stimme reden. So was wie »Baywatch«, wahrscheinlich. Am unteren Bildschirmrand lief die Nachricht: BIS 20.30 WEITERHIN WARNUNG VOR HEFTIGEN GEWITTERN IN DEN SUSSEX UND UNION COUNTIES. EINZELHEITEN UM 23.00 UHR. Selbst Pansy hatte dafür nur ein Grinsen übrig.

Ich fand eine von diesen schrottigen Infotainment-Sendungen. Da gab es ein Interview mit einer Geld-gegen-Möse-Schlampe, die der Welt mitteilte, daß es in ihrem Buch um ihren Politiker-Freund ging, der sich gern als französisches Dienstmädchen verkleidete und ihr Haus saubermachte. Ihre amerikanischen Mitbürger sollten wissen, wer dieser Mann war, der für ihrer aller Leben wichtige Entscheidungen fällte. Die schwerste Nummer, die diese Nutte geschoben hat – einen frommen Grund finden, um Geheimnisse zu verkaufen. Wahrscheinlich die Idee ihres Zuhälters.

Mir gefiel die Vorstellung von so einem Politiker auch nicht. Wer will schon einen Regierenden, der so blöd ist, einer Nutte zu trauen?

Dann gab es eine weitere »Enthüllungsgeschichte« über Strip-Bars in Wohnvierteln. Drei Minuten lang Großaufnahmen von Ärschen in String-Tangas, dazu Titten aus dem OP, dann fünfzehn Sekunden winterlich eingemummelte Demonstranten draußen. Wenn Chirurgen Gehirntransplantationen durchführen könnten, wer würde sie kriegen?

Die Sendung endete mit einem Freak, der Inzest-Folter-Comics schrieb und kreischte, er sei der neue John Peter Zenger.

Ich wünschte, ich hätte Kabel.

Das Handy klingelte kurz vor Mitternacht.

»Ich bin's«, sagte Crystal Beth. »Er hat gerade angerufen.«

»Will er jetzt ein Treffen? Sag am Telefon nicht, wo. Ich komme –«

»Nein. Morgen nachmittag. Kannst du –?«

»Ich bin vor zwölf da«, versprach ich.

Als ich am nächsten Morgen vor dem Weggehen Pansy tätschelte, spürte ich ein Zittern. Wußte nicht, ob es sich von ihr auf mich übertrug oder anders herum. Aber ich spürte es, und ich vertraute ihm.

Also ließ ich den Plymouth auf der Houston verschwinden. Lehnte mich an eine Häuserwand, schlug ein bißchen Zeit tot. Steckte mir eine Kippe an. Eine Frau in einem grünen Lodenmantel mit schicken Hornknöpfen ging vorbei, verzog das Gesicht wegen meiner Zigarette. Die Duftfahne ihres Parfums hätte einen Gerichtsmediziner kotzen lassen.

Ein paar Minuten später nahm ich die U-Bahn zur Bleeker Street. Ich konnte mir keine Rückendeckung holen für ein Treffen mit Pryce. Zumindest keine, die mir absolute Sicherheit garantierte. Er würde verschwinden, sowie er was roch. Aber ich konnte dafür sorgen, daß er nicht das gleiche mit mir versuchte.

In der U-Bahn sah ich einem Mann zu, der die Arme unter einem schmutzig-weißen Sweatshirt verschränkt hatte, die Geborgenheit der Zwangsjacke suchte, an die er sich so gern erinnerte. Sein Gesicht wurde auf irre Weise ruhig, als er die richtige Stellung fand. Genau wie ein frisch entlassener Sträfling in eine Ein-Zimmer-Wohnung zieht, selbst wenn er sich mehr leisten könnte. Das Vertraute, selbst wenn es häßlich ist, hat etwas Beruhigendes.

»Wo will er sich mit mir treffen?« fragte ich Crystal Beth, als sie mich hineingelassen hatte.

»Das hat er nicht gesagt«, antwortete sie. »Er ruft um drei an und –«

Ich nickte, unterbrach sie. Und spürte, wie ich mich entspannte. Genau das war es gewesen, was mir einen Schrekken eingejagt hatte – ein Mann wie Pryce würde nie fünfzehn Stunden im voraus den Ort eines Treffens bekanntgeben, es sei denn, er hat genug Leute, um den Ort die ganze Zeit im Auge zu behalten.

Als wir an der zweiten Etage vorbeikamen, hörte ich, wie hinter uns eine Tür geöffnet wurde. Ich drehte mich nicht um.

»Wo lauert Vyra?« fragte ich, als wir in der Wohnung waren.

»Sie kommt nicht jeden Tag. Manchmal sehe ich sie ungefähr eine Woche lang nicht. Kommt ganz drauf an.«

»Ich wollte mich nicht in deine Angelegenheiten mischen«, sagte ich. »Ich wollte nur wissen, ob sie wieder einen ihrer Auftritte plant.«

»Du könntest, weißt du.«

»Ich könnte was?«

»Dich in meine Angelegenheiten mischen. In meinem ... Leben bist du ja schon. Willst du nichts über ... mich und Vyra wissen?«

»Nein.«

»Es war meine ... Idee, schätze ich«, sagte sie, als hätte ich das genaue Gegenteil geantwortet. »Sie ist keine Lesbe. Ich auch nicht, glaube ich. Sie ist nicht bi ... Mit mir hat sie zum ersten Mal ...«

»Es ist nicht –«

»Ich liebe Vyra. Sie ist nicht, was du denkst. Was du vielleicht denkst – ich weiß nicht, was du denkst. Sie ist ... verloren. Ich wollte ihr helfen ... sich zu finden, glaube ich. Es ist alles ganz natürlich.«

»Warum erzählst du mir das?«

»Weil du nicht gefragt hast, wahrscheinlich. So bin ich eben. Ich mag keine Geheimnisse zwischen ... Freunden. Aber wenn mich jemand zwingen will, etwas zu erzählen ...«

»Ich würde nie versuchen, dich zu irgendwas zu zwingen«, sagte ich. *Nein, Kleines*, dachte ich, *dich kann man zu nichts zwingen. Dich muß man austricksen.*

»Vyra ist lustig. Man sollte meinen, ich wäre viel lustiger als sie, so, wie wir aufgewachsen sind. So völlig anders. Aber das stimmt nicht. Vielleicht, weil ich ein Ziel habe ... Ich weiß nicht. Ich habe ein Paar Schuhe genau wie sie. Sie wollte, daß ich sie kaufe. Ich meine, sie hat sie bezahlt, aber sie hat mich überredet, mitzugehen und sie zu kaufen. Willst du sie mal sehen?«

»Klar.«

Crystal Beth ging barfuß zu ihrem Kleiderschrank und holte ein paar heiße rosa Stöckelschuhe mit einem kleinen schwarzen Punkt auf jedem Zeh hervor. »Elf Zentimeter hohe Absätze«, sagte sie grinsend. »Damit bin ich ganz schön groß.«

»Sie sind, äh ... bemerkenswert«, ich suchte nach dem richtigen Wort und griff daneben.

»Keine Ahnung, wo ich die tragen soll. Oder was ich dazu anziehen könnte. Vyra sagt, ich wäre ein Glückspilz. Weil ich so kleine Füße habe.«

»Ist das auch erblich?«

»Ich glaube. Meine Mutter hatte winzige Füße. Mein Vater allerdings nicht. Willst du sie mal an mir sehen?«

»Klar.«

Sie schlüpfte in die Schuhe und stolzierte ein bißchen herum, zog die Hosenbeine hoch, damit die Schuhe besser zur Geltung kamen. »Findest du, die sehen albern aus?« fragte sie.

»So ist das schwer zu sagen«, sagte ich, kratzte mir nachdenklich das Kinn. »Versuch's mal ohne Hose«, riet ich ihr feierlich.

Es war fast vier, als das Telefon schließlich klingelte. Diesmal war es eine Adresse an der West Fifty-sixth. Ein Bürogebäude, wenn ich mich recht erinnerte. Ich holte Herk aus dem Keller, und wir latschten nach Westen bis zur Eighth Street an der NYU. Dort schnappten wir uns eine U-Bahn zur Fifty-seventh und gingen zu der Adresse, die Pryce mir gegeben hatte.

In der Eingangshalle stand ein Pförtner, der uns aber nicht beachtete, als wir zum Fahrstuhl gingen. Ich ließ den Blick schnell über die Mieterliste wandern, entdeckte nichts neben der 1401. Wir fuhren trotzdem rauf.

Der Teppichboden auf dem Gang war neu gewesen, als man einen DeSoto noch aus dem Ausstellungsraum weg kaufen konnte. Die Wände hatten die Schmuddelfarbe von zahllosen Schichten Nikotin. Als wir den Korridor hinuntergingen, wechselte die Deckenbeleuchtung zwischen Eitergelb und nicht vorhanden. Die Bürotüren waren einheitlich braun und unterschieden sich durch die Überreste einstmals goldener aufgeklebter Zahlen. Wir fanden 1401 unmittelbar hinter einer Rechtskurve des Ganges neben einem Fenster mit Blick auf einen Lichtschacht. Die Scheibe war aus farbigem Glas, wie man es in Kirchen findet.

Ich klopfte leise an die Tür. Der Mann, der öffnete, war etwas größer als ich, hatte schütteres hellbraunes Haar und wäßrigblaue Augen. Er hob die Augenbrauen, als erwarte er, daß ich etwas sagte. Was ich nicht tat.

»Sie sind –?«

»Ja«, antwortete ich, schob mich an ihm vorbei ins Büro. Herk folgte dicht auf. Ich hörte, wie die Tür hinter uns geschlossen wurde.

Wir befanden uns in einem Raum, der einmal ein Wartezimmer gewesen sein mußte. Die Rückwand füllte ein Empfangstresen inklusive in die Wand eingelassene Schiebefenster aus Glas. Kein Mensch zu sehen. Ich öffnete die Tür neben der Anmeldung. Pryce war im nächsten Zimmer, saß hinter einem Holzschreibtisch auf einem dieser grünen Vinyldrehsessel, wie sie Schreibkräfte in den Fünfzigern hatten. Als wir eintraten, erhob er sich.

»Fangen wir an«, sagte er.

Wir folgten ihm in einen anderen Raum. Er war klein und

quadratisch, hatte einen ekelfarbenen Linoleumboden und ein einzelnes Fenster, das mit Silberzeug übermalt war, wie man es für Badezimmerscheiben benutzt. Das Mobiliar bestand aus einem zerlegbaren Kartentisch mit Glasaschenbecher sowie vier schwarzen Klappstühlen aus Metall. Die Wände waren kahl und in einem gebrochenen Weiß gestrichen, das nach Jahren der Vernachlässigung nur noch »gebrochen« war.

Pryce machte eine Geste; ich sollte mir einen Stuhl aussuchen. Ich nahm den mit dem Rücken zum Fenster, holte Herk mit einem Kopfnicken rechts neben mich. Pryce saß mit dem Rücken zur Tür, Lothar mußte Herk gegenüber Platz nehmen.

Ich gab ihm Fotokopien der Ausdrucke, die ich von Wolfe bekommen hatte. Er überflog sie, hob leicht die Augenbrauen, als er zu den ausgetauschten Seiten kam. Ohne ein Wort reichte er Lothar das Foto des Toten.

Lothar sah sich das Foto an und nickte. Dann sagte er den Namen des Toten.

Scheiße.

»Kannten Sie ihn gut?« fragte ich Lothar schnell, schaute gelassen.

»Bin ihm nur zwei-, dreimal begegnet«, antwortete Lothar sanft, sah Pryce Zustimmung heischend an. »So wie wir arbeiten.«

»Und wann bekommen Sie Bescheid?«

Er sah Pryce an, der sagte: »Dienstag liegt im toten Briefkasten eine Nachricht. Von Hercules. Die geben Sie den anderen weiter – nicht den Zettel, den werden Sie vernichten. Bieten Sie an, sich persönlich mit Hercules zu treffen. Die werden wollen, daß Sie ihn irgendwohin bringen. Oder Ihnen sagen, daß Sie allein hingehen sollen, aber selbst auch dort sein.«

»Vielleicht wollen die –«

»Nein, werden sie nicht«, unterbrach Pryce. »Das müssen die selbst herausfinden. Es ist zu nahe. So, ihr werdet die nächsten paar Stunden zusammen verbringen. Macht euch miteinander bekannt, wie ich es Ihnen gesagt habe. Das ist eure letzte Gelegenheit.«

»Wie wär's mit einem Bier?« sagte Lothar zu Herk, stand auf.

»Okay, Bruder«, erwiderte Herk, verließ mit ihm den Raum.

Wir saßen schweigend da, bis ich irgendwo rechts von mir hörte, wie sich eine Tür schloß. Dann beugte ich mich vor und warf meine beste Karte auf den Tisch, meine einzige Chance, Crystal Beth aus der Schußlinie herauszubekommen.

»Wir müssen das nicht mehr machen«, sagte ich.

»Was meinen Sie?«

»Das Risiko für Sie ist, daß Lothar verhaftet wird, wenn es zu dem Scheidungstermin kommt, stimmt's?« fragte ich so leise, daß Pryce den Kopf drehen mußte, um mich zu verstehen – nebenan würde man uns nicht hören können. »Aber wenn wir einfach abwarten«, sprach ich weiter, »erledigt sich alles von selbst. Und dafür kann ich jetzt sorgen.«

»Erklären Sie«, sagte er, noch leiser als ich.

»Die Frau erscheint nicht. Ist mir egal, ob alles vorbereitet ist oder nicht. Sie geht einfach nicht hin. Nicht jetzt. Ihr Anwalt beantragt Vertagung, was weiß ich. Wie lange wird das Ganze überhaupt dauern? Noch zwei, drei Wochen?«

»Ich weiß nicht. Ich sagte bereits, daß ich das Datum nicht kenne, an dem –«

»Egal. Es wird nicht mehr lange dauern, soviel wissen

Sie. Wir müssen einfach nur warten. Wozu brauchen wir jetzt noch das ganze Undercover-Zeug? Ich kann Ihnen *garantieren*, daß die Frau wartet. Und mehr muß sie nicht tun. Wenn die Sache, die Sie planen, vorbei ist, wird sie aktiv. Und Lothar erscheint einfach nicht – läßt sich nicht blicken. Die können ihm so viele Vorladungen zustellen, wie sie wollen – er ist dann längst untergetaucht. Für immer. Und damit hat sie alles, was sie will. Sowie er abtaucht, ist sie frei.«

»Wie können Sie das garantieren? Sie wissen doch nicht mal den Namen der Frau«, sagte er und beobachtete aufmerksam mein Gesicht. »Und selbst wenn, dann wissen Sie nicht, wo sie steckt. Vielleicht haben Sie diese ... andere Frau im Griff, aber nicht die, auf die es ankommt.«

»Egal, wo die steckt, sie ist nicht *unabhängig*«, sagte ich. »Sie kann das nicht allein durchziehen. Sie braucht die anderen. So funktioniert das. Es gibt ein ganzes Unterstützungssystem. Nicht bloß Geld – sie braucht auch emotionale Unterstützung. Wo sie jetzt ist, ist sie sicher. Ihr Kind auch. Die Lage ist vielleicht ein wenig angespannt, aber nicht gefährlich. Die Frau kann warten. Anfangs wollten Sie alles abblasen. Wir müssen nichts abblasen, stimmt's? Wir müssen nur ein bißchen hinauszögern. Solange Sie wollen.«

»So einfach ist das nicht«, erwiderte Pryce. »Inzwischen ist zuviel Zeit vergangen. Er – Lothar – wird nervös. Nicht wegen der anderen – da ist er sehr zuversichtlich. Sondern wegen mir. Er will was von mir. Eine Machtdemonstration.«

»Was hat das zu tun mit –?«

»Er will seinen Sohn sehen.«

Das Klima im Raum veränderte sich. Das Kind. Ich spürte kleine orangefarbene Punkte hinter meinen Augen.

Meine Hände wollten sich zu Fäusten ballen. Ich stellte mir meine Mitte vor. Sah, wie sie zerbrach. Zog sie zu einem Gitter zusammen, hielt sie mit meinem Willen fest. Ich verwandelte die aufblühende Wut in häßlichen grünen Rauch, ließ ihn durch das Gitter ziehen. Woanders hin. Testete im Kopf meine Stimme, bis sie völlig ruhig klang, alle rauhen Ecken glatt und rund waren. Dann war ich soweit.

»Das macht doch keinen Sinn«, sagte ich, kontrollierte meine Stimme, wollte sicher sein, daß sie ruhig und friedlich klang. »Er kann das Kind nicht mit in die Zelle nehmen. Selbst wenn er jemanden hätte, der sich um das Baby kümmert, er würde es nie zurückbekommen, bevor er abtaucht.«

»Er will ihn nicht mitnehmen«, erwiderte Pryce. »Nicht jetzt. Er will ihn nur *sehen.*«

»Um sicher zu sein, daß Sie liefern können?«

»Ja. Er weiß, daß ich ... den anderen Teil erledige. Immerhin sind wir auf seine Kooperation angewiesen, er kann erwarten, daß wir ihn sehr gut behandeln. Aber die ... Regierung weiß nicht, wo seine Frau und das Kind sind.«

»Und Sie auch nicht«, sagte ich, kapierte zum ersten Mal.

Er zuckte die Achseln, als wäre das ein kleineres Problem. Eines, das er früher oder später lösen würde.

»Und genau deshalb die Drohungen, was? Es ging nie darum, eine Scheidung hinauszuzögern. Das ist der Deal, den Sie mit ihm gemacht haben – daß Sie sein Kind finden. Und vielleicht – ja! – ihm das Kind bringen, wenn er verschwindet. Es einfach übergeben.«

Wieder zuckte er die Achseln.

»Wenn er aber Herk einschleust, ist er in den Arsch gekniffen. Dann haben Sie Ihren eigenen Informanten. Sollte er Herk verpfeifen, wäre das auch für ihn das Ende.«

Wieder ein Achselzucken.

»Sehr hübsch«, sagte ich, meinte es genauso. »Aber ich kriege, was ich will, ohne irgendwas zu unternehmen. Vielleicht haben Sie Crystal Beth so unter Druck gesetzt, daß die Frau ihre Scheidungsklage zurückzieht, aber Sie wissen, daß Sie beide nicht dazu bringen können, das Baby herzugeben. Kehren wir doch noch mal zum Ausgangspunkt zurück. Vergessen Sie die Scheidung. Die wird nicht passieren, stimmt's? Lothar wird nicht vor Gericht erscheinen. Er wird nicht festgenommen. Sie ziehen Ihr eigenes Ding durch.«

»Dafür ist es jetzt zu spät«, sagte Pryce. »Ich muß das Baby haben. Für eine Stunde, höchstens zwei.«

»Ist nicht drin«, sagte ich.

»Sie sagten doch, Sie hätten alles unter Kontrolle ...«

»Das zählt nicht mehr. Jeder hat seine Grenzen. Das dürften ihre sein.«

»Das ist mir egal«, sagte er ruhig. »Für mich zählt nur Ihre Grenze. Wir haben eine Abmachung. Sie bekommen dafür Ihren Freund Hercules. Er verschwindet von der Bildfläche. Bei voller Immunität.«

»Das wäre gut. Aber wir können auch ohne leben.«

»Für Mord gibt es keine Verjährung.«

»Was für einen Mord?«

Träge befingerte er das Foto des toten Mannes, sagte kein Wort.

»Das ist eine Vermutung«, sagte ich. »Kein Urteilsspruch.« Er schaute an die Decke, als suche er göttlichen Beistand. »Alle haben Sie angelogen, Burke«, sagte er. »Wenn Sie Ihre Freundin sehen, fragen Sie sie nach Rollo's.«

»Was ist mit Rollo's?«

»Glauben Sie, die wäre dort eine Fremde? Sie gehören alle dazu.«

»Wozu?«

»Zu ihrem Netzwerk. Diese Mimi, die den Laden

schmeißt. Sie. Der Rausschmeißer, T. B., Rusty, der muskulöse Kerl, der in einer Ecke sitzt und zeichnet. Ja, sogar ihr Mann.«

»Crystal Beth hat einen –«

»Nein, nicht sie. Mimi. Ihrem Mann gehört das Haus. Er geht nie hin, aber es gehört ihm. Und ein halbes Dutzend ähnlicher Häuser im ganzen Land.«

»Dann hat er eben ein paar Bars, was –?«

»Keine Bars. Nervenzentren. Er ist einer der Finanziers im Hintergrund, genau wie diese Vyra. Aber Crystal Beth hat das Sagen. Diese Sache mit dem Auflauern, das hat einfach Überhand genommen. So viele Menschen leben in Angst und Schrecken. Es war nur eine Frage der Zeit, bevor sie sich zusammentun. Ihre Freundin Crystal Beth leitet erheblich mehr, als Sie ahnen.«

»Dann ist sie eine Lügnerin«, sagte ich. »Dann sind alle Lügner. Es spielt keine Rolle, ich bin draußen. Warum sollte ich Ihnen helfen, das Kind in die Finger zu bekommen?«

»So eine Immunität ist wirklich was Wunderbares«, sagte Pryce leise. »Man kann etwas gegen etwas Besseres eintauschen. Sie geben dem Staatsanwalt einen Mord, und der kneift bei einer Menge anderer Sachen ein Auge zu.«

»Und?«

Wieder nahm er das Foto des Toten in die Hand, hielt es vor sich wie ein zerbrechliches Glas. »Das ist alles eine Kette. Aber ich habe das Glied, das sie schließen kann. Wenn Sie mir nicht glauben, sollten Sie vielleicht Anthony LoPacio fragen.«

»Wer zum Teufel ist Anthony LoPacio?«

»Ach, ja richtig. Wahrscheinlich kennen Sie ihn unter einem anderen Namen. Versuchen Sie's mal mit ›Porkpie‹.«

Ich steckte mir eine Zigarette an, um Zeit zu schinden, war nicht überrascht, daß meine Hände nicht zitterten – ich war innerlich tot. Mein Stammhirn war wie verstopft vor lauter Botschaften. Nur eine einzige war klar und deutlich, ätzte alle anderen weg.

Mord wäre die Lösung.

Zwei Morde. Hier. Jetzt.

Ich schaute zu Pryce hoch, spürte, wie mein Blick sanft und feucht wurde. Meine Augen gehörten jetzt Wesley, beobachteten die Beute. Ich bin als mutterlose Gossenratte aufgewachsen. Und wenn ich in die Ecke gedrängt werde …

Er sah, in welche Richtung ich ging. Der Muskel unter seinem Auge zuckte. »Es gibt noch eine Möglichkeit«, sagte er leise, spielte um sein Leben, legte die Hände flach auf den Schreibtisch, die Handflächen unten. »Wir können Partner werden.«

Ich lauschte auf jedes Wort, das er sagte, schob den Plan, ihn und diesen Lothar zu töten, hinter eine Tür in meinem Kopf. Aber ich ließ die Tür angelehnt. Dann ging ich den Deal durch. Wieder und wieder.

Zog Bilanz:

Selbst wenn er die Wahrheit sagte, selbst wenn er der einzige war, der die Wahrheit sagte, hätte er alle Trümpfe in der Hand.

Und er konnte sie jederzeit wieder ausspielen.

»Warum sollte ich Ihnen vertrauen?« fragte ich.

»Weil Sie wissen, was ich will … und weil ich der einzige in dieser ganzen Geschichte bin, von dem Sie das behaupten können«, antwortete er. »Alle anderen verfolgen eigene Interessen. Ob sie die Welt retten oder vernichten wollen, welchen Unterschied macht das? Sie und ich, wir sind Profis. Ich kann diese Sache nicht ohne Sie durchziehen, okay? Und Sie bekommen ohne mich nicht das, was Sie erledigt haben müssen.«

Ich hielt Blickkontakt mit ihm, aber meine Gedanken wanderten ab. Vor Jahren hatte ich mal mit einem Indianer zusammen gesessen. Er hatte einen Stammesnamen, den er nie benutzte. Drinnen. Wir nannten ihn Hiram. Er erzählte mir eine Menge Zeug, und ich hörte immer zu. Hiram sagt, daß es keinen eigenen Stamm der Chickesaw gibt – »Chickesaw« ist nur der Cherokee-Name für »einst hier, jetzt fort« – für diejenigen, die sich für ein Leben als Krieger entschieden haben. Die letzten, die von den Waffen des weißen Mannes besiegt wurden – aber die ersten, die sich »anpaßten«; deswegen begann die BIA, sie einen der »zivilisierten Stämme« zu nennen, als sie den Pfad der Tränen gingen. Doch Hiram sagte, sie warteten nur auf den rechten Augenblick.

Und manche Kinder ihrer Kinder taten dies immer noch.

Hiram erzählte mir, es gebe auch keinen Stamm namens Seminolen. Diesen Namen hätte Andrew Jackson ihnen gegeben … bevor er sie nach Oklahoma vertrieb, wo sie sich den Überlebenden des Pfades der Tränen anschlossen. In Wahrheit gehörten sie zum Volk der Creek, die Jackson von der Grenze Georgias nach Florida vertrieb.

Er sagte, auch manche ihrer Kinder warteten noch. Hätten sich die Stämme nicht gegenseitig bekriegt, hätten sie sich statt dessen zusammengetan, wäre die ganze Sache anders ausgegangen.

Hiram erzählte mir noch etwas. Er sagte, der Dachs und der Kojote gingen manchmal gemeinsam auf Jagd. Im hohen Nordwesten, im Winter, wenn es wenig Wild gibt. Der Kojote hat die besseren Augen, aber er kann den steinharten Boden nicht aufgraben. Und der Dachs sieht nur auf kurze Entfernung gut. Also macht der Kojote die Beute aus und alarmiert den Dachs. Dann gräbt der Dachs sie aus, und beide teilen sich die Beute.

Und gehen ihrer Wege, bis zum nächsten Mal.

Raubtiere in einem Bündnis auf Zeit.

Ich hatte Pryce einen einsamen Wolf genannt, und er hatte nicht widersprochen. Aber Profis korrigieren niemals Irrtümer, die sie betreffen. Und wie hatte Wolfe ihn genannt? Kopfgeldjäger? Vielleicht …

Mit meinem Blick nagelte ich seine Hände auf dem Tisch fest, wartete.

Als er nicht länger warten konnte, sagte er: »Und dann ist da noch das Geld.«

»Das Sie nicht liefern können«, erwiderte ich, wieder da, wo ich war.

»Wie auch? Ich arbeite frei. Das gesamte Risiko liegt bei mir. Es gibt keinen Vertrag. Wir arbeiten streng nach dem Prinzip: Bezahlung bei Lieferung. Sie wissen, wie das läuft. Nichts ist sicher, aber ich mache fifty-fifty, wenn's soweit ist. Was kann ich tun, um Sie zu überzeugen?«

»Ich weiß nicht.«

»Sagen Sie's, und Sie bekommen es«, sagte er. »Aber ich muß dieses Kind haben.«

»Irgendwelche Überraschungen?« fragte ich Herk. Während der Rückfahrt in der U-Bahn hatten wir kein Wort gewechselt, aber jetzt saßen wir im Plymouth. Unterwegs nach Norden.

»Nö. Der Typ ist ein jämmerlicher kleiner Wichser, Burke. Dieses ganze Zeug von wegen Krieger und für die Rasse sterben. Seine verschissenen ›Brüder‹. Als wüßte ich nicht, daß er sie alle verpfeifen wird, was?«

»Ja.«

Danach Schweigen, während der Plymouth die Meilen fraß.

»Hast du schon mal einen von denen getroffen?« fragte er plötzlich.

»Nazis? Klar. Als ich im –«

»Nein, nicht die. Juden. Hast du schon mal Juden getroffen?«

»Herk, um Himmels willen. Was glaubst du, wer dir diese Tätowierung auf die Brust gemacht hat?«

»Oh. Ja. Mir war nicht –«

»Vyra ist Jüdin«, sagte ich.

»Vyra?«

»Ja, Vyra. Das Mädchen mit den Schuhen.«

»*Sie* ist Jüdin?«

»Klar. Was ist daran so –?«

»Keine Ahnung. Ich hab nie nachgedacht über ... Ich meine, was dieser Lothar redet und so. Und die Bücher, die du mir gegeben hast. Ich hab nie gedacht, daß *Mädchen* jüdisch sein können.«

Was sagt man dazu?

»Kannst du das erledigen?« fragte ich den Maulwurf.

»Es wäre nicht exakt«, sagte er ruhig.

»Aber du kriegst hin, daß es so aussieht?« fragte ich, deutete auf das Millimeterpapier mit meiner groben Skizze. »Und es würde funktionieren?«

»Ja«, sagte er, sah mich mit milder Überraschung an.

»Was ist los?« fragte ich.

»Das ist sehr ... clever«, sagte der Maulwurf.

»Was ist das?« fragte Pryce, nahm mir die dünne, fleischfarbene Manschette aus der Hand. Es war drei Tage nachdem ich zum Maulwurf gegangen war.

»Eine Knöchelmanschette«, sagte ich. »Der letzte Schrei. Wiegt weniger als ein Viertel der alten Modelle. Plastik des Weltraumzeitalters mit Titandraht. Zur Überwachung von Pädophilen in diesen Programmen mit ambulanten Patienten. Sie legen sie um, ich versiegle sie, sie bleibt dran, bis ich sie wieder abnehme. Sollten Sie die Manschette aufschneiden, wird damit das Signal ausgelöst.«

»Und Sie erwarten, daß ich das trage?«

»Das ist der Deal«, sagte ich. »Sie tragen das, und ich weiß immer, wo Sie sind. Nicht genau, aber genau genug.« Er konnte nicht wissen, wieviel davon gelogen war. Die großen Drogenkartelle benutzen satellitengestützte Überwachungssysteme, mit denen sie die Position eines winzigen Bootes auf Hunderte Meilen leerem Meer exakt bestimmen können. Aber sie haben die Millionen, um Genies aus Silicon Valley zu bezahlen, die ihnen die Software schreiben, und müssen Waren im Werte von Milliarden schützen. Und ich, was hatte ich?

Er dachte einen Moment nach. »Was hätten Sie davon?« fragte er schließlich.

»Wenn Sie versuchen, mit meinem Geld zu verschwinden, weiß ich sofort Bescheid. Und kann Sie problemlos finden.«

»Woher weiß ich, daß Sie mich nicht einfach –«

»Kaltmachen, wenn Sie die Kohle liefern? Ich erwarte nicht, daß Sie mir vertrauen. Sie können mir das Geld per Post schicken. Ich gebe Ihnen eine Adresse. Sobald die Kohle da ist, sind Sie vom Haken.«

»Aber Sie können mich immer noch aufspüren.«

»Nur ungefähr dreißig Tage … länger hält die Batterie nicht. Sie können sich die Manschette aufschneiden lassen, sobald Sie den Schotter geschickt haben. Der Sender hat keine so große Reichweite. Ich würde wissen, daß Sie sich abgesetzt haben, aber nicht, wohin.«

»Aber in der Zwischenzeit …?«

»Ich *habe* Sie ja schon gefunden«, erinnerte ich ihn. »Ich habe Sie heute nacht gefunden. Jedesmal, wenn wir allein waren, habe ich Sie gefunden, stimmt's?«

»Also trage ich dieses Band, und Sie geben mir das Baby?«

»Sie tragen dieses Band, und ich lasse Lothar das Baby *sehen*.«

»Ja.«

»Und noch was.«

»Was denn?«

»Ich brauche eine Adresse.«

»Ja?«

»Porkpie ist schon länger verschwunden«, erklärte ich.

»Sowie Hercules eingeschleust ist«, sagte er ruhig. »Und Lothar das Baby sieht.«

»Abgemacht.«

Er holte tief Luft. »Sie erwarten nicht von mir, daß ich es jetzt anlege, oder?«

»Warum nicht?«

»Sie sind kein Ingenieur, oder?«

»Nein.«

»Tja, ich auch nicht. Nicht, daß ich dem, was Sie sagen, nicht vertraue, aber ich würde dieses … Gerät gern untersuchen lassen, bevor ich es ummache.«

»Nehmen Sie's mit«, sagte ich.

»Das Baby sehen?« fragte Crystal Beth. »Kommt nicht in Frage.«

»Das ist der einzige Weg«, sagte ich. »Lothar kann das Kind nicht entführen – dafür werden wir sorgen. Aber ohne diese Karte spielt er nicht mit. Und wenn er nicht mitspielt, dann wird Pryce ...«

»Du glaubst, er würde das wirklich tun?« fragte Vyra. »Alles platzen lassen?«

»Ja«, antwortete ich. »Das glaube ich.«

»Ich traue ihm nicht«, knurrte Crystal Beth. »Ich habe ihm noch *nie* getraut. Er muß das nicht machen. Er ist ein Schwein. Ein dreckiges, mieses Schwein.«

Vyra stand auf. Trat ans Fenster, hielt die linke Hand so, daß sich die Nachmittagssonne in dem großen Diamanten an ihrer Hand fing, ihn aufblitzen ließ. Sie bewunderte ihn einen Augenblick, drehte sich dann zu Crystal Beth, als wäre ich nicht da. »Nur so kriegst du Trüffel, Schätzchen«, sagte sie.

Crystal Beth ging zu Vyra hinüber. Legte eine Hand auf Vyras Nacken und zog sie zu sich. Flüsterte etwas.

Vyra stürmte mit heftigem Hüftschwung zur Tür. Knallte sie hinter sich zu.

Crystal Beth ging zum Bett, ließ sich rücklings darauf fallen. Sie klopfte aufs Laken neben sich, ich sollte mich neben sie legen. Was ich tat. Sie berührte meinen Hinterkopf. »Was ist?« fragte ich.

»Ich möchte dir eine Geschichte erzählen«, sagte sie, schob meinen Kopf auf ihren Schoß, vergrub die Hände in meinen Haaren. Ich schloß die Augen. »Als kleines Mädchen«, sagte sie, »hatte ich Höhenangst. Nicht vor großen Höhen, wie in einer Stadt. Auf dem Stück Land, wo wir wohnten, gab es nichts, das so hoch war. Aber wir hatten einen Schuppen. Um Maschinen unterzustellen. Der war vielleicht drei Meter hoch, aber ich hatte Angst, raufzuklettern. Aufs Dach, meine ich. Wir spielten, und dann blieb der Ball oben liegen. Das passierte immer wieder. Wir gingen abwechselnd rauf, ihn wieder holen. Aber als ich an der Reihe war, wollte ich nicht. Ich hatte Angst. …

Keiner hat mich dazu gezwungen. Aber ich fühlte mich mies. Auf dem Bauernhof ist jeder mal dran, irgendwelche Sachen zu machen. Aber auf diesen Schuppen klettern konnte ich einfach nicht. Meinen Eltern hab ich das nie erzählt. Ich … wahrscheinlich habe ich mich deswegen geschämt, keine Ahnung. Jedenfalls, eines Tages hat mich eines der anderen Kinder deswegen aufgezogen. Und meine Mutter hat's gehört.

Da hat sie ein Sprungbecken gebaut. Eine Art Schwimmbecken, aber eben aus Decken. Und Matratzen. Und ein paar Bärenfellen, die sie hatte. Es war *riesig*. Das Ding zu bauen, so hoch und weich aufzutürmen, hat Stunden gedauert. Ich bin vorausgegangen. Sie war direkt hinter mir, hatte ihre Arme um mich gelegt, damit ich nicht runterfallen konnte. Dann haben wir uns dort oben hingesetzt. Alle haben uns zugesehen. Meine Mutter sagte, wir könnten so lange dort oben sitzen, wie wir wollten. Sie erzählte mir Geschichten. Geschichten, wie ich sie besonders gern mochte. Von Eisbären und Schlittenhunden und Seehunden und Walen. Und nach einer Weile war es Zeit zu springen.

Wir sind aufgestanden und haben uns an den Händen gehalten. Meine Mutter sagte, wir wären Eisbären, die von einem kleinen Felsen ins Wasser springen. Sie war Mammabär, und ich war ihr Junges. Wir haben's getan, Hand in Hand. *Alle* haben gejubelt. Es war so toll. Seitdem hatte ich nie mehr Höhenangst.«

»Deine Mutter wußte, wie man es machen muß«, sagte ich.

»Das habe ich auch geglaubt, ja. Ziemlich lange. Dann erzählte mein Vater mir die wirkliche Geschichte. Meine Mutter hatte selbst Höhenangst. Wo sie aufgewachsen ist, war alles flach. Irgendwo hinaufzusteigen machte ihr Angst. Mein Vater sagte, sie betrat sogar Fahrstühle nur äußerst ungern.«

»Sie hatte eine Menge Mut.«

»Genug, um mir davon abzugeben. Heute weiß ich, wie ich springen muß«, flüsterte sie.

Dann griff sie nach unten und griff nach meinen Haaren, zog mich zu sich hoch.

»Hab ihn«, bellte die Stimme des Prof aus dem Handy.

Ich unterbrach die Verbindung. Pryce war etwa vier Blocks entfernt, fuhr in demselben weißen Taurus zu dem Treffpunkt, den er auch schon am Flughafen benutzt hatte. Ich hatte ihm vor ein paar Tagen gesagt, daß das Treffen kurz bevorstand, daß er ein Handy bereithalten und mir die Nummer durchgeben soll. Vor einer Stunde rief ich ihn an, fragte, wie lange er brauchte, um zu einer Adresse in East Harlem zu kommen. Er sagte, eine Stunde. Dort oben hatten wir auch einen Beobachter. Ich rief seine Handynummer an, sobald der Taurus in die Straße einbog, die ich ihm genannt hatte, berichtete ihm von der Änderung des Planes. Es war nur ein Katzensprung über die Willis Avenue Bridge zu der neuen Adresse, Fahrzeit circa zwanzig Minuten.

In der South Bronx ein leerstehendes Lagerhaus zu finden war kein Kunststück. Das Gelände abzusichern war eine andere Geschichte, aber wir hatten seit dem Mittag des Vortages, seit vierunddreißig Stunden, unsere Leute an Ort und Stelle.

Von meinem Aussichtspunkt im ersten Stock sah ich den weißen Taurus kommen. Pryce war jetzt fix und foxi – er konnte nicht sicher sein, daß dies keine Falle war, aber an das Baby kam er nur heran, wenn er das Risiko einging. Einer aus dem kambodschanischen Trio trat aus dem Schatten und ging auf den Taurus zu, hatte die rechte Hand in der Jackentasche. Mit der leeren Hand gab er zu verstehen, daß Pryce die Seitenscheibe herunterlassen solle. Es geschah. Er ging zur Fahrerseite, beugte sich herunter und sagte etwas. Pryce und Lothar stiegen aus. Der Kambodschaner glitt hinters Steuer, und der Taurus fuhr fort.

Ich schaute zu der Stelle hinüber, wo wir einen See aus Licht gebaut hatten, eine einzige Birne an der Decke, über einen Generator mit Strom versorgt. Der Boden war in einem Drei-Meter-Kreis gefegt worden. Zwei Milchkisten waren das einzige Mobiliar auf der künstlichen Insel. Zuerst kam einer der Kambodschaner die Treppe hoch, nickte mir zu, die oberflächliche Leibesvisitation war okay – keine Waffen. Dann kam Pryce, anschließend Lothar. Dann der dritte Kambodschaner. »Die ist für Sie«, sagte ich zu Lothar, deutete auf eine der Milchkisten.

»Ich dachte, Sie bringen uns an einen Ort, wo ich meinen …«

»Setzen Sie sich«, sagte ich zu ihm. »Haben Sie Geduld.«

Max der Stille trat aus der Dunkelheit. Mit einem Baby in den Armen.

»Gerhardt!« brüllte Lothar, griff nach dem Säugling.

Max veränderte seine Haltung, benutzte seine Schulter als Barriere.

»Setzen Sie sich«, befahl ich Lothar. »Wir geben Ihnen das Kind, okay?«

Lothar sah Pryce an. Auf sein Nicken nahm er Platz. Ich gab Max ein Zeichen. Er ging zu dem Mann, reichte ihm das Baby. Max nahm einen blauen Stoffbeutel von der Schulter, legte ihn vor Lothars Füße. Lothar hielt das Kind auf Armeslänge, als untersuche er es auf Schäden.

»Er sieht mager aus«, sagte er zu niemand Bestimmten. »Die Fotze sollte ihn besser ...« Er drehte sich zu mir um. »Wo ist sie überhaupt?«

»Das gehört nicht zu unserer Abmachung«, sagte ich. »Sie wollten das Kind sehen, da ist es.«

»Ich dachte –«

»Es interessiert niemanden einen Scheißdreck, was Sie dachten«, unterbrach ich mit harter Stimme. »Das ist Ihr Kind, oder?«

»Ja«, sagte er verärgert. »Aber ich dachte –«

»Das wollten Sie haben«, sagte Pryce zu ihm, als wäre er der Fahrer eines Pizza-Dienstes. Du wolltest Sardellen, du bekommst Sardellen. Pech, wenn du's dir inzwischen anders überlegt hast.

»Ich will mit ihm allein sein«, sagte Lothar. »Ich mag all diese ...« Er sprach es nicht aus, aber ich brauchte keinen Dolmetscher. » ... nicht, die hier rumstehen und mich beobachten.«

»Es spielt keine Rolle, was Sie wollen«, sagte ich, ewiges Eis in der Stimme. »Ich mußte ein paar Versprechen abgeben, um das Kind für ein paar Stunden auszuleihen. Eines davon war, daß Sie nicht mit ihm allein sein würden. Und ich halte meine Versprechen.«

»Ein Versprechen an eine Fotze bedeutet einen Scheiß –«

»Ich bin fast sechs Stunden gefahren, um das hier zu ermöglichen, und ich habe eine lange Fahrt vor mir, um ihn wieder zurückzubringen«, log ich. Eine Angewohnheit, die mit dem Job kommt: unfruchtbare Samen säen. »Und ich habe eine Abmachung. Sie werden diese Kiste nicht verlassen. In der Tasche da ist eine Flasche mit Babynahrung, eine frische Windel, alles, was Sie brauchen. Und alle ziehen sich zurück, okay?« Ich machte eine Handbewegung, und Max tat, was ich gesagt hatte. Lothars Augen suchten den Raum ab, doch die grelle Deckenbeleuchtung verhinderte, daß er jemanden sehen konnte. Nicht einmal seine Frau, die keine zehn Meter entfernt stand und wahrscheinlich die Luft anhielt.

Ich zog behutsam an Pryces Jacke, zog ihn weiter in die Dunkelheit. Er folgte, ohne zu protestieren. Wir gingen bis zur Treppe. Dann stieg ich ein Stockwerk höher, Pryce folgte mir.

Wir hatten die nächste Etage beleuchtet. Zumindest einen Raum. Zwei weitere Milchkisten, über die ein Brett gelegt worden war, bildeten einen kleinen Tisch. Auf diesem Tisch eine Schüssel mit lauwarmem Wasser, eine Dose Rasierschaum, ein dickes weißes Hotelhandtuch und ein Einmalrasierer in transparenter Plastikverpackung. Dazu ein halbes Dutzend braunweißer Plastikbeutel mit der Aufschrift CORTABALM.

»Jetzt sind Sie dran«, sagte ich.

»Wozu ist das andere Zeug?« fragte er.

»Sie müssen sich den Knöchel rasieren, bevor Sie die Manschette anlegen. Als würden Sie ihn vor einem Football-Spiel bandagieren, ist genau das gleiche. Sonst schwitzen Sie darunter, und das Jucken kann schrecklich werden. Dafür ist das Cortisonpflaster da. Es hält die Stelle die gesamten dreißig Tage frisch und sauber.«

Er holte die Überwachungsmanschette – die ich ihm das letzte Mal mitgegeben hatte – aus seiner Jackentasche. Ohne ein weiteres Wort zog er sein dunkles Hosenbein hoch, zog Schuh und Socke aus und befeuchtete den Knöchel gründlich. Als er sich rasierte, war seine Hand vollkommen ruhig.

Er hatte keinen Grund, nervös zu sein. Er hatte genug Zeit

gehabt, um die Manschette von einem Fachmann untersuchen zu lassen, wußte, daß kein Plastiksprengstoff darin versteckt war. Und daß die extrem flache Batterie nur mit einer Menge Glück dreißig Tage durchhalten würde.

Als er mit Rasieren fertig war, trocknete er seine Wade gründlich ab. Ich reichte ihm eines der Cortisonpflaster. Er riß es auf. »Achten Sie darauf, daß es flach aufliegt«, sagte ich. »Wenn die Manschette erst drüber ist, bleiben alle Unebenheiten, bis Sie das Ding wieder abnehmen.«

Das weiße Cortisonpflaster war dünn und feucht. Er strich es mit den Fingern beider faltigen Hände glatt. »Okay«, sagte er.

Ich legte ihm die Manschette an.

Fünfzehn Minuten später war Lothar fertig. Das Baby wurde unruhig – es wußte, seine Mutter war in der Nähe, und wollte wieder zu ihr – und Lothar hatte schließlich kapiert, daß die einzige Reaktion des Kindes auf alles, was man ihm sagte, ein gelegentliches Glucksen war.

Außerdem hatte Lothar der Fotze gezeigt, wer der Boss war. Er wollte sein Kind sehen – er sah sein Kind. Er gab Max das Baby zurück. Die Miene des Kriegers war undurchdringlich, aber ich spürte seine Verachtung quer durch den Raum.

Lothar bekam davon genauso wenig mit wie von Max' *Ki*.

»Morgen liegt der Brief in Ihrem Kasten«, sagte Pryce zu ihm. »Darin finden Sie eine Nummer. Eine öffentliche Telefonzelle. Diese Nummer rufen Sie an. Dann treffen Sie sich mit Hercules. Und dann schleusen Sie ihn ein.«

»Ich weiß, ich weiß.«

»Gehen Sie mit Alexander nach unten«, sagte ich, deutete mit einem Nicken auf einen der Kambodschaner. »Er wird bei Ihnen bleiben, bis Ihr Wagen wieder hergebracht worden ist.«

»Alexander?« fragte Lothar. »Was ist das denn für ein Name für ein Schlitzauge?«

»Es ist eine Geheimgesellschaft«, antwortete ich ruhig. »Sie nehmen immer den Namen des letzten Mannes an, den sie umgebracht haben. Das war übrigens sein fünfter.«

Lothar glotzte mich an, machte den Mund auf. Schloß ihn wieder. Er warf dem Kambodschaner einen Blick zu. Der lächelte ihn strahlend an. Die Hälfte seiner Zähne hatten die Farbe von Blei. Die anderen fehlten.

Sie gingen nach unten. Ich schaute zu, wie der weiße Taurus die Straße heraufkam, sah den ersten Kambodschaner aussteigen. Sie stiegen ein und fuhren fort. Ich beleidigte Pryces Professionalität nicht, notierte mir nicht das Kennzeichen. Kurz danach summte das Telefon.

»Ziehen ab«, sagte der Prof.

»Er sagte, schwarze Haare wären okay«, erklärte die Mutter des Babies gerade Crystal Beth, als ich in den ersten Stock zurückkam. »Zuerst konnte er das nicht ausstehen. Er wollte, daß sie blond waren. Aber später sagte er, auch Hitler hätte schwarze Haare gehabt.«

»Jetzt ist er weg«, sagte Crystal Beth zu ihr.

»Er macht mir Angst«, erwiderte die Frau, »sogar hier, mit all den … Leuten drum herum. Du kennst ihn nicht.«

»Ich kenne ihn«, sagte ich zu ihr. »Wir werden ihn nie wieder sehen.«

»Sind Sie sicher?« fragte sie gepreßt.

»Ja«, versprach Crystal Beth.

»Wie heißt das Kind wirklich?« fragte ich.

»Häh?«

»Sein richtiger Name. Lothar hat ihn Gerhardt genannt. Haben Sie ihm diesen Namen gegeben?«

»Oh! Ja, diesen Namen hat Larry gewollt ... Ich verstehe. Sie meinen, ich könnte den Kleinen ...«

» ... nennen, wie immer Sie wollen. Ab sofort.«

»Wieviel Zeit muß ich –?«

»Das ist auch für dich, oder?« sagte ich zu Vyra. »Du kannst nicht einfach zu deinem Leben zurück. Teil des Deals war, dir aus der Klemme zu helfen, du erinnerst dich?«

»Ja, ich erinnere mich. Aber wie lange –?«

»Zwei Wochen, vielleicht auch drei. Wo liegt das Problem? Der Laden ist doch toll«, sagte ich, schaute mich in der Hotelsuite um. »Du wirst die Zeit locker rumkriegen.«

»Aber ich kann nicht so lange drinnen bleiben. Mein Mann würde –«

»Du mußt nicht bleiben«, sagte ich, dachte daran, wie lange ich an Orten war – gelebt hatte –, die kleiner waren als das Bad dieser Bude. »Du hast eine eigene Amtsleitung. Leite die Anrufe auf dein Handy um, wenn du rausgehst. Wenn Herk anruft, bist du *hier*, verstanden? Drück dich am Telefon entsprechend aus. Dann rufst du mich an. Und setz deinen Arsch in Bewegung, sei hier, bevor er aufkreuzt.«

»Aber warum ist das wichtig, ob ich da bin oder nicht? Es geht doch nur darum, daß du dich mit ihm treffen kannst ...«

»Ja. Stimmt. Aber wir wissen nicht, wer zusieht.«

»Ich dachte, du hättest Pryce –«

»Wir machen uns nicht wegen Pryce Sorgen, Vyra.«

»Oh. Alles klar.« Sie seufzte theatralisch, klappte einen der vier Koffer auf, die sie mitgebracht hatte.

Sie fand ein Paar rubinroter Pumps und schlüpfte hinein. Danach schien es ihr besser zu gehen. Dann setzte sie sich auf die gepolsterte Lehne eines Sessels im Wohnzimmer und schaute zu, wie ich einen Kontrollgang durch die Suite machte.

»Du hältst mich für scheinheilig, stimmt's?« fragte sie. Doch ihr Tonfall machte klar, daß sie mir irgendwas vorwarf.

»Was?«

»Welches Wort hast du nicht verstanden?« fauchte sie, stand auf. »Okay, ich hänge in dieser Sache drin. Wegen dem ... Mann. Diesem Pryce. Und seiner ekelhaften kleinen Drohung. Aber diese Geschichte mit ... Lothar oder weiß der Teufel, wie du ihn nennst. Du weißt, daß ich einen Mercedes fahre ...«

»Und?«

»Also bin ich Jüdin. Das weißt du. Ich hab nie ein Geheimnis daraus gemacht. So bin ich nun mal, stimmt's? Eine jüdisch-amerikanische Prinzessin. Mit großen Titten. Und einem reichen Mann. Das beschreibt mich ziemlich genau, oder?«

»Sag du's mir.«

»Und ich fahre einen deutschen Wagen«, fuhr sie fort, als hätte ich nichts gesagt. »Wozu macht mich das?«

»Zu einem Menschen mit Geld«, antwortete ich. »Wovon zum Teufel redest du? Nazis haben dein bescheuertes Auto nicht gebaut. Die Deutschen heute sind ... einfach Leute. Wie wir. Wie Amerikaner, meine ich. Verdammt, wahrscheinlich haben wir hier mehr Nazis als die.«

»Aber ihre Vorfahren –«

»Interessieren einen Furz«, fiel ich ihr ins Wort. »Wer die Vorfahren von irgendwem waren, ist scheißegal. Menschen sind das, was *sie* tun, nicht was irgendein anderer getan hat.«

»Aber du hältst mich für ... schwach, oder?«

»Vyra, was soll das?«

»Es geht immer noch um Geld. Mein Mann würde mich

rausschmeißen, wenn er über mich und … Crystal Bescheid wüßte. Das hat er mir gesagt. Er glaubt, wenn Frauen … Für ihn ist es das Abstoßendste auf der Welt. Nur damit kann man mir drohen – mit Geld. Für alle anderen ist es anders.«

»Tja, so ist es nun mal«, sagte ich. »Du wärst nicht hier, wenn du nicht Geld in Crystal Beths Laden gesteckt hättest. Und das hast du getan, weil du es … aus welchen Gründen auch immer getan hast.«

»Aus *guten* Gründen.«

»Okay. Wenn du es sagst.«

Vyra ging weg. Setzte sich auf einen Stuhl, das Gesicht zur Ecke, schmollte. Ich ließ sie sitzen, suchte weiter die Wohnung nach Problemen ab.

»Bist du noch sauer auf mich?« fragte sie schließlich. Drehte sich nicht um – redete über die Schulter.

»Sauer auf dich? Wegen was?«

»Wegen Crystal? Weil wir –«

»Das ist eure Sache«, sagte ich.

»Du warst auch mit ihr zusammen.«

»Okay.«

»Ist das alles? ›Okay‹? Was soll das heißen?«

»Daß ich mich nicht mit dir streiten will. Nicht jetzt. Wenn diese Geschichte erledigt ist, kannst du einen Wutanfall kriegen, wenn du willst.«

»Was willst du, Burke?«

»Ich will diese Sache regeln.«

»Mich?«

»Was?«

»Willst du mich?« fragte sie, stand auf und drehte sich um. »Willst du, daß ich mich ausziehe? Das ist ein Hotelzimmer, oder? Wir beide sind's – du und ich. Das machen wir doch normalerweise.«

»Nicht jetzt.«

»Du meinst nicht, nie mehr, oder?«

»Ich weiß nicht. Ich habe nicht drüber nachgedacht.«

»Tja, du *solltest* lieber drüber nachdenken. Was passiert, wenn –?«

»Vyra, mich unter Druck setzen funktioniert nicht.«

»Du findest sie besser als mich, stimmt's?«

»Wen?«

»Sei nicht so ein Arschloch. Crystal Beth. Weil sie diese Aufgabe hat, von der sie dauernd redet. Ich, ich gebe immer nur Geld aus, was? Wenn du mir ab und an mal zuhören würdest, vielleicht würdest du dann was kapieren? Ich bin auch ein Mensch.«

»Ich war immer ehrlich zu dir«, sagte ich. »Ich habe dich nie angemacht, nie betrogen, habe nie dein Geld genommen, gar nichts.«

»Ja«, sagte sie leise. »Nichts.«

»Dafür ist es jetzt zu spät.«

»Du wirst keine zweite Chance bekommen«, sagte sie, knöpfte ihre Bluse auf, wollte das ausspielen, was seit ihrem dreizehnten Lebensjahr jeder ihre Trumpfkarte genannt hatte.

»Wer kriegt das schon?« fragte ich. Dann ging ich raus.

»Sei einfach du selbst«, sagte ich Hercules zum fünfzigsten Mal. »Versteig dich in nichts. Spiel nicht den Neunmalklugen. Sie werden dich nicht nach den anderen Typen in deiner Zelle fragen. Wenn es doch einer macht, nagel ihn einfach fest. Mit Blicken, okay? Nimm ihn nicht in die Mangel. So was wie ›Warum zum Henker bricht er mit so einer Frage die Regeln‹, verstanden?«

»Ja, kapiert.«

»Dein Leben, Herk. So wie es war, genau darüber redest

du. Die Wahrheit. Du warst in Kinderheimen, du warst im Knast, du warst in … was weiß ich wo. Ändere nichts.«

»Okay.«

»Der Kerl, den du ausgeknipst hast. Du hast es getan, weil er …«

» … ein Jude war. Ein Kryptojude.«

»Glaubst du, er gehörte zur zionistischen Besatzungsmacht?«

»Nö. Das war nur ein Angeber, verstehst du?« Der kräftige Mann wechselte geschickt auf Parteilinie. »Er wollte bei uns einsteigen. Aber er konnte nicht. Keiner von denen kann das. Es liegt im Blut. Die sind anders geboren, und werden anders sterben. Ein ganzer Haufen von denen wird ganz bald sterben.«

»Gut! Und jetzt paß auf. Sicher wissen wir nur, daß sie in der Gegend sind. Manhattan, Queens, Brooklyn, ich weiß nicht, jedenfalls ganz in der Nähe. Was du tun wirst, du wirst die Zelte abbrechen, klar? Die werden eine neue Bude finden, wo du dich verstecken kannst. Verstanden?«

»Ja.«

»Die können nicht ständig alles im Blick haben – der blöde Lothar kann scheint's rausgehen, wann er will. Außerdem bist du was Besonderes – du hast Brief und Siegel als Rächer für die Sache, das wissen alle. Die sind keine Genies, aber sie wissen, daß Undercoverbullen keine Leute umbringen, nur so aus Angabe.«

»Ich bin einfach ich selbst. Sage die Wahrheit«, murmelte Herk, arbeitete an seinem Mantra.

»Wenn du an ein Telefon kommen kannst, ruf Vyra an. Unter der Nummer, die ich dir gegeben habe. Du weißt, wo das Hotel ist. Wann immer du weg kannst, gehst du zu ihr. Frag sie nicht, sag's ihr einfach. Sie gehört dir, verstehst du?«

»Ja.«

»Dort treffen wir uns, du und ich. Nirgendwo sonst.«

»Okay.«

»Hast du Geld?«

»Ich glaube –«

»Herk, wieviel Cash hast du genau?«

Er brauchte nur eine Minute, um es zu zählen. »Siebenundzwanzig, Burke.«

Ich gab ihm achthundert in verschiedenen Scheinen und ein paar U-Bahn-Marken. »Damit kommst du eine Weile zurecht«, sagte ich. »Und nimm auch noch das hier.« Ich gab ihm eine Rolle Vierteldollarmünzen. Er drückte das Geld versuchsweise, schlug dann die geballte Faust in die geöffnete Handfläche, nickte.

»Laß dich nicht mit was Schwererem erwischen«, sagte ich. »Wenn du kassiert wirst, wird Pryce denken, wir hätten's absichtlich gemacht. Dann ist Ultimo. Und wir haben Porkpie noch nicht.«

»Ich mag keine Kanonen«, sagte er.

»Auch keine Messer«, warnte ich ihn.

Er nickte wieder, unglücklich diesmal.

»Wir gegen die, Bruder«, sagte ich, senkte die Stimme, als wären wir wieder auf dem Knasthof. »Die haben ihre Pläne, wir haben unsere.«

Dann erzählte ich ihm unsere.

»Jetzt können wir nur warten«, sagte ich zu Crystal Beth.

»Wie lange?«

»Ich weiß nicht. Das hängt nicht von mir ab. Aber es geht hier um Wochen, keine Monate.«

»Ich weiß nicht, ob ich stark genug dafür bin. Woran erkennt man das?«

»Erkennt man was?«

»Ob man stark genug ist.«

»Du bist so stark, wie du dich verhältst«, antwortete ich. Fragte mich, ob ich es war.

»Er ist drin.« Pryce am Telefon. Ich sah den Empfänger an, den der Maulwurf mir gegeben hatte. Er sah aus wie einer dieser Mini-Fernseher. Als ich das Ding einschaltete, erschien auf dem Bildschirm ein schwarzer Kreis vor grauem Hintergrund. In dem Kreis ein blinkender Punkt wie der Cursor auf einem Computermonitor. Wo Pryce auch war, er war in Reichweite.

»Sind Sie sicher?«

»Sie sind zusammen weg.« Sollte heißen: Lothar und Hercules. Das Treffen hatte in der Buchhandlung stattgefunden, wo Lothar arbeitete, einem Pornoladen in Lower Manhattan. »Mehr weiß ich erst, wenn ich Gelegenheit hatte, seinen Bericht zu hören.

»Ich werde hier sein«, sagte ich.

Ich wußte nicht, ob ich Stunden oder Tage warten mußte. Ich fühlte mich wie ein Knacki, der gerade seinen Termin vor dem Bewährungsausschuß erfahren hatte. Nicht den guten Teil, nicht das Nachhausegehen. Nein, den Teil, wo man vorsichtig sein, sich aus Schwierigkeiten raushalten, jede Herausforderung ignorieren mußte. Ein Patzer, und alles war vorbei. Und jeder andere Typ im Knast wußte das.

Also ging ich nicht in mein angestammtes Revier zurück. Blieb sogar von Mama weg. Wartete in Crystal Beths Wohnung.

Das war der Augenblick, an dem die Tour begann. Ich fragte sie nicht, warum sie wollte, daß ich mitkomme, dachte, es wäre gut zum Zeittotschlagen. Und nebenbei vielleicht noch Geld zu verdienen.

Die junge Frau trug einen braunen Kaschmirpullover unter einem passenden Blazer, nur eine Nuance dunkler, nestelte nervös an einer Perlenkette, als wüßte sie, daß die zu alt für sie war. »Angefangen hat es mit Briefen«, sagte sie, deutete auf eine weinfarbene Ledermappe zu ihren Füßen.

Ich zog ein Blatt heraus. Es war schweres Papier, hellblau mit marmorierter Maserung. Der Absender stand oben links, schmallaufende, erhabene, schwarze Schrift, ausschließlich Kleinbuchstaben. Unten rechts: Adresse, Telefon, Fax und eMail. Der Text war mit der Maschine geschrieben: Blocksatz, eine Schrift mit ausgeprägten Serifen.

> Du hast so wunderbare Jungs. Sie sind unwiderstehlich. Sie sind so verführerisch, so bezaubernd. Ich fühle mich zu ihnen hingezogen. Aber ich versichere dir, meine Pädophilie ist rein intellektuell, ein Verlangen, das nie Realität wird und das ich voll unter Kontrolle habe. Bitte, hilf mir, die Objekte meiner Liebe zu verstehen. Maße und Daten wären für mich von unschätzbarem Wert. Ihre Geburtstage, ihre Größen und Gewichte. Und ich möchte sie kennenlernen. Ich weiß bereits, daß Jonas Modellflugzeuge liebt und Lance tropische Fische hält, aber ich will mehr wissen. Bitte, tu mir die Liebe. Phantasien tun niemandem weh. Aber die Pein, nicht mehr über deine vollkommenen Jungs zu wissen, ist nur zu real. Ich danke dir für dein Verständnis.

Keine Unterschrift.

»Jonas und Lance waren Helden«, erzählte die Frau. »Sie haben einen kleinen Hund vor dem Ertrinken gerettet. Ihr Foto war in der Lokalzeitung. Damals fing es an … er fing an, mir zu schreiben.«

»Haben Sie ihm je geantwortet?« fragte ich.

»O nein. Ich hatte … schreckliche Angst. Mit seinem ersten Brief bin ich sofort zur Polizei gegangen. Aber die sagten, er habe kein Verbrechen begangen.«

»Und die Briefe kamen weiter?«

»Ja. Und nicht nur an mich. Er hat auch an die Schule der Jungs geschrieben und sich Kopien ihrer Leistungsberichte erbeten. Die Schule leitete den Brief an mich weiter. Sie haben ihm auch nie geantwortet. Er schrieb an die Zeitung, den Reporter, der die Jungs interviewt hatte, und bat auch ihn um Informationen. Er hat jedem geschrieben.«

»Aber es kam nie zu einem persönlichen Kontakt?«

»Er … Oh, ich verstehe, was Sie meinen. Nein … kein direkter Kontakt. Ich habe ihn nie gesehen.«

»Verfügen Sie über … Geldmittel?«

»Ja, natürlich«, sagte sie. »Ich weiß alles über … ihn. Jetzt. Er ist nie festgenommen worden. Er arbeitet nicht. Hat irgendein privates Einkommen. So … etwas.« Sie schüttelte sich, riß sich zusammen. »Es ist sein ›Hobby‹, das hat er den Detektiven gesagt, die wir engagiert haben. Daran ist nichts Ungesetzliches.«

»Und sind Sie –?«

»Weggelaufen? Er hat eine Belohnung ausgesetzt. Für Informationen über die Jungs. Besonders Fotos von ihnen.«

»Ausgesetzt?«

»Im Internet. An einem dieser Treffpunkte für Pädophile. Ich weiß nicht, wie er das gemacht hat. Ich habe es nie gesehen. Aber einer der Leibwächter, die wir für die Kinder engagiert haben, erwischte einen Mann, wie er sie bei einem Fußballspiel filmte. Meinen … Detektiven sagte er, für diese Aufnahmen gäbe es eine Belohnung, und er wolle nur ein bißchen Geld verdienen. Auch das war nicht ungesetzlich.«

»Und Sie meinten, es sei bloß eine Frage der Zeit, bevor er …?«

»Ja. Ich bin nur vorübergehend hier. Wir verfügen über … Mittel. Wie Sie sagten. Aber ich fand heraus, woher sein Geld kommt, und das …«

»Die privaten Einkünfte?«

»Nein, die nicht. Er hat das schon oft gemacht. Und einer der Väter der Jungs … einer der anderen Jungs, meine ich, die, die er … früher schon beobachtet hat … Ich weiß nicht alle Einzelheiten, aber er … der Vater des Jungen … hatte die Adresse von … diesem Mann, und er ist zu ihm gegangen und … hat ihn verletzt, denke ich. Ihn zusammengeschlagen oder irgendwas.«

»Ich weiß immer noch nicht …«

»Der Mann – der Vater des Jungen, nicht der … Mann. Er ist ins Gefängnis gekommen. Wegen Körperverletzung. Und der, der diese schmutzigen Briefe schreibt, hat den Vater des Jungen verklagt. Und er hat Geld bekommen. Eine Menge Geld. Ich kann mir nicht vorstellen, warum Geschworene jemals so etwas … aber …«

»Und Sie denken, genau das hat er vor? Macht sich zur Zielscheibe für aufgebrachte Eltern, damit er sie anschließend verklagen kann?«

»Ja. Er wohnt in dieser kleinen Stadt. Seine ganze Familie. Sie sind sehr prominent. Sie wohnen dort seit über hundert Jahren. Und die Polizei wird ihn schützen. Das hat sie immer getan. Und ich kann nichts … gegen ihn unternehmen. Deshalb gehen wir weg.«

»Sie besorgen neue Geburtsurkunden für die Kinder, ändern alles, nur damit er Sie nicht mehr finden kann?«

»Wir werden nur eines ändern, und das ist unsere Anschrift«, sagte die Frau entschieden. »Ich weiß, daß er uns immer wieder finden wird. Daher verlassen wir ... Amerika. Wir werden im Ausland leben. Mein Mann hat dort schon einen Job gefunden. Und meine Familie wird uns helfen. Wir gehen dahin, wo er meinen Jungs niemals etwas antun kann.«

»Ich –«

»Crystal Beth sagt, Sie kennen ... solche Menschen. Wissen über sie Bescheid, meine ich. Würden Sie sich sicher fühlen? Wenn es um Ihre Kinder ginge?«

»Nein«, antwortete ich ehrlich.

»Mein Mann will ihn am liebsten *umbringen*, so wütend ist er. Aber wir wissen, was passiert, wenn er ihn zusammenschlägt. Und niemand wird jemanden nur deshalb umbringen, weil er Briefe geschrieben hat.«

»Sie haben sicher recht«, sagte ich, log so ruhig wie ein Falke, der Mäuse beobachtet.

Nicht alle hatten Kinder. Nicht alle liefen aus dem gleichen Grund weg. Aber alle liefen vor der gleichen Sache davon.

»Ich war auf dem Nachhauseweg«, sagte die Frau, ihre Stimme knisterte wie Zellophan, das in einer Faust zusammengeknüllt wird. Sie hatte wunderschöne Haut, Aprikosen unter Sahne. Und langes, glänzendes, hellbraunes Haar, fast beige im vom Boden reflektierten Licht der umgedrehten Schwanenhalslampe. Ihren Körper konnte ich nicht erkennen – sie war in so viele Lagen Kleider eingepackt, daß er darunter verschwand. Doch in ihren Augen loderte der

Schmerz, als sie erzählte: »Ich meine, nicht direkt nach Hause. Zum Bus. Zur Bushaltestelle. Es war noch nicht spät. Vielleicht neun Uhr. Im Sommer. Letzten Sommer. Und es war noch nicht dunkel. Nicht richtig dunkel. Ich war müde nach der Arbeit – wir mußten ein großes Projekt abschließen, und alle mußten Überstunden machen. Die Anwälte fahren in dicken Limousinen nach Hause – das bezahlen ihnen die Mandanten. Damit sie im Fond die Fälle diskutieren können oder was weiß ich, keine Ahnung. Aber die Sekretärinnen, wir müssen …«

Der Gedanke, sie wieder zum Thema zurückzubringen, hatte noch nicht meine Lippen erreicht, da warnte mich Crystal Beth mit den Augen. Also wartete ich weiter. Es dauerte nicht lange.

»Es waren zwei«, sagte die Frau. »Einer saß in einem Auto. Einem dunklen Auto. Der andere stand plötzlich hinter mir. An der Bushaltestelle. Das Auto hielt an, die Tür ging auf, dann zog der Mann hinter mir eine Pistole und zwang mich einzusteigen.

Ich dachte, sie wollten mein Geld. Na ja, sie haben mein Geld auch genommen. Und meine Uhr. Und einen Ring, nicht meinen Ehering, nur Modeschmuck. Der Ring war nichts wert. Als sie die Bankkarte in meiner Handtasche fanden, fuhren sie mit mir zu einem Geldautomaten. Dann gingen sie mit mir hin, und ich mußte das Konto komplett abräumen. Es waren nur ein paar hundert Dollar. Dann haben sie wegen irgendwas gestritten. Miteinander, meine ich. Ich hab's nicht richtig verstanden. Ich saß mit einem von ihnen auf dem Rücksitz. Während der Fahrt zwang er mich … Er hielt seine Kanone an mein Gesicht und zwang mich …«

Diesmal rührte ich keinen Muskel, spürte Crystal Beth neben mir, auch wenn wir ein gutes Stück auseinander saßen, sah die Frau auf der Couch an, bis sie weiterredete.

»Als er ... fertig war, sagte er was zu dem Mann am Steuer. Oder der sagte was zu ihm. Ich weiß nicht mehr. Es war alles so ...

Sie fanden einen Parkplatz. Unten am Fluß, mehr konnte ich nicht erkennen. Dann kam der Fahrer nach hinten. Und vergewaltigte mich.«

Ich saß regungslos da, kannte das Ende der Geschichte, bevor sie den zweiten Absatz erreichte. Die Spuren des Raubtiers überall auf dem Bericht, so hochstilisiert wie ein religiöses Ritual. Diese Nummer hatten die beiden Maden nicht zum ersten Mal abgezogen. Aber warum war die Frau bei Crystal Beth? Sie kannte die Vergewaltiger nicht.

Ich wartete auf den Rest.

»Ich habe Stunden gebraucht, um nach Hause zu kommen«, sagte die Frau. »Ich sah ... schlimm aus. Und hatte schreckliche Angst, daß sie zurückkommen. Ich lief und lief. Ich hatte kein Geld für ein Taxi. Ich hätte die Polizei rufen sollen. Aber ich wollte nur noch nach Hause.

Als ich nach oben kam, war mein Mann da, wartete auf mich. Es war nach Mitternacht, aber er war nicht sauer. Ich mache oft Überstunden. Die werden gut bezahlt. Doch als er mich sah, wußte er Bescheid. Ich wollte duschen. Lange und ganz heiß duschen. Und ein Bad nehmen. Ich wollte sie von mir herunterbrühen, wollte den Dreck weg haben.

Aber er ließ mich nicht. Er wollte wissen, was passiert war. Ich erzählte es ihm. Ich ... glaube, ich hab's ihm erzählt. Aber er war so wütend, ich weiß es nicht mehr genau. Sein Gesicht war so rot, als würde das Blut gleich rausspritzen. Er fragte mich, waren es Nigger? Ich verstand nicht, was er meinte. Es waren ... Vergewaltiger. Ich habe mir ihre Gesichter nicht angesehen. Ich wollte nicht. Und sie haben mir befohlen, es nicht zu tun, sonst würden sie mir noch mehr weh tun.

Ich habe ihm alles erzählt. Ich wollte nicht, aber er hat mich immer weiter geschlagen und geschüttelt und angebrüllt. Ich habe mich so … gedemütigt gefühlt. Ich war sicher, daß die Nachbarn ihn hören. Ich mußte ihm alles erzählen. Was sie gemacht haben. Und was ich gemacht habe. Das hat er gesagt: ›Sag mir, was du gemacht hast.‹«

»Sie haben nicht –«, setzte ich an, doch Crystal Beth unterbrach mich mit einer scharfen Handbewegung.

»Er hat mir die Kleider vom Leib gerissen. Meine schmutzigen Kleider. Schmutzig von diesen schmutzigen Männern. Dann hat er mich aufs Bett gestoßen. Mit dem Gesicht nach unten. ›Wenigstens haben die nicht das gekriegt‹, sagte er. Und dann hat er … O Gott, es hat weh getan. Nicht nur … Er hat mich umgebracht. Weil ich ihm egal war. Weil er mir die Schuld gegeben hat.«

Die Frau versuchte, tief Luft zu holen. Scheiterte kläglich, leise Schluchzer schüttelten sie.

»Danach war es nie mehr dasselbe«, sagte sie schließlich. »Das war die einzige Stellung, in der er … es noch machen wollte. Und als ich gesagt habe, daß ich mich scheiden lassen will, da sagte er, ich könnte nicht gehen. Weil ich ihm was schuldete. Wegen dem, was ich getan hatte. Und ich könnte erst gehen, wenn ich meine Schuld beglichen hätte.«

»Ich schäme mich nicht deswegen«, sagte die Frau mit den rotbraunen Haaren, die Augen hinter einer bernsteinfarben getönten Brille versteckt, obwohl das einzige Licht im Wohnzimmer von einer schwachen Stehlampe in der Ecke kam. Sie saß auf einem geraden Holzstuhl, die Knie zusammen, die Hände auf dem Schoß. Wuchtige dunkle Möbel mit überladenen Schnitzereien füllten den Raum.

Die Wände waren eierschalenfarben, über dem Kamin hing ein gerahmtes Bild von einer Fuchsjagd. Drei kleine Scheite brannten ruhig in der offenen Feuerstelle. Eine Ecke des großen Zimmers war leer, wartete. Sie drehte das Gesicht in diese Richtung, sah mich dann wieder an. In ihrer Geste lag eine Frage.

Ich antwortete mit einem Nicken.

Crystal Beth war nicht im Raum. Sie war irgendwo in einem der oberen Stockwerke des Stadthauses auf der East Side und packte die Sachen der Frau. Zumindest einige.

»So mag ich's eben«, sagte die Frau. »Härteres Gefummel. Spiele. Nichts weiter. Vorspiel, wenn Sie so wollen.«

Ich sagte nichts.

»Es war nicht so, wie Sie vielleicht denken«, fuhr sie fort, urteilte über mich, während ich nicht über sie urteilte. »Keine Steigerung. Keine *Neuneinhalb-Wochen*-Szenarios. Er machte es so, wie ich es wollte. Nach meinen Regeln. Ich lasse mir gern den Hintern versohlen, okay? Manchmal auch mehr. Sogar die Reitpeitsche, wenn ich besonders … Ach, egal. Aber danach ist Schluß, verstehen Sie?«

»Ja.«

»Ich war fertig. Nicht mit … was ich mag. Mit ihm. Das ist alles. Leute trennen sich. Sie werden einander überdrüssig. Langweilen sich. Was immer.«

Ich sagte nichts, beobachtete die bernsteinfarbenen Gläser, die meine Augen beobachteten, wußte, daß meine noch ausdrucksloser waren.

»Aber er hat was durcheinandergebracht. Er dachte, wenn ich mich über sein Knie lege, wenn ich ihn ›Sir‹ nenne und mich in die Ecke stelle, wenn er fertig ist … er dachte, daß ich ihm gehöre. Tue ich nicht. Ich gehöre nur mir.«

Ich zuckte die Achseln.

»Er blieb ruhig, als ich es ihm das erste Mal sagte. Wir

waren ja nicht verliebt oder so. Ich habe ihn über ... eine Anzeige kennengelernt. In einem Magazin. Nachdem wir uns trennten, gab es keine Schwierigkeiten. Ich habe nie gewußt, wo er wohnt. Er kam immer her zu unseren ... Treffen. Aber nachdem ich ihm sagte, daß es aus sei, habe ich ...«

Sie verstummte, senkte den Kopf. Blieb so lange so, daß ich schließlich begriff: Ich wurde nicht auf die Probe gestellt. Sie konnte den Satz nicht beenden.

Also tat ich es für sie. »Sie haben im gleichen Magazin eine neue Anzeige aufgegeben. Und er hat Sie wiedererkannt.«

Ihr Kopf hob sich. Ich spürte ihre Augen hinter den bernsteinfarbenen Gläsern. »Ja! Da fing es an. Da sagte er, wenn ich je wieder ...«

»Ist schon in Ordnung«, sagte ich. »Sie reisen heute abend. Er wird nicht wissen, wo –«

»Er sagt, ich gehöre ihm. Ich darf nicht.. oder er wird ...« Sie holte tief Luft. »Ich will nicht ... Er kann mich nicht zwingen, meine ...«

»Ich weiß«, sagte ich. »Genau damit werden wir arbeiten.«

»Ich verstehe nicht.«

»Sie ziehen um, okay. Er weiß nicht, wohin. Aber er weiß, wo er suchen muß, oder?«

»Sie meinen –?«

»Genau. Eine neue Anzeige. Ändern Sie sie so weit ab, daß es aussieht, als wollten Sie sich tarnen. Er wird darauf antworten, genauso vorgehen. Wenn es zu einem Treffen kommt, wird er allerdings nicht Sie vorfinden.«

»Das wird ihn so –«

»Nein, wird es nicht«, versicherte ich. »Wir dafür sorgen, daß er Sie in Zukunft in Ruhe läßt. Alles, was Sie aufgeben werden, sind diese Kleinanzeigen. Es gibt andere Möglichkeiten, Leute zu finden, mit denen Sie spielen können, richtig?«

»Die Szene ist ziemlich ... geschlossen«, sagte sie zweifelnd. »Die gleichen Leute. Die gleichen Orte. Es ist schwer –«

»Lernen Sie zuerst die Leute kennen«, sagte ich. »Den gleichen Fetisch haben ist noch keine Referenz. Lernen Sie sich erst kennen, und erzählen Sie *dann* Ihre Geheimnisse.«

»Das kann aber ziemlich lange dauern.«

»Sicherheit hat ihren Preis.«

Sie nahm die Sonnenbrille ab. Ihr Gesicht war stark geschminkt; ihre dunklen Augen funkelten vor Intelligenz. »Wissen Sie, warum ich ... das brauche ... manchmal?«

»Ich kann nur raten«, sagte ich. »Es schwankt, stimmt's? Manchmal turnt es Sie an, aber es beruhigt Sie auch. Macht die Dinge richtig. Ist ein gewisser Ausgleich. Zahlt die Schulden ab.«

»Was für Schulden?«

»Schuldgefühle. Schlechtes Gewissen. Was andere Menschen bei Ihnen auslösen. Was Sie nicht verdienen.«

»Woher wissen Sie soviel?« fragte sie.

»Ich habe jemand anderen gesucht«, sagte das mollige Mädchen mit der randlosen Brille und den krausen Haaren leise, hatte mir den Rücken zugewandt. Ihr Blick war auf einen Computermonitor geheftet. Ein großer Bildschirm pulsierte unter den leuchtenden Farben der Werbeanzeigen, durch die man durch mußte, bevor der Web-Browser zu arbeiten begann, den sie benutzte.

»In einem der Foren für Überlebende?« fragte Lorraine.

»Nein«, sagte das mollige Mädchen, drehte sich immer noch nicht um. Crystal Beth, Lorraine und ich standen im

Halbkreis hinter ihr. »Ich habe versucht, einen ... Krieger zu finden.«

»Sie wollten etwas erledigt haben?« fragte ich, hielt sie für eine geschlagene Frau, die in einem dieser Möchtegern-Söldner-Foren einen Killer sucht.

»Nein! Ich wollte ... reden. Über das, was ... mir passiert ist. Ich dachte, er würde ... verstehen. Ich dachte, er würde mit mir reden.«

»Und er hat sich herausgestellt als ...?« soufflierte ich behutsam.

»Er war es nicht«, sagte sie. »Es war ... Ich weiß nicht, was es war. Aber er war's jedenfalls nicht.«

Ich spreizte die Hände in einer »Was-zum-Henker-redet-die-eigentlich?«-Geste zu den beiden Frauen, die links und rechts neben mir standen.

»Er hat sich als jemand anderer ausgegeben?« fragte Crystal Beth.

»Nicht der, den ich gesucht ... Ich meine, ich habe nicht ... Er hat meine Nachricht gelesen. Und er hat mir eine eMail geschickt, er sei ein Kämpfer. Gegen ... die.«

»Menschen wie ihr ...?«

»Vater. Ja! Okay? Mein Vater. Er hatte seine eigene Web-Seite. Alle möglichen Storys über ihn aus verschiedenen Magazinen und so. Wie er ... Mädchen gerettet hat. Kleine Mädchen. Er war ein Held.«

Da fiel bei mir der Groschen. Die eigentliche Gefahr des Internet ist nicht Kinderpornographie oder Kontaktanzeigenkiller oder Rassenhaßdreck oder durchgeknallte Verschwörungstheorien. Seit es Polaroid und Video gibt und die Kriminellen die kommerziellen Möglichkeiten erkannt haben, hat die Kinderpornographie floriert. Vor hundert Jahren wurden Menschen durch Brieffreundschaften zu verhängnisvollen Treffen gelotst. Die Rassenhaßfanatiker werden immer ihre Kurzwellennetworks und Faxketten haben. Und Verrückte brauchten noch nie elektronische Hilfe.

Nein, verführt wird eine ganze Generation junger Leute, die auf alles in den Zeitungen oder im Fernsehen mit gelangweiltem Zynismus reagiert, aber jede Skepsis verlieren, sobald es im Heiligen Netz auftaucht. Sie haben noch nie von Recherche und Faktenüberprüfung gehört, haben keine Ahnung, was Quellenstudium ist. Jeder Freak kann ein »Magazin« machen, »Journalist« werden und einen Artikel über sich schreiben. Dann kann er diesen Artikel auf eine thematisch verwandte Web-Seite stellen, einen Link zu seiner eigenen Seite dazu setzen und, bingo – er ist, was immer er sein will. Instant-Glaubwürdigkeit bei der neuesten Gruppe freiwilliger Opfer ... Cyber-Trottel.

»Lassen Sie uns allein«, sagte Lorraine und gab mir einen festen Schubs vor die Brust. Ich ging rückwärts bis zur Schlafzimmertür des molligen Mädchens. Als ich fast die Schwelle erreicht hatte, machte Lorraine eine »Halt!«-Geste. Dann trat sie zu dem molligen Mädchen, legte ihr eine Hand auf die Schulter. »Hast du dich je mit ihm getroffen?« fragte sie.

»Nein. Zuerst mußte ich ...«

»Ihm erzählen ...?« Lorraine ließ es offen.

»Ja. Ihm erzählen. Alles. Damit er mir helfen kann.«

»Und dann?«

»Übungen.«

»So was wie eine Kata?« fragte Crystal Beth.

»Häh?« fragte das mollige Mädchen, offensichtlich verwirrt. Lorraine machte eine Verkehrspolizistenbewegung, gab Crystal Beth zu verstehen, sie solle den Mund halten. »Ihm alles vorspielen?« fragte sie, ihre Stimme so leise, daß ich sie kaum verstehen konnte.

»Ja. Er sagte, das wäre, um ihm … Informationen zu geben. Damit er versteht. Er sagte, er würde …«

Niemand sprach. Das mollige Mädchen starrte auf den Bildschirm, ihre Hand spielte mit der Maus, schob sie auf dem Schreibtisch herum, klickte willkürlich, während der Bildschirm sofort reagierte. Wir blieben stumm, sahen ihrer Suche zu. Ich hatte keine Ahnung, wonach sie suchte, aber ich wußte, sie würde es nie finden.

»Ich hab's getan«, sagte sie schließlich. »Aber nichts ist passiert. Mit meinem … Vater. Ich habe gemacht, was der Mann gesagt hat. Alles. Ich hab's alles noch mal gemacht. Sogar die … Fotos. Aber nichts ist passiert.«

Ich wartete darauf, daß sie zusammenbrach, weinte, die Faust auf den Schreibtisch schlug. Irgendwas.

Aber sie klickte nur weiter mit der Maus und starrte auf den Monitor.

»Im Netz kann jeder alles behaupten«, sagte Lorraine. »Du mußt –«

»Ich habe ihn überprüft!« sagte das mollige Mädchen scharf. »Ich habe anderen Mädchen eMails geschrieben … denen er geholfen hat. Und ich habe diesen Artikel über ihn gelesen. Und alles.«

»Jeder kann mehrere eMail-Adressen haben«, sagte Lorraine sanft. »Jeder kann …«

»Ich *weiß*«, unterbrach das mollige Mädchen. »Glaubst du, das weiß ich nicht? Aber ich weiß auch, daß es da draußen Helden gibt. Die nur auf mich warten.«

»Wenn du das Modem aktivierst, machst du die Beine breit«, sagte Lorraine schroff. »Sich zu verkleiden ist so leicht. Der Cyberspace wimmelt von Identitätsdieben. Web-Sites können geklont sein. Die können behaupten, gottweißwer zu sein – du wirst die Wahrheit nie erfahren. Und ›eMail‹« – jetzt war Lorraines Stimme mit Gift überzogen –

»was zum Teufel ist das? Du findest das schrecklich ›intim‹, stimmt's? Aber es ist alles andere als vertraulich. Jeder Buchstabe wird aufgezeichnet, verstehst du nicht? Es geht von dir über einen Zentralrechner an den Adressaten. Es gibt Leute, die haben Schlüssel für den Rechner. Und es gibt Leute, die können sogar mitschneiden, während du online bist.«

»Ich –«, wollte das mollige Mädchen protestieren.

»Es gibt Leute, die dir helfen können«, sagte Lorraine. »*Wir* können dir helfen. Laß einfach die Finger vom Netz, okay?«

»Ich kann nicht«, sagte das mollige Mädchen.

»Geschlagene-Frauen-Syndrom«, höhnte die schwarze Frau, gerade geschnittene rote Fingernägel umklammerten die Theke, hinter der sie stand, als wäre sie ein Rednerpult. Es war eine halbe Stunde nach dem offiziellen Schluß, und der Laden war so leer wie das Herz eines Senators. »Was für ein Witz!«

»Wie meinst du das?« fragte Crystal Beth. »Ich dachte, es wäre ein echter … ich weiß nicht … Fortschritt. Etwas, das Frauen vor Gericht hilft, um –«

»Warum sagst du das? Weil jedes Jahr irgendein Gouverneur die Strafe für ein paar Frauen herabsetzt, die für Mord lebenslänglich gekriegt haben, statt wegen Notwehr freigesprochen zu werden? Affenkacke!«

»Aber wenn die Gesellschaft anfängt –«

»Die Gesellschaft hat überhaupt keine Ahnung, Mädchen«, sagte die Schwarze. »Und die Gesellschaft ist ein Scheißdreck. Der Gesellschaft geht's um Macht. Männermacht.«

»Die Frauenbewegung hat dafür gesorgt, daß diese Gesetze verabschiedet wurden«, sagte Crystal Beth mit ihrer »Wir sind alle ganz ruhig«-Stimme.

»Die Frauenbewegung? Meine Schwestern?« erwiderte die Schwarze voller Sarkasmus. »Ein Haufen dummer Schlampen, zum x-ten Mal aufs Kreuz gelegt. Ich will dir mal was sagen, Baby: Dieses sogenannte ›Geschlagene-Frauen-Syndrom‹ ist doch nur eine andere Art zu sagen, daß wir verrückt sind, weiter nichts. Ein Mann bringt jemanden um, der versucht, ihn umzubringen, und die einzige Frage ist … war es wirklich so? Verstehst du? Die Geschworenen müssen bloß glauben, daß der andere Kerl es getan hätte, aber leider nicht schnell genug war. Wozu brauchen wir irgendein Scheiß*syndrom*?«

»Damit die Geschworenen nachvollziehen können, daß –«

»Ach, hör doch auf! Wenn dein Mann dich oft genug prügelt, dich oft genug verletzt, dann weißt du, wenn er's wieder tun wird. Vielleicht sein Tonfall, vielleicht, weil er ein paar Bier geknallt hat, vielleicht ein Anruf von seiner verdammten Mutter … vielleicht erkennst du's daran, wie er atmet, stimmt's? Fest steht: Du *weißt* es. Der Haken ist nur, das reicht nicht. Nicht den Cops, nicht dem Staatsanwalt und todsicher nicht den Geschworenen. Ein Mann sagt: ›Der Wichser hat in seine Tasche gegriffen. Ich weiß, daß er immer eine Kanone dabei hat, also hab ich ihn abgeknallt, bevor er mich abknallen konnte.‹ Na, *das* klingt rechtschaffen. *Damit* kommt er durch. Eine Frau sagt: ›Immer wenn er anfängt zu meckern, wie dreckig das Haus ist, weiß ich, gleich prügelt er mich windelweich.‹ Dieser Satz ist absolut nichts wert, kapiert? Überhaupt nichts. Wenn dein Mann das erste Mal versucht, dich umzulegen, und du ihn dann sofort selber umlegst, bist du vielleicht aus dem Schneider. Aber wenn du's ihn ein *paarmal* machen läßt, hast du die Arschkarte.

Du läßt dich von ihm verdreschen und immer wieder verdreschen … und eines Tages weißt du, daß du nicht mehr kannst. Du weißt, wenn er aus seinem Suffschlaf aufwacht, wirst du dermaßen verdroschen, daß du einfach …«

»Ich verst–«

»Du verstehst einen Scheißdreck, Mädchen. Bist du je bei einer dieser behämmerten Gruppen gewesen? Du weißt schon, Gruppen für geschlagene Frauen und so? Ich ja, einmal. Ein verdammter Idiot steht auf und sagt, na ja, er hat seine Frau immer geschlagen, aber nur, weil er betrunken war. Er ist kein Alkoholiker, und jetzt geht er auch nicht mehr auf seine Frau los. Alle applaudieren. Was für ein tiefes Verständnis, hä? Ich will dir mal was sagen, kleine Miss Liberale, mein Alter, der hat mich immer halbtot geschlagen, und *dann* hat er sich ein paar Gläschen genehmigt, zur Feier des Tages.«

»Ich glaube immer noch, daß die Menschen verstehen«, sagte Crystal Beth ruhig. »Wir haben gute Anwälte. Wir könnten –«

»Für mich kannst du bloß das tun, was du versprochen hast«, sagte die Schwarze; ihre Worte waren nur für Crystal Beth bestimmt, sie redete über mich hinweg, als wäre ich ein Möbelstück, genau wie sie es die ganze Zeit gemacht hatte, seit wir in die leere Bar gekommen waren. »Neue Papiere und genug Cash, daß ich mich verpissen kann«, sagte sie mit hartem und entschlossenem Blick. »Ich hab schon gesessen. Immer mal wieder. Aber ein paar von den Mädchen da drinnen haben lebenslänglich. Für das, was ich gestern abend gemacht habe. Früher oder später werden sie ihn finden. Genau da, wo ich seinen toten Arsch liegen gelassen habe. Nimm du dein verschissenes Syndrom, Schätzchen. Ich, ich nehme den Greyhound.«

Es waren noch mehr. Manche wohnte in Crystal Beths Unterschlupf, andere versteckte sich in Wohnungen in der Stadt. Wieder andere überall im ganzen Land, erzählte sie mir. Alle Rassen, jedes Alter, alle sozialen Schichten.

»Warum wolltest du, daß ich das alles höre?« fragte ich sie später in ihrem Zimmer.

»Damit du Bescheid weißt. Es geht nicht nur um geschlagene Frauen. Es gibt so viele Arten von Stalkern. Es geht nicht nur darum, sich vor ihnen zu verstecken. Oder sich zu wehren. *Wir* müssen uns … ändern.«

»Wie ändern?«

»Das ist genauso verschieden, wie die Opfer verschieden sind. Aber ich weiß, daß es funktioniert. Bei mir hat's funktioniert.«

»Wann hast du –«

»Ich verändere mich ständig«, sagte sie liebevoll. »Aber als du aufgetaucht bist, da hat es wirklich angefangen.«

»Ich habe ihn nie getroffen«, sagte die Frau, ging vor einer Bücherwand auf und ab, redete für ein erheblich größeres Publikum als nur für mich und Crystal Beth; nicht einmal sah sie einen von uns an. Ihr langer, zinnfarbener Rock hatte einen Schlitz bis zur Mitte des Oberschenkels, bei jeder Bewegung blitzte nacktes Fleisch auf.

Ich sagte nichts – inzwischen wußte ich, wie's ablief.

»Ich habe ein Buch geschrieben«, sagte die Frau. »Über mein Leben als Schauspielerin.«

Ich wußte, was für Filme sie gemacht hatte: zweitklassige Pornos. Direkt auf Video, bezahlt nach Tagessatz, kein Drehbuch, ficken und lutschen, billiger Schund, gedreht in miesen Kellerstudios. Aber sie hatte eine Fangemeinde, war in dieser Welt ein Star.

»Ich bin bei mehreren Talkshows aufgetreten. Du weißt schon, um für das Buch zu werben.«

Ich nickte, als wäre das alles völlig vernünftig.

»Zuerst hat er einen Fanbrief geschrieben. Nicht mir – meine Adresse hatte er nie –, sondern meinem Verleger. Ich hab nicht mal drauf geantwortet. So was kommt dauernd vor. Sie schicken einfach Autogrammfotos zurück. Ich lese die Post nie.«

Sie schüttelte ihre platinblonden Locken. Eine Perücke, so erstklassig wie ihr Kleid und ihre Schuhe. »Er hat weiter geschrieben. Wurde wütender und wütender. Was ich mir eigentlich einbilde, einfach so mit ihm Schluß zu machen. Ich meine, ich war ja nie mit ihm *zusammen*. Er wurde immer verrückter. Hier, sieh selbst ...«

Die Briefe waren chronologisch geordnet, alles Fotokopien. Mit der Zeit änderte sich die Anrede von »Göttin der Vollkommenheit« zu »dreckige verfickte Fotze«.

»Mein Analytiker sagt, es sei ›Erotomanie‹, keinen Schimmer, was das heißen soll.«

»Es bedeutet, daß er dich idealisiert«, sagte Crystal Beth, »und dann hat er eine –«

»Spielt keine Rolle«, sagte die Frau, machte klar, daß es hier ausschließlich um sie ging. »Mein Anwalt sagt, ihr hättet ein Programm. Ich brauche kein Programm, ich brauche Schutz. Ist er dafür zuständig?« fragte sie, sah mich immer noch nicht an, deutete mit einem langen Fingernagel – künstlich wie ihre Brust – in meine Richtung.

»Er ist verrückt«, sagte die olivhäutige Frau mit der großen Nase, schaute von der Bettkante, auf der sie saß, zu mir hoch. Crystal Beth saß neben ihr, ihre Schultern berührten sich. Der kleine Hinterraum des Restaurants am Hafen war ruhig, die dicken Wände verschluckten den Lärm von vorne.

Wir waren auf Crystal Beths Motorrad hergekommen. »Willst du fahren?« hatte sie mich gefragt.

»Niemals«, antwortete ich. Als Jugendlicher war ich Motorrad gefahren, hatte sogar mal selbst eins gehabt, eine alte Harley 74, aber mehr Zeit auf dem Asphalt verbracht als die Reifen, und schließlich hatte ich es sein lassen.

»Komm schon«, neckte sie. »Macht dir bestimmt Spaß.«

»Mir wird's mehr Spaß machen, mich festzuhalten«, sagte ich, sah in dem armseligen Versuch der Straßenlaterne, die dunkle Gasse zu beleuchten, ihr reizendes Lächeln aufblitzen.

Aber auf dem Gesicht dieser Frau lag kein Lächeln, Angst vermischte sich mit ihrer Stimme wie Wasser mit Whiskey. »Wenn er mich jemals findet ...«

»Warum sagen Sie, daß er verrückt ist?« fragte ich. Nicht, um es zu erfahren, sondern um den Rest der Geschichte zu hören, wie Crystal Beth es wollte.

»Er wollte nur eine Tochter«, sagte sie. »Für den Sohn seines besten Freundes.«

»Ich weiß nicht, ob ich –«

»Sein bester Freund hat einen Sohn«, sagte die Frau mit diesem geduldigen Ton, den man bei Leuten benutzt, die nicht besonders aufgeweckt sind. »Also würde seine Tochter die Frau des Sohnes seines besten Freundes.«

»Wie alt ist der Sohn dieses besten Freundes?«

»Fünf. Fast fünf.«

»Also würde es nicht dazu kommen, bevor ...«

» ... sie erwachsen sind«, beendete sie den Satz für mich, als hätte ich endlich kapiert. »Zuerst wollte er wissen, ob ich überhaupt schwanger werden kann. Ich mußte einen Test machen. Dann sperrte er mich wochenlang im Haus ein. Damit kein anderer sich an mich ranmachen konnte, hat er gesagt.

Monatelang hatten wir keinen Sex. Ich meine, nicht so … wie man Babys macht. Nur … Und als er sicher wußte, daß ich nicht schwanger war, sagte er, wir könnten anfangen. Dann hatten wir immer und immer wieder Sex. Und ich wurde schwanger. Er hat sich die Amniozentese angesehen – aber es war ein Junge. Ich mußte abtreiben, und dann haben wir wieder von vorne angefangen. Nachdem er mich zusammengeschlagen hat.«

»Wann sind Sie fortgelaufen?« fragte ich sie.

»Als ich schwanger wurde. Ich hatte Angst, es könnte wieder ein Junge sein.«

»Und?«

Sie kicherte, rauh und nervös – ein disharmonisches Geräusch, in dem kein Leben steckte. »Es war gar nichts«, sagte sie. »Ich war nicht wirklich schwanger. Ich dachte nur, ich wäre. Einer dieser Tests für zu Hause. Ich …«

»Und warum sind Sie dann nicht –?«

»Oh, er wird mich umbringen«, sagte sie. Keine Vermutung, die Feststellung einer Tatsache. »Wenn er mich findet, wird er mich umbringen.«

»Wieso sind es ausschließlich Frauen?« fragte ich Crystal Beth.

»Wie meinst du das?«

»All die … Leute, mit denen ich reden sollte, sind ausnahmslos Frauen. Du hast nur mit denen zu tun, oder?«

»Im Moment«, sagte sie. »Das war aber nicht immer so. Auch Männer werden Opfer von Stalkern. Für manche von ihnen ist es sogar noch schlimmer, glaube ich. Du erzählst deinen Kumpeln, daß dich eine eifersüchtige Frau verfolgt, droht, deine neue Freundin umzubringen, und die finden das unheimlich cool. Frauen können genauso besessen sein wie Männer, genauso rachsüchtig und nachtragend.«

»Und auch genauso gefährlich.«

»Klar. Wir hatten mal eine Frau hier, eine Lesbe. Ihre Geliebte, ihre Ex-Geliebte war hinter ihr her. Und *diese* Frau war unheimlich, glaub mir. Aber meistens sehen die Leute das nicht so. Weibliche Stalker sind raffiniert oder mitleiderregend. Selbst wenn sie die Grenze überschreiten, sieht die Öffentlichkeit sie mit anderen Augen. Erinnerst du dich an diese Betty Broderick? Die, die –«

»Ihren Mann und seine neue Frau im Schlafzimmer umgelegt hat?«

»Ja. Sie hat ihn unheimlich lange verfolgt, aber niemand hat sich ihr in den Weg gestellt. Und nach den Morden ist die erste Jury zu keiner Entscheidung gekommen. Sie wurde nicht verurteilt.«

»Beim nächsten Mal aber schon.«

»Ich weiß. Aber darum geht es nicht. Wäre sie ein Mann gewesen, wäre die Situation umgekehrt gewesen, dann wäre die erste Jury höchstens fünfzehn Minuten draußen gewesen zur Beratung. Und was ist mit dieser Richterin hier in New York? Sie hat ihren Ex-Lover verfolgt, *jahrelang*, hat ihm alle möglichen schrecklichen Sachen angetan, sich sogar vertrauliche Gerichtsakten über seine Frau besorgt. Und was ist mit ihr passiert? Nichts! Man hat ihr nicht die Lizenz entzogen. Hat sie nicht mal suspendiert. Sie wurde ›getadelt‹, was immer das heißen soll. Na ja, ich weiß, was das heißt – die Regeln sind anders.«

»Aber wenn du meinst, daß belästigte Männer noch schlechter dran sind als Frauen, wieso hast du dann –?«

»Es ... hat nicht geklappt. Die Mischung hat nicht gestimmt. Männer und Frauen gemeinsam unterzubringen wurde zu ... kompliziert. Es gab ... Beziehungen.«

Wie bei dir und Vyra, dachte ich.

»Und als einige von denen nicht funktionierten«, fuhr sie fort, »beeinflußte das den gesamten Prozeß – vielleicht sollte ich besser sagen, es schadete der ganzen Sache. Wir können nicht jedem helfen. Nicht mal allen Frauen. Oder Kindern. Deshalb beschlossen wir, uns zu beschränken, uns auf einen kleinen Kreis zu konzentrieren. Einer ... von uns sagte das ständig. Konzentration ... Daraus kommt Stärke.«

Der Kenpo-Typ? dachte ich. *T. B., der Rausschmeißer bei Rollo's. Willst du mir auch davon erzählen, du kleine Lügnerin mit den honigsüßen Worten?*

»Und es gibt einen wesentlichen Unterschied«, redete sie in meine Gedanken hinein, »zwischen Männern und Frauen, wenn es um Stalker geht.«

»Und der wäre?«

»Die Frauen denken immer, es wäre irgendwie ihre eigene Schuld. *Immer.* Selbst wenn sie nichts beigetragen haben zu dem ... Häßlichen, machen sie sich Vorwürfe. ›Was habe ich an mir, weswegen hat er mich ausgesucht? Was habe ich getan, um ihn so weit zu bringen?‹ Das zu überwinden ist am schwierigsten.«

»Frauen geben sich selbst die Schuld?«

»Ich denke, ja. Irgendwie. Ich bin noch keiner begegnet, bei der es anders wäre.«

»Jede Wette, bei Lorraine ist das anders«, sagte ich.

Crystal Beth funkelte mich an, signalisierte Streitlust. »Weil sie lesbisch ist?«

»Nein. Aber sie haßt Männer, stimmt's?«

»Das tut sie. Aber wenn du glaubst, sie sucht die Schuld dafür nicht auch bei sich, dann kennst du sie nicht.«

»Es gibt also keinen Platz für Männer in deiner Bewegung?«

»Natürlich«, erwiderte sie scharf. »Wenn du ein paar Sachen wüßtest ... die manche von ihnen für uns getan haben ... Aber die Männer brauchen ihre eigene Bewegung. Gegen Stalker. Sie müssen sich genauso zusammentun.«

»Und warum hast du mir das alles gezeigt?«

»Damit du mich mehr magst«, antwortete sie ernst.

»So ist es gelaufen«, sagte der Mann, deutete auf einen brusthohen Stapel vergilbter Zeitungen in der Ecke der L-förmigen Studiowohnung. Ich maß die Wohnung aus, indem ich herumging, beiläufig das eine oder andere berührte. Ein guter Einbrecher kennt seine eigenen Maße besser als ein Mannequin: Ich strecke meine Arme aus, als greife ich nach etwas, mache ein paar Schritte, spreize meine Finger auf dem Tisch, setze mich auf einen Stuhl ... und ich kann zurückkommen und die Wohnung im Dunkeln ausräumen.

»Was?« fragte ich, wollte nichts wissen, wollte nur, daß er weiterredete.

»Neunzehn achtzig. Wenn Carter vor der Wahl die Geiseln im Iran rettet, gewinnt er mit links, okay? So, und wer kürzt den Verteidigungshaushalt? Genau ... Jimmy Carter. Und wer wird dem Militär alles geben, egal, was. Klar, Ronnie RayGun. Also, was passiert? Die Generäle setzten sich zusammen und ließen diesen Hubschrauber in der Wüste abschmieren. Was sind schon ein paar amerikanische Leben verglichen mit dem größeren Wohl des Militärs?«

»Hm-hmh.«

»Die erzählen einem nie die ganze Geschichte. In den Zeitungen. Wieso sagen die immer ›vergewaltigt und mißbraucht‹? Was heißt das? Mußte sie ihm einen blasen oder ist sie in den Arsch gefickt worden? Verstehst du, was ich meine?«

»Ja.«

»Sie sagen, Sie haben eine Nachricht für mich. Von Lydia?«

»Das sieht übel aus«, sagte Crystal Beth. Sie stand neben dem Sessel, einen winzigen, gewölbten nackten Fuß auf der gepolsterten Lehne, meine rechte Hand auf einem gefalteten Handtuch, das sie über ihr Knie gelegt hatte. »Ich glaube, es geht bis auf den Knochen«, murmelte sie, schaute durch eine rechteckige Lupe, die sie in der Hand hielt.

Ich ballte die Faust. Der Schmerz schoß mir bis in die Schulter.

»Halt still«, sagte sie. Ihre Stimme war ruhig, aber auf ihrer Stirn standen Schweißperlen. Sie tupfte die Knöchel meiner Hand mit Alkohol ab. Ich spürte das Sauberbrennen. »Ich glaube, ich kann ...« murmelte sie, stocherte vorsichtig mit einer stählernen Pinzette an meiner Hand herum. »Ja!«

Sie hielt einen winzigen, weißen Splitter hoch.

»Ich muß noch mal darunter nachsehen«, sagte sie leise, kehrte mit der Pinzette wieder zu meiner Hand zurück. »Halt durch.«

Der Schmerz war nicht so stark, daß ich in mir woanders hingehen mußte. Ich konzentrierte mich auf das Heben und Senken ihrer Brüste unter dem weißen T-Shirt. Auf die Rundungen ihrer nackten Arme. Auf ihren Duft.

»Alles sauber«, erklärte sie. »Und es ist nur eine Fleischwunde, kein Knochen. Muß ein Stück Zahn gewesen sein, das steckengeblieben ist.«

»Klingt einleuchtend«, grunzte ich. Dachte daran, wie der

Freak den kleinen Schrank aufmachte und mir seine Einladung zeigte. Ein rechteckiges Stück Holz, vielleicht knapp einen Quadratmeter groß und fünf Zentimeter dick, mit U-förmigen Metallhaken an den Ecken. Auf der Vorderseite hing eine schwere Kette an einer massiven Ösenschraube. »Das ist für ihre Bestrafung«, erklärte er mit wutglasigen Augen hinter der Lesebrille, zeigte mir, wie der Kragen um Lydias Hals paßte, wie die Kette dann ihren Rücken hinunter zwischen ihre Beine hindurchgeführt und wieder an der Ösenschraube befestigt werden würde. »Ich kann das so stramm machen, wie ich will«, zischte er, deutete auf das Sperrad auf der Vorderseite des Brettes. »Jeden Tag ein paar Stunden darin, und sie ist nie wieder ungehorsam.«

Dann weiß ich nur noch, daß er auf dem Boden lag und merkwürdige Laute aus der rot-weißen Schweinerei kamen, die mal sein Mund war.

»Das wird nicht weh tun«, sagte Crystal Beth, eine durchsichtige Plastikflasche in der Hand. Sie sprühte einen rötlichen Nebel über die offenen Wunden auf meinen Knöcheln.

»Was ist das für ein Zeug?« fragte ich.

»Ein Fibrin-Schutzfilm«, sagte sie. »Biologischer Leim. Wird aus Proteinen hergestellt, die es im Blut gibt. Stillt sehr schnell die Blutung, Unterstützt den Heilungsprozeß.«

»Noch nie davon gehört.«

»Ist hier auch nicht zu kaufen. Es wird in Europa benutzt. Die FDA hält die Zulassung zurück Weil es aus Blut hergestellt wird ... Wahrscheinlich machen sie sich Sorgen wegen Aids.«

Das Spray verwandelte sich vor meinen Augen in eine Art Gelee. Verletztes Gewebe. Verschmolz. Fügte zusammen. Heilte Wunden. Schützte. Ich sah meine verletzte Hand an. Und sah meine Familie.

Ich sagte nichts.

»Mach dir deswegen keine Sorgen«, sagte sie. »Das ist kein europäisches Zeug. Es wird hier hergestellt. Lorraine macht es.«

»Woher bekommt sie das Blut?«

»Von mir«, sagte Crystal Beth ernst. »Jetzt hast du etwas von meinem.«

»Er kommt«, flüsterte Vyra ins Telefon. »Gleich.«

Ich war als erster dort. Gekleidet wie ein Anwalt, auf dem Weg zu einem nachmittäglichen Cocktail mit seiner Geliebten, bevor er den 18:09er von Grand Central nach Westport erwischt. Niemand im Hotelfoyer schenkte mir einen zweiten Blick. Und falls die Wachleute Fragen hatten, hatte ich die Antwort in meiner Tasche – einen Schlüssel zu einem kleinen Zimmer auf einer der unteren Etagen. Damit hatte ich einen Ort, wohin ich mich bei Bedarf verziehen konnte. Und einen weiteren ungestörten Zugang zum Hotel, durch die Tiefgarage.

Vyra trug eines dieser schlichten schwarzen Kleider, für das ein Arbeiter einen Monatslohn hinblättern muß. Eine lange, dünne Goldkette um den Hals. Schlichte schwarze Lacklederpumps mit einer winzigen Reihe goldener Nieten auf den Absätzen.

»Gehst du aus?« fragte ich sie, als ich eintrat.

»Warum? Findest du, daß ich gut aussehe?«

»Du siehst phantastisch aus«, antwortete ich. »Als hättest du zugenommen.«

»Ist das ein Kompliment?« wollte sie wissen, die Hände auf den Hüften.

»Sicher.«

»Es ist mein Hintern, oder?«

»Häh?«

»Mein Hintern. Er ist … flach. Du magst es, wenn sie rausstehen. So wie … ihrer.«

»Häh?«

»Ach, hör auf damit! Du weißt, von wem ich rede.«

»Ich habe wirklich nicht …« sagte ich lahm.

»Klar. Na gut, ist egal. Andere Männer mögen andere Dinge.«

»Und Frauen nicht?«

»Ich glaube nicht«, sagte sie ernst. »Zumindest nicht so sehr. Ich bin noch nie einer Frau begegnet, die so ausschließlich auf Blond steht, wie manche Männer.«

»Was magst du, Vyra?«

»Ich mag … Spaß. Wenigstens dachte ich das immer. Spaß. Egal, wie.« Sie klang traurig.

»Hör mal, vielleicht –«

Es klopfte an der Tür. Ich gab Vyra ein Zeichen, daß sie öffnen solle, verschwand schnell im Flur.

»He, Baby!« Es war Herk. Zwei große Hände um Vyras Taille, er hob sie hoch, küßte sie ungestüm. Vyra winkelte die Beine an, warf die Füße ausgestreckt nach hinten, schlang die Arme um seinen Hals. Falls irgendwer zusah, würde er sehen, was er sehen sollte.

Herk kam herein, schloß die Tür, trug Vyra immer noch, ging ins Zimmer. Als er sie schließlich absetzte, trat ich in Sicht, legte einen Finger auf die Lippen, deutete auf die Wohnzimmercouch. Herk ging rüber, Vyra neben sich. Sie setzten sich. Ich machte mit den Fingern eine Quasselgeste. Herk sah mich verdutzt an, aber Vyra kapierte und begann draufloszuplappern, fragte Herk, wo er überhaupt *gewesen* war. Ich postierte mich neben der Tür und wartete.

Ich wartete fünf Minuten. Nichts.

Vyra hörte keine Sekunde auf zu quatschen.

Ich verließ meinen Posten und ging in eines der nach hinten liegenden Schlafzimmer, bedeutete ihnen, mir zu folgen. Vyra sagte zu Herk, daß sie eine Modenschau für ihn machen wolle. Beide kamen den Flur hinunter. Das Schlafzimmer hatte ein angrenzendes Bad. Ich stellte links und rechts neben die Badezimmertür einen Stuhl, dann drehte ich die Dusche voll auf. Als ich mich umdrehte, bekam ich meine Rechte noch gerade rechtzeitig hoch, um eine von Herks berühmten ungestümen Umarmungen zu verhindern.

»He! Was ist mit der Hand passiert, Bruder?«

»Ich hab die Regeln vergessen«, sagte ich.

»Welche Regeln?« schaltete sich Vyra ein, der jetzt zum ersten Mal meine Hand auffiel.

»Hart auf weich, weich auf hart«, erklärte Herk. »Du hast jemandem eine aufs Maul gegeben, stimmt's?« sagte er zu mir.

»Ja. Setz dich. Wieviel Zeit hast du?«

»Wieviel? Keine Ahnung. Vor morgen abend haben wir kein Treffen.«

»Fang ganz von vorne an«, sagte ich, warf Vyra einen Blick zu, damit sie uns allein ließ. Was sie ignorierte; sie ließ sich auf dem Bett nieder.

»Lothar und ich hatten ein Treffen. Da, wo er arbeitet. Er hat da so ein Hinterzimmer. Jedenfalls, keiner hat irgendwen angesehen, du kennst die Läden.«

»Was für Läden?« fragte Vyra.

»Halt's Maul«, sagte ich ihr leise. »Wir albern nicht rum. Das hier ist kein Spiel.«

»Ich stecke auch mit drin«, sagte sie.

»Ja, tust du. Dann bleib bei deinem Part.«

»Du meinst, einfach still dasitzen?«

»Fürs erste, ja.«

»Ich will nicht –«

»Vyra, du kannst ruhig und friedlich da sitzen. Oder ich kann das hier benutzen«, sagte ich, zog eine Aderpresse mit Klettverschluß aus der Tasche.

»Was ist das?« fragte sie, mißtrauisch wie der Türsteher in einem Crackhaus.

»Das funktioniert genau wie Handschellen«, sagte ich. »Und für deinen vorlauten Mund habe ich ein hübsches, sauberes Taschentuch. Willst du das?«

»Du –«

»Ja, ich würde«, versprach ich.

Ihr Mund klappte so schnell und fest zu, daß ihr Lippenstift Risse bekam.

»Von Anfang an«, sagte ich noch mal zu Herk.

»Also, ich mußte dort bleiben, bis –«

»Dort?«

»In dem Hinterzimmer. Von diesem Pornoladen. Lothar kriegt meine Nachricht. In sein Postfach. Dann reden wir an diesem Münzfernsprecher. Dann treffen wir uns, ich erzähle ihm, was ich mit diesem … diesem Kerl gemacht habe, okay? Mit dem Juden. Er mußte es den anderen erzählen, den Typen, mit denen er zusammen ist. Er konnte mich nicht mit denen zusammenbringen, bevor das abgeklärt war. Also mußte ich dort bleiben. Wo er arbeitet. Über Nacht. Es war schräg, Burke. Ganz allein in diesem Schuppen.«

»Wenigstens hattest du genug zu lesen.«

»Dieses Zeug? Ich hab's versucht … Ich meine, ich hab's mir angesehen und alles. Aber es ist immer dasselbe, weißt du, was ich meine?«

Vyra holte besonders tief Luft, wie um ihn zu erinnern, daß das nicht stimmte. Aber sie sagte kein Wort.

»Ja, tue ich«, antwortete ich. »Was ist dann passiert?«

»Morgens, bevor der Laden aufmacht, kommt er zurück.

Ich mußte seine ganze Schicht bleiben, bis es dunkel wurde. Dann sind wir zusammen los.«

»Wohin ...?«

»Zu dieser Wohnung. Einem Haus. Auf der anderen Seite der Fifty-ninth Street Bridge.«

»Hast du die Adresse?«

»Nö. Es läuft so. Du gehst in diese Bar, okay? Dann telefonierst du von dem Münztelefon hinten an der Wand. Es klickert und klackert in der Leitung, so als würde was hin und her geschaltet. Du wartest da. Einer von denen kommt und holt dich ab. Du steigst hinten in diesen Lieferwagen. Keine Fenster. Dann fährst du eine ganze Weile. Wenn du aussteigst, bist du in 'ner Art Garage. Von da gibt's eine Tür ins Haus. So, wie das organisiert ist, denk ich, daß es von außen leer und verlassen aussehen soll. Man kann nicht mal rausgucken.«

»Aber wenn du gehen willst ...?«

»Mußt du's ihnen sagen. Dann bringen sie dich. Durch die Garage und alles.«

»Sie bringen dich, wohin du willst?«

»Nö, die sind ja schließlich kein Taxiunternehmen. Die setzen dich an der U-Bahn ab, die du nehmen willst. Oder an einem Taxistand. Aber ich weiß, daß sie eine gute halbe Stunde mit dem Lieferwagen gebraucht haben von der Bar zu dem Haus.«

»Könnten sie dir hierher gefolgt sein?«

»Ich schätze ...«, sagte er verwirrt.

Ich tat es mit einem Achselzucken ab. Wenn, dann hatten sie nicht viel erfahren. Besonders, wenn sie seine Telefonate mit Vyra abgehört hatten. »Wie viele Typen gehören zu der Truppe?«

»Es waren vielleicht sechs Leute. Ohne Lothar. Er war nicht dabei, als die mit mir geredet haben. Was die gemacht haben, die haben mir einen Haufen Fragen gestellt. Genau wie du gesagt hast.«

»Irgendwelche Probleme?«

»Nö. Hauptsächlich haben sie mich nach dem ... dem Kerl gefragt. Wie ich's gemacht hab und alles. Wie wir rausgekriegt haben, daß er ein Jude war. Und sonst hab ich denen einfach gesagt, was ... was wahr ist, meine ich. Darüber. Die haben mir davon erzählt, also hab ich gesagt, ich erledige das. Erledige *den*, meine ich. Wie du gesagt hast.«

»Hat einer dir all die Fragen gestellt? Gab es einen Anführer?«

»Eigentlich ... nicht. Ich meine, die haben alle geredet. Auf die meisten Sachen, die die wissen wollten, wußte ich keine Antwort.«

Eine Alarmklingel schrillte in meinem Kopf. »Zum Beispiel?«

»Zum Beispiel, was sie vorhätten, die Typen, die angeblich zu mir gehören ... die Typen, zu denen ich angeblich gehöre. In meiner Zelle, weißt du?«

»Ja. Was wollten sie sonst noch wissen?«

»Zum Beispiel, was Lothar über die gesagt hat. So Sachen eben. Ich hab ihnen die Wahrheit gesagt ... nichts.«

»Herk, haben sie dich nicht gefilzt?«

»O doch«, sagte er strahlend. »Das haben sie. Genau wie im Knast. Finger in den Arsch und alles. Bevor sie auch nur ein Wort gesagt haben. Einer von denen hat gefragt, woher ich die Tätowierung habe.«

»Was hast du geantwortet.«

»Ich hab gesagt, daß ein alter Jude sie mir gemacht hat.«

»Jesus.«

»Die fanden das ausgesprochen komisch. Haben alle den Typ ausgelacht, der mich gefragt hat.«

Ich holte lange und flach Luft, sah Herk tief in die Augen.

Sie waren völlig unschuldig, so wie das verdammt große Kind, das er war. »Herk, haben sie über ihre Pläne geredet?«

»Nö. Weißt du was? Ich glaub nicht, daß sie's mir noch überhaupt erzählen. Ich soll da bleiben oder wenigstens in der Nähe, weil die noch nicht so genau wissen, was sie mit mir anfangen sollen. Aber gesagt haben die nichts ... äh, nichts Konkretes. Nur ... daß was passieren wird. Ich meine, das weiß ja schließlich jeder. Wußte, meine ich. In meiner Truppe. Die, die mir gesagt hat, daß ich –«

»Ja, okay, hab kapiert.« Ich holte tief Luft, sorgte dafür, daß ich die ungeteilte Aufmerksamkeit des großen Mannes hatte. »Jetzt hör mir genau zu, Herk. Wieviel Einfluß hat Lothar? Was meinst du?«

»Der Boß ist er nicht, Burke, das kann ich dir sagen. Er ist kein kleines Licht oder so, aber der Obermotz ist er auch nicht, das ist mal sicher.«

»Herk, denk jetzt mal eine Minute nach. Mach die Augen zu. Versuch dich in Gedanken dorthin zu versetzen. Hör ... einfach zu, okay? Wir suchen nicht den Boß, wir suchen den Kopf, verstanden?«

»Bruder, wenn's um den Kopf von 'ner Gang geht, weiß ich nur, daß ich's jedenfalls nie sein werde.«

»Die haben dich alle ausgefragt, oder?«

»Ja. Schon.«

»War einer von denen ... feindselig? Du weißt schon, ist dir auf die Pelle gerückt?«

»Nö. Also, vielleicht dieser eine Typ ... Kenny. Aber ich hab gesehen, daß das ein Schwächling ist. Du weißt ja, wie bei denen die Stimme immer ein bißchen ... ich weiß nicht ... zittrig wird? Egal, wie knallhart sie reden?«

»Ja.«

»Tja, das ist Kenny. Der ist es *nicht*, da bin ich mir absolut sicher.«

»Und Lothar auch nicht?«

»Niemals, Mann.«

»Herk, hör jetzt ganz genau zu«, sagte ich eindringlich, steckte mir eine Zigarette an. »Ich –«

»Kann ich auch eine haben?« fragte Vyra.

Herk warf ihr einen mißbilligenden Blick zu.

»Was hab ich gemacht?« fragte sie unschuldig, klimperte mit ihren falschen Wimpern, hatte die Hände auf dem Schoß gefaltet ... drückte aber die Ellbogen an, um ihr Dekolleté zu betonen.

»Das Zeug bringt dich noch um«, sagte er. »Deshalb kriegst du auch nichts auf die Rippen, wegen den Zigaretten.«

»Auch *du*? Du meinst, ich sollte –?«

»Ich meine, du solltest endlich deinen Mund halten«, sagte ich scharf, drehte mich wieder Hercules zu, gab Vyra aber trotzdem eine Zigarette. »Hör zu«, sagte ich wieder. »Du kennst den Unterschied zwischen Gefühl und Tatsachen?«

»Ich ... glaub schon.«

Ich holte tief Luft durch die Nase, saugte den Sauerstoff ganz runter bis in den Unterleib, suchte meine Mitte. Wenn ich es für Herk nicht in einfachen Worten ausdrücken konnte, war ich verloren. »Hör dir die Fragen an, okay?« sagte ich, sah ihm fest in die Augen. »Eins: Wann warst du das letzte Mal im Knast? Zwei: War es schlimmer als vorher? Drei: Wie lautete die Anklage? Vier: Hat dein Anwalt was getaugt? Alles klar?«

»Ja.«

»Und jetzt beantworte sie mir. Eine nach der andern. Konzentriere dich.«

»Okay«, sagte der große Mann, furchte die Stirn. »Das letzte Mal eingefahren bin ich 91. Wegen K und R. Das ist

Körperverletzung und Raub«, sagte er zu Vyra, die immer noch die Zigarette in der Hand hielt, die ich ihr gegeben hatte. »Es war schlimmer als das Mal davor. Weil keiner von euch Jungs mit drin war. Aber so schlimm war's auch wieder nicht. Du weißt, wie's ist. Ich war ziemlich schnell inner Gang. Und ... und ... au ja! Mein Anwalt war voll für'n Arsch. Ein mieser Penner, den die vom Gericht mir gegeben haben. Der hatte sein Plädoyer schon runtergerissen, bevor ich einmal Luft holen konnte.«

»Gut. Und jetzt: Was davon sind Tatsachen, und was ist Gefühl?«

»Das sind *alles* Tatsachen, Bruder. Die reine Wahrheit.«

Ich hatte stechende Kopfschmerzen.

Vyra rutschte vom Bett und stellte sich neben Herk, legte eine Hand auf seine Schulter, hielt in der anderen die immer noch nicht angezündete Zigarette. Sie beugte sich zu ihm herunter. »Ist wahre Liebe eine Tatsache?« fragte sie.

»Häh?«

»Wenn du jemanden liebst, richtig liebst, dann ist das eine Tatsache, oder?«

»Klar.«

»Aber es ist auch ein Gefühl, stimmt's, Hercules? Liebe ist, was du *fühlst*, oder?«

Der große Mann saß da, grübelte; Vyras perfekt manikürte Hand lag auf seiner supermuskulösen Schulter wie ein Schmetterling auf einem Felsblock.

Ich sagte kein Wort.

»Ja«, sagte er schließlich. »Das stimmt. Klar.«

»Hat einer von denen dich gefragt, wie's im Knast war?« fragte ich ihn schnell, versuchte die Wellen von dem Stein einzufangen, den Vyra in den Teich hatte fallen lassen.

»O ja, Bruder. Also, das hat die total interessiert. Wahrscheinlich, weil keiner von denen ...«

»Was ist mit den anderen Fragen. Wann du eingefahren bist, wofür du eingefahren bist?«

»Nö, die waren … Moment mal. Ja! Ein Typ. Scott, das war er. Das war der einzige, der mich nach diesem Tatsachen-Kram gefragt hat. Ja! Wann ich eingefahren bin. Sogar in welchen Knästen ich war. Und –«

»– und wann du geboren bist?« unterbrach ich, roch Blut. Das ist der Schlüssel, wenn man ein Vorstrafenregister ziehen will, der Grundstein, mit dem man an alle anderen Daten rankommt.

»Tatsache, Bruder! Ich frag ihn, was will er machen, mir ein Scheißgeburtstagsgeschenk schicken? Paar von den Jungs haben gelacht, aber Scott, der wollte es trotzdem wissen.«

»Du hast es ihm gesagt, stimmt's?«

»Klar. Warum nicht?«

»Er ist der Mann, Herk.«

Vyra drückte ihm einen dicken, feuchten Kuß auf die Wange. »Du hast es rausgekriegt, Schätzchen!« sagte sie.

Herk grinste breit; Vyras Lippenstift leuchtete auf seiner Backe. Ich grunzte, und sein Blick kehrte zu mir zurück. »Egal was du machst«, sagte ich zu ihm, »stell keine Fragen. Halt dich raus, verstanden? Wenn sie dir was sagen wollen, dann hörst du zu. Wenn nicht, dann ist das auch in Ordnung.«

»Kapiert, Bruder.«

»Ja. Ich weiß.«

»Burke?«

»Was?«

»Es wird doch alles gut, oder?«

»Ja, wird's.«

»Du sagst mir, was ich machen soll, und ich mach's –«

»Ich weiß. Hast du schon eine eigene Bude?«

»Ich wohne bei Lothar. In diesem Pornoladen. Nur, oben eben. Er hat da eine richtige Wohnung. Von der Straße aus kann man nix erkennen. Ziemlich ausgebufft, häh?«

»Ja. Hat Lothar versucht, ein Gespräch mit dir anzufangen?«

»Nur so Scheiß. Nichts über Geschäfte. Also, nichts über ... Ich glaub, der hat sein eigenes Ding laufen. Burke, wußtest du, daß es Nazi-Pornos gibt?«

»Nazi-Pornos?«

»Ja, so was wie: Nazis vergewaltigen ein Mädchen. Und Folterkram. Die tragen diese Uniformen mit dem, was ich ...« Er berührte seine Brust. Wo die Tätowierung war.

»Da mischt Lothar mit?«

»In großem Stil«, sagte Hercules. »Ich glaube ... vielleicht ... äh, vergiß es – ich bin zu blöd, um Sherlock Holmes zu spielen und so.«

»Was?« fragte ich, beugte mich vor, legte meine kaputte Hand auf seinen mächtigen Unterarm. »Komm schon.«

»Ist nur ... so ein Gefühl«, sagte er, warf Vyra einen Blick zu. »Aber ich glaube, Lothar hat erst dieses Zeug gemacht. Ich meine, die Pornos. Und die anderen ... wenigstens einer von denen ... kommt in den Laden, oder er hört irgendwo, was Lothar verkauft, keine Ahnung. Ich meine, einer von den Typen aus seiner ersten Zelle, nicht die, in der er jetzt ist. Die, in der ich auch angeblich war ... Jedenfalls, ich glaube, am Anfang war er nicht, na ja ... einer von denen. Das ist kein Typ mit Kanonen oder Bomben oder so. Der hat immer Sachen geschrieben ...«

»Was für Sachen?«

»Keine Ahnung. Über Juden und Nigger und so.«

»Hast du das Gefühl, daß er vorsichtig redet? Als hätten die vielleicht eine Wanze in seiner Wohnung?«

»Mann, ich krieg *nie* mit, wenn einer zurückhaltend ist. Das sagt der Prof auch immer. Ich bin eben schwer von Begriff. Ich meine, ich hab ihn ja vorher nicht gekannt, woher soll ich wissen, ob er jetzt anders ist.«

»Stimmt.«

»Wenn das hier vorbei ist, gehe ich weg«, sagte er leise.

»Das ist noch ein weiter Weg«, warnte ich ihn.

»Und ich gehe einen weiten Weg, Bruder«, sagte Hercules. »So oder so, ich bin weg. So oder so, ich bin fertig damit.«

Ich verließ Hercules. Sagte ihm, er sollte noch mindestens zwei, drei Stunden bleiben. Fernsehen oder irgendwas. Vyra hatte die Zigarette immer noch nicht angesteckt.

Ich ging über die Treppe zu meinem Zimmer. Verkroch mich darin. Das Licht, das einen Anruf signalisiert, brannte nicht.

Gut.

Ich rief Mama an. Nichts.

Noch besser.

Ich weiß, was passiert, wenn es zu viele lose Enden gibt – irgend jemand verknüpft sie zu einer Schlinge. Panik war mein Feind, aber ich wußte damit umzugehen: Aikido. In meinem Kopf. Mein Geist gegen den Feind.

Ich zog mich aus bis auf die Unterwäsche und schloß die Augen, schaute zu, wie die losen Enden über einen winzigen 3D-Schirm tanzten.

Ein Film. Aber ich nicht nur ein Zuschauer. Oder ein Schauspieler. Ich war der Regisseur.

Arbeitete am Feinschnitt.

Davidson anzurufen hatte keinen Sinn. Er traut Telefonen nicht und würde so elliptisch werden, daß er eine Stunde brauchte, um Hallo zu sagen. Ich fuhr zu seinem Büro, sagte seiner Empfangsdame, ich hätte einen Termin. Sie konnte in ihrem Kalender nichts finden, also sagte ich, sie solle ihn fragen, setzte darauf, daß er so früh am Morgen noch keinen Mandanten haben würde.

»Haben Sie Probleme?« fragte er ohne lange Vorrede, als ich die Bürotür hinter mir schloß.

»Ich nicht. Vielleicht niemand. Wenn Sie etwas für mich tun können.«

»Etwas vor Gericht?«

»Wenn alles gut geht, kommt die Sache nie vor Gericht. Es geht um ... Verhandlungen.«

»Mit ...?«

»Ich kenne den Namen des AUSA nicht. Mit *der* Seite kenne ich mich nicht aus.«

»Und ich kann Ihnen nicht folgen.«

»Die Sache ist die«, sagte ich. »Ich habe einen Freund. Einen guten Freund. Er wird etwas für die Federales tun. Eine große Sache. Das große Versprechen ist Immunität. Für alles.«

»Für alles, was er tun wird? Für alles, was er getan hat? Was?«

»Alles, alles. Er ist kein Spitzel. Es geht um eine ... Art Undercoveraktion. Alles, was ich bisher habe, ist ein Haufen Versprechungen.«

»Von der Regierung?«

»Von einem, der behauptet, das arrangieren zu können. Ein Freiberufler.«

»Oh«, sagte Davidson leise, eine Kubiktonne Mißtrauen in einer einzigen Silbe.

»Ja, ich weiß. An diesem Punkt kommen Sie ins Spiel.

Mein Freund braucht einen Anwalt. Jemand, der dicke Bretter bohrt. Ich will, daß dieser Typ, dieser Freischaffende, *jetzt* liefert. Ich will, daß er Sie zu jemandem bringt – egal wem –, der die Immunität gewähren kann. Und ich will sie. Schriftlich. Eine Kooperationsvereinbarung. Hieb- und stichfest, keine Hintertürchen. Und zu dem Deal gehören auch neue Papiere.«

»Und ein Standortwechsel?«

»Ja. Aber mein Freund, der wird früher oder später verschwinden. Bei dem Geschäft geht's nicht um Schutz, es geht um alles – Name, Gesicht, Sozialversicherung, Geschichte – alles neu. Und keine Aussage.«

»Keine Aussage? Er wird ihnen Zugang zu Beweismaterial verschaffen, das ohne Aussage Bestand hat?«

»Das ist der Deal«, sagte ich. »Können Sie das regeln?«

»Ich kann, wenn dieser Freiberufler, von dem Sie reden, liefern kann. Wenn er wirklich Einfluß dieser Größenordnung hat. Ich verstehe, was *Sie* wollen, aber ich weiß nicht, was ich anbieten kann, um es zu bekommen.«

»Wie wär's, wenn ich es Ihnen erzähle?« fragte ich, steckte mir eine Zigarette an.

Ich ließ zehn Riesen bei Davidson, die andere Hälfte würde bezahlt, wenn der Deal erledigt war. Als ich ihm erzählt hatte, was los war, hatte er nichts vom Preis gesagt, aber seine Haltung hinter dem großen Schreibtisch wurde eine andere. Davidson ist ein zuverlässiger Typ mit den besten Referenzen, die man in unserer Branche haben kann – einer Erfolgsbilanz. Und er ist ein verdammt guter Anwalt. Meistens behalte ich einen Teil der Wahrheit für mich, wenn ich mit ihm rede. Aber er hat Angehörige in den KZs verloren, und ich wußte, was die Wahrheit diesmal bewirken würde. Ich wäre nicht gern der Regierungsanwalt, der ihm in die Quere kommt.

Wieder in meiner Wohnung, versuchte ich, alles noch einmal zu durchdenken.

Mausefalle. Heiße Kiste. Sackgasse. Auf meinem Bildschirm lief es immer wieder darauf hinaus.

Pryce hatte mich in die Enge getrieben. Er hatte zu viele Steine auf dem Brett.

Mein Verstand schmerzte, so sehr strengte ich mich an, aus dem Irrgarten zu entwischen. Mein Gesicht tat weh – ein scharfer, bohrender Schmerz in dem Nervenknoten unterhalb des Wangenknochens. Ich wußte nicht, was los war, bis mir klar wurde, wie fest ich die Zähne zusammengebissen hatte. Als ich schließlich einschlief, trieben mich Fieberträume sofort wieder hoch.

Dann wußte ich, was zu tun war. Starrte auf den roten Punkt auf meinem Spiegel, bis ich hineinfiel. Blieb dort unten, sicher und weit weg.

Als ich wieder hochkam, war ich ruhiger.

Aber immer noch gefangen.

»Hast du Angst?« fragte Crystal Beth später, als sie im Dunkeln neben mir lag.

Und in diesem Augenblick wußte ich, was nicht stimmte. Warum ich keinen Ausweg fand.

Ich hatte keine Angst.

Das erste, was mir einfällt, wenn ich an meine Kindheit denke, ist ein so allumfassender Schrecken, daß die Angst mein einziger Freund wurde. Der immer bei mir war, nie von meiner Seite wich. Mich warnte, dafür sorgte, daß ich wachsam blieb. Mißtrauisch. Eine Schutzschicht zwischen dem Schrecken und mir – dem winzig kleinen Etwas, das ich damals war.

Die Angst hat mich nie verlassen. Ich nahm sie mit, wohin ich auch ging. Wohin man mich schickte. Der Staat – meine wahren Eltern – schickte mich zu Ersatzeltern, die sein ekelhaftes Werk fortsetzten. Das Waisenhaus. Pflegeheime. Die Erziehungsanstalt. Zu meiner Zukunft gehörte das Gefängnis genauso wie das College zum Leben der Privilegierten.

Die Angst begleitete mich auch dorthin. Ein so tief verinnerlichter Freund, daß die Wolfsrudel, die im Knast frei herumliefen, ihn nicht rochen. Weil dieser Freund *in* mir war, nicht *auf* mir. Ich sorgte liebevoll für ihn, pflegte ihn, machte ihn zum Teil meiner DNA. Mein Gesicht wurde ausdruckslos, meine Hände zitterten nicht mehr. Mein Herz wurde langsamer und kalt.

Ich ging ins Gefängnis mit dem Ruf, Leben zu nehmen. Dort drin wird der Ruf auf die Probe gestellt. Ich behielt meinen. Es kostete eine Menge, aber ich war nicht derjenige, der bezahlen mußte.

Es ging soweit, daß ich nie ins Schwitzen geriet. Meine Stimme bewegte sich auf einer eng begrenzten Bandbreite. Ich konnte eine Kobra anstarren, bis sie aufgab. Doch die Angstblitze schossen immer ungehindert durch meinen Körper, lösten Explosionen aus, sobald eine Situation gefährlich wurde.

Im Gefängnis lebte ich in Gefahr, Adrenalin schoß durch meine Synapsen wie turboaufgeladenes Kokain. Es hielt mich am Leben.

Mein einziges Ziel damals.

Draußen behielt ich die Angst. Aber ich ging anders mit ihr um. Ich lernte, die Angst zu zeigen, wenn es nützlich war.

Lernte, mich zu verstellen, spielte eine Rolle auf dem Drahtseil des Überlebens.

Die Angst verließ mich nie. Bis heute.

Auf einmal fühlte ich mich allein und verlassen. Im Stich gelassen. Ohne meinen alten Freund konnte ich nicht denken, nicht planen.

Also, warum hatte ich keine Angst? Ich saß in der Falle, okay. Sah keinen Ausweg. Also, warum …?

»Burke! Burke, wach auf. Bist du okay?«

Crystal Beth schüttelte meine Schultern, liebevoll, aber ernst. Ich schlug die Augen auf.

»Bist du okay?« fragte sie wieder.

»Mir geht's gut«, sagte ich. »Ich muß eingenickt sein, das ist alles.«

»Eingenickt? Du warst … nicht hier. Ich meine, du hast nicht geschlafen. Ich hab's gemerkt. Du warst einfach … völlig weggetreten oder so.«

»Na und?« meinte ich, wunderte mich, daß sie nicht wiedererkannte, was sie selbst auch machte.

»Du warst stundenlang so«, sagte sie, beantwortete die Frage, von der sie nicht wußte, daß sie sie gestellt hatte. »Ich wollte dich nicht … stören. Ich wußte nicht. Aber dann bist du irgendwann eingeschlafen. Und ich bekam Angst.«

»Mir geht's gut«, wiederholte ich. »So was passiert manchmal. Wenn ich nachdenken muß.«

»Meine Mutter sagt, die Schamanen … Ach, ich meine nicht dich … Ich meine, du warst … wie in Trance. Wach, aber nicht hier. Gerade haben wir uns noch unterhalten, dann warst du plötzlich weg.«

»Kann ich ein Glas Wasser bekommen?« bat ich sie,

mehr, um sie zum Schweigen zu bringen, als weil ich durstig war.

»Sicher, Baby.«

Mit einem kegelförmigen Pappbecher kehrte sie zurück. Das Wasser war kalt und klar. »Danke«, sagte ich.

»Möchtest du noch etwas?«

»Eine Zigarette?«

Sie steckte eine an, reichte sie mir, sagte kein Wort. Ich rauchte sie im Dunkeln bis zum Filter, mein Rückenmark kribbelte vor sich verknotenden Nerven. Lebendig jetzt.

Lebendig und voller Angst.

Dort, wo ich hingegangen war, war sie zu mir gekommen. Ich hatte keine Angst vor Pryce. Ich war nicht das Ziel. Er konnte mir nicht wirklich schaden. Ja, vielleicht wußte er Dinge, die ich nicht in der Stadt herumposaunt hören wollte, eine alte Identität könnte enttarnt werden, solche Scheiße eben. Aber es gab nichts, was ihn dazu bringen könnte, sich mit mir anzulegen. Wenn er genug wußte, um mir zu schaden, wußte er auch genug, um zu begreifen, daß er nicht lange leben würde, wenn er das tat.

Vielleicht war das der springende Punkt. Im Gefängnis garantiert nicht Härte deine Sicherheit, sondern die Bereitschaft zur Rache. Das Gefängnis ist eine Eishölle. Gefühle sind der Feind. Sie zeigen, ist eine lähmende Krankheit – manchmal eine tödliche. Wenn du vergewaltigt wirst, bist du eine Fotze. Und jeder Knacki kann dich nach Belieben benutzen. Wenn du den Vergewaltiger tötest, bist du ein Mann. Er hat bezahlt. Vergeltung ist die einzige echte Religion da drinnen. Und wenn du Rückendeckung hast, sind die Killer nicht mal dann in Sicherheit, wenn sie dich umbringen … also lassen sie es.

Das erste Mal fuhr ich wegen einer Sache ein, die mir ordentlich Prestige sicherte. Einen Kerl abknallen. Versuchter

Mord nannten die das, und damit hatten sie recht. Ich tat es, weil er mir Angst machte, aber so stellte ich es drinnen natürlich nicht dar. In meiner Version tat ich es, weil er keinen Respekt gezeigt hatte.

Das schützte mich. Ich habe viele gesehen, die keinen Schutz hatten. Was denen passierte, war häßlich. Aber selbst bevor ich meine Clique fand, hielten sich die Raubtiere fern. Jeder wußte – Burke würde es heimzahlen. Verglichen mit mir hatten Elefanten Alzheimer.

Wenn Pryce so viel über mich wußte, dann wußte er auch das. Er mußte wissen, daß ich, egal wie, nicht allein war. Dafür würde ich sterben, und es würde für mich sterben.

Also war ich vor ihm sicher.

Herk aber nicht. Er stand im Regen. Ohne diese Immunität würde er wieder einfahren. Er würde nie Gärtner werden. Nie ein Jemand, wie er es sich so sehr wünschte.

Doc, der Knastpsychologe – ich war im Knast sein Sekretär, ein ausgesprochen angenehmer Job –, hat mir mal erzählt, daß der Soziopath nur in einem einzigen Punkt anders ist als der Rest der Welt: Dem Soziopathen fehlt die Empathie. Er fühlt nur seinen eigenen Schmerz, kennt nur seine eigenen Bedürfnisse. Kompletter Egoismus. Alle Sexualsadisten sind Soziopathen, aber nicht alle Soziopathen sind Sexualsadisten. Alle Soziopathen *sind* gleich, aber sie *wollen* nicht alle das gleiche. Nehmen Sie Politiker – denen geht's nur darum, uns andere zu ficken.

Alle Soziopathen sind autark. Haben alle Gefühle, die sie brauchen, in sich. Niemand sonst zählt.

Die wahre Seuche der Neunziger ist nicht Aids, sondern die allumfassende Konzentration auf das eigene Ich. Soziopathen fahren immer im roten Bereich. Und treten das Gaspedal voll durch.

Amateure glauben, die Gefängnisse seien voller Soziopathen. Ein Profi würde Ihnen die Wahrheit sagen – die einzigen Soziopathen im Knast sind die Versager. Alle anderen sind das Ergebnis des »Nur wir«-Systems. Nieten und Dummköpfe, heimtückische Wiesel und Schwächlinge. Faule Lahmärsche. Die meisten Knackis sitzen heute wegen Drogen.

Als hätten wir aus der Prohibition nichts gelernt.

Ich war vor Pryce sicher, und Herk nicht. Na und?

Ich kannte die Antwort: Herk würde für mich sterben.

Das ist leicht gesagt, aber ich wußte es mit absoluter Sicherheit. Ein Gefühl *und* eine Tatsache. Herk war erst ein paar Wochen bei unserer Crew, als es passierte. Auf dem langen Korridor zwischen D-Block und Knastladen saß ich in der Falle. Vier schwarze Typen, drei davon mit Messern, einer stand Schmiere. Sie hatten es nicht auf mich abgesehen. Nicht speziell auf mich. Seit fast einer Woche tobte ein Rassenkrieg im Knast. Wenn das passiert, ist die Hautfarbe das einzige Ziel.

Es war kein Überfall. Sie wollten sich keine Waren aus dem Laden krallen. Nein, der nächste weiße Häftling, der in ihre Falle latschte, würde sterben. Sie wollten eine Leiche. Irgendeine Leiche, nur die Hautfarbe mußte stimmen.

Das war ich, an diesem Tag.

Wäre es Jahre früher passiert, als ich meine erste Tour absaß, als mir mein Image wichtiger war als mein Leben, ich hätte es anders gemacht. Aber an diesem Tag drehte ich mich um und machte die Biege, sowie ich die ersten beiden entdeckt hatte. Da sah ich den anderen, die angeschliffene und mit schwarzem Isolierband umwickelte lange Eisenfeile auf Hüfthöhe, auf mich zukommen. Er war der Killer – die anderen waren auch bewaffnet, aber sie wirkten nicht so professionell, sollten die Beute aufs Schlachtfeld treiben.

Ich war unbewaffnet. Und hatte keine Zeit mehr. Ich

stürmte auf den Killer los, zielte auf seine Brust. Er kam mir entgegen. Ich drehte meine rechte Schulter, als wollte ich versuchen, mich an ihm vorbeizuschieben, exponierte für eine Sekunde meinen Rücken, setzte den rechten Fuß fest auf und wirbelte schnell herum, drückte meine Brust gegen die Wand, fort von seiner Messerhand, zog gleichzeitig meinen rechten Ellbogen dahin hoch, wo ich sein Gesicht vermutete, versuchte mich wie ein Krebs in Sicherheit zu bringen. Fast hätte ich es geschafft. Ich spürte, wie das Messer meine Jeansjacke durchbohrte und mich direkt unterhalb des Schulterblatts erwischte. Ich ging zu Boden, rollte mich so schnell wie möglich weg. Hörte die stampfenden Schritte, als die beiden anderen angriffen, die Messer hoch erhoben.

Da schlug Hercules von hinten zu wie eine Dampframme, donnerte beide gegen die Wand. Der Schmieresteher brüllte irgendwas. Ich rollte weiter, versuchte, so gut es ging, Dekkung zu finden, trat nach dem Killer, wenn er zu nahe kam. Wärter drängten auf den Korridor, Trillerpfeifen schrillten durch das Gebäude. Lieblicher als Kirchenglocken an einem Hochzeitstag.

Einer der Schließer verpaßte mir ein Ding genau an die Stelle, wo das Messer des Killers eingedrungen war. Als ich im Gefängniskrankenhaus wieder zu mir kam, war auch mein Kopf verbunden.

Wenn man es im Gefängnis aufs Krankenrevier schafft, können sie einen wahrscheinlich retten – die Docs dort haben viel Erfahrung. Herk wurde mit fast siebzig Stichen genäht, aber meist waren es Schnittverletzungen, nicht tief. Ich bekam eine fette Tetanusspritze, dann reinigten und verbanden sie die Wunde. Sagten, ich wäre ein Glückspilz, daß der Stich nicht tiefer saß – wenn er eine Niere erwischt hätte, wäre ich weg gewesen.

Es gab eine Untersuchung. Das heißt, die Toten wurden

gezählt. Dabei kam null raus, daher wurde die Sache abgeblasen. Herk und ich erzählten die gleiche Geschichte. Wir waren den Korridor hinuntergegangen und überfallen worden. Nein, wir hatten nicht gesehen, wer's war. Nein, wir wußten nicht, ob sie schwarz oder weiß waren – sie hatten Masken und Handschuhe getragen. Nein, wir wußten nicht, wie viele es waren.

Die Schwarzen erzählten die gleiche Geschichte.

Die selbstgebastelten Messer gehörten irgendwem. Keine Fingerabdrücke … falls sie überhaupt danach suchten.

Herk und ich bekamen dreißig Tage keinen Umschluß. Die Schwarzen bekamen sechs Monate Bunker. Bis auf den Typ, der Schmiere gestanden hatte. Den ließen sie laufen. Ein unschuldiger Zuschauer.

Als der Killer im Bunker an einem mit Rattengift gewürzten Schokoriegel starb, schrieben es die Bullen dem Rassenkrieg zu. Das war Wesleys Werk, auch wenn ich das damals noch nicht wußte.

Die beiden anderen schickten eine Nachricht, es sei nichts Persönliches gewesen – sie hätten mich mit jemand anderem verwechselt. Ich sei okay. Es täte ihnen leid. Wie wär's, wenn sie als Entschädigung ein paar Kartons Kippen in meinen Flügel schickten?

Ich ließ ihnen ausrichten: Klar. Nichts für ungut.

Ein paar Monate später war der Rassenkrieg vorbei. Vorläufig – nur so ist er dort drinnen jemals vorbei. Einer der beiden Männer, die mir die Kippen geschickt hatten, sah auf dem Gefängnishof einem Softballspiel zu, als jemand hinter ihn trat, einmal ausholte und mit seinem Kopf Baseball spielte.

Die Schließer hielten es für Schuldeneintreibung – der Schwarze war ein bekannter Spieler. Wie immer kapierten sie nur die Hälfte.

Keine Woche später fiel sein Partner von einer höheren Etage runter auf den tödlichen Betonboden.

Die Untersuchung war schnell vorbei. Viele Selbstmörder hinterlassen keinen Abschiedsbrief.

Der Mann, der Schmiere gestanden hatte, war der einzige Überlebende. Er roch den Braten, ließ sich in eine Einzelzelle verlegen. Aß nichts, was die Schließer nicht zuvor probiert hatten. Also verhungerte er langsam. Irgendwann war er überzeugt, daß jemand Mikrowellen schickte, damit er Krebs bekam. Er hörte Stimmen, die sagten, er werde sterben. Er bekam Medikamente – wurde festgehalten und bekam Injektionen. Das beruhigte ihn, ließ ihn entspannen. Nach einer Weile faßte er wieder Vertrauen, also wechselte man auf Tabletten. Er nahm sie, klaglos. Danach war's drinnen gar nicht mal so schlecht für ihn. Er wurde ruhig und ausgeglichen, begann wieder zu essen. Aber er verließ nie seine Zelle.

Und genau dort fanden sie dann auch seine verkohlte Leiche. Wenn er geschrien hat, so hat es niemand gehört.

Herk würde für mich sterben.

Er war mein Bruder.

Mein Bruder saß in der Klemme, nicht ich.

Aber ich *bin* meine Familie. Mein Bruder war in Gefahr, und ich hatte Angst. Um ihn, um mich. Ist ein und dasselbe.

Ich hatte meinen alten Partner wieder. Die Angst war in mir, lebendig.

Und würde auch meinen Bruder am Leben halten.

Ich werde wahrscheinlich nie als Soziopath durchgehen. Aber man muß kein Soziopath sein, um sich wie einer zu benehmen.

Ich begann zu planen.

»Mit dir alles okay?« fragte Crystal Beth noch einmal. »Du … driftest … dauernd weg.«

»Jetzt bin ich wieder da«, sagte ich.

In dieser Stadt haben manche Ratten Flügel. In Teilen von Brooklyn sind Taubenwettflüge populärer als Baseball. Und wenn man es satt hat, daß das Haus voll Taubenscheiße ist, verlegen professionelle Schädlingsbekämpfer einen Belag auf dem Dach, der das Problem löst. Genaugenommen ist es ein Teppich aus winzigen Nägeln – Tauben können darauf nicht landen.

Aber in dieser Stadt leben auch Stare, und die brauchen Stellen, wo sie sich niederlassen können. Damit ihr Stamm überleben kann. Also sammeln sie sorgfältig Zweige und Papier und anderes Zeug, lassen es auf den Nagelteppich fallen und stellen sich dann darauf.

Ich weiß nicht, wie es in anderen Ländern ist, aber in Amerika nennen Leute sich »Freunde«, und das heißt ungefähr soviel, wie wenn sie ihre Briefe mit »Love« unterschreiben. Alle Briefe.

Hier ist es anders. Ich habe keine Freunde. Es gibt Leute, die ich kenne, Leute, die ich nicht verletze, wenn es sich irgendwie vermeiden läßt. Es gibt Leute, die ich mag, und vielleicht mögen sie mich auch. Doch eigentlich gibt es nur Wir, Sie … und die, die nicht kämpfen.

Wir ist die intensivste Bruderschaft von allen. Und es werden nur Freiwillige aufgenommen.

Wenn Sie in Ihrer Welt einen Freund bitten, Ihnen etwas zu besorgen, fragt er wahrscheinlich, wozu Sie es brauchen. Und dann sagt er ja oder vielleicht auch nein.

Als ich Clarence bat, mir etwas zu besorgen, fragte er nicht, wozu ich es brauche.

Und er sagte auch nicht bloß, daß er es mir besorgt – er fragte, ob er es selbst benutzen könne.

»Wozu?« fragte Pryce.

»Das will ich am Telefon nicht sagen. Besonders nicht übers Handy«, erwiderte ich.

»Wenn Sie sich mit mir treffen wollen, okay. Aber wozu muß … mein Freund dabei sein?«

»Ich habe etwas erfahren«, sagte ich. »Das könnte das gesamte Spiel ändern, verstehen Sie? Alles.«

»Ich weiß immer noch nicht –«

»*Alles* ändern«, sagte ich, machte optimalen Druck.

Er schwieg einen Moment, aber das Summen des Handys verriet mir, daß er noch dran war. »Bei unserem letzten Treffen haben allein Sie bestimmt«, sagte er schließlich. »Diesmal geht es nach meinen Wünschen.«

»Zeit und Ort«, sagte ich. »Sie entscheiden.«

»Ich kann nicht einfach so –«

»Wenn Sie es wissen, geben Sie mir Bescheid«, sagte ich. »Aber viel Zeit haben wir nicht.«

»Traust du mir?« fragte ich Hercules im Schlafzimmer von Vyras Hotelsuite.

»Voll und ganz, Bruder«, sagte er ohne Zögern.

»Bis jetzt waren die die Spieler und wir das Spiel, verstehst du?«

»Ja.«

»Wir ändern die Regeln«, sagte ich.

Zwei Tage später. Halb vier nachmittags. Regen klatschte gegen Crystal Beths dunkles Fenster.

»Sie wissen, wo die River Street ist?« Pryces Stimme über das Handy.

»Welcher Bezirk?«

»Brooklyn.«

»Ich werd's schon finden«, sagte ich. Und log. Ich kannte die River Street. Sie läuft parallel zur Kent Avenue, nur wenige Blocks von dort, wo der East River unter der Williamsburg Bridge fließt.

»Fahren Sie jetzt hin«, sagte er. »Sie sehen dort meinen Wagen parken.«

»Schon unterwegs«, versprach ich.

»Bist du drin?« fragte ich Vyra. Meinte: Bist du in der Suite, nicht auf der Straße?

»Ja.« Ihre Stimme kam knapp und präzise über das Handy. Völlig untypisch für sie.

»Bist du allein?«

»Nein.«

»Ist dein Wagen da?«

»Ja.«

»Mach jetzt folgendes. Ihr kommt *beide* zum Butcher Block. Jetzt sofort.«

»Ich weiß nicht, wo –«

»Dein Freund weiß es. Jetzt.«

Ich unterbrach die Verbindung.

Ich sah das weinrote Mercedes 600 SL-Coupé langsam den Block herunterkommen. Ich trat vor, damit sie mich sehen konnte. »Steig in meinen Wagen«, sagte ich zu Hercules.

»Was ist –?«

»Erzähl ich dir später«, unterbrach ich Vyra. »Fahr zurück zum Hotel. Bleib dort, Mädchen, egal was passiert. Wenn du in ein paar Stunden nichts gehört hast, rufst du die Nummer an, die ich dir gegeben habe. Dem, der rangeht, sagst du, daß ich mich mit Pryce getroffen habe. Und nicht zurückgekommen bin.«

»Warum muß Hercules –?«

»Nicht jetzt«, sagte ich, kehrte ihr den Rücken und ging zum Plymouth.

»Muß wohl so laufen, oder?« fragte Herk.

Ich nahm die Brooklyn Bridge zum BQE, fuhr Richtung Queens. Nahm die Ausfahrt Metropolitan Avenue und kehrte in weitem Bogen nach Brooklyn zurück.

»Ja. Wenn du Karten spielst, ist As Trumpf, stimmt's?«

»Klar.«

»Wir müssen dafür sorgen, daß König Trumpf ist, Herk.«

Er nickte ernst, starrte in das miese Wetter hinaus. Der Himmel färbte sich gefängnisgrau.

»Burke?«

»Was?«

»Vyra. Bist du … ich meine, mit ihr zusammen?«

»Mit ihr zusammen? So wie mit dir? Nein. Sie gehört nicht zur –«

»Nee, das meine ich nicht. Ich sage Sachen nie so, wie ich sie meine. Ich meine, ich sage sie schon, aber irgendwie kommt's nicht so raus, wie ich's meine. Verstehst du?«

»Ja, tue ich. Was willst du wissen?«

»Du und sie. Sie war … deine Freundin, oder?«

»Nein. Sie war nie meine Freundin. Wir … haben uns ab und zu getroffen. Das ist alles.«

»Magst du sie?«

»Ich weiß nicht, was ich von ihr halte. Hab noch nie drüber nachgedacht.«

»Ich mag sie.«

»Du meinst, du willst sie gern ficken«, sagte ich geradeheraus, um ihm die Sache einfacher zu machen.

»Nö. Ich meine … ich würde. Ich meine … ich hab … Burke, ich mag sie wirklich. Sie ist richtig klug. Und nett. Ich kann mit ihr über Sachen reden.«

»Zum Beispiel? Über Schuhe?«

»Mann, du kennst sie nicht. Sie ist wirklich ein … guter Mensch.«

»Okay.«

»Wie meinst du das?«

»Okay. Tu, was du willst, das ist allein deine Entscheidung. Aber, Herk …«

»Was?«

»Sie hat ein ziemlich gutes Ding laufen, du weißt, was ich meine, ja?«

»Ihr Mann? Der ist nicht –«

»Er ist reich. Richtig erste Sahne reich. Weißt du noch, was uns der Prof mal über Frauen gesagt hat? ›Manche spielen, manche bleiben.‹ Vyra ist eine Spielerin, alles klar?«

»Du kennst sie nicht«, sagte der schwere Mann mißmutig und störrisch.

Ich zuckte die Achseln, konzentrierte mich. Jetzt war nicht der richtige Augenblick, sich Sorgen zu machen, weil Herk so sentimental war – wir waren nur noch zwei Blocks von der River Street entfernt.

Der weiße Taurus parkte am Straßenrand. Kein anderes Auto in der Nähe, aber die Straße war nicht leer: Es waren Leute unterwegs, vielleicht vom Schichtwechsel in einer der nahegelegenen Fabriken, vielleicht auch Anwohner. Autos fuhren langsam vorbei.

Ich hielt hinter ihm, ließ genug Platz, um wegzufahren, ohne zurücksetzen zu müssen. »Auf geht's«, sagte ich zu Hercules.

Pryce mußte uns im Rückspiegel beobachtet haben. Die hinteren Türen der Limousine sprangen auf, als wir uns näherten. Wir stiegen ein, Herk hinter Pryce, ich hinter Lothar. Pryce legte den rechten Arm auf die Rücklehne, drehte sich um, sah mich an. Lothar starrte geradeaus.

»Also gut, lassen Sie hören«, sagte Pryce.

»Ich will, daß Herk sofort seine Immunität bekommt«, sagte ich. »Bevor wir weitermachen.«

»Das war nicht –«

»Das ist jetzt der Deal«, sagte ich. »Ich habe einen Rechtsanwalt besorgt. Sie sagen, wann, er kommt nach Downtown, Sie regeln alles Schriftliche.«

»Sie können nicht erwarten, daß so ein Deal im voraus läuft«, sagte Pryce verärgert. »Das müßten Sie eigentlich besser wissen. Bezahlt wird zum Schluß.«

»Ich denke, Lothar *ist* schon versorgt.«

»Das ist was anderes«, sagte Pryce mit dem ausdruckslosen offiziellen Tonfall, der einem auf der FBI-Schule beigebracht wird. »Lothar ist ein Undercoveragent im Auftrag der Regierung der Vereinigten Staaten.«

»Das ist Herk jetzt auch.«

»Aber sie brauchen ihn nicht«, sagte Pryce betont geduldig. »Im Augenblick wissen sie ja noch nicht einmal von ihm.«

»Aber können Sie das arrangieren?« fragte ich. »Haben Sie soviel Einfluß bei den Feds?«

»Garantiert«, sagte er. »Aber was hat das mit Lothar zu tun?«

»Woher weiß ich, daß Sie für Hercules tatsächlich liefern?« Ich ignorierte seine Frage.

»Ich habe getan, was Sie wollten, oder etwa nicht? Sie werden mir einfach vertrauen müssen.«

Ich saß schweigend da, während eine Frau vorbeizockelte, einen dieser kleinen Einkaufswagen hinter sich her zerrte. Dann nahm ich das fette Stück Stahl heraus, das Clarence mir besorgt hatte, sagte: »Lothar?« und, als er den Kopf zur Seite drehte, um zuzuhören, setzte ich eine 9mm-Kugel in seine Schläfe.

Es machte nicht viel Lärm, nicht mal in dem geschlossenen Wagen.

»Sie sehen das falsch«, sagte ich zu Pryce. »Sie werden mir vertrauen müssen.«

Lothars Kopf sackte nach vorn, sein Körper wurde vom Sicherheitsgurt festgehalten. Ich griff in seine Haare und zog ihn zurück, damit es aussah, als sitze er einfach da. Es gab kein Blut, nur einen runden, kleinen schwarzen Punkt auf seiner Schläfe – das Gegenteil von einem Muttermal, das man bei der Geburt bekommt. Aus der Patrone war ein Teil des Schwarzpulvers entfernt worden, um den Lärm zu reduzieren – die Kugel steckte irgendwo in Lothars Gehirn.

»Sie –«

Pryce unterbrach sich, ihm fehlten die Worte.

Mir nicht. »Wir werden es herausfinden«, sagte ich, beobachtete seine Hände, für den Fall, daß wir auch ihn erledigen mußten. In dem Fall würde Hercules ihm von hinten das Genick brechen müssen – ich hatte keine zweite Kugel. Clarences Verbindungsmann stellte Einzelstücke her – dieses war eine einschüssige Derringer mit einem dicken Kern aus den Schall dämpfenden Umlenkblechen. »Hören Sie«, sagte ich, meine Stimme so ruhig wie ein Zen-Steingarten. »Lothar hat seine Frau bedroht. Das ist eine Tatsache, gut dokumentiert. Es gibt eine richterliche Anordnung. Das wissen Sie auch. Schön, passiert ist folgendes: Er wurde gesehen, wie er in das Haus seiner Frau einbrach. Sie ist nicht mehr da, aber das wußte er nicht. Er hatte Werkzeug bei sich – Handschellen, Isolierband, solche Dinge. Er wollte seine Frau umbringen und das Baby entführen. Oder beide. Wer weiß? Die Cops erschienen auf der Bildfläche, und Lothar beschloß, zu schießen. Es kam zu einem Schußwechsel. Da haben Sie das Ergebnis, es sitzt neben Ihnen. So muß die Geschichte in die Zeitung. Damit die anderen wissen, was passiert ist. Es wird sie nicht weiter überraschen – sie wußten, daß Lothar auf Foltersex stand und seine Frau abgrundtief haßte. Okay, damit bleibt noch Herk. Er ist jetzt Ihr Insider. Und er braucht die Immunitätserklärung. Sonst wird der Hahn zugedreht.«

»Sie sind verrückt«, sagte Pryce, starrte aus der Windschutzscheibe. Die Straße war ruhig.

»Darüber könnte man verschiedener Meinung sein«, erwiderte ich. »Niemand wird jedoch bezweifeln, daß Lothar tot ist.«

»Ich soll allen Ernstes mit einer Leiche durch die Gegend fahren und –«

»Mir ist egal, was Sie machen. Ich weiß, daß man durch diese Scheiben nicht ins Wageninnere sehen kann. Wenn Sie Schutz wollen, fahre ich mit meinem Wagen vor, bis Sie in Sicherheit sind. Wohin Sie wollen – wir können über die Handys in Verbindung bleiben. Aber ich glaube kaum, daß ich sehen soll, wohin Sie fahren.

Es ist Zeit für Klartext«, sagte ich. »Wenn Sie echt sind, wenn Sie wirklich mit der ZBR so dicke sind, dann können

Sie das durchziehen. Wenn nicht, dann ist es aus. Sie haben keine Trümpfe mehr. Sie haben geglaubt, mich zu kennen. Jetzt kennen Sie mich. Wenn Sie Crystal Beths Netzwerk zerstören, Vyra an ihren Mann verpfeifen, Porkpie auf Hercules ansetzen, sind Sie erledigt, Freund. Sie werden uns niemals alle finden. Und einer von uns findet Sie.«

»Verlassen Sie meinen Wagen«, sagte er mit angespannter, kontrollierter Stimme. »Sofort. Ich rufe Sie an.«

Wir sahen dem weißen Taurus nach. Er fuhr ruhig und gleichmäßig.

Ich überquerte die Brücke nach Manhattan. Hielt vor einem Deli an der Delancey. Ein Latino in einer alten Army-Jacke lehnte an der Wand, vor dem Regen geschützt. Er kam zum Plymouth herüber geschlendert. Herk kurbelte sein Fenster runter. Der Typ steckte den Kopf rein, nickte mir zu. Er ging ins Deli, kam mit einer Tüte voll Sandwiches und zwei Flaschen Apfelsaft wieder zurück. Ich trug Handschuhe, gab ihm das leere, abgewischte Stück Stahl und fünf Hundertdollarscheine. Er steckte beides ein und verschwand.

Aus einer Telefonzelle an der Straße rief Herk Vyra an. Sagte, er werde gleich da sein.

Wieder im Wagen, drehte er sich zu mir. »Burke, ich steh zu dir, okay? Egal, was passiert. Ich meine, ich muß nicht unbedingt verstehen, warum –«

»Weißt du, was passiert, wenn ein Waschbär mit einem Bein in eine dieser Stahlfallen gerät, Herk? Weißt du, was er tun muß, wenn er überleben will?«

»Sich das Bein abbeißen?« sagte der schwere Mann.

»Genau. Zwei Sorten von Waschbären geraten in diese Fallen. Die eine hat Mumm genug, zu tun, was sein muß. Und dann sind da noch die toten. Wenn ein Waschbärenweibchen heiß ist, dann will sie einen Kerl, der ihr die stärksten Babys geben kann, verstehst du? Weißt du, wonach sie sucht? Nicht nach dem größten Waschbären. Auch nicht nach dem hübschesten. Ein schlaues Weibchen sucht nach einem mit drei Beinen.«

»Kapiert, Bruder. Okay, wir haben jetzt drei Beine. Kapiert. Aber ... wir haben ein Problem. Glaub ich wenigstens.«

»Welches?«

»Da ist ein Treffen. Heute abend.«

»Scheiße. Warum hast du nicht –?«

»Hab's vergessen. Ist mir gerade erst wieder eingefallen.«

»Herrje, Herk. Selbst wenn Pryce mitspielt, geht das nicht so schnell. Er braucht mindestens einen Tag. Das beste wäre die Geschichte in der Zeitung. Ich dachte, wir warten ab – wenn er das hinkriegt, dann glaube ich, daß er auch die Sache mit der Immunität deichseln kann. Und danach wollte ich den Anwalt, den ich engagiert habe, losschicken und die Sache für dich unter Dach und Fach bringen. Aber wenn du zu diesem Treffen gehst, und Lothar ist nicht da ...«

»Er soll ja auch gar nicht da sein, okay?«

»Häh?«

»Ich meine, der ist doch angeblich hinter seiner Frau her, oder? Und dabei wird er umgelegt, okay? Das kann ich doch unmöglich wissen. Und auch keiner von denen. Es sei denn, sie bringen's in den Nachrichten. Warum soll ich nicht einfach weitermachen? Ist ja nicht so, daß ich und er die dicksten Spezis sind.«

»Herk, das gilt nur, wenn Pryce mitspielt. Nur, wenn er es hinkriegt, egal ob er will. Nur, wenn er nicht längst beschlossen hat auszusteigen und die ganze Scheißbande aus dem

Verkehr zieht. Du weißt von dem Treffen heute abend, also wußte Lothar es auch. Und der hat's wahrscheinlich Pryce erzählt.«

»Was kann ich sonst tun?«

»Du könntest die Düse machen«, sagte ich.

»Wenn ich das tue, wofür hast du denn dann Lothar plattgemacht? So blöd bin ich nicht. Ich weiß, wovon du geredet hast. Lothar war das As, oder? Jetzt bin ich die Trumpfkarte. Die einzige, die dieser Flachwichser Pryce hat. Ich dachte, wir spielen, um zu gewinnen.«

»Ich hätte dich nach dem nächsten Treffen fragen sollen.«

»Ich gehe hin«, sagte er. »Und wenn dieses kleine Arschloch Porkpie uns verpfeift, nehm ich's auf meine Kappe. Alles. Ich hab den Typ in der Gasse umgelegt, ich habe Lothar umgelegt, was soll's? Lebenslänglich ist lebenslänglich.«

»Ich dachte, du gehst nicht wieder rein.«

»Nur für mich würde ich's auch nicht«, sagte Hercules. »Aber wenn's schiefgeht, kann ich euch nur aus der Sache raushalten, wenn ich mich schuldig bekenne, oder? Also mach ich's.«

»Wenn das passiert, hole ich dich raus«, versprach ich. »Nicht über die Gerichte, über die Mauer. Das wird einige Zeit dauern, aber –«

»Die Zeit habe ich, Bruder«, sagte der große Mann niedergeschlagen, aber entschlossen. »Und jetzt muß ich los, mich von Vyra verabschieden.«

»Bist du wegen irgendwas sauer auf mich?« fragte Crystal Beth bedrückt. Sie lag auf dem Bauch, das Kerzenlicht malte bronzefarbene Glanzlichter auf ihren Körper.

»Warum fragst du?«

»Weil du … mir weh getan hast. Als wir uns geliebt haben. Du warst so … grob. Stürmst rein. Packst mich. Nagelst mich fest. Ich hab mich gefühlt wie in einem Schraubstock. Ich konnte mich nicht bewegen. Und du hast nicht … auf mich gewartet. Du hast einfach –«

»Tut mir leid. Ich war unaufmerksam.«

»Zumindest mir gegenüber.«

»Ich sagte doch, es tut mir leid, Crystal Beth. Ich … mir geht was im Kopf herum.«

»Pryce?«

»Pryce ist ein toter Mann«, schnauzte ich sie an.

Sie schnappte nach Luft.

»Ich meine, wenn er nicht zu seinem Wort steht, ist er tot«, sagte ich schnell. »Im Moment ist alles wirklich schwierig, Kleines. Ich hätte nicht … tun sollen, was ich getan habe. Mit dir, meine ich. Es tut mir leid. Wenn ich es irgendwie wiedergutmachen kann –«

»Wir könnten's noch mal versuchen«, sagte sie leise, ein kleines Lächeln spielte um ihre vollen Lippen. »Ganz von vorne.«

»Wo willst du hin?« fragte sie später.

»Raus.«

»Warum kannst du nicht einfach über Nacht bleiben?«

Ich hätte sagen können, daß ich mich um Pansy kümmern muß, aber das wäre eine Lüge gewesen. Ich habe alles so eingerichtet, daß Pansy zu fressen hat, auch wenn ich mal länger fort bin. Nicht das Futter, das sie liebt – nur Trockenfutter –, aber wenn sie genug Hunger hat, frißt sie auch das. Für frisches Wasser ist ebenfalls gesorgt. Und mit den Plastikmüllsäcken, die ich ihr hingelegt habe, käme sie ziemlich lange allein zurecht, obwohl es nicht besonders riechen würde, wenn ich zurückkäme. Und wenn ich nicht zurückkäme, wüßte Max, was zu tun war – auf dem Schrottplatz des Maulwurfs war immer Platz für noch einen Köter. Ich sagte Crystal Beth die Wahrheit. »Ich brauche einen Fernseher. Und du hast keinen.«

»Doch, haben wir wohl«, sagte sie. »Unten. Der, den du für Hercules hingestellt hast. Er ist immer noch im Keller. Ist zwar nur ein kleiner, tragbarer, kein Kabel oder so. Aber wir können ihn hier –«

»Okay, hol ihn rauf«, sagte ich.

Es war die wichtigste Story in den Elf-Uhr-Nachrichten. Der Moderator las seinen Bericht, während die Kamera über ein einfaches Einfamilienhaus schwenkte, das mit gelbem POLIZEI-Band abgesperrt war. Er redete in diesem bedeutungsschwangeren Ton, den sie immer dann kriegen, wenn sie meinen, jemand könnte sie für echte Journalisten halten.

> Ein Mann aus Queens, der von den Behörden seit längerem gesucht wurde wegen Verstoß gegen die richterliche Anordnung, sich von seiner Frau fernzuhalten, hat sich nach einem Schußwechsel mit der Polizei selbst gerichtet. Lawrence Bretton, achtunddreißig Jahre alt, ein arbeitsloser Drucker, drang offenbar in das Haus seiner von ihm getrennt lebenden Frau und seines Sohnes ein, ohne zu wissen, daß sie inzwischen umgezogen sind.

Auf dem Bildschirm erschien Lothars Polizeifoto, vermutlich geschossen, als er zum ersten Mal wegen häuslicher Gewalttätigkeit verhaftet worden war.

> Bretton war mit einer 9mm-Automatik und mehreren Magazinen bewaffnet. Weiterhin führte er Handschellen und eine Rolle Isolierband bei sich, was Anlaß zu der Vermutung gibt, daß er entweder Entführung oder Folterung plante. Laut Polizeiangaben hatte Bretton seiner Frau mehrfach mit dem Tod gedroht und galt als äußerst gewaltbereit.

Die Kamera schwenkte zu der richterlichen Anordnung, mit der ihm der Kontakt zu seiner Ex-Frau und seinem Kind untersagt wurde. Das Dokument trug Lothars richtigen Namen.

> Als er aufgefordert wurde, sich zu ergeben, eröffnete Bretton das Feuer auf die Polizeibeamten und versuchte, sich im Haus zu verbarrikadieren. Verstärkung sowie die Spezialeinheit für Verhandlungen bei Geiselnahmen wurden angefordert, doch ein kurzes Telefongespräch endete mit einem Schuß im Haus. Ironischerweise trug Bretton eine kugelsichere Weste, doch statt sich zu ergeben, tötete er sich mit einem Schuß in den Kopf. Wir erfahren ständig weitere Einzelheiten dieses erstaunlichen Falles, der so typisch ist für die Gewalt in Familien, die seit langem in dieser Stadt um sich greift. Wir werden Sie weiter auf dem laufenden halten, bleiben Sie dran …

»O mein Gott«, sagte Crystal Beth leise. »Das war er, oder?«

»Das war er, ja. Aber es ist noch nicht vorbei.«

»Für Marla schon«, sagte sie. »Und für das Baby.«

Um halb zwölf gab es weitere Einzelheiten. Ein wunderbar gewebtes Lügengespinst, durchzogen von so viel Wahrheit, daß es für Nachrichtenkonsumenten kein Problem sein würde, die Mahlzeit zu verdauen. Sie fügten eine Menge netter professioneller Details bei ... auch einen Teil der abgehörten Telefongespräche, die Lothar mit seiner Frau Marla geführt hatte. Obwohl die Schimpfkanonaden gelöscht waren, war es so deutlich, daß es einen fröstelte.

Ich sah mir die Sendung an, Crystal Beth saß neben mir. Ich wußte nun, daß Pryce die Sache durchziehen konnte, daß er genug Einfluß hatte.

Und fragte mich gleichzeitig, wer er wirklich war.

Das Telefon klingelte die ganze Nacht nicht.

Morgens ging ich zurück in mein Büro. Tauschte ein halbes Pfund gekochten Schinken und einen fetten, mit Vanillepudding gefüllten Windbeutel gegen das Geschenk, das Pansy mir zum Saubermachen hinterlassen hatte.

Der Laden, in dem ich den Schinken erstanden hatte, verkaufte auch gekochtes Zeug – hauptsächlich Hühnchen und Rindfleisch, das sich auf einem Grillspieß drehte. Ich hatte ein nett aussehendes Stück medium gebratenes Steak gekauft, wollte es mit Pansy teilen, aber es war zäh wie ein Mittelgewichtler aus Philadelphia, also bekam sie auch das ganz.

Ich begnügte mich mit etwas getoastetem, altbackenem Brot und einer Flasche Ginseng-Limonade, wünschte, ich hätte ihr den Windbeutel nicht so schnell überlassen.

Als ich mit Essen fertig war, versuchte ich es bei Mama.

Kein Glück.

Mir fiel ein, ich hatte von Pryce nie Porkpies Adresse bekommen. Und ich begriff, daß das keine Rolle mehr spielte.

Der Tag zog sich hin. Ich ging raus, um mir die Tageszeitungen zu besorgen. Nichts Neues. Abgesehen von der Sondereinheit für Geiselnehmer war es keine für New York ungewöhnliche Story. Mann mißhandelt Frau. Frau verläßt – endlich – Mann. Mann schwört: Wenn sie ihn nicht will, wird sie niemand anderen haben. Gericht ordnet an, daß Mann nicht mehr mit Frau verkehren darf. Mann prügelt ihr die Seele aus dem Leib. Wieder vor Gericht. Mann muß niedrige Kaution zahlen, wenn er sich bewährt ... soll heißen: Frau kommt nicht ins Krankenhaus oder die Medien achten nicht drauf. Die nächste gerichtliche Anordnung wird erlassen, dieses Mal mit einer schwülstigen Warnung, die nur den autoerotischen Richter beeindruckt. Früher oder später wird die Frau tot aufgefunden; in ihrer Handtasche das nutzlose Stück Papier. Mann in der Nähe, Selbstmord. Sowas kommt ständig vor. Nur, diesmal war das Opfer aus dem Hühnerstall geflohen, bevor der Fuchs einbrach.

Wenn die Zeitungen von dem Nazi-Aspekt erfahren hätten, wäre die Story tagelang auf der ersten Seite gewesen. Aber kein Wort davon sickerte durch. Die übliche Runde Interviews mit Nachbarn, von »Ich kann's nicht glauben« bis »Ich wußte, daß er sowas tun würde«. Fromme Kommentare über »miese Justiz« und die Notwendigkeit, endlich hart gegen häusliche Gewalt vorzugehen. Jemand, der anonym bleiben wollte, sagte, es sei allerdings eine schreckliche Geschichte, aber er könne verstehen, daß ein Mann wahnsinnig wurde, weil er sein Kind nicht sehen durfte.

Und die übliche, stets für ein Zitat gute Ansammlung exhibitionistischer »Experten« – jeder Fernsehproduzent, der seine miesen Jobs wert ist, hat einen Rolodex voll mit diesen Typen.

Die Zeitungen brachten eine Reihe provokativer Sätze wie: »Der Aufenthaltsort von Brettons Frau und Sohn ist unbekannt«, aber niemand schluckte den Köder, nicht einmal als eines der Revolverblätter hundert Riesen »Belohnung« für »die ganze Story« aussetzte. Und ohne Opfer konnten sich die Medien auf den Kopf stellen, in wenigen Tagen würde die ganze Geschichte so tot sein wie Lothar.

Ich packte einen frischen Akku in das Handy und machte mich auf die Socken, suchte den Prof. Hinterließ an verschiedenen Stellen die Nachricht, er solle bei Mamas anrufen.

Aus einer Telefonzelle ein Stück vom Hotel entfernt rief ich Vyra an. Sie war da.

Als ich ihre Suite betrat, war sie barfuß, trug einen großen, flauschigen Bademantel. Ihr Gesicht war sauber geschrubbt, aber blutleer und verhärmt. »Hast du –?« fragte sie.

Ich schüttelte den Kopf, setzte mich auf einen der eleganten Sessel, legte das lebenswichtige Handy vorsichtig auf die Armlehne. Sie setzte sich auf die Couch gegenüber, verschränkte die Arme. »Ich habe Angst«, sagte sie.

»Ich auch«, antwortete ich. »Aber wir können jetzt nur auf Nachricht warten.«

»Mußtest du ihn überreden … das zu tun?«

»Was zu tun?« fragte ich.

»Ich *weiß* nicht«, sie jammerte beinahe. »Er wollte es mir nicht sagen. Aber ich weiß, daß es sehr gefährlich war. Ich habe ihn angefleht, es nicht zu tun, aber er hat nur …«

»Alles mußte getan werden«, sagte ich. »Von jedem von uns. Egal was wir getan haben.«

»Er sagt … er sagte, ihr alle würdet es nur für ihn tun.«

»Und …?«

»Und ich weiß es besser, oder?« sagte sie, ihre Augen schnappten nach meinem Gesicht. »Es ist nicht für ihn. Nicht *nur* für ihn, jedenfalls.«

»Und?«

»Und bin ich eine von denen, oder? Ich bin eine von den Leuten, für … für die er's tut. Ich. Wenn irgendwas passiert, bin ich mit verantwortlich.«

»Was für eine Alternative gab es?«

»Für das … für das Netzwerk, für Crystal, keine Ahnung. Für die Frauen, keine Ahnung. Für mich, das weiß ich. Für die anderen ging es darum, ihr … Leben zu beschützen, oder ihre Kinder. Oder irgendwas Wichtiges. Bei mir ging's darum, meinen verwöhnten kleinen Arsch zu schützen. Mein … Geld.«

»Und jetzt hast du ein schlechtes Gewissen?«

»Es ist gemein von dir, so mit mir zu reden«, sagte sie bitter.

»Ich mache dich nicht runter, Vyra. Für so unwichtigen Quatsch ist es viel zu spät. Herk sagt, ich hätte dich falsch eingeschätzt. Vielleicht hab ich das. Ich habe dich nie wirklich kennengelernt, und –«

»– jetzt wirst du es auch nie mehr«, beendete sie den Satz für mich.

»Nein«, stimmte ich ihr zu. »Und wenn das mein Verlust ist, werde ich damit leben müssen.«

»Dich habe ich auch nie richtig kennengelernt.«

»Das war bestimmt kein Verlust«, versprach ich ihr.

»O Gott, ich wünschte, er würde anrufen«, sagte sie leise.

Vyra war einverstanden, sich hinzulegen, nachdem ich geschworen hatte, sie zu wecken, sowie ihr Telefon klingelte. Doch es war mein Handy, das als erstes summte.

»Ihr Anwalt soll morgen früh zum Southern District fahren. Sagen Sie ihm, er soll in den dritten Stock gehen und warten. Sagen Sie ihm, er soll eine Nelke im Knopfloch tragen.«

»Welche Farbe?«

»Um diese Jahreszeit? Er wird der einzige sein, der überhaupt eine Blume trägt, keine Sorge. Er soll einfach warten. Es wird jemand kommen und ihn abholen.«

»Und den Deal machen?«

»Ja.«

»Sind Sie sicher, daß es den noch gibt, für den der Deal gemacht wird?« fragte ich.

»Nein«, sagte er. Und legte auf.

Das Summen des Handy, hatte Vyra geweckt, und jetzt konnte sie nicht mehr einschlafen.

»Er ist so anders«, sagte sie. »Ich habe noch nie einen Mann getroffen, der … Ich bin noch nie jemandem wie ihm begegnet.«

»Ja, Herk ist was Besonderes.«

»Du verstehst kein Wort von dem, was ich sage, stimmt's?« sagte sie traurig. »Er hat mir sein Leben erzählt. Sein ganzes Leben. Angefangen, als er ein kleiner Junge war. So etwas hast du mir nie erzählt. Ich kenne dich seit Jahren … und du bist für mich ein Fremder. Und er hat mich auch nach meinem Leben gefragt. Das hast du nie getan. Burke«, kicherte sie. »Weißt du, was er gesagt hat?«

»Woher sollte ich –«

»Er hat mich nach dem Erwachsenwerden gefragt. Wie das für mich war. Ich hab ihm gesagt, daß ich eine JAP war. Weißt du, was er gesagt hat? Er sagte: ›Ich dachte, du wärst Jüdin.‹ Kannst du dir so was vorstellen?«

»Aus Herks Mund? Klar.«

»Du kapierst nicht«, sagte sie, torfmoosfarbene Augen funkelten in ihrem Gesicht. »Okay, er wußte nicht, was ›JAP‹ bedeutet. Na und? Wo er großgeworden ist, hat er diesen Ausdruck nie gehört. Aber der springende Punkt ist doch, es war ihm völlig gleichgültig. Ich bin es, die er mag. Nicht mein Geld. Nicht nur meine ... Titten«, sagte sie, berührte ihre Brüste, als wolle sie sie entlassen.

Als sie anfing zu weinen, sagte ich, eine Dusche würde ihr guttun. Natürlich widersprach sie, aber ich gab das gleiche Versprechen, wie bevor sie sich hingelegt hatte, und schließlich war sie einverstanden.

Als das Hoteltelefon klingelte, stürzte ich beim ersten Ton ins Bad. Ich zog den Duschvorhang zur Seite, hielt meine Faust an mein Ohr, wie ein Telefon. Vyra sprang aus der Dusche, mit Seifenwasser bedeckt, die Haare naß, einen Luffaschwamm in der Hand. Sie stürmte ans Telefon, riß den Hörer von der Gabel.

»Hallo.«

Sie hielt den Hörer ein Stück vom Ohr entfernt, damit ich mithören konnte, aber ich rührte mich nicht ... für alle Fälle.

»Ah, du hast es *versprochen*, Schätzchen«, gurrte sie in den Hörer. Dann hörte sie einen Augenblick zu, bevor sie sagte: »In Ordnung, Baby. Wie du willst. Du bist der Boß. Ich warte auf dich, okay?«

Was immer er darauf antwortete, es war sehr kurz. Vyra flüsterte: »Ich liebe dich, Hercules« und legte auf.

Dann begann sie zu weinen, vergrub das Gesicht in Händen. Ich trat zu ihr, hielt ihre Schultern, blieb auf Armeslänge, damit ihre Brüste nicht meinen Brustkorb berührten. »Was ist?« fragte ich.

»Es geht ihm gut. Er ist in Ordnung«, schluchzte sie.

»Warum weinst du dann?«

»Weil ich glücklich bin, du Schwachkopf!«

»Was hat er gesagt?«

Vyra ging zum Bett und setzte sich, war blind für die Pfütze, die sie hinterließ.

»Er hat gesagt, er kann unsere Verabredung nicht einhalten. Heute abend. Er hat gesagt, ich bin seine Alte, und er kommt, sobald er kann. Und ich soll den Mund halten und tun, was er mir sagt«, sagte sie. Ein strahlendes Lächeln machte ihr kleines Gesicht so wunderschön, wie ich es in all den Jahren, die wir uns kannten, nicht gesehen hatte.

Ich ging hinunter in mein eigenes Hotelzimmer und rief Davidson an, gab ihm die Nachricht.

»Ich soll eine Nelke tragen?« protestierte er. »Jesus, sind diese Typen echt?«

»O ja«, antwortete ich. »Keine Frage.«

»Dann betrachten Sie die Sache als erledigt«, sagte er. »Rufen Sie mich morgen abend an. Irgendwann nach sechs.«

»Hast du vom Prof gehört?« fragte ich Mama.

»Ist hier«, sagte sie. »Du jetzt komm, okay?«

»Schon unterwegs«, antwortete ich.

Nicht nur der Prof war im Restaurant. Auch Clarence war dort. Und Max. Und Michelle.

»Was wird das hier?« fragte ich.

»Laß dich nieder, Schuljunge«, sagte der Prof. »Wir müssen bequatschen, was abgeht.«

»Mit …?«

»Mit diesem Dummkopf Hercules. Und dir.«

Ich setzte mich. Aß etwas Suppe, während die anderen warteten. Ihre Gesichter waren Masken der Geduld. Egal, was los war, sie wollten sich nicht mit Mama anlegen.

Dann erzählte ich ihnen. Alles.

»Du hast einen Kerl ausgeknipst? Vor den Augen eines Feds?« fragte der Prof, schaute wütend und irritiert.

»Ich glaube nicht, daß er ein Fed ist«, sagte ich. »Zumindest gleicht er keinem, mit denen ich bisher zu tun hatte. Wolfe sagt, er ist ein Outlaw. Ich weiß es nicht. Er hat Sachen angeleiert ... Ich weiß nicht, wie ein Freiberuflicher etwas in dieser Größenordnung hinkriegt.«

»Ich hab es verdammt noch mal gewußt«, sagte der kleine Mann. »Ich hab gewußt, daß das stinkt. Ich dachte, du würdest die Finger von Kanonen lassen, Sohn.«

»Tu ich ja auch. Oder hab ich getan. Ich ... Es gab keinen anderen Weg, Prof. Ohne die Immunität ist Herk für diesen Pryce nur ein Kleenex. Benutz es, und schmeiß es dann weg, verstehst du?«

»Warum haben wir uns nicht zusammengesetzt, uns was ausgedacht?« wollte er wissen.

»Das ist allein meine Kiste«, sagte ich. »Herk gehörte im Knast zu uns, aber *ich* schulde ihm was. Dann die ganze Sache mit Crystal Beths Haus. Und die Frauen ... Ich wollte nicht alle mit hineinziehen.«

»Die meisten von denen sind mir vollkommen egal«, meldete sich Michelle zu Wort, tat alle Frauen unter Crystal Beths Obhut in Bausch und Bogen ab. »Sie schützen ihre Kinder nicht; in meinen Augen sind das keine echten Frauen. Sie sind dumm oder feige, für mich ein und dasselbe. Manche von denen würden zu einem Rendezvous mit Ted Bundy gehen und John Wayne Gacy bei den Kindern lassen.«

Sie holte tief Luft, versuchte sich zu beruhigen. »Aber hier geht's nicht um sie. Was ist los mit dir, Baby? Okay, du hast Scheiße gebaut. Hast dich in die Klemme manövriert. Das ist nicht das erste Mal. Für keinen von uns. Du weißt, wie du meinen Jungen auf Trab bringst, okay? Sag dem Maulwurf gegenüber ›Nazi‹, und schon ist er dabei. Und Clarence hat dir besorgt … was du für diesen Job gebraucht hast, stimmt's? Du hast uns alle außen vor gehalten, und das ist nicht in Ordnung.«

»Du hast es selbst gesagt, Prof«, erinnerte ich ihn hilfesuchend. »Über Clarence.«

»Das war bevor –«

»Es wäre nicht richtig, Clarence mit reinzuziehen, genau das hast du gesagt. Und du«, wandte ich mich Michelle zu, »hast recht … Ich habe Hilfe gesucht. Aber ich habe niemand auch nur in die Nähe des Problems gelassen. Diese Kiste könnte explodieren, Schätzchen. Und das Gefängnis würde dir nicht gefallen.«

»Hör auf, mich gönnerhaft zu behandeln«, fauchte sie. »Ich war auch im Knast. Als ich ein Mädchen war. Bevor ich die … bevor ich ich wurde. Versuch du mal, deine Zeit in einem Männerknast abzusitzen, wenn du eine Frau bist. Ich hab's damals ausgehalten, ich halt's auch jetzt aus.«

»Tut mir leid«, sagte ich. »Ich –«

Max streckte die Hand aus und klopfte mir auf die Brust. Es fühlte sich an wie das falsche Ende eines Brecheisens. Er deutete auf mich. Tat so, als umklammerten seine Fäuste Gefängnisgitter. Dann deutete er auf sich. Und machte eines der Zeichen, die wir für den Maulwurf benutzen, zu Fäusten geballte Hände vor Augen gehalten, um die Brille des Maulwurfs darzustellen, dick wie der Boden von Colaflaschen. Er senkte den Kopf. Erinnerte mich daran, wie wir einmal in einem U-Bahn-Tunnel in eine Falle geraten waren, als wir der

Mafia geklautes Heroin verkaufen wollten. Wir waren verpfiffen worden, und in dem Tunnel wimmelte es von Polizei. Ich hatte sie mit einer scharfen Handgranate so lange in Schach gehalten, bis alle aus dem Tunnel geflohen waren. Er erinnerte mich an seine Schuld.

»Wenn wir nichts schnallen, können wir nur fallen«, sagte der Prof, fixierte mich unerbittlich. »Das ist nicht wie sonst. Hier geht's nicht um Kaution oder Knast. Wenn wir's richtig machen wollen, geht nur alles oder nichts – nur ein Wichser spielt auf Unentschieden.«

»Mein Vater hat recht«, sagte Clarence, eine Hand auf der Schulter des Prof. »Wie immer.«

»Die Sache ist unter Dach und Fach«, sagte Davidson mir am Telefon. »Können Sie rüberkommen, damit ich es Ihnen zeigen kann?«

Und dir den Rest deines Geldes, dachte ich.

»Klar.«

»Die haben versucht, noch ein paar miteinander verknüpfte Eventualitäten einzubauen«, erzählte Davidson in Anwaltssprache.

»Was heißt?«

»Er kriegt Straffreiheit. Aber um seine neuen Papiere und alles zu bekommen, muß er zu ihnen.«

»Und?«

»Und jetzt haben wir zwei voneinander unabhängige Möglichkeiten«, sagte er lächelnd. »Falls Ihr … Freund beschließt, nicht zu denen zu gehen, bekommt er keine neue Identität, wird nicht ins Zeugenschutzprogramm aufgenommen, kriegt weder eine Gesichtsoperation noch sonst was.

Aber seine Immunität hat er immer noch. Und selbst wenn er *später* wegen irgendwas festgenommen wird – die Straffreiheit gilt für die gesamte Zeit.«

»Für welche Zeit?«

»Ihr Freund ist Agent der Regierung gewesen – kein Informant, Burke, sondern ein Regierungsagent mit festem Gehalt – für fast sechs Monate. Lange vor dem Zwischenfall.«

»Ich habe noch nie was gehört von –«

»Kommt immer mal wieder vor«, versicherte mir Davidson. »Das FBI hatte einen Mann in dem Auto des Klans, das einen der *Freedom Riders* tötete. Sie hatten auch Leute bei den Panthers. Und auch sonst überall. Solche Leute müssen langfristige Immunität haben, so riskant das ist. Sie würden sich doch selbst enttarnen, wenn sie sich weigern, bei ... egal was mitzumachen.«

»Und es gibt keinen Passus über wahrheitsgemäße Aussage?«

»Überhaupt keine Aussage. Nicht mal eine Einsatzbesprechung.«

»Hat er einen Führungsagenten?«

»Das ist dieser Pryce.«

»Haben Sie ihn kennengelernt?«

»Ich weiß nicht. Der AUSA hat sich ausgewiesen. Und da war noch eine Frau von der ATF. Ein Mann vom FBI. Ire, kräftig, gutaussehend – ich habe ihn schon öfter gesehen. Auch ein Mann vom Finanzministerium. In dem Raum waren allerdings auch einige Leute, die kein Wort gesagt haben. Und ihre Gesichter konnte ich nicht sehen – sie standen im Halbdunkel.«

»Klingt ziemlich ernst«, sagte ich, schob den Rest von Davidsons Geld in einem schlichten weißen Umschlag über den Schreibtisch.

»Ich hab schon Schlimmeres erlebt«, erwiderte er. »Wenigstens habe ich diesmal einen von den Guten vertreten.«

Drei Tage später …

»Die sagen, er war ein Held«, erzählte mir Hercules, saß im Schlafzimmer von Vyras Suite. Das extra große Doppelbett sah aus wie ein Schlachtfeld. Im Zimmer roch es nach Sex. Die Dusche lief, Vyra stand darunter. »Er ist für die Rasse gestorben.«

»Wann haben die es erfahren?«

»Es kam in den Nachrichten. Vor dem Treffen. Die denken, daß er es auf seine Frau abgesehen hatte. Als die Bullen auftauchten, hat er sich umgebracht, damit er nicht unter der Folter redet.«

»Folter?«

»O ja, Mann. Sie sagten, das ZBR hat so Gehirnmaschinen, die sie einem über den Kopf stülpen. Und Chemikalien, die sie einem spritzen können, da verrät man die eigene Mutter. Und Lothar, der wußte das alles. Und er hat die Rasse geschützt.«

»Klingt nach einem Haufen echter Paranoiker.«

»Paranoiker? Du hast keine Ahnung von Paranoia, Bruder. Du müßtest die mal hören. Reden ständig von schwarzen Hubschraubern und telemetrischer Fernüberwachung und lauter so Scheiß. Ich hör gar nicht mehr hin. Mein Gott.«

»Die haben dir nichts von Lothar erzählt?«

»Mir? Nö. Die waren voll damit beschäftigt, aufeinander einzuquatschen. Ich hab einfach rumgehangen.«

»Glaubst du, die haben die Geschichte geschluckt?«

»Ich bin hier, oder? Außerdem, Lothar hat denen gesagt, daß er irgendwann so was macht. Er hatte Pläne für die Fotze, das hat er denen immer wieder gesagt. Deshalb waren die nicht weiter überrascht. Vielleicht ein bißchen, weil er sich umgebracht hat und alles, aber auch nicht so sehr.«

»So paranoid wie die sind, sind sie nicht in Panik geraten?«

»Nö, eigentlich nicht. Aber wir mußten für ein paar Tage zusammen bleiben. Darauf ist's am Ende rausgelaufen. Sie sagten, sie wüßten nicht, ob Lothar vielleicht was bei sich hatte, was die Bullen zu uns führt, deshalb wollten ein paar, daß wir uns trennen. Aber die anderen wollten zusammen bleiben. Ob's war, weil sie Angst hatten vorm Alleinsein, oder weil die sich gegenseitig im Auge behalten wollten, keine Ahnung. Aber Scott sagt, wir müßten durchhalten. Keiner ging weg. Die haben in diesem Keller genug Zeugs gebunkert, man könnte Jahre dort aushalten, Mann. Alles mögliche Trockenzeug und Wasser in Flaschen. Und Waffen ... Mann, die haben da *kistenweise* Waffen.«

»Was hast du die ganze Zeit gemacht?«

»Ferngesehen. Trainiert. Zugehört, wie die über Rasse gequatscht haben.«

»Haben sie über ihre Pläne geredet? Ein Datum?«

»Der dreißigste April. Den wollten sie nehmen. Weißt du, das ist der Tag, an dem sich Hitler in seinem Bunker umgebracht hat. Um nicht lebendig in Gefangenschaft zu geraten. Genau wie Lothar, haben sie gesagt.«

»Der dreißigste April. Das ist noch lange –«

»Jetzt nicht mehr«, unterbrach mich Hercules. »Also keiner weiß, wann. Ich meine, es *gibt* kein Datum.«

»Ich komme nicht mehr mit.«

»Die Zellen. Die haben keine Verbindung. Untereinander, meine ich. Wenn eine anfängt, folgen sofort die anderen. Aber diese – diese eine Zelle – muß anfangen. Und die wollen jetzt loslegen.«

»Weißt du, wann?«

»Das ist noch nicht klar. Aber ich weiß, wo sie zuschlagen wollen. Twenty-six Federal Plaza.«

»Federal Plaza? Unten am Broadway?«

»Genau. Das paßt perfekt, Bruder. Weißt du, was da ist? Das FBI. Das Finanzamt. Und die Einwanderungsbehörde. Alles, was die hassen. Alles an einem Ort. Und es ist auch nur eine Querstraße vom Bundesgericht weg.«

»Das Gebäude ist riesig. Die kommen niemals mit einem Truck nahe genug ran –«

»Affenkacke«, schnitt Herk mir das Wort ab. »So sicher ist das nicht. Sie haben's mir gezeigt – stand in der Zeitung –, so ein bescheuerter Blödmann ist da auf das Scheißdach gekommen. Hat gesagt, er bringt sich um, macht einen Köpper. Unten standen Leute, brüllten zu ihm rauf, er soll endlich springen und so. Man kommt nicht in die Tiefgarage, wie im World Trade Center, aber weißt du was? Du kannst rund um das Gebäude parken. Auf dem Broadway, der Worth, der Lafayette und auf der Duane. Die nehmen keinen dämlichen Mietlaster wie in Oklahoma City. Die haben die Karren *gekauft*. Eine Menge Karren. Seit Jahren kaufen sie die, warten ab. Haben legale Zulassungen für die Laster und alles. Wir sind zu siebt. Mehr als genug.«

»Du wirst noch ein echter Profi in Terroristenkram, häh?«

»O Mann, ist doch alles nur dummes Gequatsche. Wie im Knast – bei uns heißen die Sachen anders als draußen. Wenn die Federal Plaza in die Luft fliegt, brauchen wir keine Kommunikation – das erledigen die Medien für uns, haben sie gesagt. Wenn es in den Nachrichten ist, wissen die anderen Zellen Bescheid. Und alles geht hoch. Und weißt du noch was? Die sagen, alles mögliche wird von Nachahmern in die Luft gejagt. Wie die Niggerkirchen.«

»Was redest du da, Herk?«

»Ich hab's nicht so gemeint, Mann. Ich war mit denen zusammen, also rede ich auch wie die. Du weißt, wie ich zum Prof stehe. Ich würde nie –«

»Ich meine nicht die Worte, Herk. Die Kirchen. Was ist mit denen?«

»Ach so, ja. Also, so wie sie's erklärt haben, haben sie *früher mal* Brandanschläge gegen Farbigenkirchen gemacht. Im Süden. Vor langer, langer Zeit. Damit die Nigger nicht wählen gehen und so. Okay, es hat also wieder angefangen. Überall fackeln Kirchen ab. Nur, diesmal ist es nicht bloß der Klan und so. Das sind ... irgendwie ... alle. Wichser sehen's im Fernsehen, also wollen sie auch mal. Überall malen sich Kids Hakenkreuze, solche wie ich eines hab«, sagte er, klopfte sich auf die Brust. »Und das sind keine Nazis oder sonstwas. Ein paar sind, irgendwie, selbst Untermenschen. Du weißt schon, Pakis und Koreaner und alle. Die haben keinen Dunst von Juden, die machen einfach nach. Mitläufer. Genau das passiert mit den Kirchen, das sagen wenigstens die Typen. Weißt du was? Es gibt sogar Farbige, die Kirchen von Farbigen abfackeln. Wenn wir das Hochhaus in die Luft jagen, dann machen nicht nur die anderen Zellen das gleiche, Mann. Jeder springt auf den Zug auf.«

»Scheiße! Und sie haben schon alles, was sie brauchen?«

»Klar. Die haben Dinger gedreht. Banküberfälle. Und Geldtransporte. Bevor ich dazugekommen bin. Um Geld für das Zeug zusammenzukriegen. Das wurde mal Thema.«

»Häh?«

»Daß ich der einzige bin, der noch nicht ... Ich meine, sogar Lothar hat bei ein paar Jobs mitgemacht. Ich bin der einzige, der bei keinem der Raubüberfälle dabei war.«

»Und was ist dann passiert?« fragte ich, unterdrückte meinen Frust über den großen Kerl, der so unbekümmert durch ein Minenfeld wanderte.

»Also, dieser eine Typ, dieser Kenny, der hat versucht, mir auf den Sender zu gehen, verstehst du? So was ist im Knast nie passiert, ein kleiner Wichserarsch wie der versucht *mich* anzumachen. Aber wahrscheinlich hat er sich sicher gefühlt, keine Ahnung. Jedenfalls darf man keinen fragen, was er gemacht hat – ich meine, in der eigenen Zelle. So sind die Regeln – aber er hat mich gefragt, ob ich weiß, wie es ist, wenn man einem jüdischen Banker eine Kanone unter die Nase hält und sein heißgeliebtes Geld abnimmt.«

»Und ...?«

»Und ich hab ihn gefragt, ob er weiß, wie es ist, wenn man einem verschissenen Juden ins Herz sticht und dasteht und zusieht, wie er krepiert.« Er lachte.

»Was ist da so komisch?«

»Diese Typen wandern besser nie ein, Bruder. Wenigstens nicht dieser Kenny-Wichser. Hätte ich gewollt, ich hätte ihm auf der Stelle die Hölle heißgemacht.«

»Ach so, ja. Aber das Datum weißt du nicht, oder?«

»Ich sag's dir doch, Burke. *Kein Mensch* weiß das Datum. Ich bin zwar kein Genie, aber so viel hab ich kapiert. Wenn das Datum erst mal klar ist, geht keiner mehr weg. Wir bleiben alle zusammen. In verschiedenen Autos. Dann kommt der Zerstreuen-Plan.«

»Was ist das?«

»Also, das ist keine richtige Zelle, okay? Die kommen alle aus verschiedenen Zellen. Der Zerstreuen-Plan ist: Wir gehen alle dorthin zurück, wo wir herkommen. Ich meine, wenn dieses Ding in die Luft fliegt, wird das ZBR an uns kleben wie das Weiße am Reis. Dann heißt es: Jeder für sich. Jede Zelle soll für jeden Typ was vorbereitet haben. Für wenn er zurückkommt, verstehst du?«

»Ja«, sagte ich, dachte nach, suchte den Haken. »Bist du sicher, daß es die Federal Plaza ist?« fragte ich.

»Das sagen die, Bruder. Und weiter gar nichts. Die sagen, jeder wird zuerst den Arabern die Schuld geben. Eine ganze Menge von denen ist wegen der Sache im World Trade Center eingefahren, stimmt's? Und sie – die Araber – haben angeblich geschworen, daß das war nicht der letzte Knall war. Ich glaube, die – die Typen in meiner Zelle – haben noch ein paar andere Stellen besprochen. Bevor ich dazugekommen bin. Aber das ist das einzige, worüber die jetzt noch reden. Die haben Karten, riesige vergrößerte Karten, auf denen man jedes Haus erkennen kann. Haben alle Ampelschaltungen durchgecheckt. Es sollte an einem Samstag passieren – wußtest du, daß das so 'ne Art jüdischer Sonntag ist, mit Kirche und allem? Jedenfalls, das geht nicht, weil da zu viel los ist.«

»Sonntags morgens ist die Gegend wie ausgestorben«, sagte ich.

»Ja. Genau dann wird's passieren. Das haben sie gesagt.«

»Verdammt! Warum hast du mir nicht –?«

»Ich weiß nicht, *welcher* Sonntag, Bruder. Ich dachte, du meinst, wann sie –«

»Vergiß es«, sagte ich. »Herk, hast du jemals die Autos gesehen, die sie benutzen wollen?«

»Nö. Aber ich weiß, daß es nicht nur Autos sind. Die haben einen von diesen privaten Müllwagen. Nicht von der Stadt, weißt du, welche ich meine?«

»Klar.« Der größte Teil des Manhattaner Mülls wurde von privaten Fuhrunternehmen abgeholt. So einer frühmorgens geparkt, würde keinen Cop mißtrauisch machen.

»Und sie haben auch einen Sattelschlepper. Von so 'ner Spedition.«

»Jesus. Und das wollen sie alles mit Sprengstoff vollpacken?«

»Ja. Frag mich nicht, was für Sorten, aber eines kann ich dir sagen, Mann – es ist garantiert kein mickriges Dynamit.

Das Zeug, was die haben, sie sagen, das macht das Gebäude dem Erdboden gleich!«

»Es ist Twenty-six Federal Plaza«, sagte ich zu Pryce.

»Ausgeschlossen«, erwiderte er. »Das muß ein Ablenkungsmanöver sein.« Der Muskel unter seinem Auge zuckte. »Oder sie haben Hercules enttarnt ... und wissen, daß er ein Spitzel ist.«

»Das glaube ich nicht«, sagte ich, vielleicht mehr Hoffnung denn nüchterne Analyse.

»Ihr Freund ist kein Genie«, konterte Pryce, in seiner dünnen Stimme schwang eine Spur von so was wie Traurigkeit mit.

»Er hat eine Ausbildung«, sagte ich. »Nicht Ihre Art von Ausbildung. Meine. Vielleicht schneidet er bei einem Intelligenztest nicht wahnsinnig gut ab, aber er ist an Orten großgeworden, wo man wissen muß, wann sie einen holen kommen, wenn man überleben will.«

»Vielleicht, aber –«

»Er ist mindestens so smart wie Lothar, dieses Stück Scheiße«, unterbrach ich. »Wenn die den nicht enttarnt haben, enttarnen sie Herk auch nicht. Außerdem glaube ich, die stecken schon viel zu tief drin. Und vergessen Sie nicht, er hat ein Plus. Eins, was keiner von denen hat. Wenn sie Lothar geschluckt haben, schlucken sie auch Herk.«

»Sonntagmorgen klingt vernünftig. Es würde den Verlust an Menschenleben minimieren, aber unter Public-Relations-Gesichtspunkten ist das gar nicht so schlecht. Oklahoma City hat sogar einige der Extremisten aufgeregt – die vielen toten Kinder aus dieser Tagesstätte ... Und zu jeder anderen Zeit könnten sie nicht sicher sein, daß sie genügend Fahrzeuge dicht genug dran kriegen. Aber ...«

»Was?«

»Verstehen Sie was von Sprengstoffen?«

»Nicht viel. Aber ich kenne Leute, die –«

»Die könnten ein Gebäude dieser Größe nicht nennenswert beschädigen, wenn sie nicht viel näher rangehen. Die Straße reicht nicht«, sagte Pryce mit Entschiedenheit. »Außer ...«

»Was?«

»Außer die Detonationen werden irgendwie gekoppelt. Außer es gibt einen einzigen Zünder für alle. Wenn die das Gebäude von allen Seiten gleichzeitig angreifen ...«

»Er sagte, die werden –«

»Ich weiß. Und er hat gesagt, daß es auch kein Dynamit sein wird. Kein selbstgebasteltes Zeug. Aber für Atomwaffen haben sie nicht die Technologie. Das hätten wir schon längst gerüchteweise aufgeschnappt.«

»Haben Sie sich schon mal einen dieser riesigen Müllaster angesehen?« fragte ich ihn. »Nehmen Sie zwei oder drei von denen – *und* einen gottverdammten Sattelschlepper –, vollgepackt bis unters Dach mit Plastik ...«

»Burke«, sagte er, beugte sich vor, legte seine faltige Hand auf meinen Unterarm, griff fest zu, »weiß Herk, wer den Zünder haben wird?«

»Gesagt hat er's nicht. Er ist es nicht, das ist mal sicher.«

Pryce schwieg einige Minuten. Ich sagte nichts. Man konnte ihm beim Denken beinahe zusehen. Schließlich lehnte er sich in den Sitz des Taurus zurück und schloß die Augen. »Ich glaube, Lothar ist nicht der Letzte von denen, der für die Rasse stirbt«, sagte er.

Wir saßen schweigend da, ich verließ seinen Kopf

und versuchte, mich in den der anderen einzufühlen. Sei eine Bestie voller Rassenhaß. Es lief immer auf eins raus:

Herk würde sterben.

Nach allem, was passiert war, würde Herk sterben.

»Der Anführer, der mit dem Zünder, der wird sie alle in die Luft jagen«, sagte ich. »So sehen Sie's doch auch, oder?«

»Wie soll es sonst laufen?« fragte Pryce. Er griff in die Seitentasche seiner Jacke, zog eine Straßenkarte von der Südspitze Manhattans heraus. Mit einem gelben Marker malte er ein Quadrat um die Federal Plaza. »Angenommen, die parken ihre Fahrzeuge hier. Und hier. Und hier. Ja? Vielleicht insgesamt ein halbes Dutzend Stellen. Ein Mann pro Fahrzeug. Jeder von ihnen hat Anweisung, zu parken und zu verschwinden. Der Mann mit dem Zünder wartet in der Nähe, wahrscheinlich in einem Lieferwagen oder so – vielleicht dem, den sie für den Transport von dieser Bar benutzen. Jeder parkt sein Auto, steigt aus und geht weg. Wenn alle wieder im Lieferwagen sind, fährt er los. Dann drückt der Mann mit dem Zünder den Knopf.«

»Nur, daß er nicht so lange warten wird«, sagte ich.

»Nein. Warten vergrößert das Risiko. In jeder Hinsicht. Und wenn einer von denen gefaßt wird, fliegt womöglich die ganze Sache auf. Führerlose Zellen funktionieren nicht lange. Wer immer gefaßt wird, *irgendwas* weiß er bestimmt. Und der Plan zielt darauf ab, Anarchie zu schaffen – die Verantwortung für die Bomben zu übernehmen würde sich gegen sie wenden. Ein Nazi in Haft läßt die ganze Sache platzen.«

»Dann ist es an der Zeit, sie einzukassieren?«

»Wie sollen wir das anstellen? Hercules weiß die Adresse nicht, wo sie sich verkrochen haben. Nur die Kneipe, von der Sie mir erzählt haben. Ich bezweifle, daß wir die überwachen können – es klingt so, als gehöre ihnen der ganze Laden. Wahrscheinlich auch einige der umliegenden Grundstücke. Und falls es wirklich demnächst losgeht, glaube ich nicht, daß er noch mal rauskommt.«

»Aber wenn wir nicht –«

»Hercules einen Sender zu verpassen ist zu riskant«, sagte er, kam meinen Gedanken zuvor. »Wenn sie den finden, packen sie einfach ein und verschwinden.«

Nachdem sie Hercules umgebracht haben, dachte ich.

»Aber wenn wir das Haus finden, ohne einen Sender zu benutzen –«

»Ohne den Sprengstoff haben wir keinen Fall«, unterbrach er. »Lothar ist tot«, erinnerte er mich. »Also haben wir auch keine Aussage, die eine Verschwörung belegt. Hercules würde uns nicht viel nutzen, selbst wenn er sich entscheidet, in den Zeugenstand zu gehen – ja, ich weiß«, sagte er, hob die Hand in einer Nicht-unterbrechen-Geste – »die Abmachung war, daß er das nicht muß. Aber selbst wenn er es täte, müssen wir sie mit dem Zeug festnehmen. Und wenn's geht lebend.«

Ich fragte mich, ob er wirklich so dumm war. Oder mich für so dumm hielt.

»Oh«, sagte Vyra, als sie die Tür der Suite öffnete. Ihre Enttäuschung war unübersehbar.

»Hat er angerufen?« fragte ich ohne lange Vorrede.

»Nein. Hast du –?«

»Nichts. Hör zu, Vyra. Wenn Herk dir irgendwas bedeutet, hörst du mir jetzt gut zu. Ich *muß* mit ihm reden. Es geht um sein Leben, verstehst du? Wenn er anruft, wenn er auftaucht, muß ich es sofort wissen. Kein Herumspielen, keine paar Minuten Zeit für ein bißchen Spaß … sofort. In der verdammten Sekunde, hast du mich verstanden?«

»Ist er –?«

»Ich weiß es nicht«, sagte ich. »Ich weiß überhaupt nichts. Vielleicht kann er nicht mehr raus. Der Tag X ist nah. Heute ist Donnerstag. Kann sein, daß es schon an diesem Wochenende passiert. Aber wenn er dich anruft ...« Der nächste Gedanke traf mich so hart, daß ich mich setzen, darüber nachdenken mußte. Dann sagte ich: »Vyra, hast du ihm irgendwas gegeben, als ihr euch getroffen habt?«

»Ihm was gegeben?« wollte sie wissen, einen hysterischen Unterton in der Stimme. »Ich habe ihm mein –«

»Hör zu, du dumme Kuh«, sagte ich ruhig, packte ihre Hände und zog sie neben mich. »Hier geht's nicht um Muschi. Hier geht's um ein Leben. Das Leben meines Bruders. Also, beantworte meine Frage. Hast du ihm etwas gegeben? Eine Uhr? Einen Ring? Ein Hemd? Irgendwas?«

»Warum willst du – oh, mach das nicht!« schrie sie, schlug die Hände vors Gesicht. »Er würde nichts ... Ich ... O mein Gott, ich habe ihm was gegeben. Ein Halstuch. Mein rosa Chiffontuch. Er wollte es. Er sagte, es duftet nach mir. Er hat es mitgenommen, als wir ...«

»Ja!«

»Burke, was ist los mit dir? Warum spielt das –?«

»Vyra, Baby, tut mir leid, wenn ich dir Angst gemacht habe. Das wollte ich nicht. Ich wollte nur, daß du kapierst, wie wichtig es ist, okay? Jetzt hör zu. Hörst du mir zu?«

»Ja. Ich schwöre.«

»Wenn Herk anruft, wenn er unterwegs ist zu dir, dann rufst du mich auf der Stelle an, verstanden?«

»Ja.«

»Wenn er aber anruft und sagt, er kann eine Weile nicht weg, oder *irgendwas* in der Art ... wenn er eine Weile nicht mehr kommt, dann sagst du ihm folgendes, okay? Sag ihm: Trag mein Halstuch. Sag ihm, wie sehr du ihn vermißt, und er soll dein Halstuch tragen. Für dich. Damit du bei ihm sein kannst. Hast du verstanden?«

»Ich … ja.«

»Vyra, vergiß alles. *Alles*. Jetzt gibt's kein Gestern mehr. Du mußt das richtig machen. Ich verlasse mich auf dich.« Dann beugte ich mich vor und gab ihr einen Kuß auf die Wange.

»Ich versprech's«, sagte sie.

Wie viele Nazi-Kneipen mochte es in dreißig Minuten Entfernung auf der anderen Seite der Fifty-ninth Street Bridge geben? In Astoria, vielleicht? Das ist ein gemischter Stadtteil mit zahllosen kleinen Kneipen. In Long Island City gibt es alles, von Lagerhäusern über Oben-ohne-Bars bis zu Künstler-Lofts. Vielleicht waren sie auch drüben im Hafenviertel, hinter den Citibank-Türmen. Aber … wenn ich rumfragte, wenn sie davon erfuhren … konnte das Herks Ende sein.

Also hatte ich nur Vyras Versprechen. Vyra, die ich nur als Lügnerin kannte.

Herk mußte raus oder noch einmal an ein Telefon kommen.

Und er mußte recht haben, was Vyra betraf.

Crystal Beth senkte den Kopf und leckte noch einmal. Ich war tot.

»Hab ich irgendwas gemacht?« fragte sie, legte den Kopf zurück, sah mir entlang ins Gesicht; ich lag mit offenen Augen auf dem Rücken und starrte die Decke an. Vor meinem geistigen Auge sah ich das Handy, versuchte zu erzwingen, daß das Scheißding endlich klingelte.

»Nein«, antwortete ich, überlegte zum hundertsten Mal, ob die Batterien noch gut waren, ob ich mir vom Maulwurf ein Reservegerät mit derselben Nummer hätte holen sollen, ob ich Herk nicht beim letzten Mal hätte sagen sollen, daß ...

»Hab' ich irgendwas *nicht* gemacht?« wollte Crystal Beth wissen, rührte sich immer noch nicht.

»Es liegt nicht an dir«, sagte ich. »Es liegt an mir.«

»Du machst dir Sorgen wegen –?«

»Ja«, unterbrach ich, fand »sich Sorgen machen« einen völlig unzureichenden Ausdruck für das, was ich fühlte.

»Möchtest du drüber reden?«

»Nein.«

»Warum nicht, Schatz?«

»Weil es dich nichts angeht, Crystal Beth. Nicht mehr.«

»Was meinst du damit?« fragte sie mit herausfordernder Stimme, stemmte sich auf einen Ellbogen hoch. »Ich stecke mit drin seit –«

»Egal, was jetzt passiert, es hat nichts mehr mit dir zu tun. Oder mit deinen Angelegenheiten. Pryce wird dich nicht verpfeifen. Weder dich noch Vyra noch das Netzwerk. Nichts.«

»Aber du bist in diese Sache hineingeraten –«

»Für meinen Bruder. Für meine Familie. Nicht für dich.«

»Aber du liebst –«

»Sie.«

»Und mich liebst du auch«, sagte sie aggressiv, die Hände auf meinen Schultern, zog sich hoch, ihre Nase jetzt genau auf meiner Stirn. »Mich auch. Oder nicht?«

»Crystal Beth ...«

»Es kommt nicht drauf an, was man sagt, es kommt drauf an, was man tut, weißt du noch?« flüsterte sie. »Warum kannst du nicht ehrlich zu mir sein?«

»So wie du zu mir?« fragte ich, schob sie weg, damit ich mich hinsetzen konnte. Und das Handy beobachten, das am anderen Ende des Zimmers an das Ladegerät angeschlossen war, mich mit seiner Stille süffisant angrinste.

»Was. Meinst. Du. Damit?« fragte sie, jedes Wort eine Kugel in einem gespannten Revolver.

»Du bist so ehrlich«, sagte ich sarkastisch. »So ein guter Hippie bist du. Immer nur Peace und Love und nichts als die Wahrheit, stimmt's?«

»Ich hätte dir von Vyra erzählt, wenn sie nicht –«

»Und vom Rollo's?« fragte ich leise.

Sie stand vom Bett auf und ging zu dem schwarzen Fenster. Ihr Körper leuchtete im Dämmerlicht. Sie senkte den Kopf, faltete die Hände vor sich. Wie ein Kind, das zur Strafe in der Ecke steht.

Ich musterte ihren kräftigen, wohlgerundeten Körper. Den der Schwerkraft trotzenden Hintern. *Belle* schoß mir durch den Kopf. Nicht das Wort oder auch nur das Bild. Nur ein … Huschen … und weg. Ich spürte die Bilder heranrollen und schob sie nach unten. Weg von mir, jetzt. Aber nicht fort, das wußte ich. Niemals fort. Dieses starke Mädchen. Zog los, um zu sterben …

Ich … hörte auf. Konzentrierte mich auf Crystal Beths Zöpfe, die sich deutlich von ihren Schulterblättern abhoben. Aber es war, als sähe ich ein Hologramm an – das Bild veränderte sich, und nun war Herks Gesicht auf ihrem Rücken, eingerahmt von den Zöpfen, voller Vertrauen.

Crystal Beth drehte sich um, brach den Bann und kam zum Bett zurück

»Soll ich mich auf die Knie werfen?« fragte sie.

»Ich sage dir doch, es geht nicht um dich. Ich kann nicht –«

»Nicht dafür«, unterbrach sie mit gedämpfter, zarter

Stimme. »Um mich zu entschuldigen. Ich habe dir Unrecht getan. Ich hatte einmal gute Gründe dafür. Aber die … ich weiß nicht. Es spielt keine Rolle. Ich will dir erzählen. Willst du zuhören?«

»Ja.«

Sie kniete sich hin, schaute zu mir hoch. Ich saß auf dem Bett. »Ich habe dir nichts von Rollo's erzählt, weil es nicht richtig gewesen wäre, die anderen in Gefahr zu bringen. Ich mußte Menschen schützen. Wir gehören alle dem gleichen … Ich weiß nicht, wie ich es dir erklären soll. Das Netzwerk, das ist eine Sache. Dazu gehören viele von uns. Aber es gibt noch etwas Kleineres. Engeres. Familie. Wie deine. Mimi und T. B. und Rusty.«

»Rusty?«

»Der kräftige Typ, der, der dauernd zeichnet.«

»Ach ja, der.«

»Es gibt noch andere. Cash – den hast du nicht gesehen, er war an dem Abend nicht da – er kümmert sich für uns um … das Marketing. Sorgt dafür, daß die Leute wissen, wo wir zu finden, zu erreichen sind. Wir haben sogar einen Rundfunksender … Also, eigentlich keinen richtigen Sender, aber wir haben Leute beim Radio – Bad Boy und Autopsy – sie senden aus Salt Lake. Wir benutzen einen Code. Auch im Internet. Mimis Schwester Synefra hat das organisiert … Weißt du, wir sind … eins. Ich habe nicht versucht, dich reinzulegen. Oder … vielleicht doch, ich weiß es nicht. Ich kann das nicht besonders gut. Vyra sagte, du wärest … jemand, der uns helfen könnte.«

»Gehört Vyra zu deiner Familie?«

»Nein. Die anderen … Ich liebe Vyra. Sie ist wirklich ein nettes, wunderbares Mädchen. Du kennst sie nicht.«

»Das sagt Herk auch.«

»Er hat recht. Sex heißt nicht, daß man jemanden kennt.

Aber nachdem du … getan hast, was du getan hast – für uns, meine ich –, hätte ich es dir sagen können. Ich hätte es dir sagen sollen. Ich entschuldige mich. Ich will keine Geheimnisse vor dir haben.«

»Welchen Unterschied macht das jetzt noch?«

»Familien können … sich zusammenschließen«, sagte sie leise. »Familien können zusammenkommen. Egal, was du sagst … du hast einen Aufgabe. Du hast jetzt ein Ziel.«

»Und?«

»Meine Mutter und mein Vater kamen aus verschiedenen Stämmen. Aber sie … haben sich zusammengetan. Sie waren … Partner. Ich möchte dein Partner sein.«

»Komm her«, sagte ich, streckte ihr die Hand entgegen.

Als sie zu mir kam, sagte ich ihr, was es kosten würde, mein Partner zu sein.

Als Pryce durch den Vordereingang von Mamas Restaurant kam, hielt er instinktiv die Hände vom Körper weg. Was immer er war, er besaß den Riecher eines Profis – er wußte, daß er nur eine falsche Bewegung von einem namenlosen Grab entfernt war.

Es war ein Spießrutenlauf für ihn, vorbei an Mamas Kasse, vorbei an Clarence und Michelle, die in einer der vorderen Nischen saßen, vorbei an Max dem Stillen mit seiner Kellnerschürze, vorbei am Prof, auch wenn er den kleinen Mann nicht sehen konnte, solange er unter keinen der Tische schaute. Hätte er das getan, er hätte die abgesägte Schrotflinte gesehen, in seinen wilden Zeiten das Markenzeichen des Profs.

Jetzt kannten sie sein Gesicht. Seinen Gang, seine faltigen Hände, den Schädel unter der Haut. Kannten alles von ihm, jeden Quadratzentimeter. Und bald würden sie auch seine Stimme kennen. Sie könnten ihn in der Menge finden, selbst nachdem die besten plastischen Chirurgen der Welt am Werk waren.

Und er wußte es.

Aber er ging weiter, bis zu meiner Nische ganz hinten.

Mama blieb auf ihrem Posten an der Kasse. Ich hatte meine Suppe bereits. Und Außenstehenden serviert sie sie nicht.

Er setzte sich. Der Muskel unter seinem Auge zuckte. Inzwischen wußte ich, daß es kein Angst-Tick war. Wahrscheinlich war die letzte Operation nicht ganz richtig verlaufen, hatte einige Nerven in diesem Gebiet beschädigt. Ich fragte mich, warum sie seine Hände nie operiert hatten.

»Ich weiß jetzt, wie wir es machen«, sagte ich ohne Einleitung. »Aber jetzt ist es Zeit zu erfahren, wer Sie sind.«

»Was meinen Sie damit?« fragte er gelassen.

»Haben Sie sich je gefragt«, sagte ich, »ob nur Terroristen genug Mumm besitzen, um einen Lastwagen voll Sprengstoff zu fahren?«

»Ich weiß nicht, worauf Sie hinaus wollen.«

»Ich habe einen Plan. Aber dazu ist etwas nötig, das ich nicht besitze. Sechs Helden.«

»Helden?«

»Sechs Männer – sechs Menschen, es müssen nicht unbedingt Männer sein –, die bereit sind, mit Tod beladene Lastwagen zu steuern.«

»Sie meinen nicht –?«

»Nur so kann es funktionieren«, sagte ich, sah meine ungerauchte Zigarette im Glasaschenbecher verbrennen. »Hat Lothar Ihnen gesagt, wer das Kommando hat?«

»Nein. Er sagt, es sei ein Kollektiv. Alle wären gleich.«

»Ich glaube, es ist dieser Scott. Aber eigentlich spielt das keine Rolle. Es ist wohl so, wie Sie vermuten. Sechs von denen fahren die Trucks, parken sie um die Federal Plaza herum. Der letzte, der sitzt in dem Lieferwagen, wartet auf die anderen. Die Sache ist nur, so weit wird's gar nicht kommen. Sowie er weiß, daß alle an Ort und Stelle sind, wird er den Knopf drücken. Und Abflug für das Gebäude. Und das Beweismaterial.«

»Also müssen wir verhindern –«

»Nein. Die werden im Konvoi hinfahren müssen – für den Fall, daß einer der Trucks eine Panne hat oder so. Und *alle* müssen an Ort und Stelle sein, bevor gezündet wird. Aber wie kommen Sie darauf, daß alle Fahrzeuge in unmittelbarer Nähe des Ortes stehen, an dem sie sich verkrochen haben? Könnte sein, daß sie um diese Uhrzeit nicht mit den Trucks über die Brücken fahren wollen. Außerdem ist die Brooklyn Bridge für Lastwagen sowieso gesperrt. Manche müssen irgendwo in Manhattan versteckt sein. Oder auf der anderen Seite des Battery Tunnels – dort drüben gibt es jede Menge Lagerhäuser. Und der Lieferwagen ist bestimmt auch ganz in der Nähe, da, wo die Action abgeht. Ich kenne die Reichweite des Senders nicht, mit dem gezündet wird, aber so groß kann sie nicht sein, besonders mit all den Hochhäusern drum herum. Deshalb müssen wir sie uns greifen, wenn sie die Laster abstellen und verschwinden. Und wir müssen es leise tun. Wenn der Bursche im Lieferwagen Schüsse hört, drückt er auf den Knopf und verduftet.«

»Aber wenn der Mann am Zünder nichts hört, wartet er ein bißchen und –«

»Und jagt das Ding hoch. Ich weiß. Da kommen Ihre Helden ins Spiel. Manche sagen, Sie wären ein Kopfgeldjäger. Ein Freischaffender, der gegen Barzahlung arbeitet. Vielleicht stimmt das. Ich weiß nicht. Aber Sie hatten genug Einfluß, daß Bullen und Medien bei der Sache mit Lothar mitziehen. Deshalb denke ich, Sie sind etwas anderes.«

»Zum Beispiel, was?«

»Zum Beispiel ein ... Ich kenne keinen Namen dafür. Aber jede Regierung braucht Leute, die außerhalb der Gesetze operieren. Und für so jemanden halte ich Sie.«

Er sagte nichts. Der Muskel in seinem Gesicht zuckte ein paarmal, dann wurde er so still wie der Mann.

»Nur eines kann soviel Sprengstoff absorbieren, ohne jeden im näheren Umkreis zu töten«, sagte ich. »Wasser. Sie müssen einen Weg freimachen. Runter zum Fluß. Zum Hudson ist's am nächsten. Das sind nur ein paar Blocks. Sie müssen die Fahrer ausschalten. Keine Schüsse. Kein Lärm. Und Sie brauchen sechs Leute, die die Trucks runter zum Fluß fahren. *In* den Fluß, genaugenommen.«

»Sechs Leute, die Trucks voller Sprengstoff fahren? Und wissen, daß sie sich jeden Augenblick in Atome auflösen könnten?«

»Genau.«

»Und was ist mit dem Mann im Lieferwagen?«

»Der ist der einzige, von dem wir nicht wissen, wo er sein wird, stimmt's? Er wird irgendwo in der Nähe sein, aber das ist alles, worauf wir bauen können. Ich denke, er wird warten, bis der erste zurückkommt. Nur so kann er wissen, daß alles fertig ist. Vielleicht setzt er sich auch einfach einen Zeitrahmen.«

»Es müßten Freiwillige sein ...«

»Natürlich. Haben Sie solche Leute?«

»Ja«, sagte er tonlos. Kein Wort über den harten Teil. Jeder, der beim Militär war, weiß, daß die Regierung der Vereinigten Staaten ihn sterben lassen würde. Sie sehen ständig Soldaten sterben ... für das Ego irgendeines Generals oder das Öl irgendeines Landes. Aber es gab nur eine einzige Chance, die Nazi-Fahrer ohne Lärm auszuschalten. Und wenn das in die Hose ging, würden nicht nur entbehrliche Soldaten alles verlieren. Wer immer diese Befehle gab ...

»Ich brauche noch etwas«, sagte ich.

»Mehr als …?«

»Ja.«

»Was?«

Als ich es ihm sagte, sprach er kein Wort.

»Es ist Zeit, die Karten auf den Tisch zu legen. Alle«, sagte ich. »Mit dem Bild nach oben. Haben Sie ein Taschentuch dabei?«

Er zog ein frisches weißes aus der Seitentasche seiner Anzugjacke, sagte kein Wort.

»Stehen Sie auf«, sagte ich. »Stellen Sie Ihren rechten Fuß auf den Stuhl da drüben.«

Er gehorchte. Ich holte den Schlüssel zu der Fußfessel heraus und öffnete sie. Das weiße Pflaster darunter war unberührt. »Nehmen Sie das Taschentuch«, sagte ich. »Ziehen Sie das ab. Vorsichtig. Wickeln Sie es gut ein. Berühren Sie es nicht.«

Er tat auch das. Auf mein Zeichen setzte er sich wieder.

»Wenn Sie wieder dort sind, wo Sie hinwollen, bringen Sie das in ein Labor.«

»Was wird man finden?«

»Wissen Sie, was ein Nicoderm-Pflaster ist?« fragte ich.

»Ja, ein Pflaster, das über einen bestimmten Zeitraum eine Dosis –«

»Das da ist so eines. Nur, daß es kein Nikotin abgibt. Hätten Sie das dreißig Tage lang draufgelassen, wären Sie ein toter Mann.«

Er sagte nichts, aber seine Pupillen wurden dunkler.

»Wir stecken jetzt alle drin«, sagte ich. »Keine Verhandlungen mehr. Keine Drohungen. Wir sind jetzt ein Team. Ein Suchen-und-Töten-Team. Ich kenne Ihre Branche nicht, aber Sie kennen meine – ich muß Herk da rausholen. Lebend.«

»Aber wir können nicht –«

Ich beugte mich vor und erklärte ihm, *wie* er es konnte.

Ich wünschte, ich hätte einen Gott, zu dem ich beten könnte, daß ich recht hatte.

Phantasien quälen das Gefängnis. Wenn man nachts in den Zellen die Bilder in den Köpfen der Männer sehen könnte – man würde alles sehen, was dieser Planet zu bieten hat. Und ein paar andere Planeten dazu.

Manche Phantasien von Häftlingen sind nett. Manche ausgeflippt. Andere sind jenseits des Wahnsinns. Aber manche sind so häufig, daß sie zu Klassikern geworden sind. Und wenn meine alten Zellenkumpane mich sehen könnten ...

Ich lag auf dem Rücken in einem extra breiten Bett in einer luxuriösen Hotelsuite, links und rechts von mir eine wunderschöne nackte Frau.

Aber sie hielten über meiner Brust Händchen, gaben sich Trost in Gegenwart eines Mannes, der für keine von beiden Trost hatte.

Später Samstagnachmittag.

Draußen harte Dunkelheit. Sanfte Dunkelheit in dem Zimmer.

Wenn ich die Worte ausblendete, war ihr Mädchengerede beruhigend. Meine Augen waren geschlossen. Ich versuchte, in ihrem gemeinsamen Duft abzudriften. Mich zu verlieren.

Die Zeit blieb stehen, lachte über ihren Witz.

Wie damals, als ich drinnen war.

War mein Bruder tot? Ich war wieder im Pflegeheim, wartete, daß meine Mutter kam und mich aus dem Terror herausholte. Wußte tief in meinem Innersten, daß sie niemals kommen würde und ...

Das Telefon klingelte.

Vyra sprang vom Bett wie eine Tigerin, schnappte den Hörer, noch bevor das erste Klingeln verhallt war.

»Hallo?«

Eine winzige Pause, dann: »Oh, Schätzchen, ich bin ja so froh, deine Stimme zu hören! Wann wirst du –?«

Diesmal hörte sie ein wenig länger zu, bevor sie sagte: »Tut mir leid, Baby. Ich wollte nicht –«

Er hatte ihr wohl gesagt, sie solle den Mund halten, denn sie blieb eine lange Minute stumm. Dann holte sie tief Luft und sagte leise. »Hercules, wirst du etwas für mich tun? Eine Kleinigkeit, nur, weil ich dich so vermisse?«

Er mußte okay gesagt haben, denn sie redete gleich weiter: »Mein Halstuch? Du weißt schon, mein hübsches rosa Halstuch? Das, von dem du gesagt hast, es dufte nach mir. Würdest du es bitte tragen?«

Die nächsten Worte aus ihrem Mund waren: »Nein, ich meine, trag's einfach *irgendwo*, Liebling. Damit ich weiß, es ist bei dir, okay? Dann hab ich das Gefühl, auch bei dir zu sein.«

Ich weiß nicht, was er darauf antwortete. Vyra erwiderte: »Ich auch. Ich ...« Und legte den Hörer auf die Gabel. »Er hat aufgelegt«, sagte sie zu mir und Crystal Beth. Ihre Stimme klang rauh und spröde.

»Das ist schwer für mich, Maan«, sagte Clarence. »Es wäre besser, wenn ich –«

»*Du kannst nicht*, Baby«, sagte Michelle, Honig und Stahl in ihrer perfekten Stimme zu einem unerbittlichen Band verschlungen.

»Es ist nicht richtig«, sagte der Insulaner, versuchte, seinen Willen gegen ihren durchzusetzen. »Es ist mein Job ...«

»Was?« fragte ich ihn, wollte entspannte Ruhe. Wir waren jetzt zu kurz vor dem Flammpunkt für irgendwelche Spielchen.

»Ich bin der Mann«, sagte Clarence. »Und Michelle ist –«

»Was?« fragte sie. Der Honig war aus ihrer Stimme verschwunden.

»Meine Schwester«, antwortete er leise. »Meine kleine Schwester. Die ich so sehr liebe.«

Michelle stand auf. Ging um die Nische herum und küßte Clarence auf die ebenholzschwarze Wange. »Die kleine Schwester kommt schon klar, Baby«, sagte sie ruhig. »Zeig mir einfach, wie ich's machen muß, und du wirst stolz auf mich sein.«

»Wenn ich die Frequenz wüßte, könnte ich sie stören«, sagte der Maulwurf, stand neben Terry in seinem unterirdischen Bunker.

»Aber wir haben keine –«

»Das ist ein Scanner«, sagte der Maulwurf, hielt ein kleines Kästchen mit mehreren Reihen quadratischer LEDs hoch. »Ich glaube, ich kenne die Bauart des Senders, den sie wahrscheinlich benutzen. Wenn der Frequenzbereich eng genug ist, vielleicht … Aber das Ding muß scharf sein. Wenn er damit bis zum letzten Augenblick wartet, haben wir keine Chance.«

»Das können wir nicht riskieren«, sagte ich.

»Aber Michelle …«, sagte der Maulwurf leise; Angst vertrieb die Wissenschaft aus seiner Stimme.

»Was hat Mom –?« fragte Terry, spürte die Furcht des Maulwurf wie den Rauch eines Waldbrandes.

»Es wird schon gutgehen«, sagte ich zu dem Jungen.

Er beachtete mich nicht, sah den Maulwurf an.

»Sie schafft es«, versprach er.

»Ich muß dabei sein«, sagte der Junge. Nur, daß es kein Junge mehr war, der das sagte.

Ich sah den Maulwurf an. Wir nickten beide.

Max war so wütend, wie ich ihn noch nie erlebt hatte. Egal, wie oft ich es erklärte, immer wieder durchschnitt er die Luft mit einer heftig ablehnenden Geste.

»Du weißt, wie es gehen muß«, sagte der Prof, stimmte mir zu. »Wir haben nur diese eine Chance. Wir brauchen einen perfekten Wurf. Und mit drei Würfeln kriegst du keinen Zweier.«

Doch als ich Max das in Zeichensprache übersetzte, bebten seine Nasenflügel und sein Gesicht verwandelte sich in eine starre Maske der Ablehnung. Er glaubte mir nicht.

Wir gingen es wieder und wieder durch. Der stumme Mongole gab nicht nach. Schließlich machte er Mama eine Reihe komplizierter Zeichen. Sie verbeugte sich und ging. Als sie zurückkehrte, hatte sie einen grünen Stengel in der Hand, irgendeine Pflanze, die ich nicht kannte. Max nahm einen Stuhl, stellte ihn mitten in das Restaurant, deutete darauf; ich sollte mich setzen.

Ich gehorchte. Mama leckte die Rückseite des grünen Stengels und klebte ihn mir genau über dem Herzen auf meine Lederjacke.

Ich saß da. Max kam auf mich zu. Ich beobachtete ihn aufmerksam. Nichts geschah.

Max hielt den grünen Stengel in seiner riesigen Hand ... der Hand, die ich nicht in Bewegung gesehen hatte. Und machte klar, was er meinte.

Ich griff nach dem Stengel. Gab ihn Mama. »Kleb ihn mir wieder an«, sagte ich zu ihr.

Wieder leckte sie den Stengel, klatschte ihn auf mein Herz.

Ich bedeutete Max, er solle zurücktreten. Weiter. Noch weiter. Bis er gut drei Meter entfernt war. Dann tat ich, als würde ich eine Seitenscheibe hochkurbeln. Saß da und blickte durch das imaginäre Fenster nach draußen. Machte eine »Was jetzt?«-Geste.

Die Augen des Kriegers verengten sich zu dunklen Kugeln geschmolzener Lava, doch er konnte das Problem nicht lösen. Und er wußte es. Wenn Max nahe genug herankommen konnte, war er so wenig aufzuhalten wie Nervengas. Aber wenn sie ihn kommen sahen, war alles vorbei.

Er verbeugte sich. Nicht vor mir. Vor der Realität, mit der wir konfrontiert waren.

»Wir können keine Außenstehenden mit reinziehen. Nur Familie«, sagte der Prof mit seiner Gefängnishofstimme. »Das heißt, wir haben nur drei Möglichkeiten. Kann der Maulwurf nicht stören die Frequenz, mußt du sie vernichten mit Vehemenz, Schuljunge. Oder Michelle wird –«

»Das weiß ich«, sagte ich.

»Du mußt das Monster sein, mein Bruder. Wesley muß da sein, verstehst du?« Sagte mir, daß es diesmal keinen El Cañonero geben würde – er gehörte nicht zur Familie.

»Ich werd's nicht vermasseln«, sagte ich.

»Wenn doch, sitzen wir alle im Loch«, sagte der kleine Mann, eine Hand auf meiner Schulter.

Es war ziemlich kühl auf dem Dach, aber in mir war es kälter. Sonntagmorgen, drei Stunden nach Mitternacht, für die Sonne immer noch ein paar Stunden bis zur Showtime. Der primitive Teil meines Gehirns drängte mich, Laut zu geben – den Mond anzuheulen, nur um die Antwortrufe zu hören und sicher zu sein, daß mein Rudel in der Nähe war –, aber ich ließ die Finger von dem Handy in meiner Jacke. Nichts los auf der Straße, nichts los im Äther – so war es abgesprochen.

Ich zwang mich zur Entspannung. Tauchte ab in die Aufgabe. Wurde langsamer. Dachte an etwas Warmes. Den letzten Kontakt mit der anderen Welt: Crystal Beth, wie sie Vyra mit einem ordentlichen Schlag auf den Hintern aus dem Hotelzimmer jagte, über Vyras Gekreische kicherte. Dann zu mir kam.

»Es ist soweit«, sagte sie. »Du kannst es jetzt tun. Ich will dich. Bevor du gehst, will ich dich.«

»Ich –«

»Du *kannst* es, Liebling. Hercules lebt. Das weißt du jetzt. Ich will ...«

»Was?«

»Dein Kind. Ich will dein Kind. Ich will dein Leben in mir, egal, was passiert. Ich schwör's dir, Burke. Hör zu: Dies ist ein heiliges Versprechen. Ich werde eine wunderbare Mutter sein. Ich werde unser Kind mit meinem Leben schützen. Unser Haus wird immer sicher sein. Bitte, Schätzchen. Komm. – Egal, was passiert, dein Kind wird deinen Namen tragen. Du wirst niemals sterben.«

»Crystal Beth, du –«

»Zwei Namen auf der Geburtsurkunde. *Zwei*. Deiner und meiner. Wir gehören zusammen. Ich versuche nicht, dir etwas auszureden. Du hast deine Aufgabe, und ich stelle mich dir nicht in den Weg. Aber laß mir das, ja? Ein Baby. Dein Name. Und meine Liebe.«

»Ich –«

»Vielleicht ist dein Baby ja schon längst da«, sagte sie leise und klopfte sanft auf ihren wohlgerundeten Bauch. »Kondome sind nicht immer –«

»Ich kann keine Babys machen«, unterbrach ich sie. »Ich habe mich operieren lassen. Vor langer Zeit.«

Eine Träne löste sich aus einem Mandelauge und rollte über ihre breite Wange. »Aber du kannst Liebe machen«, flüsterte sie. »Und daher sollen Babys doch kommen, oder?«

Es war vier Uhr fünfundvierzig, als das Handy in meiner Brusttasche pulsierte. Ich war allein auf dem Dach, aber ich hatte das Klingelzeichen abgestellt, für alle Fälle.

»Hab sie.« Die Stimme des Prof.

»Alle?«

»Voller Zylinder«, sagte er und unterbrach die Verbindung.

Voller Zylinder waren sechs. Wo war der Mann mit dem Zünder? Wo war er? Wo war dieser Mann, der alles bedrohte, was mir auf dieser Welt heilig war? Der Mann, der mein sicheres Haus bis auf die Grundmauern abfackeln würde? Wo war dieses dreckige, verschissene …? Wesley rief mich von jenseits des Grabes, und ich füllte die Leere. Wo war das … *Ziel*?

Den Feind entmenschlichen.

Zu Eis werden.

Der, den ich töten mußte, war kein Mensch, es war ein Ding.

Ein abscheuliches, bösartiges, tückisches Ding.

Nicht »er« … »es«.

Der Kojote hatte die Beute ausgemacht – Zeit für den Dachs, seinen Part zu übernehmen.

In dem Winter, den wir geschaffen hatten, bedeutete Nahrung Leben.

Und nur der Tod würde die Ernte einfahren.

Nach dem Anruf würde der Prof verschwinden, aber er war zu Fuß und würde nicht weit kommen. Auch Terry war irgendwo dort unten, sah aus wie ein Jugendlicher mit Punkerfrisur, der aus einem der Clubs nach Hause stolpert. Trug Mord in der Seitentasche seines langen, schwarzen Mantels. War nicht aufzuhalten. Würde nicht aufzuhalten sein, wenn er die Kreatur entdeckte, die seiner Mutter weh tun würde. Der Maulwurf hatte ihn ein gutes Stück entfernt abgesetzt, aber wenn der Junge Witterung aufnahm …

Max der Stille war auch dort unten, irgendwo in den Schatten, rasend vor Zorn und tödlich. Auch ihn konnten wir nicht fernhalten. Und wenn er den Transporter als erster sah …

Ich mußte es sein. Und wir hatten nur ein paar –

»Auf der Hudson, zwischen Jay und Harrison.« Die leise Stimme des Maulwurfs vibrierte durchs Telefon.

»Bist du sicher?«

»Ein grauer Ford Econoline Van. Nur der Fahrer. Auf den Seiten steht in Schwarz ›Benny's Kosher Deli‹.«

»Kannst du den Funkverkehr stö–?«

Aber er war schon wieder weg.

Ich drückte die Kurzwahltaste, sagte: »Los!«, sobald am anderen Ende abgehoben wurde. Ich ließ das Telefon in meine Tasche gleiten und lief über das Dach, hielt das Nachtsichtgerät in beiden Händen, holte Wesley durch Willenskraft in mich.

Da war es. Vielleicht vier Blocks entfernt. Eine gute Stelle – selbst so früh am Morgen waren auf der Hudson Street eine Menge Lieferanten unterwegs – niemand würde den Lieferwagen beachten.

Hinter mir schlug die Uhr am Kirchturm Ecke Worth und Broadway fünfmal. Ich suchte die Gegend mit dem Glas ab. Keine Spur von Terry. Ich wußte, daß ich Max nie sehen würde, wenn er da unten irgendwo war. Wir hatten nicht mehr viel Zeit …

Ein perlmuttern schimmerndes, weißes Bentley Coupé kam die Leonard Street hinauf, fuhr Richtung Hudson unmittelbar nördlich der Stelle, wo der Lieferwagen parkte. Der große Wagen fuhr mit ruhigem Selbstvertrauen, ein reiches, rollendes Gespenst. Der Wagen hielt, und ein schlanker Schwarzer stieg aus. Er trug einen Zorro-Hut und einen wadenlangen weißen Pelzmantel. Auf der Beifahrerseite stieg eine Frau aus. Eine weiße Frau mit langen, blonden Haaren. Sie trug einen durchsichtigen Plastikregenmantel. Ich sah, wie sie sich unterhielten. Sah die Hand des Mannes blitzartig in das Gesicht der Frau schnellen. Dann schüttelte er sie heftig und riß ihr den Regenmantel vom Leib. In roten Stöckelschuhen und dunklen Strümpfen stand sie da, trug nur einen winzigen, weißen Mikromini und ein knappes schwarzes Top. Sie ging ein paar Schritte. Eine kleine Handtasche hing über ihrer Schulter, schlug gegen ihre Hüfte. Nutten-Grundausstattung: groß genug für ein paar Kondome, einige Feuchttücher, eine kleine Flasche Cognac, vielleicht ein winziges Fläschchen Koks. Und die Einnahmen der Nacht.

Der Zuhälter wartete, bis sie über die Schulter schaute, dann hob er warnend einen Finger und stieg wieder in seine Karre, den Plastikregenmantel immer noch in der Hand. Der Bentley rollte los, fuhr links auf die Hudson und an dem Transporter vorbei.

Die Nutte stand an der Ecke, frierend, aber mit provozierend vorgeschobener Hüfte, wartete. Ein Laster fuhr vorbei.

Mit einer Hand winkte sie »Hallo, du!« hinüber. Der Laster hielt. Sie stolzierte hinüber, ließ ihre Hüften schwingen wie eine Fahne. Beugte sich in das Führerhaus. Kein Deal. Der Laster fuhr weiter.

Eine dunkle Acura-Limousine kam um die Ecke. Die Nutte winkte, aber der Wagen bremste nicht.

Ich steckte das Stativ zusammen, setzte das schwere Gewehr drauf und zog die Fixierschraube an. Ich schmiegte meine Wange an den dunklen Holzschaft, suchte mein Ziel. Es war ein nicht schallgedämpftes Repetiergewehr. Ich mußte mit einem Schuß töten, sonst war alles aus. Ich überlegte, wo die Hände des Ziels waren. Wenn der Zünder nicht scharf war, hatten wir Zeit gewonnen. Aber wenn der Maulwurf die Frequenz nicht stören konnte, und …

Niedergeschlagen ging die Nutte die Hudson Street hinauf, in die Richtung, in der auch der Bentley verschwunden war.

Sie hielt die Arme verschränkt gegen die Kälte. Schwacher Trost. Ich stellte das Zielfernrohr auf maximale Vergrößerung. Der Fahrer des Lieferwagens war kaum zu erkennen, nur ein dunkler Fleck im Seitenfenster. Ich betete, daß er Raucher war, doch das Wageninnere blieb dunkel.

Ich hatte Wesley arbeiten sehen. In jener sternenklaren Nacht, als er einen Mafioso von einer hohen Brücke herunterholte, von einer kleinen Insel im East River aus. Ich hatte direkt neben ihm gestanden. Ich wußte, wie es ging.

Atmen war der Schlüssel. Ich atmete langsamer, wußte, daß ich zwischen zwei Herzschlägen abdrücken mußte. Ignorierte den Schmerz in meiner verletzten rechten Hand, mein Finger lag auf dem Abzug, streichelte ihn, suchte den richtigen Punkt. So schwer, nach *unten* zu schießen, die Flugbahn zu berechnen. Mein Blick wanderte den Lauf entlang, fand die Patrone. Ich sah an dem Zündhütchen vorbei in die Kugel hinein. Vollmantelgeschoß – ich brauchte Durchschlagskraft, nicht Ausdehnung. Es mußte ein Kopfschuß sein. Sein Gehirn zerschmettern, die Neuronenkette zu seiner Hand zerbrechen. Der Hand auf dem Zünder.

Ich wurde zur Kugel. Sah in seinen Schädel. Arretierte die Verbindung mit meiner Seele, bevor ich den Tod durch den Kanal schickte.

Um mein Haus zu retten.

Mein Herz war eine Uhr, jedes Ticken ein Eispickel in einem Haufen Nerven. Wieviel Zeit?

Die Nutte ging an dem Lieferwagen vorbei, schenkte ihm keinen Blick, sah über die Schulter auf die breite Straße, hoffte auf mehr Verkehr. Plötzlich blieb sie stehen, drehte sich um, starrte den Lieferwagen an, die Hand in die Hüfte gestemmt. Ich sah, daß sie etwas sagte. Keine Reaktion aus dem Führerhaus – drinnen war es so finster wie ich.

Bis auf diesen weißen Punkt. Das Ziel.

Die Nutte ging hinüber, aufreizend und langsam, zeigte dem Mann am Zünder, was sie zu bieten hatte. Nichts. Sie stellte sich neben den Wagen, klopfte an die Scheibe, als wär's eine Tür. Das Fenster senkte sich. Die linke Hand der Nutte lag auf dem Rahmen, die rechte Hand auf ihrer Handtasche. Ich sah ein weißliches Gesicht im Zielfernrohr. Er trug eine dunkle Baseballmütze. Ich konzentrierte mich, bis ich ein langer, dünner Draht des Hasses war – von meinem Verstand zu meinem Finger zu meinem Auge zu der Patrone zum Ziel.

Ich übernahm den Rhythmus meines Herzens. Begann den langsamen Druck auf den Abzug in der Pause bis zum nächsten Herzschlag; der elektrische Impuls bereits den Draht entlang geschickt. Das weißliche Gesicht explodierte in Feuer. Ein Sekundenbruchteil später kam das Echo des Schusses dorthin zurück, wo ich hockte, Mein Finger immer noch auf dem nicht gezogenen Abzug, erstarrt.

Der Draht riß.

Ein Motorrad heulte auf. Ein schnittiges Rennmotorrad floß um die hintere Ecke wie Flüssigkeit über Stein. Die Nutte riß ihren winzigen Rock bis zur Taille hoch, als das Motorrad schlitternd hielt. Der Fahrer trug Ledermontur, das Gesicht verborgen unter einem schwarzen Helm mit Visier. Die Nutte sprang auf den Rücksitz, und das Motorrad schoß so schnell davon, daß sich das Vorderrad vom Boden hob. Die blonde Perücke wurde weggefegt.

Ich folgte ihnen mit dem Zielfernglas, für den Fall, daß sie Feuerschutz brauchten, aber sie waren außer Sicht, lange bevor der rauhe Lärm des Auspuffs durch den Asphalt-Cañon verklungen war.

Ich lud durch, warf die unbenutzte Patrone aus. Mit dumpfem Schlag traf sie das Dach, und ich sank auf ein Knie, zog einen Infrarotpunktstrahler aus der Tasche. Ich fand die Patrone, hob sie auf und steckte sie ein.

Als ich aufstand, hörte ich von unten ein Donnern, und mein Herz blieb stehen. Ich schaute über die Brüstung. Es war ein riesiger Sattelschlepper mit der Aufschrift ALCHEMY TRANSPORT SYSTEMS auf der Seite, er fuhr an mir vorbei. Auf den Fluß zu. Dahinter ein Transporter, ein Müllwagen, der Laster der Spedition und zwei Kombis. Sie fuhren im Konvoi.

Ground Zero in Bewegung.

An mir vorbei. Dann vorbei an einem toten, zusammengesackten Ziel in einem Lieferwagen.

In Sekunden nahm ich die Scharfschützenausrüstung auseinander, warf alles in eine mit Filz gefütterte Tasche. Den breiten, gepolsterten Riemen schob ich mir über die Schulter und lief die Treppe hinunter bis ins Erdgeschoß, hoffte, daß Pryces Arrangement funktionierte und ich keinem Wachmann in die Arme lief, hatte für alle Fälle eine schallgedämpfte Halbautomatik in der rechten Hand. Als ich den breiten Rücken von Max dem Stillen auf der untersten Stufe sah, wußte ich, daß der letzte Teil sicher war, mit und ohne Pryce.

Wir saßen im Plymouth, rollten Richtung West Side Highway, als Max mich am Arm packte, den Bruchteil einer Sekunde bevor der Boden bebte und der Hudson River hoch in die Luft schoß, ein Wolkenkratzer aus weißem Schaum.

Dann leuchtete der Himmel hinter uns unter dem Geschützfeuer eines Schlachtfelds; Leuchtspurgeschosse zerfetzten wie Rasierklingen die Nacht.

»Es war nicht der Zünder«, erzählte mir Pryce sechsunddreißig Stunden später. »Der war zwar scharf, aber er bekam den Finger nicht mehr auf den Knopf, bevor ...«

Ich sagte nichts. Der Mann mit dem Zünder hatte die Welt in die Luft jagen wollen ... und das Letzte, was er sah, war, wie es ihm selbst passierte.

»Wir haben alle die Rampe runter und ins Wasser bekommen, nur den Letzten nicht«, fuhr Pryce fort. »In den muß er einen Zeitzünder eingebaut haben ... nur zur Sicherheit.«

»Wie viele –?«

»Wir haben vier verloren«, sagte er ruhig. »Den Fahrer und die drei, die am nächsten dran waren.«

»Ihre Leute waren phantastisch«, sagte ich. Wußte kein besseres Wort für Helden. Wünschte, ich hätte es.

Die Nachrichten meldeten, alle sechs Neonazis hätten Widerstand geleistet. Fünf waren im Kugelhagel gestorben. Kein Wort über die mit Schalldämpfern ausgerüsteten

Scharfschützen, die jeden der Fahrer ausgeschaltet hatten, sobald er seine Zielposition erreicht hatte. Oder daß die ganze Schießerei nur Show war, lange nachdem die Sache vorbei war. Das Feuerteam hätte gewartet bis zum Okay-Zeichen, verließ sich auf ihre Verstärkung, die das Gebiet abriegeln sollte. Aber die Explosion im Fluß hatte klargemacht, daß es zu spät war.

»Der Fahrer des Lieferwagens hat sich anscheinend für Lothars Ausweg entschieden«, erwiderte Pryce trocken, sagte mir, daß dies die Geschichte für die Presse war.

»Ich hätte nie gedacht, daß Sie Betäubungspfeile einsetzen könnten«, sagte ich. »Auf diese Entfernung ...«

»Es war der einzige Weg«, sagte er. »Trotz der rosa Fahne, die an der Antenne flatterte, um uns zu zeigen, in welchem Fahrzeug Ihr Mann saß, konnten wir keinen Fehler riskieren.«

Also hatte die ganze Gang noch gelebt, als der Fluß in die Luft flog. Aber nur einer hatte bis zum Ende überlebt.

Einer plus Hercules.

»Und der, den wir geschnappt haben«, fuhr Pryce fort, »fing an, wie ein Kanarienvogel auf Speed zu singen, als wir ihm den wirklichen Plan erklärt hatten und er begriff, daß der Mann mit dem Zünder sie alle draufgehen lassen wollte. Wir haben im ganzen Land weitere hundert festgenommen, noch bevor die Medien über die Explosion berichtet hatten. Und es werden weitere folgen.«

Keine Silbe von ihm über Clarence, den Zuhälter. Oder Michelle, die Nutte. Oder Crystal Beth, die Fluchtfahrerin. Sie alle waren aus dem Kessel entkommen wie ein vages Gerücht, überließen es dem raunenden Bach der Flüsterpropaganda, die Geschichte zu erzählen.

Und vor mir kein Wort darüber, daß Herk und einer der glücklichen Nazis Betäubungspfeile erwischt hatten und sonst nichts … während die anderen in einem Bleihagel untergingen, dicht genug, um Röntgenstrahlen abzuhalten. Die anderen erwischte es sanfter als den Mann mit dem Zünder – sie schliefen schon, sahen es nicht kommen. Pryce hatte in diesem Punkt recht behalten – er war der einzige, der Herk identifizieren konnte.

»Ich bin weg«, sagte er ruhig, hielt mir die Hand hin. »Ab morgen taugt keine der Nummern mehr, die Sie von mir haben. Und auch dieses Gesicht werde ich nicht mehr lange haben.«

Ich nahm seine Hand, fragte mich, ob wohl auch diese gefurchten Hände verschwinden würden. Sah den Muskel unter seinem Auge zucken. Das würde ich immer wiedererkennen.

»Ich bin auch weg«, sagte ich.

»Gehst du wirklich?« fragte ich Vyra, konnte die Überraschung aus meiner Stimme nicht verbannen.

»Ja.« Ein Singen in ihrer sonst so vornehmen WASP-Stimme. »Wir.« Sie stand neben Hercules, der vergeblich versuchte, ein weiteres Paar Schuhe in einen gigantischen Haufen Koffer zu zwängen.

»Ich habe … noch Verwandtschaft in Oregon«, sagte Crystal Beth. »Das wird ihr erster Stopp. Und wenn es ihnen dort gefällt, können sie –«

»Das spielt keine Rolle«, unterbrach Vyra. »Wir werden zusammen sein. Von jetzt an.«

Hercules stand auf. Sein Oberkörper war nackt, schweißgebadet von der Anstrengung, Vyra beim Packen zu »helfen«. Das schwarze Hakenkreuz auf seiner Brust war jetzt ein unscharfer Rorschach-Klecks, den nur ein Krieger lesen konnte. Oder tragen durfte. Seine Augen waren feucht.

»Ich hab keine verdammte Sekunde an dir gezweifelt, Mann. Ich wußte, daß du viel zu gerissen bist für diese lahmarschigen Wichser von –«

»Es ist überstanden, Herk«, sagte ich.

»Wir sind niemals vorbei, Bruder«, sagte der kräftige Mann.

Crystal Beth und Vyra umarmten sich und weinten.

Ich ging davon.

»Wirst du bleiben?« fragte mich Crystal Beth spät an diesem Abend.

»Heute abend? Klar.«

»Bei mir? Und nicht nur heute abend?« fragte sie.

Die Zeit der Lügen war rum. »Ich weiß es nicht«, antwortete ich.